KB070579

히든솔져

나남
nanam

지은이 _ 구 상(具常)

1966년 서울출생. 서울대학교 미술대학에서 산업디자인을 전공했다. 대학졸업 후 기아자동
차에서 자동차디자이너로, 미국 디자인연구소 주재원으로 근무했고 자동차디자인 논문으로
2007년에 서울대학교 공업디자인 1호 박사학위를 받았다. 현재 국립 한밭대학교 산업디자인
학부 공업디자인전공 교수로 있으며 각종 매체에 자동차디자인 평론가로 활동 중이다.
　　현재까지 11종류의 디자인 관련 전공서적을 출간했으며, 1998년 온라인으로 연재했던
첫 소설《천년을 꿈꾸는 자동차》를 시작으로 소설가로도 활동하여《히든솔저》는 세 번째
소설이다. '상상력'과 '이야기'가 디자이너의 창의성의 원동력이라고 믿고 있다.

구 상 장편소설

히든솔저

한국 최초의 우주발사체 나로호의 진실

2013년 1월 15일 발행
2013년 1월 15일 1쇄

지은이 • 구 상
발행자 • 趙相浩
발행처 • (주) 나남
주소 • 413-756 경기도 파주시 회동길 193
전화 • (031) 955-4601(代)
FAX • (031) 955-4555
등록 • 제 1-71호(1979.5.12)
홈페이지 • http://www.nanam.net
전자우편 • post@nanam.net

ISBN 978-89-300-0610-1
ISBN 978-89-300-0572-2(세트)

나남창작선 110

구 상 장편소설

히든솔져

한국 최초의 우주발사체 나로호의 숨겨진 진실

나남
nanam

이 이야기는 실제의 나로호를
소재로 하고 있으나, 등장인물 설정과 내용전개 및
구성은 전적으로 필자의 상상에 의한 허구임을 밝혀 두는 바이다.

저자 서문

이 소설을 출판하게 된 지금은 마치 긴 여정의 끝에 다다른 느낌이다. 사실 필자가 이 이야기를 구상(?)하기 시작한 것은 지금부터 14년 전인 1998년 가을이었다. 막연하게 기억나는 것은 그때부터 남북한 간에 화해무드가 무르익어가기 시작했다는 점이다. 그래서였는지 모르겠지만, 필자는 남북한의 전략무기에 대한 글을 써보고 싶다는 생각을 했었다. 물론 그때는 '나로호'라는 이름도 없었고, 우리나라의 독자적인 우주발사체에 대한 사람들의 관심도 높지 않았던 때였다.

21세기인 지금, 외국에서는 우리나라를 반세기 만에 경제적 발전과 정치적 민주화를 모두 이룬 나라로 평가하기도 한다. 사실 선거에 의해 하루아침에 지도자가 바뀌는 정치시스템이 자리 잡았다는 것은 놀라운 일이다. 필자는 물론이고, 필자보다 이전 세대의 분들에게는 더더욱 그럴 것이다. 돌이켜보면 필자가 대학에 다니던 1980년대 중반에는 최루탄 냄새를 맡지 않고 학교를 갈 수 있었던 날이 그다지 많지 않았다.

시대가 바뀌어 문민정부가 들어서고, 대통령의 북한방문이 실현되는 등 정치에서 많은 변화들이 일어나기 시작했다. 물론 그 변화들 중에는 전에 없던 '행정수도'를 비롯해서, '대운하' 같은 공약들도 있었다. 그리고 전국 곳곳에 여러 개의 국제공항들이 생겨났으며, 지금도 건설 중인 국제공항이 있다. 국제공항이 많아지면 국민들의 삶이 행복해지는 건지는 아무리 생각해도 모르겠지만, 어쨌든 이런 변화들은 우리 정치시스템의 한 단면이고, 우리들 모두는 이런 현실 속에 살고 있다.

필자는 국내 자동차메이커에서 실무 자동차디자이너로 짧지 않은 시간동안 일했고, 미국연구소에서 주재원 생활을 하면서, 한 발자국 떨어진 위치에서 우리나라를 바라볼 기회를 가지는 등 다양한 현장 경험을 할 수 있었다. 그러던 중 14년 전의 어느 날 북한의 대포동 미사일에 관한 뉴스를 보면서 필자에게 든 생각은, 누군가는 우리나라의 미래를 위해 보이지 않는 곳에서 더 크고 의미 있는 일을 하고 있으면 좋겠다는 것이었다. 그런 생각들이 이 소설로 이어졌다.

이제 이 소설을 완성하게 된 시점에서 느껴지는 바는, 진정한 애국(愛國)이란 모든 사람들이 자신의 위치에서 최선을 다하는 것일지도 모른다는 것이다. 현실에는 눈을 뗀 채 '대의(大義)'만을 외친다면, 그것은 공허한 구호에 불과할지 모른다. 그런 관점에서 본다면 오늘을 치열하게 살고 있는 우리들 모두는 「푸른하늘」의 일원이고, 「히든솔저」라는 생각도 해보게 된다. 필자는 이 소설을 통해 실제로 어딘가에서 활동하고 있을지 모를 「푸른하늘」과 「히든솔저」들에게 진심의 응원을 보내고 싶다. 어쩌면 지금 이 순간에도 어딘가에서 '이철수'가 목숨을 건 극비임무를 수행하고 있을지 모르기 때문이다.

짧지 않은 시간동안 이 소설을 쓰는 필자에게 더 없는 조언자가 돼 준 나의 사랑하는 아내에게 진심으로 감사의 말을 하고 싶다. 단지 치기어린 글쓰기로 필자의 의식 속에만 머무르고 말 수도 있었던 필자의 졸고를 발굴해주신 나남의 고승철 주필과, 출판을 흔쾌히 수락해주신 나남의 조상호 대표께 진심으로 감사드린다. 매끄럽지 못한 필자의 글을 끈기 있게 다듬어준 나남의 이두루 선생께도 깊이 감사드리는 바이다. 아울러 러시아어에 대해 도움을 준 나의 어릴 적 동무였던 상명대학교 노문학과 한만춘 교수에게도 감사의 말을 전하고 싶다.

2013년 1월
구 상

바탕이 된 사실들
The Facts

광명성 1호(光明星 1號)

광명성 1호는 1998년 8월 31일에 발사된 북한 최초의 인공위성이다. 서방에서는 이것을 탄도미사일 대포동 1호의 시험발사로 보고 있다. 발사장소가 함경북도 화대군 무수단리인데, 옛 지명이 대포동이다. 따라서 대포동 1호라는 이름은 대포동에서 첫 번째로 발사하는 미사일이라는 뜻이다. 김정일 국방위원장은 통상적인 로켓발사는 조선민주주의인민공화국에게 아주 비경제적이라고 말했으며, 1998년 이전에 마지막으로 탄도미사일 시험발사를 실시한 것은 1993년이다.

북한의 광명성 1호 위성은 미국항공우주국(NASA)의 1998년 세계 우주발사목록에 시험목적(test)의 위성으로 등재되어 있으며, 발사에 실패한 위성들에 붙는 'failed'라는 부가설명은 달려 있지 않다. 그러나 한국과 미국 등에서는 광명성 1호를 인정하지 않고 있으며, 대포동 1호 미사일도 발사는 됐지만, 일부 실패한 것으로 판단하고 있다. 실제로 대포동 1호는 미국 측 조사에 의하면, 3단계 추진체가 점화에 실패해서 위성을 궤도에 올리지 못하고 추락한 것으로 판단된다.

광명성 1호 위성의 발사 이후에 공개된 데이터에 의하면 1단 로켓은 95초간 연소했고, 동해상의 동경 40도 51분, 북위 139도 40분 지점에 떨어진 것으로 추정된다. 2단계 로켓은 144초간 연소했고, 태평양상의 동경 40도 13분, 북위 149도 07분 지점에 떨어진 것으로 보인다. 3단 로켓은 27초 이상 연소했다. 북한 언론에 따르면, 발사 5분 후에 위성이 궤도에 올랐다고 한다. 그러나 궤도진입이 성공했다 하더라도, 얼마 되지 않아 추락했을 것으로 추정된다. 하버드대학교 우주물리학센터는 1998년 발사되었던 전 세계의 82개 인공위성 가운데 실패한 6개 중의 하나로 북한의 '광명성'을 꼽았다. 만약 성공했다는 북한의 주장이 사실이고 실패했다는 미국의 주장이 거짓이라면, 북한은 1998년 8월 31일에 최초의 인공위성 자력발사에 성공한 것이며, 그 반대라면 북한은 2009년 2월 2일, 이란에서의 인공위성 발사가 최초의 성공이 된다.

광명성 2호(光明星 2號)

북한이 2009년 4월 5일에 발사한 은하 2호 로켓 추진체에 탑재되었던 인공위성이 광명성 2호이다. 이것은 시험통신위성으로, 궤도 경사각은 40.6°이며, 지구로부터 제일 가까운 거리는 490km, 제일 먼 거리는 1,426km인 타원궤도이며, 주기는 104분 12초이다.

한국은 2009년 4월 5일 오전 11시 30분 15초에 함경북도 화대군 무수단리에서 로켓이 발사됐다고 인정했으나, 한미 양국은 이 발사체가 궤도에 오르지 못하고 바다에 떨어진 것으로 추정하고 있다. 북한은 2009년 2월 24일 조선우주공간 기술위원회 대변인 담화를 통해 "인공위성을 발사하기 위한 준비를 본격적으로 진행하고 있다"고 밝혀 광명성 2호의 존재를 처음으로 알렸다.

대포동 2호(광명성 2호)

2006년도에 북한 시간으로는 7월 5일 새벽, 미국의 독립기념일인 7월 4일에 발사되었다. 최초 보도로는 발사하자마자 42초 만에 폭파되어 실패했다고 알려졌지만, 실제로는 7분 이상 비행한 후에 499km 지점에 떨어졌다고 한다.

서방에서는 북한이 250kg급의 소형 핵탄두를 개발하는 데에는 수십 년이 걸릴 것으로 보고 있으며, 현재는 1톤의 핵탄두만을 개발했을 것으로 보고 있다. 대륙간 탄도미사일은 최소한 시속 8,000km, 인공위성 발사용 로켓은 시속 29,000km까지 속도를 낸다.

은하 1호

북한의 은하 1호가 무엇인지는 명확하지 않다. 북한 언론은 지난 1998년에 발사한 것은 백두산 1호라고 발표하였으며, 2006년 발사한 대포동 2호는 특별한 명칭의 언급이 없다가, 이후 갑자기 은하 2호라고 발표하였다.

은하 2호

북한이 2009년 4월 5일 오전 11시 30분경에 발사한 로켓으로, 미사일이 아니라 우주발사체(SLV: Space Launch Vehicle)이다. 실험용 통신위성 광명성 2호를 탑재하였다. 한국과 서방에서는 대포동 2호 미사일을 발사한 것이라고 보고 있다.

광명성 3호

북한이 2012년 4월 13일 발사한 로켓으로, 발사 직후 폭발했다는 설이 있고, 추진체 분리 실패로 추락했다는 설이 있다.

우주발사체와 ICBM(대륙간 탄도미사일)의 차이

소련의 인공위성 스푸트니크, 익스플로러 모두가 대륙간 탄도미사일(Inter-Continental Ballistic Missile)을 이용해서 발사한 인공위성이다. 즉, 우주발사체는 미사일과 동일하며, 서로 구분될 이유가 사실상 없다. 그런데 2차 세계대전의 패전국으로서 공격용 지대지 탄도미사일을 보유하지 못하는 일본은 1966년에 우주발사체 개발과 시험발사를 했다.

일본은 우주발사체는 대륙간 탄도미사일과 다르다고 주장하면서, 미국의 기술을 통해서 시험발사를 계속했다. 현재까지도 일본은 우주발사체와 미사일은 다르다고 주장하면서, 우주발사체를 보유하고 있다. 결국 일본 때문에 우주발사체와 미사일의 구분이 생긴 셈이다. 일본군 자위대는 군대가 아니라는 식의 억지 논리이다.

대한민국의 자력 인공위성 발사

1998년에 발사된 광명성 1호가 북한의 첫 자력발사 인공위성이라면, 그에 해당하는 남한의 첫 자력발사 인공위성은 2009년 8월 25일에 KSLV-I 우주로켓 나로호를 통해 발사가 시도된 과학기술위성 2호이다. 본래는 2005년에 발사하려고 했으나 당초 예정보다 4년이 지연되었고, 궤도진입에는 실패했다.

2차 발사는 2010년 6월 10일에 실시됐으나, 이륙 후 137.19초, 고도 70km 지점에서 페어링 분리여부가 확인이 안 되었고 통신두절로 실패했다. 3차 발사는 2012년 10월 26일에 실시됐다. 2012년 10월 26일 3차 발사를 시도했으나, 고무링 파손으로 연기됐고, 다시 2012년 11월 29일에 발사를 시도했으나 다시 연기됐다.

북한의 발사 일지

1998. 8. 31. 대포동 1호(광명성 1호) 발사

2006. 7. 5. 미국 독립기념일에 대포동 2호 발사.

2009. 2. 17.~2. 19. 중국 우다웨이 외교부 부부장, 미사일문제 협의차 방북

2009. 2. 24. 대한민국 외교통상부, 북한 미사일 태스크포스 팀 발족

2009. 3. 6. 북한 외기권조약 가입

2009. 3. 10. 북한 외기권에 발사된 물체의 등록에 관한 협약 가입

2009. 3. 11. 데니스 블레어 미정보국 국장 '북한이 발사하려는 것은 우주발사체'라고 발언

2009. 3. 12. 북한 4월 4~8일 사이에 발사하겠다고 국제해사기구에 통보

2009. 4. 5. 오전 11시 30분 15초 은하 2호(광명성 2호)를 함경북도 무수단리에서 발사

2012. 4. 13. 광명성 3호를 평북 철산군 동창리에서 발사, 추락으로 실패

2012. 12. 12. 북한의 은하 3호 발사 성공과 위성을 궤도에 올림으로써, 북한은 자국 내에서 우주발사체 발사를 성공한 10개국 '스페이스 클럽' 진입

11

구 상 장편소설

히든솔저

한국 최초의 우주발사체
나로호의 숨겨진 진실

차례

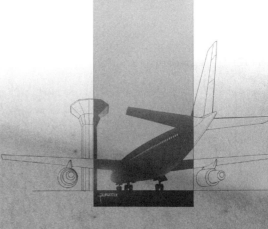

프롤로그

5월 19일 금요일 서울역 대합실
오후 9:00

「정규방송을 중단하고 뉴스특보를 말씀드리겠습니다. 」

주말 TV 오락프로그램 중간에 갑자기 뉴스를 알리는 자막과 함께, 아나운서가 나와 보도내용을 전하기 시작했다. 인파로 붐비는 금요일 저녁 서울역 대합실을 오가던 사람들의 시선이 TV로 모아졌다.

「나로호 발사체 개발추진단장 전승연 박사의 납치사건을 수사해 왔던 국정원은 오늘 납치범들이 박사의 석방을 인터폴에 통보해 왔다고 발표했습니다. 아직 그간의 수사상황은 자세히 알려지지 않고 있으나, 납치범들은 미국 미시시피 주의 골든트라이앵글 공항에서 전승연 박사를 석방하겠다는 통보를 해온 것으로 알려지고 있습니다. 」

"뭐?"

TV를 들여다보던 사람들이 놀란 얼굴로 서로를 바라보았다. 아나운서의 음성은 계속되었다.

「인터폴 대변인에 의하면 이러한 석방은 매우 이례적인 것으로, 납치범들이 폭탄테러와 같은 추가테러를 공항에서 계획하고 있을 가능성도 있다고 보고 있습니다. 이에 따라 인터폴은 전승연 박사의 석방현장에서 납치범을 검거하기 위한 작전도 동시에 검토 중인 것으로 전해지고 있습니다. … 자세한 현지상황을 알아보기 위해 미국 미시시피 주 골든트라이앵글 공항에 나가 있는 특파원을 연결하겠습니다.」

이어서 화면에서는 특파원이 나와 방송을 이어나가기 시작했다.

「네, 저는 지금 미국 미시시피 주의 스탁빌에 있는 골든트라이앵글 공항에 나와 있습니다. 이곳은 현재 목요일 아침 8시입니다. 인터폴의 발표에 의하면, 납치범들은 박사를 석방하겠다는 의사를 이곳 시간으로 약 한 시간 전인 오전 7시에 현지 방송국에 통보해 온 것으로 알려졌습니다. 그러나 골든트라이앵글 공항에서의 구체적인 석방방법이나 석방조건 등은 아직 알려지지 않고 있습니다. … 오늘 만약 납치범들이 공항에서 전승연 박사를 석방하게 된다면, 인질석방이 실시간으로 전 세계에 생중계되는 초유의 상황이 벌어질 것으로 보입니다.」

TV 화면에서는 미국 공항의 풍경이 나오기 시작했다. 특파원의 멘트는 계속 이어졌다.

「현재까지 알려진 바에 의하면, 전승연 박사의 납치는 북한의 소행으로 파악되고 있습니다. 우리나라 국정원과 미국의 인터폴은 이번 납치사건을 북한의 김정은 집권 이후에 이루어진 군 수뇌부 숙청에 반발하는 군 내부 수구강경파에 의한 소행으로 보고 있습니다. 한편으로는 오늘의 석방이 납치범들의 통보대로 순수한 석방에서 끝나지 않고, 또 다른 테러를 자행하기 위한 위장전술일지도 모른다는 예측도 나오고 있습니다.」

"오늘 아무래도 큰일 터지겠는데….”

"그러게, 이거 왠지 그냥 인질 놔주고 끝날 거 같지 않은데?”

TV를 보는 사람들의 근심스러운 말투가 들려왔다. 특파원의 보도는 계속되었다.

「인터폴은 납치범들의 이동경로를 추적 중이라고 밝혔지만, 납치범들이 석방의사를 이곳 시간으로 한 시간 전에 현지 방송국을 통해 통보해왔기 때문에, 아직까지 납치범들의 이동경로를 완전히 파악하지는 못한 것으로 보입니다. 한편으로 납치범들이 비행기를 이용한다는 전제하에, 공항에 도착하는 모든 항공편의 승객명단도 확보해서 분석 중인 것으로 알려졌습니다.」

TV화면에서는 마이크를 든 특파원의 모습 뒤로 수십 명의 경찰들이 분주히 움직이고 있었다.

「현재 공항은 대규모의 경찰이 배치되는 등 경계상태에 놓여있습니다. … 만약 석방이 이루어지는 장소가 도착승객들이 많은 공항 로비일 경우, 상황에 따라서는 민간인 희생자가 발생할지도 모른다는 우려도 제기되고 있습니다. 이미 말씀드린 바와 같이 오늘의 석방은 현장에서 실시간으로 중계되는 초유의 상황이 될 것으로 보입니다만, 아직 공항에 납치범들이나 전승연 박사의 모습은 보이지 않고 있습니다.」

이어서 TV 화면은 공항의 도착출구에서 승객들이 걸어 나오는 모습을 비추기 시작했다. 골든트라이앵글 공항은 미국 소도시의 국내선 전용공항이지만, 아침 출근시간이어서인지 출구를 나오는 승객들은 꽤 많았다.

서울역 대합실에서 걸음을 멈추고 TV를 지켜보던 사람들이 이야기를 주고받기 시작했다.

"북한이 또 사고를 친 건가?"

이때 TV 화면의 한쪽에 한국인으로 보이는 중년신사 두 사람이 게이트에서 걸어 나오는 모습이 비춰졌다. 이내 카메라는 그들 두 사람을 중심으로 영상을 잡기 시작했다. 그런데 그와 동시에 출구 반대편 대합실 쪽에서 그들을 향해 다가서는 짧은 머리 사나이의 뒷모습도 화면에 잡히고 있었다.

이어서 특파원의 긴장한 음성이 들려왔다.

「여러분 지금 … 전승연 박사와 납치범으로 보이는 사람들이 도착 출구에서 나오고 있는 것 같습니다.」

그런데 이때 TV 속에서 누군가가 외치는 소리가 들려왔다.

"*Terrorists* (테러범들이다)!"

그 소리와 동시에 중계 카메라가 로비에 있던 경찰들 쪽으로 급하게 돌아가서인지, TV 영상이 흔들렸다. 그리고 화면에는 경찰들이 일제히 권총을 빼들고 도착출구 쪽을 향해 겨누는 모습이 나오고 있었다.

"어떻게 된 거야?"

TV를 보던 누군가가 소리쳤다.

이때 TV에서 권총을 겨눈 경찰들 중 한 사람이 소리치는 음성이 들려왔다.

"*Drop them all* (모두 총 버려)!"

그러자 TV 화면은 다시 도착출구 쪽을 비추었고, 짧은 머리의 사나이가 앞쪽에 있던 중년신사의 등 뒤에 선 채 천장을 향해 권총을 든 모습이 클로즈업 되었다.

"어…, 저기…, 저 뒤에 총 들고 있는 놈이 납치범인 것 같은데?"

대합실에서 TV를 보고 있던 사람들 중 하나가 소리쳤다.

이때 사나이의 총구에서 불꽃이 튀면서 총소리가 났다.

탕!

그리고 그와 거의 동시에 그 사나이 앞에 서 있던 중년신사가 바닥으로 쓰러졌다.

"어라, 어떻게 된 거야…. 저 사람이 총에 맞은 거야?"

TV를 보고 있던 사람들이 소리쳤다. 그런데 TV에서 갑자기 수십 발의 총성이 들려왔다.

타타타타타타탕 …

그것은 중계 카메라 뒤쪽의 대합실에 집결해 있던 경찰들이 쏜 것이었다. TV 화면은 총알세례를 맞아서 피투성이가 되어 쓰러지는 짧은 머리 사나이의 모습을 적나라하게 비추고 있었다. 마치 영화의 한 장면 같은 일이 현실 속에서 일어나고 있고, 그것이 지금 생중계되고 있는 것이다.

서울역 대합실에서 TV를 보고 있던 사람들은 화면 속에서 벌어지는 일을 믿을 수가 없었다.

"이거 진짜야? 가짜야?"

누군가가 소리쳤다. 뒤이어 공포에 질린 특파원의 목소리가 TV를 통해 흘러나왔다.

「시청자 여러분… 지, 지금… 납치범이 총격을 당해 쓰러졌습니다. … 여러분 이건 실제상황입니다. 아, 믿어지지 않습니다.」

중계 카메라도 당황했는지 화면이 심하게 흔들리고 있었다. 흔들리는 화면의 한쪽에는 먼저 쓰러졌던 중년신사의 모습이 보였다. 그도 놀란 듯 자신이 걸어 나온 출구 쪽을 돌아보고 있었다.

그런데 화면에는 또 다른 중년의 사나이가 게이트 쪽에서 권총을 든 모습과, 그를 향해 권총을 겨누고 있는 경찰들의 모습이 연속해서 비춰졌다.

"대체 어떻게 된 거야…?"

TV를 보던 사람들이 웅성거렸다. 중계되는 화면영상만으로는 도무지 돌아가는 상황을 알 수 없었기 때문이다.

탕!

다시 총성이 들려왔다. TV 화면이 총성이 울린 쪽을 비추자, 권총을 머리에 댄 채 피를 흘리며 쓰러지는 또 다른 중년 사나이의 모습이 나왔다. 이어서 특파원의 떨리는 음성이 들려왔다.

「시청자 여러분, 지금… 충격적인 일이 일어났습니다. 납치범 일당 중 간부급으로 보이는 자가 권총으로 자살을 한 것 같습니다. 한 명은 현장에서 사살되고, 나머지 한 명은 지금 자살하고 말았습니다. 아, 이런… 너무 끔찍한 일이 눈앞에서 벌어지고 있습니다. 시청자 여러분 저는 지금 뭐라고 말씀을 드려야 할지 모르겠습니다. …」

그리고는 중계화면이 갑자기 끊겨버렸다.

서울역 대합실에서 TV를 보던 사람들 모두가 어리둥절해 했다.

"뭐야? 납치범이 자살했다는 거야?"

I 여명 黎明

1. 아주르(Azure)

2월 1일 수요일(약 3개월 전)
오후 2시
항공우주연구원

전승연 박사는 항공우주연구원 원장의 집무실 쪽으로 걸음을 옮기고 있었다. 집무실 입구의 비서실에 도착한 그는 비서의 안내를 받아 안으로 들어섰다.

문을 열고 들어서는 그에게 류석영 원장이 툭 내던지듯 이야기했다.

"전 박사 …, 미국에 출장 좀 다녀와야겠어."

류석영 원장은 보통의 키였지만, 단단한 체구를 가지고 있었다. 그는 항공우주연구원의 원장으로 부임하기 전까지 미국의 항공기 제조업체에서 고위급 임원으로 근무했다고 알려진 인물이었다.

대개의 기관장들처럼 원장 역시 늘 짙은 무채색의 정장을 입곤 했지만, 넥타이는 항상 맑은 날의 하늘색에 가까운, 특이한 톤의 무늬 없는 파란 것만을 맸다. 연구원 사람들은 그가 왜 그런 넥타이만 고집하는지 그 이유를 정확히 알지는 못했다. 단지 그의 취향이 독특하거나, 아니면 파란색을 정말로 좋아해서 그럴 것이라고 짐작할 뿐이었다. 그래서

인지 언제부터인가 사람들은 그를 가리켜서 파란색이라는 뜻의 '아주르(azure)'라는 별명으로 불렀다. 그런데 원장도 그 별명이 싫지는 않은 눈치였다.

지금도 승연의 눈앞에는 원장의 파란 넥타이가 보였다.

"미국 출장이요? 무슨 일이 있습니까?"

승연이 원장을 보며 물었다. 그러자 원장이 천천히 말했다.

"응, 다음 주에 미시시피주립대학에서 국제로켓학회가 열리는데, 전 박사가 거길 좀 다녀와야 되겠어."

"국제로켓학회요? 글쎄요, 그런 학회라면… 저보다는 젊은 연구원들을 보내시는 게 낫지 않을까요? 안목도 넓히고 경험도 쌓게 하는 차원에서."

"그렇긴 한데, 이번 발표는 중요해. 그래서 전 박사가 꼭 가야 돼."

"발표… 라뇨?"

"나로호 발사에 대해 발표를 해야 되거든."

원장이 천천히 이야기했다.

"나로호에 대해서 발표를 한다고요?"

승연이 음성을 높였다.

"자네가 나로호 개발을 전반적으로 지휘했으니까."

"하지만… 나로호는 그동안 발사실패나 발사연기 때마다 이래저래 말이 많았는데요, 이제 와서 새삼스레 그거에 대해 발표를 하다뇨, 그건 좀…."

승연의 말에 원장이 어색한 미소를 지어 보이면서 대답했다.

"그게 사정이 좀 그렇게 됐어."

"사정이요?"

그는 원장의 표정에서 다른 이유가 있을 것이라고 짐작했다.

원장이 천천히 말했다.

"사실은 … NASA에서 요청이 왔어."

"네?"

"그러니까, 그동안의 나로호 개발과 발사과정에 대해서 개략적으로 세미나를 해달라고 ….."

원장이 얼버무리듯 말을 흐리자 더욱 놀란 듯 승연이 물었다.

"NASA에서 그런 요구를 했단 말입니까?"

"그렇다네."

"……."

승연은 아무 말 없이 원장 앞에 서 있었다. 짧은 시간동안 두 사람 사이에 어색한 공기가 흘렀다. 분위기를 바꾸려는 듯 원장이 다시 이야기를 시작했다.

"얼마 전부터 NASA는 우리나라를 전담하는 담당자를 두고 있어."

"그건 저도 알고 있긴 합니다만."

승연은 수개월 전에 NASA의 조직 중에서 동아시아지역 담당자 이외에, 새로이 한국담당 과장이라는 직책이 만들어진 일을 떠올렸다. 그 당시에 그가 NASA 조직표를 통해 확인했던 새 담당자는 얼굴은 동양인으로 보였지만, 서양이름을 가진 자였다.

"음 … 결국 그자가 우리에 대해 트집을 잡고 있다는 거군요?"

"……."

원장은 잠자코 있었다.

"혹시 그자, 한국계 입니까?"

승연이 눈을 가늘게 뜨며 원장에게 물었다.

"글쎄, 그 담당자 이름이 … 케빈 모리슨이었지 아마?"

원장은 자신의 책상 위에 놓여있는 서류로 시선을 보내며 말했다.

"이게 혹시 NASA에서 온 공문입니까?"

승연이 원장 책상 위의 서류를 보며 물었다.

"그렇다네."

"……."

잠시 뜸을 들이다 승연은 굳은 얼굴로 말을 이었다.

"사실 미국 정부기관들을 보면, 어느 나라와 관련 있는 일에는 대부분 그 국가 출신을 쓰더군요. 이를테면 미국에 있는 중동문제 전문가들도 사실은 모두 중동지역 출신의 미국 국적자들이지요."

"그래, 그렇긴 하지."

원장이 천천히 고개를 끄덕였다.

"제가 볼 때는 그 케빈 뭐라는 자도 한국계 미국인이 틀림없습니다."

"뭐, 그럴 수도 있겠지."

"분명히 한국계 2세나 3세쯤 되겠지요."

"그, 글쎄 …."

원장의 말에 승연이 굳은 얼굴로 말했다.

"이 대목쯤에서 미국의 앞잡이 노릇을 하는 한국계 미국인이 한 분 등장해 주시는 게, 보통의 각본 아닌가요?"

"미국의 앞잡이?"

원장이 눈을 크게 뜨며 물었다.

"이를테면 그렇다는 말씀입니다. … 그 공문은 케빈인가 하는 그자가 보낸 겁니까?"

"응…, 그렇다네."

원장이 곤혹스런 표정으로 대답했다.

"뭐 그렇다면, 사실상 NASA로부터의 압력이군요."

승연이 어깨를 움츠리며 말하자, 원장의 미간에 주름이 잡혔다.

"글쎄 뭐 꼭 그렇다고까지는 …."

"분명히 그럴 겁니다. 사실 미국이 미사일 합의각서를 다시 써줘서 우리가 나로호를 개발한 거였지 않습니까? 그동안 곡절도 있었지만, 아무튼 간에 우리가 러시아, 말하자면 구소련의 기술로 나로호를 만든 것이니, 그게 미국한테는 결코 유쾌한 일이 아니었을 겁니다."

"그, 그럴 수도 있겠지."

"아마 그 케빈 뭐라는 자는 눈에 핏대를 세우고 우릴 지켜보고 있을 겁니다. 뭔가 시비 걸 건수를 찾으려고 말이죠."

"글쎄 …."

"그런 자들을 두고, 바나나라고도 하지 않습니까?"

"바나나?"

원장이 눈을 크게 뜨며 물었다.

"겉은 노랗지만, 속은 흰…. 얼굴이 한국사람처럼 생겼다고 해도, 그런 자는 한국인이라고 생각하면 안 됩니다."

"음 …."

원장은 말없이 승연을 바라보았다.

"우리가 실패했을 때 필시 그자는 쾌재를 불렀겠죠."

승연이 불쾌한 표정을 지으며 말했다.

"뭐 그러기까지야 했겠어?"

원장이 얼버무렸다.

"제 생각이 크게 틀리지는 않을 겁니다."

"아무튼 간에 그래서, 자네가 이번 학회를 좀 다녀와야 되겠어. 그래야 앞으로의 일이 부드러워질 거 같아. 그 대신에 한 사람 더 갈 수 있도록 출장비를 결재해줄 테니까, 우리 항우연(항공우주연구원) 소속이 아닌 사람하고 같이 다녀오게."

"항우연 소속이 아닌 사람 … 하고요?"

승연이 눈썹을 치켜 올리며 물었다.

"응. 기왕에 나로호에 대해 대외적으로 발표하게 된 거니까, 가능한 한 널리 알리는 차원에서, 다른 기관에 있는 사람 하나를 자네가 추천하게. 내가 같이 다녀오도록 해 줌세."

승연은 나로호 발사를 널리 알린다는 원장의 말이 무슨 의미일까 잠시 생각했다.

"… 알겠습니다."

의아한 심정으로 대답을 한 그는 돌아서서 원장 집무실을 나왔다.

2. 여정의 서곡

2월 9일 목요일
시애틀 타코마 국제공항
현지시간 오전 07:20

공항 활주로에 깔린 짙푸른 새벽 여명이 활주로에 켜진 오렌지색 나트륨 유도등 불빛을 더욱 선명하게 대비시켰다. 그러나 시간이 지날수록 풍경이 밝아지면서, 색의 대비는 점점 옅어져가고 있었다.

"후⋯."

탑승구 근처 의자에 앉아있던 승연은 숨을 한번 내쉬었다.

대합실에 설치된 대형 LCD TV에서는 세 사람의 첼로 연주자가 바흐의 무반주 첼로협주곡을 연주하는 모습이 나왔다. 스피커에서 나오는 세 사람의 첼로소리가 겹쳐지면서 만들어지는 음색이 마치 화음처럼 들려왔다.

그의 손목시계는 열두 시 이십 분을 가리키고 있었다. 시계를 아직 이곳 시간으로 고치지 않았으니, 한국은 지금 한밤중일 것이다. 그가 향하고 있는 미시시피는 이곳 미국 서부에서도 세 시간의 시차가 있기 때문에, 도착해서 시계를 고칠 생각으로 그는 아직 시계에 손을 대지 않았던 것이다.

옆으로 고개를 돌리자 최인규 박사가 대합실 의자에 거의 눕다시피 한 자세로 몸을 젖히고 눈을 감고 있는 모습이 보였다. 180센티미터가 넘는 키에 마라톤 풀코스를 완주할 정도의 체력을 가진 그였지만, 열 시간이 넘는 비행기 여행에는 도리가 없었던 모양이었다.

최인규는 승연이 석사과정에 들어가던 해에 학부 신입생으로 입학했었다. 두 사람은 세부전공이 같고 통하는 면이 많아서 네 살의 나이차에도 불구하고 지금껏 가깝게 지내왔다. 그런데 사실 외모나 성격으로 본다면, 두 사람에게 비슷한 점은 별로 없었다. 승연은 70년대의 마지막 학번이었고 인규는 80년대의 중반, 이른바 '긴 세대' 학번이었다. 그래서 승연이 목표지향적인 세대의 조금은 보수적인 원칙주의자에 점잖고 내성적이었던 데 비해, 인규는 긴 머리를 늘어뜨리고 다니면서 약간은 반항적인 기질을 가지고 있었다.

그런 두 사람이 가까워진 것은 학생회 주관 행사였던 《백범일지》독서토론회에서 함께 이야기하고 난 뒤부터였다. 승연은 인규의 외모만을 보고 처음에는 '노는 부류'라고 생각했었지만, 그와 대화를 하고난 뒤 미래를 보는 생각이 비슷하다는 것을 알게 되었던 것이다. 그 이후로 30년이 흐른 지금 인규는 대학에서 학생들을 가르치고 있지만 여전히 머리를 기르고 있고, 때로 꽁지머리를 묶고 다닌다는 이유로 학생들에게 '신세대 교수' 소리를 듣고 있었다. 승연과 인규 두 사람은 서로의 지위나 생활은 달랐지만 서로의 연구에 의논상대가 돼주는 사이였고, 그래서 승연은 이번 출장에 그에게 동행을 부탁했던 것이었다.

그렇지만 서울에서 먼 도시에 살면서 해외출장을 가는 것은 사실 고된 일이다. 승연이 집을 나선 것이 어제 새벽이었다. 콜택시를 타고 광주까지 와서 리무진 버스를 타고 인천공항까지 다섯 시간이 넘게 달려왔다. 그리고 공항에서 최인규를 만났고, 나리타를 경유하여 비행기를 갈아타고 미국 서북부 귀퉁이의 이곳 시애틀에 오기까지 열 시간 가까이 걸렸다. 여기까지 오는 데에만 꼬박 하루가 걸린 셈이다.

그런데 여기서 다시 비행기를 바꿔 타고 미국 중부의 멤피스까지 세 시간 가량을 더 가야하고, 거기서 또다시 국내선 소형 여객기로 갈아타고 미시시피주립대가 있는 스탁빌 근처의 골든트라이앵글 공항까지 사십여 분을 더 가야 한다. 그게 끝이 아니다. 골든트라이앵글 공항에서 미시시피주립대까지는 렌터카를 빌려서 몰고 가야 한다.

인천에서 나리타, 그리고 나리타에서 시애틀까지 오는 동안, 두 사람은 이미 지쳐버렸다. 게다가 탑승 때마다 받는 보안검색은 이들을 더 지치게 만들었다. 짐으로 부치지 않은 가방은 비행기를 갈아 탈 때마다 X선 투시를 받았고, 한 번은 구두를 벗어서 밑창까지 다 보여줘야 했다. 그리고 어쩌다 무작위 특별 검색에 걸리기라도 하면, 가방 속에 든 짐 하나하나를 모두 다 꺼내 보여줘야 된다. 아직 그런 일은 없었지만, 갈 길이 많이 남았으니 알 수 없는 노릇이다.

"이래가지고서야 학회발표는 고사하고, 가서 제대로 앉아있기나 할 수 있을지 모르겠다."

승연이 중얼거리듯 말했다.

두 사람이 대합실에 머무른 지 한 시간이 다 되어가고 있었지만, 탑승구 전광판에는 아직도 탑승을 알리는 메시지가 나오지 않았다.

초점 없이 앉아있는 승연에게 지난 일들이 떠올랐다.

그가 항공공학도의 길을 택한 데는 부친의 영향이 컸다. 그의 부친은 그에게 늘 녹두장군의 후예임을 잊으면 안 된다면서, 나라에 보탬이 되어야 한다고 습관처럼 말하곤 했다.

"벼슬을 하기보다는 과학자가 되는 것이 진정한 애국이다."

어려서부터 귀에 못이 박히게 들은 말이었다.

'벼슬이라니, 이제는 우주로 날아가는 시댑니다, 아버지.'

어쨌든 그는 부친의 소망대로 공학도가 되었다. 사실 승연은 '녹두장군의 후예'라는 말은 아무리 들어도 도통 와 닿지 않았지만, 4공화국 정부가 강력하게 추진했던 자주국방정책은 그에게도 너무나 매력적인 일이었다. 자주국방정책에 고무된 군수산업 관련분야에 대한 관심은 당시 전 국민적인 것이었다. 특히 항공공학 분야는 독자적인 유도탄 개발과 맞물려서 가장 촉망받는 분야였고, 거기에 종사하는 사람들은 국가적인 엘리트로 여겨졌다. 그 역시 국가안보와 자주국방을 이루어내겠다는 꿈을 가지고 항공공학을 선택했던 것이었다.

그렇지만 10 · 26사태 이후 그 꿈은 물거품이 되는 듯했다. 새로 집권한 신군부가 미국과 우호적 관계를 만들려고 국산유도탄 개발팀을 해체해 버렸기 때문이었다. 그리고 그때까지의 연구결과를 담은 자료들도 어디론가 사라져버렸고, 휴전선에서 평양까지의 거리밖에 되지 않는 180km 사정거리의 로켓만 보유하기로 미국과 약속을 해버렸던 것이다. 그것은 사실상 개발을 포기한 것이나 다름없었다.

그런데 그가 석사과정에 들어간 1983년에 아웅산 폭탄테러 사건*이 일어나면서 상황이 달라졌다. 서울올림픽 전까지 국산유도탄을 실전배치하라는 지시가 내려오고 국방과학연구소에 유도탄 개발팀이 부랴

---

* **아웅산 폭탄테러 사건**: 1983년 10월 9일 미얀마(당시 버마)의 수도 양곤에 위치한 아웅산 장군의 묘역에서 북한이 미리 설치해놓은 폭탄이 터져, 한국인 17명과 미얀마인 4명 등 21명이 사망하고, 수십 명이 부상당한 사건이다. 이 테러로 서석준 부총리, 이범석 외무장관, 김동휘 상공부장관 등 각료와 수행원 17명이 순직하고, 기타 수행원들이 부상당하였다. 사건 직후 전두환 대통령은 공식순방일정을 취소하고 귀국했다. 이 사건으로 그 해 각 대학의 가을축제가 취소되고, 연예오락 프로그램도 한동안 중단되었다.

부랴 다시 만들어지면서, 국산유도탄 '현무'의 개발이 시작되었던 것이다. 그는 대학원 졸업 후 국방과학연구소의 유도탄 개발팀에 참여했지만, 사정거리 180km 라는 미국과의 각서 때문에 '현무' 개발 이후 더 이상의 개발은 이루어지지 않았다.

그러는 가운데 북한의 유도탄 개발은 계속됐고, 1998년에 와서는 사정거리 2,200km의 미사일 '대포동 1호'를 발사하기에 이른다. 게다가 그 시기에 알래스카 근처 해상에서 발견된 북한의 것으로 보이는 로켓 추진체 파편은 그들이 사정거리 6천km급의 다단계 대륙 간 탄도탄까지도 개발했음을 보여주는 것이었다. 이런 상황에서 남한이 가진 사정거리 180km의 '현무'는 아무런 억제력을 갖지 못하는, 그야말로 '새총'에 불과한 것이었다. 이런 현실에 유도탄 개발팀의 연구원들은 하나 둘씩 다른 길을 찾아 국방과학연구소를 떠나기 시작했고, 승연 역시 더 공부를 하겠다는 핑계로 연구소를 그만두고 미국으로 유학을 떠났다.

그런데 얼마의 시간이 지나 한·미 방위조약과 주한미군지위협정 SOFA가 개정되면서, 한국군의 유도탄 보유에 대한 합의각서도 다시 쓰이게 되었다. 새로운 각서는 한국의 유도탄개발 사정거리를 300km까지로 늘리고, 연구용 로켓 추진체는 500km까지 허용하는 것이었다. 이것도 그때까지의 북한의 개발행보에 비하면 여전히 초보수준에 불과했지만, 한·미 간의 줄다리기 끝에 얻어진 성과이기는 했다.

협정 개정 이후 새로운 움직임이 일어나기 시작했다. 항공우주연구소에 발사체 개발추진단이 만들어지고, 독자 기술에 의한 인공위성 발사계획과 함께, 2002년부터 남해안의 외나로도에 「나로우주센터」 건설과 함께 인공위성을 자체기술로 발사하기 위한 연구가 시작되었다. 이때 승연은 미국에서 돌아와 나로발사체 추진단장을 맡게 되었던 것이다.

그러는 동안에도 북한은 유도탄 개발을 계속했고, 2006년도에는 마치 미국에 도전이라도 하듯이 미국 독립기념일에 맞춰 사정거리 6천km의 '대포동 2호'를 발사했다. 그리고 2009년 4월에는 '대포동 2호'의 추진체였던 '은하 2호'를 이용해 '광명성 2호' 위성까지 우주로 발사했던 것이다. 게다가 2012년 12월 12일에는 마치 결함이 있는 듯이 위장을 하더니, 사정거리 1만km급의 '은하 3호'를 발사해서 자국 영토 내에서 우주발사체 발사에 성공한 10개국, 이른바 '스페이스클럽'에 북한이 먼저 들어가 버렸다.

나로호 개발에 사력을 다하고 있던 그에게 북한의 위성발사는 충격적인 일이었다. 이런 속에서 한국 최초의 우주발사체 '나로호'는 몇 번의 실패와 발사연기의 곡절을 겪었던 것이다. 그러는 중에도 미국과 다시 미사일 발사거리 제한에 대한 재논의가 이루어져 군사목적 발사체의 사정거리는 800km로, 탄두 중량은 500kg까지 늘리기로 합의했다. 그러나 독자적으로 유도탄을 개발하는 것은 여전히 불가능한 상황이었다.

승연의 머릿속에 그동안의 일들이 마치 영화의 장면들처럼 지나가고 있었다. 이때 최인규가 부스스 일어나며 말했다.

"선배는 안 피곤해요?"

"난 괜찮아. 근데 나 때문에 자네가 고생하는군."

"고생은요, 사실 이번엔 나도 학회에 가서 분위기를 한번 봐야 하는 거 아닌가 하는 생각을 했던 참이었거든요."

"그럼 다행이고."

"근데… 나로호를 통해서 얻은 게 있긴 한가요?"

최인규가 그의 표정을 살피며 말했다.

"후속연구가 진행될 거긴 한데, 별로 얻은 게 없다고 말하는 사람들도 있긴 하지."

신중한 어조로 대답하는 승연을 잠시 바라보다 인규가 다시 물었다.

"사실 우리가 할 수 있는 건 아무것도 없지 않았나요?"

"그래 …. 그렇긴 해."

승연이 숨을 내쉬며 대답했다.

"뭐, 발사라는 게 두세 번에 성공한다는 거 자체도 어려운 일이긴 하죠."

"물론 그렇지."

"그래서 실패하면서 배우는 거라고 하는 거겠지요. 근데 혹시 우리가 러시아한테 속은 건 아닌지 모르겠어요. 러시아가 자기네 발사체 개발연습을 우리나라 돈으로 한 거라는 말도 있더라고요 …."

"그래, 그런 얘기들도 하지."

승연이 시선을 허공에 둔 채 말했다. 그는 뭔가를 생각하더니 다시 말을 이었다.

"하지만 … 북한이 위성이라고 주장하는 은하 2호도 그렇듯이, 나로호도 발사체 앞에다 위성 대신 폭탄만 달면 장거리 탄도미사일이 되는데 어느 나라가 그런 발사체를 제작하는 기술을 알려주려고 하겠어."

"그렇긴 하죠. 아무튼 러시아는 우릴 도와주는 척하면서 자기네 실속은 다 챙긴 거죠?"

"… 그런 셈이지."

"그럼 약속을 제대로 안 지킨 거 아닌가요?"

"안 지켰다고 하기보다는, 약속을 안 했다고 해야겠지."

"하지만 계약도 하고 돈도 줬을 거 아녜요?"

"그래…. 러시아하고 발사체 기술협상을 처음 시작한 게 2002년이었는데, 그때 러시아는 경제가 어려워서 발사체 개발예산이 없었지. 그러던 차에 우리가 개발 제의를 하니까, 이게 웬 떡이냐 하면서 도와주겠다고 한 거지."

"그랬군요."

"그래서 2004년에 2억 달러를 주고 로켓기술을 이전받기로 했는데, 계약을 하고 나서는 갑자기 자기들 우주기술 보안을 들먹이면서 로켓을 만들어주긴 하되, 우리 연구원들은 로켓 제작현장에 참여할 수도 없고, 완성된 로켓 내부를 볼 수도 없다는 거야."

"아니, 그럼 그냥 물건만 팔겠다는 거잖아요. 게다가 2억 달러면… 한 2천 5백억 원쯤 되나요? 와~, 엄청난 액수로군요. 걔네들 완전히 로또 맞았네요."

최인규는 천진난만하게 대꾸를 했다. 나이가 들고 장발을 하고 있어도 전혀 경박스럽지 않은 그였다. 더 묘한 것은 장난스런 눈빛으로 아무 말이나 해도 결코 애송이 같거나 아둔하게 보이지 않는다는 점이다. 그의 얼굴에는 권위적이지 않은 지성이 서려 있었다. 대학원생 시절에는 교수들에게 호감을 샀고, 한편으로는 후배나 학생들에게도 인기가 있는 신기한 인물이었다.

"그런 셈이지. 하지만 러시아는 미국이나 중국, 일본 같은 나라들에 비해선 그래도 양반이야. 그네들은 우리가 어떤 제의를 해도 들은 척도 안했으니까."

"그랬군요."

최인규가 다시 의자에 몸을 기대며 말했다.

"어쨌거나 나로호는 우리나라에 숙제만 남겼군요."

"……."

승연은 말없이 허공을 바라보았다.

시간이 또 얼마나 지난 걸까. 끝날 것 같지 않은 기다림이 주는 피로감이 거의 한계에 다다르고 있었다.

"근데 왜 이제 와서 나로호에 대해 세미나를 해야 되는 거죠?"

의자에 몸을 기대고 앉아있던 최인규가 갑자기 생각난 듯 물었다.

"그게 사실… 우리 연구소 류석영 원장이 부탁하더라고."

승연이 나직이 말했다.

"부탁이라뇨?"

최인규가 승연의 얼굴을 다시 똑바로 보며 물었다.

"출장비를 대줄 테니까, 미국 학회에 가서 나로호 개발과정을 발표하고 오라더군."

"그래요?… 갑자기 그러라고 한 이유가 뭐죠?"

"NASA에서 협조요청이 왔더군."

"협조요청이요?"

"한국담당 과장인가 하는 자로부터 그런 편지가 왔더군. 우리 원장한테."

"그래요? 아니, 지네들이 뭔데 발표를 하라마라 하죠?"

"……."

"그놈들, 나로호를 못마땅하게 생각하고 있었던 게 틀림없군요."

"……."

두 사람이 시애틀에 내려서 입국심사를 받은 것이 오전 6시 30분이었다. 그때는 풍경이 칠흑처럼 깜깜했는데, 어느새 날이 밝아 거대한 덩치의 비행기들이 계류장을 천천히 오가는 모습이 보였다. 이때 안내 방송이 나왔다.

「8시 55분 발 멤피스 행 노스웨스트 008편에 탑승하실 손님들께서는 6번 탑승구로 가주시기 바랍니다. 다시 한 번 말씀드리겠습니다 …. 」

"우리 비행기다! 자, 최 교수, 일어나. 타러 가자구."

승연이 말하자, 최인규가 의자에서 찌뿌듯하게 몸을 일으켰다.

"좁디좁은 이코노미 클래스의 의자 고문이 또 시작되겠군요."

그의 말도 맞긴 하다. 여객기의 이코노미 클래스는 오랫동안 앉아있기에는 정말로 비인간적인 의자가 틀림없다. 게다가 안전벨트를 매고 꼼짝없이 앉아있어야 하니, 묶인 짐짝이나 마찬가지인 것이다.

"국회의원님들은 해외출장 때마다 공짜로 일등석만 타신다는데, 국가의 중대발표를 하러 가는 우리 같은 과학자들은 어떻게 좀 안 되나?"

최인규가 능청스레 말했다.

"이 친구 하고는. 자, 어서 가자고. 조금만 참아. 미시시피에 도착해서 좀 쉬자고."

승연이 재촉했다. 두 사람은 가방을 챙겨 들고 탑승구로 향했다.

3. 클로즈 엔카운터
close encounter I

2월 10일 금요일
미시시피주립대학교 에어로스페이스 엔지니어링 홀
현지시간 오전 11:30

"발표가 첫날에 잡혀 있어서 긴장이 좀 됐었는데, 그럭저럭 잘 끝내서 다행이야."

발표를 마치고 밖으로 나온 승연이 최인규에게 말했다.

"그러게요. 시차도 적응 안 됐는데 선배, 발표 잘하시던데요?"

"뭐라고 했는지 생각도 안 나."

"어쨌든 이제 다 끝났군요. 근데 그 질문 많이 했던 미국 놈… 이름이 뭐였더라? 하여튼 그 녀석, 질문하는 태도가 아주 불쾌했어요. 우릴 우습게 봤는지, 정말 건방지더라고요."

"그렇겠지. 미국은 이미 40년 전에 달에도 갔다 왔으니 말이야."

"킁, 자기가 직접 갔다 온 것도 아니면서 그 거드름 피우는 꼴 하곤."

"됐어, 잊어버리자고. 연구 열심히 해서 그런 놈들 코를 납작하게 해 주면 되지."

"우리도 남들한테 한 수 가르쳐 주는 날이 언젠가는 오겠죠? 아, 근데 이상하게 정작 NASA에서는 아무도 안 나온 거 같던데요? 자기들이 불러놨으면 누구라도 나와서 들어야 되는 거 아닌가?"

"그러게 말이야. 내가 봐도 NASA 사람들은 없는 거 같던데."

"와서 들어줘야, 여기까지 고생하고 온 보람이 있을 텐데 말이죠."

"뭐 사실 오늘 안 왔어도, 이미 내용은 다 파악하고 있겠지."

"하긴 그렇겠네요. 근데 왜 오라 가라 하는 건지 모르겠군요."

"……."

"아, 그런데 방청객 중에 동양인도 몇 사람 있는 거 같았는데. 지금은 안 보이네요. 그새 나갔나, 질문도 안 하고 계속 듣기만 하던데. 선배도 봤죠? 어디서 온 자들일까요?"

"응. 발표 중간에 나하고도 눈이 몇 번 마주쳤는데, 바로 피하더군. 셋이 같이 온 거 같았는데…, 왠지 연구직에 있는 사람들 같은 느낌은 안 들던데 누군지 모르겠어."

"정말 그러고 보니, 귀담아 듣는 것 같지도 않더군요."

"그러게 말이야. 딱히 중국인 같지도 일본인 같지도 않고 …."

"그럼 말이죠, 혹시… 북한이 보낸 스파이 아닐까요?"

농담인지 진담인지, 난데없는 최인규의 말에 승연은 피식, 웃음을 흘렸다.

"북한이 보낸 스파이? 허허, 모를 일이지. 그런데 하필 왜 우리야? 여기서 발사체에 대한 정보를 캐낼 요량이라면, 우리보다 기술이 앞선 다른 나라에서 온 저명한 학자들도 많을 텐데."

"하긴 그러네요."

최인규가 잠시 생각하더니 다시 말했다.

"그렇다면 말이죠 …."

"응, 뭔데?"

"저를 데리러 온 게 틀림없습니다."

"자넬 데리러 왔다고?"

승연이 묻자, 인규가 정색을 하고 말했다.

"아마 모르긴 해도, 좀 있다가 그자들 중 하나가 제게 슬그머니 다가와서는, '내래 북조선에서 왔수다. 같이 좀 가 주시디요. 조국을 위해 봉사를 좀 해주시야겠슴메다' 라고 말할 것 같은데요? 그리고 내일 아침신문에 특종으로 '한국의 차세대 우주과학자 최인규 박사, 미국에서 북한으로 납치되다' 라고 대문짝만하게 나오고, 저는 졸지에 스타가 되겠죠."

"허허, 이 친구 드라마를 쓰고 있군. 그쪽으로 소질이 아주 많은 것 같은데?"

"고~맙습니다. 제가 공학도치고는 예술적 기질이 좀 있지요? 하하하."

최인규가 꽁지처럼 묶은 자신의 뒷머리를 손으로 쓰다듬듯 문지르며 말했다.

"그래? 글쎄… 최 교수는 그냥 머리 스타일만 예술적인 거 아냐?"

승연이 웃으며 말했다. 장시간 비행 후에 자신의 발표까지 열심히 듣느라 기진맥진일 텐데도, 여전히 학부시절 선배에게 재롱떨듯 명랑하게 분위기를 띄워주는 인규가 고마웠다.

"하하, 그런 건가요? 그건 그렇고 우리 발표는 끝났으니, 여기 와서 해야 되는 일은 다 한 거죠?"

"그렇지. 사실 우리 발표를 첫날 첫 세션에 잡아놓은 걸 보면, 미국이 나로호 개발에 생각보다 신경을 많이 쓰고 있는 거 같긴 해."

"근데 아무도 안 올 거면서, NASA는 왜 굳이 여기까지 와서 발표를 하라고 한 건지…."

"글쎄 말이야."

"그 좁디좁은 의자에 앉아서 30시간을 넘게 날아왔는데, 이렇게 두어 시간 만에 결판이 나니, 좀 싱거운데요?"

"그렇긴 해. 헌데 세상사가 다 그렇지. 그래도 학회기간이 남아 있으니까, 새로운 소식 좀 찾아보고, 아는 사람 있는지도 살펴보고 그러자고. 혹시 알아? 옛날에 같은 랩에 있던 사람들이라도 만날지?"

"아, 선배는 NASA에서도 일했었죠?"

"응, 박사학위 받은 뒤에 연수받느라고 얼마간 일하긴 했었지…. 자넨 무슨 계획 있어?"

"글쎄요. 저는 오늘은 좀 쉬고, 내일 움직여보는 게 나을 것 같아요. 긴장이 풀려서 그런지 좀 눕고 싶거든요."

"아, 그러시게. 난 학교구경 좀 하고 갈 테니까. 저녁 먹으러 가기 전에 자네 방으로 전화하지."

"그러시죠. 그럼 이 몸은 먼저 물러가겠습니다. 나중에 뵙지요."

"그러세."

최인규는 자신의 노트북을 챙겨들고 발표장을 떠났다.

그들은 학회 참가자들을 위해 학교 측에서 제공한 기숙사에 머무르고 있었다. 물론 학교 밖에 있는 호텔에 묵을 수도 있지만, 그들은 습관적으로 비용이 저렴한 학교 기숙사를 택했던 것이다.

기숙사 건물은 학회 발표장 건물과 같은 캠퍼스에 있었기 때문에 걸어서 갈 수 있었다. 최인규가 나간 뒤, 승연도 자신의 가방을 들고 발표장을 나왔다.

학술대회는 한 개의 건물에서 각 층별로 다른 주제로 발표가 이루어지고 있었기 때문에, 사람들이 바쁘게 오가고 있었다. 건물 1층 로비에

41

는 미국의 항공산업 기업체들과 공학서적 출판사, 컴퓨터 하드웨어를 비롯한 여러 가지 엔지니어링 컴퓨터 소프트웨어 업체들의 부스도 마련되어 있어서 마치 작은 박람회와도 같았다.

승연은 로켓의 축소 모형이 여러 개 전시된 부스에 멈추어 서서 그 모형들을 살펴보기 시작했다. 그런데 모형들을 차례로 구경하던 그는 문득 자신을 지켜보는 시선을 느꼈다. 고개를 돌리지 않고 곁눈으로 살펴보니, 분명 누군가가 서 있었다.

승연은 북한의 스파이에 대해 이야기했던 최인규의 말이 떠올랐다.

'설마 ⋯'

비록 농담이었지만, 이상하게 그 말이 머릿속을 계속 맴돌았다. 사실 가능성이 없는 일은 아니지 않은가?

'발표장에서의 그자들이 정말 북한에서 온 자들일까?'

승연이 스스로에게 물었다. 그가 이런 생각을 하며 로켓의 모형 앞에 머물러 있자, 그 부스에 있던 금발의 백인 사나이가 다가와서 말을 걸었다.

"*May I help you* (도와드릴까요) ?"

"*No, I'm just looking models* (아니오, 그냥 모형들을 구경하고 있소)."

승연은 대답을 하면서 고개를 돌려 옆을 돌아보았다. 그를 지켜보던 사나이는 어느새 사라지고 없었다.

금발 사나이가 그에게 다시 물었다.

"한국에서 오신 전승연 박사님이시죠?"

"그렇⋯소만, 날 어떻게 아시오?"

"다단계 로켓 추진체에 관심이 있으시다는 것도 알고 있습니다."

사나이가 재빨리 말했다.

"허….."

"저희는 한국이 나로호 발사 이후의 후속연구로 계속해서 복합 로켓 추진체의 개발을 계획하고 있다는 걸 알고 있습니다."

"그, 그건…."

"오늘 아침 세션에서 박사님께서는 그간의 나로호 발사와 아울러, 향후의 고출력 복합추진체 연구와 관련한 계획도 발표하지 않으셨습니까?"

"그렇소만."

그 사나이가 계속 말했다.

"저희가 그에 대한 완벽한 해결책을 가지고 있습니다."

"완벽한 해결책이라니?"

전승연 박사가 금발의 사나이를 보며 물었다.

"네, 저희가 가진 추진체는 나로호에 쓰였던 불안정한 러시아제 구식 모델과는 달리 완벽하게 검증된 제품으로서, 실패할 확률은 제로에 가까울뿐더러 사정거리도 나로호의 1단계 추진체보다 긴 800km에 이르고 있습니다. 이미 한·미 간에 군사용 유도탄의 사정거리를 800km까지 늘리기로 했지 않습니까? 게다가 연구용 추진체는 더 늘릴 개연성도 있고요. 그러니 여기에 탑재되는 연료의 양만 조절하시면 사정거리를 쉽게 늘릴 수 있습니다."

사나이가 장황스럽게 이야기했다.

"그래서요?"

"네? 그, 그래서라뇨? 저희와 기술제휴 계약을 체결하시면, 저희가 추진체 부품들에 대해서 한국에서의 설계 가능성을 검토해드리는 건 물론이고, 발사체의 제작지원까지 완벽하게 해 드립니다."

"제작지원? 그럼… 우리가 로켓 만드는 걸 당신들이 도와주겠단 말이오?"

"에, 그러니까 만드는 걸 도와드린다기보다는, 로켓을 제작해드린다는 게 더 정확한 표현이라고 할 수 있죠. 물론 기술적인 내용을 알기 원하신다면, 저희가 각 단계별로 소정의 기술료를 추가로 받고 안내해 드릴 수도 있긴 합니다. 하지만 허점투성이의 러시아제 추진체에 비하면, 저희 것은 최첨단의 최신 기종입니다. 그리고…."

금발의 사나이는 쉬지 않고 몰아붙이듯 이야기를 계속했다.

"실제로 나로호의 발사 실패로 인해 생겼던 기회손실 비용과 국가 이미지 실추까지 생각하신다면, 저희의 금액은 그렇게 큰돈이 아닐 것입니다. 게다가 미국업체인 저희가 고출력 복합추진체 기술을 제공해 드린다는 점을 생각하신다면…."

"결국 러시아에 준 것보다 돈을 더 내라는 거요?"

"사실 지금 같은 상황에서 절대로 큰 액수는 아니라고 생각합니다."

"지금… 같은 상황?"

"그렇습니다. 사실 이건 군사유도탄을 만들 수도 있는 기술인 관계로…."

금발의 사나이는 말을 얼버무렸다.

"그럼 당신은 지금 날더러 이 완성된 로켓을 사다가 한국이 만든 것처럼 해서 발사하라는 거 아니오?"

승연의 물음에 금발의 사나이가 떠벌리듯 말했다.

"박사님. 따지고 보면, 나로호 역시 러시아에서 만든 걸 한국으로 가져다가 한국에서 쏘기만 한 거 아닙니까? 러시아를 대신해서 한국이 발사 실험을 해준 거라는 사실은 이미 전 세계가 다 아는 얘깁니다. 게다가 한국의 연구인력들은 추진체 조립에 참여는커녕, 다 만들어진 추진체의 내부를 들여다보지도 못했던 걸로 압니다. 그에 비하면 저희는 파격적인 조건을 제시해 드리는 겁니다."

"……."

사나이의 말투에 그는 분노가 치밀었지만, 뭐라고 대꾸할 수도 없었다. 사나이의 말이 틀린 것은 아니었기 때문이다. 승연은 자신의 얼굴이 붉게 달아올라 있음을 느꼈다. 그러자 금발의 사나이가 그의 귓가에 대고 나직이 말했다.

"저는 박사님께 거짓말을 하시라는 게 아닙니다. 게다가 박사님이 연구를 하시려면 기초적인 장비를 갖추셔야 하지 않습니까? 이미 말씀 드렸습니다만, 현재의 상황에서 미국정부는 어떠한 종류의 발사체 기술도 내보내는 걸 허용하지 않고 있습니다. 특히 요즘 같은 시기에는 아주 초보적이고 기초적인 발사체 기술이라도 전략무기 개발에 전용되지 않을까 염려하기 때문이죠."

"……."

사나이는 목소리를 더욱 낮추고 말했다.

"하지만 발사체의 완제품 판매는 가능합니다. 그러니까 박사님께서는 이걸 구입하셔서 한국의 발사조건에 맞게 변형시키시면 됩니다. 물론 변형시키는 데에 필요한 기술지원 역시 저희가 다 해 드립니다. 뭐, 약간의 추가비용이 들긴 합니다만 …."

"돈을 또 내라는 거요?"

"물론 그렇게 말할 수 있는 면이 없지는 않다고 말할 수도 있죠."

사나이가 말을 빙빙 돌리며 대답했다.

"그렇다면 그건 연구라고 할 수 없지 않소?"

"글쎄요, 보는 관점에 따라서 어떨지는 모르겠습니다만, 사실 … 실패한 전력이 있는 나로호의 경우만 봐도 한국의 발사체 운용기술 수준은, 글쎄요….'

사나이는 고개를 갸웃거리는 시늉을 하며 말했다. 그런 그를 향해 승연은 낮은 음성으로 말했다.

"당신은 결국 물건을 팔겠다는 말을 하고 있는 거요."

"네? 아뇨, 절대 그렇지 않습니다."

사나이가 어깨를 움츠리며 대답했다. 그러자 전승연 박사가 사나이에게 다시 물었다.

"우리가 처음에 미국에 발사체 기술지원 요청을 했을 때는 거들떠보지도 않고선, 이제 와서 무슨 이유로 우리에게 당신들 기술을 제공하겠다는 거요?"

"네, 뭐 사실, 지금은 이 정도의 로켓 추진체는 … 물, 물론 러시아 것보다 훨씬 앞선 것이지만, 연구용으로 쓰일 경우에는 큰 문제가 안될 수도 있기 때문입니다."

"이 정도의 기술은 그다지 중요성을 두지 않는다는 거요?"

"아뇨, 그렇다기보다는, 사정거리 800km의 추진체 한 개 정도를 판매 … 하는 건 크게 상관없습니다."

"판매한다 …. 어쨌든 결국 한국에서 누군가는 이걸 사다놓고는 직접 만들었다고 거짓말을 해야 한단 말이지 않소?"

"네? 거짓말이요? 아닙니다. 거짓말 같은 건 전혀 없습니다. 박사님께서는 그냥 이걸 발사하시면 되기 때문에, 거짓말이 아닙니다."

"…….'

승연이 대답이 없자, 사나이가 목소리를 낮추고 말을 이었다.

"만약 저희와 계약을 하시고 연구를 진행하시면, 저희가 로켓 제작에 대한 기술적 지원뿐 아니라 발사에 관련된 여타의 문제도 모두 해결해드립니다."

그 말에 여전히 승연은 아무 대꾸가 없었고, 금발 사나이는 더욱 낮은 음성으로 속삭이듯이 말을 했다.

"그리고… 또한 저희 회사는 박사님께 보다 실질적이고 직접적인 혜택을 드릴 수가 있습니다. 가령, 첫 발사에 성공해서 수천만 불의 2차 발사예산이 절감되면, 저희는 그 절감액의 일부를 박사님께 인센티브로 지급해드릴 수도….."

금발의 사나이가 눈빛을 번뜩이며 승연을 바라보았다.

"이 친구 점입가경일세."

승연이 한국말로 중얼거렸다. 그리고 정색을 하고 영어로 말했다.

"*You'd better to commit that kind of fraud to others*(그런 사기는 딴 데 가서 치시오)."

그리고 돌아서서 부스를 나왔다. 그러자 사나이가 그의 등 뒤에서 나직이 외쳤다.

"저는 학술대회 기간 동안 계속해서 여기 있겠습니다. 박사님께서 생각이 바뀌시면 언제든지 찾아주십시오."

승연이 기숙사로 돌아온 것은 오후 여섯 시가 다 되어서였다. 그는 자신의 방에 들어서서 가방을 책상 위에 놓았다. 방에는 책상과 침대, 소형 냉장고와 전자레인지가 있었다. 한쪽 벽에는 세면대도 설치돼 있었다.

그는 최인규의 방으로 인터폰을 했다. 벨이 몇 번 울리고 나서 최인규의 힘없는 목소리가 인터폰을 타고 들려왔다.

"여보세요."

"날세."

"아, 선배. 지금 왔어요?"

"응. 자는 중에 내가 깨웠나보군. 근데 지금 잠을 자면, 밤잠을 못 자서 시차 적응이 더 힘들어질 텐데."

"아, 네. 그냥 누워 있었어요."

"그랬군. 그건 그렇고, 우리 뭘 좀 먹으러 가야지. 이것도 다 먹고살자고 하는 일인데, 어제도 비행기 타고 오면서 제대로 못 먹고, 오늘 아침, 점심도 간단히 때웠잖아. 제대로 된 음식을 먹어야 기운이 나지."

"그러죠. 어디 좋은 데라도 알아두셨습니까?"

"이곳에 「유니온」이라는 학생회관 건물에 중국 사람이 하는 음식점이 하나 있다더군. 거기 한 번 가보자구."

"알겠습니다."

중국인 음식점에는 한국의 쌀과는 다른 까칠까칠한 월남 쌀로 만든 볶음밥을 팔고 있었고, 몇 가지 튀김 음식들도 있었다. 그 음식들로 저녁식사를 마친 최인규가 콜라를 마시면서 말했다.

"그래도 밥을 먹은 느낌은 나는군요."

"한국인은 누가 뭐래도 밥을 먹어야 해."

"맞아요. 근데 선배는 오늘 구경은 잘 했습니까?"

"뭐 그런대로. 그런데 이상한 …."

승연은 자신을 지켜보던 사나이가 있었다는 이야기를 할까하다가, 확실치 않은 것을 이야기할 필요는 없을 것이라는 생각에 이내 화제를 돌렸다.

"… 장사꾼을 하나 만났어."

"이상한 장사꾼? 학회장에서요?"

"응. 로켓 부품을 만드는 회산 거 같던데, 날더러 자기네 로켓을 사다가 발사해서 성공하면, 개발예산 차액 일부를 인센티브로 주겠다는 거야. 내가 누군지도 이미 다 알고 있더라고."

"와, 미국 기업들, 정말 재빠르군요. 전에는 콧방귀도 안 뀌던 자들이 이제는 사기꾼까지 동원해서 꼬드기는군요. 값은 얼마래요?"

"일고의 가치도 없는 일인데, 값은 뭐하러 물어보겠어?"

"거절하셨어요?"

"그런 사기는 딴 데 가서 치라고 그랬지."

"잘했어요. 그런 놈들 수법은 뻔해요. 처음에는 이것저것 다 해줄 것처럼 얘기하고는 나중에 가서 돈 더 내라고 딴소리나 하죠. 알고 보면 그다지 앞선 기술도 아니면서, 무슨 대단한 것인 양 그런다니까요."

"그래, 그런 식으로 하면서 중간에 말을 바꾸든지 돈을 더 달라고 하겠지. 절대로 안 주려던 발사체 기술을 이제 와서 팔겠다는 건, 무언가 딴 속셈이 있는 거야."

"그렇겠죠. 러시아도 그렇고 미국도 그렇고, 사실 우리가 로켓 개발하는 걸 반길 나라는 없을 거예요."

"그래. 근데 자네도 이제 기운이 좀 나는 모양이군. 이렇게 남의 흉도 보고 말이야."

"하하하, 그렇게 되나요?"

최인규의 웃는 모습을 보면서 승연이 말했다.

"내일은 미사 마치고 스탁빌 동네 구경도 좀 하고, 식구들 줄 선물 같은 게 있는지 살펴보자구. 월요일에는 다른 사람들 발표도 좀 들어보고. 화요일에 떠나게 일정이 잡혀 있으니까, 내일밖에는 구경할 시간이 없을 거 같아."

"네, 그러시죠."

4. 한반도

2월 12일 일요일
미시시피 주 스탁빌 다운타운
현지시간 오후 01:30

승연은 오전 11시 미사에 맞추어 성당에 갔다. 그는 독실한 신자는 아니지만 어디에 출장을 가든지 꼭 미사를 보곤 했다. 그것은 평소에도 가능한 모든 약속을 지킨다는 그의 신조를 어기지 않으려는 그만의 의식과도 같은 일이었다. 학교 근처에서 천주교 성당을 찾기는 그다지 어렵지 않았다. 최인규는 렌터카로 그를 성당까지 태워주고 기다렸다가, 미사가 끝난 뒤 다시 그를 만나 함께 점심을 먹기 위해 길을 나섰다.

점심을 먹은 후 두 사람은 차를 몰고 다운타운으로 왔다. 스탁빌은 규모가 그리 크지는 않아서, 주차광장을 중심으로 슈퍼마켓과 극장, 그리고 다수의 상점들이 모여 있는 것이 다운타운의 전부였다. 그들은 간단히 한번 돌아본 후 다시 차로 왔다.

"물건을 골라볼 만한 데가 별로 없네요."

"여긴 작은 도시니까, 별 수 없을 거야. 그래도 자넨 뭘 샀나보네. 손에 든 걸 보니."

"네, 아들 녀석 줄 장난감 하나 샀어요."

"아들? 아, 그래, 이름이 뭐랬지?"

"영선이요."

"맞아. 영선이랬지. 몇 살이지? 꽤 컸을 텐데."

"네, 열두 살이요. 이제 초등학교 5학년이 돼요."

"와, 벌써 그렇게 컸군. 아버지 선물 받고 좋아하겠는 걸."

"뭘요, 싸구려 장난감 자동찬데요…. 선배는요?"

"난 아직 아무것도 못 샀어. 좀더 둘러보고 딱히 살 게 없으면, 나중에 공항 면세점에서 집사람 줄 화장품이나 하나 사려고."

"저도 집사람 거는 공항에서 사려고요."

"그게 제일 무난할 것 같아."

"그렇죠. 그럼 이제 어디를 둘러보실 건데요?"

"글쎄, 차를 여기 세워두고 각자 좀더 살펴본 다음에, 세 시쯤에 차에서 만나는 건 어때? 난 저기 컴퓨터 가게에 가서 구경 좀 할까 하는데."

"그것도 괜찮고요."

"그러자고. 차 열쇠는 자네가 가지고 있게나."

"그러지요. 그럼, 여기서 세 시요."

두 사람은 다시 헤어졌다.

최인규는 몇 개의 가게들을 차례로 살펴보면서 걸었다. 그러다가 음반 판매점이 보이자, 음악 CD를 살펴볼 생각에 안으로 들어갔다. 밖에서 볼 때는 그리 커 보이지 않던 가게가, 안으로 들어가 보니 규모가 생각보다 컸다.

CD들이 사방으로 빽빽이 꽂혀있고, 노래의 종류와 가수의 이름이 알파벳순으로 정리되어 있었다. 그렇지만 CD가 너무 많아서 어디에서부터 살펴봐야 할지 어림잡을 수가 없었다.

CD들이 꽂혀 있는 선반의 모퉁이를 돌자, 거기에는 헤드폰이 걸려 있고, 음악 선택 버튼들이 달린 CD연주기가 설치돼 있었다. 인규는 헤드폰을 쓰고 여러 개의 버튼들 중 하나를 눌렀다. 그러자 그가 예전에 즐겨 듣곤 했던 카펜터즈(Carpenters)의 〈탑 오브 더 월드〉(Top of the World)가 나오기 시작했다.

"야, 이거 선배랑 많이 듣던 노랜데. 정말 오랜만에 들어본다."

그는 승연과 많은 시간을 보냈다. 따지고 보면, 그의 입학동기들보다도 더 많은 시간을 승연과 함께했던 것이다.

'세월이 정말 많이 지났구나….'

인규는 음악을 들으면서 CD 선반 한쪽에 붙어있는 곡명이 적힌 목록을 읽었다. 모두가 카펜터즈의 노래들이었다. 곡명 하나하나가 그에게는 옛날을 생각나게 했다.

한 곡의 연주가 끝나고 다음 곡이 나오기까지 몇 초가 흐르는 동안, 최인규는 무심코 손목시계를 보았다. 시간이 세 시 십 분을 가리키고 있는 것이 눈에 들어왔다.

"아, 이런, 세 시에 선배하고 주차장에서 만나기로 했지!"

그는 헤드폰을 급히 벗어 걸어놓고, 가게를 나와 빠른 걸음으로 차를 세워둔 쪽으로 걷기 시작했다.

"선배가 차 밖에 서서 기다리고 있겠다."

주차광장을 향해 빠른 걸음으로 걸어오는 인규의 눈에 그들이 렌트한 흰색의 기아 포르테 승용차가 보였다. 그런데 포르테 주변에 승연의 모습은 보이지 않았다.

"어라, 선배가 아직 안 왔나?"

그는 고개를 좌우로 돌려 사방을 살폈다.

"여기에서 기다리다가 나를 찾으러 갔나?"

그는 차 안에서 기다릴 생각으로 열쇠를 키 실린더에 꽂았다. 그때 별안간 광장 어디에선가 외치듯 그를 부르는 전승연 박사의 목소리가 들려왔다.

"인규!… 이, 인규!"

"어?"

최인규는 놀라서 소리가 들려온 쪽으로 고개를 돌렸다. 그렇지만 굵은 철사로 만들어진 그물 모양의 흰색 울타리 때문에 그 너머가 잘 보이지 않았다.

뭔가 심상치 않은 일이 일어났음을 느낀 그는 차에 꽂았던 열쇠를 다시 뽑아들고 울타리를 돌아 건물의 옆 모퉁이로 달려갔다. 그렇지만 승연의 모습은 보이지 않았다.

그때 앞쪽 도로에서 실내가 보이지 않을 정도로 어두운 유리창을 단 검은색 승용차 한 대가 '끼이익'하는 타이어 마찰음을 내며 급히 출발했다. 인규는 그 차에 승연이 강제로 태워졌음을 직감했다.

"선배! 선배!"

그는 발진하는 차를 따라 달려가며 소리쳐 불렀으나, 검은색 승용차는 빠른 속도로 그에게서 멀어져갔다.

"안되겠다!"

최인규는 차를 몰고 뒤쫓아 갈 생각에, 렌터카를 세워둔 주차장 쪽으로 돌아섰다. 그런데 그의 발 앞쪽 콘크리트 바닥에 반짝이는 물체가 보였다. 무심코 지나려는 순간, 그 물체가 마치 한반도 모양처럼 보이는 것이었다.

"어?"

인규는 멈추어 서서 허리를 굽혀 그것을 주워들었다. 그 물체는 한반도 모양으로 만들어진 푸른색의 작은 금속배지였다. 다시 뒤를 돌았을 때 승연을 태운 차의 모습은 이미 시야에서 사라지고 없었다. 인규는 주워든 배지를 들여다보았다.

"이게… 뭐지?"

문득 TV 뉴스에서 북한에서 온 인사들의 양복에 달려있는 한반도 모양의 배지를 본 것이 생각났다.

"북한 배지? 근데 이게 왜 여기 떨어져 있지?"

배지가 깨끗한 것으로 보아, 지금 떨어진 것이 분명했다.

'혹시… 저자들이 선배를 차에 강제로 태우려고 밀고 당기는 와중에 그들의 옷에서 떨어진 거라면?'

순간 최인규의 몸에 전율이 일었다.

"그럼… 선배가 북한에서 온 자들에게 납치됐단 말인가?"

눈앞이 캄캄해지는 기분이었다.

그는 배지를 자신의 양복 주머니에 넣고 렌터카를 향해 달려갔다. 그리고 혹시나 하는 마음으로 검은색 승용차가 달려간 방향으로 차를 몰

아서 갔다. 그러나 다운타운을 수차례 빙빙 돌아보았지만, 어떤 흔적
도 찾을 수 없었다.

최인규는 문득 자신이 그 차의 번호판조차도 확인하지 못했음을 깨
달았다.

"아 … 어떻게 선배를 찾지?"

5. 비상근무

2월 13일 월요일
한국 전승연 박사의 아파트
오전 05:00

이른 새벽부터 울려대는 전화벨 소리에 눈을 뜬 미혜는 전화기 발신 자번호 표시창에 뜬 복잡한 전화번호를 보고는, 미국에 출장 간 남편의 전화일 것이라 생각하며 천천히 수화기를 들었다.

"여보세요…."

"형수님, 저 최인급니다."

"아, 최 교수님이세요?"

"네, 안녕하셨습니까?"

"네, 안녕하세요. 웬일이세요? 이렇게 이른 시간에…, 아, 거긴 지금 몇 시죠?"

"네, 오후 네 십니다."

"그렇군요. 잘 도착하셨던 거죠? 벌써 나흘이나 지났군요."

"네, 저, 그런데 말입니다 …"

"그이는요?"

"저, 어떻게 말씀드려야 할지 모르겠습니다만…,"

그의 말에 미혜는 무언가 일이 생겼음을 직감했다.

"그이에게 무슨 일이 있나요? 혹시… 사고라도 당했나요?"

"그게 사실 아직 확실하게 단정지을 수 있는 상황은 아닙니다만, 제 생각에는… 선배가 납치되신 것 같습니다."

"네? 그이가 납치됐다고요?"

미혜는 온 몸이 싸늘하게 식는 듯했다.

"물론 아직 확실한 건 아닙니다만, 전후의 사정으로 봐도 그렇고, 또 선배의 휴대폰이 계속 꺼져 있는 걸 보면, 납치일 가능성이 높습니다."

"이럴 수가, 아니, 정말 그이가 납치됐단 말인가요? 아, 그럼… 흐흑 흑…."

미혜는 자신도 모르게 눈물을 흘렸다.

"어떻게 해야 되죠?"

"죄송합니다. 형수님, 제가 우선 이곳 미시시피에서 가장 가까이 있는 휴스턴 한국영사관에 신고를 했고, 미국 경찰에도 신고했습니다. 형수님께서도 수사기관에 신고하시는 게 좋을 것 같습니다."

"어, 어디에다 뭐라고 신고를 해야 되죠? 아…, 어쩌면 좋죠?"

"제 생각에는 대공상담실에 신고를 하셔야 될 것 같습니다."

"어디요? 대공 … 상담실요? 그 간첩 신고하는 곳 말인가요? 왜 거기 에?"

"네…. 이게 아무래도 북한의 소행 같기 때문입니다. …"

"뭐라고요? 그럼… 그이가 북한으로 끌려갔단 말인가요?"

"아직 단정지을 수는 없습니다만, 선배의 연구분야로 볼 때 북한이 관련돼 있을 가능성이 매우 높습니다."

"만약에… 정말 그렇다면, 그이는 어떻게 되는 거죠?"

"제 생각에 납치범들은 선배를 인질로 해서 뭔가를 요구할 게 틀림없습니다. 그러니까 빨리 수사기관에 연락을 하셔서 대책을 세우셔야 합니다."

"그렇군요."

"그렇지 않길 바라지만 만약 북한의 소행이라면, 정부에서 외교적인 방법으로 대책을 세워야 할 겁니다. 어쩌면 대공상담실에서는 이미 알고 있을지도 모릅니다. 제가 이곳 영사관에 신고를 했기 때문에, 이미 한국에 전달이 됐을 겁니다. 그래서 선배의 연구분야나 직책 때문에라도, 정부에서 먼저 대책을 세울 것입니다. 저도 이곳 영사관을 통해 최대한 방법을 찾아보고, 새로운 소식이 있으면 연락드리겠습니다."

"아, 제발… 그이를 꼭 찾아주세요. 저도 제가 할 수 있는 일은 뭐든지 다 하겠어요."

"저도 선배를 찾기 위해 최선을 다하겠습니다."

"감사해요."

미혜는 천천히 수화기를 내려놓았다.

"아니, 납치라니…."

미혜는 어깨를 늘어뜨리고 중얼거렸다.

이때 전화벨이 다시 울렸다.

그런데 발신자 번호 표시창에는 전화번호 대신 「-------」라는 표시만이 나오고 있었다. 표시창을 본 미혜는 납치범들이 무엇인가 요구할지도 모른다는 최인규의 말이 떠올라서 선뜻 전화기를 들 수 없었다.

'벌써 납치범들이 전화를 하는 걸까, 아직 신고도 못했는데, 그러면 어떡하지…. 뭐라고 말을 해야 되지?'

미혜는 수화기를 들지 못하고 망설였다. 계속해서 울려대는 벨소리가 점점 커지는 듯 느껴졌다.

'그래. 우선 이야기를 들어보자.'

결심한 미혜는 떨리는 손으로 수화기를 들었다.

"여보세요…."

그러자 전화기 속에서 남자의 굵직한 목소리가 들려왔다.

"정미혜 씨 되십니까?"

"네, 그렇습니다만."

그녀의 목소리는 두려움에 가늘어졌다.

"안심하십시오. 저는 대공분실 소속 형사입니다. 조금 전에 최인규 박사님을 통해서 전승연 박사님에 대한 소식을 들으셨죠?"

"네, 그렇습니다만."

미혜는 전화기 속 사나이의 말에 머리칼이 곤두섰다.

"저희는 전승연 박사님 사건에 대한 정보를 입수한 지난밤부터, 박사님 댁의 전화를 감청하기 시작했습니다. 보안유지 때문에 사전에 알려드리지 못한 채 조치를 취한 것을 양해해 주십시오."

"감청… 이라고요?"

"네, 저희는 이미 비상근무에 들어가 있고, 납치범들로부터 연락이 올 것에 대비해 박사님 댁을 감청하고 있습니다. 그런데 우선 댁을 방문해서 취해야 할 조치가 있습니다. 그러기 위해서는 사모님의 협조가 필요합니다. 저희는 이미 댁 근처에 출동해 있습니다. 그러니 언제 방문하는 게 좋을지 말씀해주시면, 그 시간에 맞추겠습니다."

"벌써 집 근처에 와 계시다고요?"

"그렇습니다. 방문 가능시간을 말씀해 주십시오."

"아, 저는 언제라도 괜…"

미혜는 문득 자신을 내려다보았다. 아직 잠옷을 입은 채였다.

"저, 한 30분 정도만 시간을 주셨으면 좋겠는데요."

"알겠습니다. 그러면 30분 후에 보일러 수리기술자가 찾아뵐 것입니다."

"보일러 수리기술자요?"

"저희들의 존재를 노출시키지 않으려는 것입니다."

"네…, 알겠습니다."

"그럼 30분 뒤에 뵙겠습니다."

굵은 목소리의 사나이는 전화를 끊었다.

"벌써 이 전화를 감청하고 있다니…."

미혜는 수화기를 내려놓으며 나지막이 혼잣말을 했다.

6. 새벽의 방문자

초인종이 울렸다.

"누구세요?"

미혜가 인터폰에 대고 물었다. 인터폰의 모니터에는 모자를 쓴 두 사람이 보였다.

"네, 보일러 수리 때문에 왔습니다."

그들 중 한 사나이가 말했다.

미혜가 현관문을 열자 상·하의가 한 벌로 만들어진 회색 작업복에 검은 모자를 쓴 사나이 둘이 들어왔다. 그들은 각각 검은색 손가방을 들고 있었다. 앞서 들어온 사나이는 몸집이 크고 나중에 들어온 사나이는 마른 체격이었는데, 두 사람 모두 구릿빛 피부에 아무런 표정이 없었다. 미혜는 자기도 모르게 마른침을 삼켰다.

몸집이 큰 사나이가 낮은 음성으로 물었다.

"정미혜 씨이십니까?"

"그렇습니다만, 대공…상담실에서 오셨나요?"

미혜가 질문하자, 두 사나이는 작업복의 위쪽 주머니에서 사진이 인쇄돼 있는 네모난 IC카드를 꺼내서 보였다.

"저희 신분증입니다."

"……."

불안감 때문에 말이 없던 미혜는 이내 정신을 다잡고 두 사나이들을 향해 물었다.

"제 남편은 어떻게 된 거죠?"

그러자 몸집이 큰 사내가 목소리를 낮춘 채 말했다.

"아직 정보를 수집 중입니다만, 전승연 박사님은 미국 미시시피 주의 스탁빌 다운타운에서 현지시간으로 2월 12일 일요일 15시를 전후한 시각에 정체 미상의 차량에 의해 납치되신 것으로 파악되고 있습니다."

"사실이었군요. 아니길 바랐는데."

미혜가 힘없이 대답하자 마른 체격의 사나이가 말했다.

"저희 기관에서는 납치한 자들의 정체를 파악해서 신속하게 대책을 세우겠습니다."

"최인규 교수는 북한이 납치한 것 같다고 하던데요?"

"물론 그럴 가능성이 높습니다."

체구가 큰 사나이가 낮게 말했다. 그는 계속해서 이야기했다.

"그래서 저희는 오늘부터 박사님 댁의 전화를 감청하라는 지시를 받았습니다."

뒤쪽의 사내가 자신이 들고 온 가방에서 작은 장치를 꺼내고 있었다.

"네."

미혜는 힘없이 대답하고 그에게 다시 물었다.

"그런데… 이미 감청은 시작한 거 아닌가요?"

"사실 저희가 지시받은 감청 개시시간은 오늘 오전 네 시부터입니다. 그렇지만 너무 이른 시간이어서 미리 말씀드리지 못한 것입니다."

"오늘 오전 네 시요?"

미혜가 놀라 물었다. 그러자 체구가 큰 사나이가 약간 허둥대듯 대답했다.

"네…, 신속한 대응이 필요한 사안일 경우에는 근무시간과 상관없이 처리되기도 합니다."

"그런데 어떻게 밖에서 통화내용을 들었다는 건가요?"

"박사님 댁으로 들어오는 전화회선 중간에서 감청회로를 연결시키면 들을 수는 있습니다. 그런데 그러려면 저희가 전화선 가까이에 있어야 하므로, 노출될 우려가 있습니다. 그래서 무선 발신장치를 박사님 댁 전화기에 설치해놓으면, 저희가 근처에 머무르지 않아도 감청을 할 수 있습니다."

"……."

"물론 이 장치가 설치된 것에 대해서는 수사가 진행되는 동안에는 그 어느 누구에게도 말씀하시면 안 됩니다.”

“네….”

덩치 큰 사내의 마치 명령과 같은 말투에 미혜는 더욱 꺼져가는 목소리로 대답했다.

“그리고 이후부터 사모님께서는 외부와 통화하실 때는 반드시 이 장치가 부착된 전화기만을 쓰셔야 합니다. 그래야 저희가 통화내용을 파악하고 대비책을 마련해드릴 수 있습니다.”

“…….”

그가 설명하는 동안 다른 한 명은 거실 테이블 위의 전화기 케이스를 분해하고는 가져온 부품을 붙였다. 그리고 전화기를 다시 조립했다. 조립작업을 하는 사나이가 설명을 했다.

“혹시라도 납치범으로부터 연락이 오면, 자연스럽게 전화를 받으시고 그들의 요구에 응하십시오. 저희도 동시에 듣고 있을 것이기 때문에, 그들의 요구에 대한 대비책은 저희가 세우겠습니다.”

조립이 끝나자, 두 사나이는 수화기를 들고 신호측정 계기를 전화기에 연결해 소리를 들어보며 점검했다. 체격이 큰 사내가 다시 말했다.

“물론 사모님께서 신고를 하시겠지만, 신고를 하지 않으시더라도 국정원에서는 이미 박사님의 납치사실을 파악하고 있습니다. 아마 대공분실에서 수사관이 나올 것이며 공식적인 발표도 있을 것입니다. 그러나 기자들은 물론이고, 대공분실의 다른 수사관 등 그 누구와 인터뷰를 하시게 되더라도, 오늘 저희가 다녀간 것에 대해서는 절대로 말씀하시면 안 됩니다. 물론 … 최인규 박사에게도 안 됩니다.”

“네? 왜 그렇죠?”

묵묵히 듣고 있던 미혜가 문득 눈을 크게 뜨며 사내를 똑바로 쳐다보았다.

"수사 진행상의 보안을 위해서입니다."

"… 알겠어요."

"그러나 다른 것에 대해서는 있는 그대로 말씀하시면 됩니다. 아마 대공분실에서는 언론기관에 공식적인 보도자료를 배포할 겁니다."

커다란 사나이가 낮은 음성으로 말했다. 미혜가 계속 그를 똑바로 쳐다보며 물었다.

"그런데 뉴스가 나가면 더 안 좋은 거 아닌가요?"

"그렇지는 않습니다. 오히려 납치범들은 사건이 알려지기를 더 바랄 겁니다. 그래야 저들이 원하는 걸 보다 빨리 얻을 수 있다고 생각할 테니까요."

"저들이 원하는 거라뇨?"

"납치범들은 박사님을 인질로 해서 모종의 요구를 할 가능성이 높습니다."

"모종의 요구?"

"네, 그러니까 …."

사나이는 잠시 망설였다.

"그러니까, 만약 납치범들이 전승연 박사님을 … 가령 저들의 무기개발 같은 일에 이용하려 할 수도 있습니다. 그렇기 때문에 저희는 다각도의 대비책을 세울 것입니다."

"그이를 이용해서 무기를 개발한다고요?"

"네… 전승연 박사님은 발사체 분야의 전문가이시기 때문에, 저들에게는 매우 중요한 인물일 겁니다."

"……."

"북한…은 분명히 무기개발에 박사님을 이용하려는 의도를 가지고 납치했을 것입니다. 하지만 저희가 최선을 다해 조속한 시일 내에 돌아오실 수 있도록 하겠습니다."

"제발 그렇게 해 주세요."

"네, 그리고 사모님께서는 당분간 불편하시더라도, 가급적 외출은 하지 않으시는 게 안전하실 것 같습니다. 납치범들이 또 다른 범행을 계획하고 있을지도 모르기 때문입니다."

"또 다른 범행이라니요?"

"만약…, 저들이 박사님을 무기개발 목적에 이용하려 한다면…, 박사님을 협박하기 위해서 사모님마저도 노릴 수도 있기 때문입니다."

"저요? 저도 납치할 거란 말인가요?"

"최악의 경우에는 그럴 가능성도 대비해야 합니다."

첫 번째 사나이의 말에 미혜는 순간 소름이 돋는 듯했다. 사나이가 다시 말했다.

"물론 반드시 그렇다는 건 아닙니다만, 현재로서는 예측 가능한 모든 상황에 대비해야 합니다. 저희 기관 전체적으로 가능한 한 모든 정보를 수집해서 조치를 취해나갈 것이고, 새로운 정보가 입수되면 즉시 알려드리겠습니다.

그리고… 다시 말씀드립니다만, 절대로 저희의 존재, 그리고 오늘 저희가 다녀간 것에 대해서는 누구에게도, 친지 분들이나 형제든 어느 누구에게도 절대로 말씀하시면 안 됩니다. 아시겠습니까?"

"알았어요."

사나이의 거듭된 요구는 왠지 부자연스러웠다.

"저, 그런데 두 분 성함이…?"

미혜가 그들에게 조심스레 물었다.

"… 저는 김석현, 이쪽은 이기철이라고 합니다."

첫 번째 사나이가 망설이듯 대답했다.

"그러시군요. 김석현 형사님과 이기철 형사님 …."

미혜가 그들의 이름을 확인하듯 반복했다.

"저희들은 일단 잠복근무지로 철수하겠습니다."

두 사나이는 서둘러 가방을 챙겨 들고 현관문을 나섰다.

'김석현, 이기철.'

미혜는 메모지에 그들의 이름을 적었다.

7. 대공분실

2월 13일 월요일
한국 전승연 박사의 아파트
오전 11:30

"안녕하십니까? 사모님. 저는 국정원 대공분실 수사팀 팀장 강명헌
경위입니다. 이쪽은 저희 수사팀 소속 이준우 형사와 정준 형삽니다."

정오 무렵 세 사람이 미혜의 집으로 찾아왔다.

"네…, 안녕하세요."

"전승연 박사님의 납치소식에 뭐라고 위로의 말씀을 드려야 할지 모
르겠습니다. 저희는 박사님의 조속한 귀환을 위해 최선을 다하겠습니

다."

"……."

"사모님의 신고 이전에 저희는 미국 영사관으로부터 내용을 전달받았습니다. 사모님께서는 전승연 박사님 사건에 대해서는 어떻게 아시게 되셨습니까?"

강명헌 경위라고 자신을 소개한 사내가 미혜를 향해 조심스럽게 물었다.

"네…, 오늘 새벽에 최인규 교수가 전화로 알려줬어요."

미혜가 작은 소리로 대답했다.

"혹시 그럼 이번 사건과 관련해서 최인규 교수님 이외에 다른 사람에게서 연락 온 일은 없습니까?"

강명헌 경위가 물었다.

"네? 다른 사람이요? 아, 아무도… 없었어요."

미혜는 새벽에 다녀간 사나이들이 자신들에 대해 이야기하지 말라고 요구한 대로 했다. 이어서 경위가 미혜에게 말했다.

"곧 국정원에서 박사님의 납치사건에 대해 공식적인 발표가 있을 것입니다만, 그렇게 되면 박사님 댁은 언론의 취재표적이 될 것입니다. 그래서 저희는 박사님 사건의 수사과정은 비공개를 원칙으로 할 예정입니다. 물론 … 비공개 수사라고 해도 기자들은 귀신같이 알아냅니다만."

"네 …."

"현재까지 박사님 납치에 대해서 북한은 공식적인 언급은 없는 상태이고, 저들의 특이동향도 없습니다."

"그런데 그이가 정말… 북한에 납치된 건가요?"

"현재 정보수집 중입니다만, 그럴 가능성이 가장 높습니다."

경위가 대답했다.

"……."

"그리고 저희는 납치범들로부터 연락이 올 것에 대비해서, 전화국을 통해서 박사님 댁의 전화회선을 감청하려고 합니다. 이미 감청영장도 발부받았으니, 저희에게 협조를 해주셔야 합니다."

"감청이요?"

미혜가 경위를 보며 물었다.

'이 사람들이 또 감청을 한다고? 게다가 감청영장? 아침에 왔던 사람들은 그런 건 없었는데, 어떻게 된 거지?'

아침에 왔던 두 사람에게 느꼈던 막연한 불안이 갑자기 손에 잡힐 듯 생생해졌다. 어쨌든 지금은 침착히 이들의 요구에 따를 수밖에 없다는 생각이 들었다.

"네…, 그렇게 하세요."

미혜는 아무렇지 않은 투로 말했다.

"협조해 주셔서 고맙습니다. 그리고 만약 납치범들로부터 전화연락이 오면, 사모님께서는 자연스럽게 대화하시기 바랍니다."

"네."

"물론 저희가 모니터링을 할 것입니다만, 수상한 자들을 발견하시거나 의문점이 있으시면 대공상담실이나 저희 대공분실로 연락을 주시기 바랍니다."

"그러죠."

경위의 말에 미혜의 불안감은 더 커졌으나, 그런 내색을 하지 않으려고 그들과 시선을 맞추지는 않은 채로 옅은 미소를 지어보였다. 경위는 대공상담실 대표전화번호가 적힌 명함을 미혜에게 건네고, 대동해온 다른 두 형사와 함께 현관문을 나섰다.

8. 피해자, 목격자, 피의자

최인규는 미국에서 귀국할 때부터 국정원 수사관들과 함께했다. 그는 공항에서 입국수속을 마친 뒤 곧바로 승합차량에 태워져 어딘가로 출발했다. 사실상 그는 미국에서부터 국정원 수사관들에 의해 한국으로 연행돼온 것이나 마찬가지였다.

차량이 주행하는 어느 시점에서부터는 그의 눈은 가려졌다. 그가 다시 주변을 볼 수 있게 된 것은 창문이 없는 작은 방 안에 들어와 의자에 앉혀진 뒤였다.

그의 앞에 놓인 테이블 너머에는 두 사람이 앉아 있었다.

"안녕하십니까, 최인규 박사님, 저는 국정원 대공분실 소속 이준우 형사, 이쪽은 정준 형삽니다."

"여기가 어디요?"

최인규가 물었다.

"안심하십시오. 여기는 국정원 소속 안가입니다."

이준우 형사가 답했다.

"안가?"

그의 말에 최인규는 긴장이 되었다.

'날 여기로 데려온 이유가 뭐지?'

그가 잠자코 있자, 이준우 형사가 낮은 음성으로 천천히 말했다.

"최 박사님은 전승연 박사님의 납치현장에 있었던 유일한 목격자인 동시에 그 사건의 피해자입니다. 저희가 이렇게 최인규 박사님을 안가로 모셔온 것은 박사님의 신분이 언론에 노출되는 걸 방지하는 동시에, 박사님의 안전을 위해섭니다."

"……."

이준우 형사가 다시 말했다.

"현재 박사님의 진술은 모두 녹취되고 있습니다. 아시다시피 박사님은 이번 사건의 현장에 계셨던 분이고 목격자이시기 때문에, 박사님의 진술은 매우 중요합니다. 그런 이유에서 기록을 남기려는 것입니다."

"그러시오. 나도 정확한 게 좋소."

"먼저, 전승연 박사가 납치될 당시의 상황을 자세하게 말씀해 주십시오."

"그러겠소. … 선배가 일요일 아침 미사를 보겠다고 해서, 학교에서 좀 떨어져 있는 성당까지 내가 렌터카로 태워다드렸소. 그리고 미사가 끝난 뒤에 내가 다시 성당으로 가서 같이 차를 타고 스탁빌로 와서 점심을 먹었소. 그리고 … ."

그는 전승연 박사가 자신을 부르는 소리를 듣고 달려갔을 때, 차량이 출발한 상황까지 이야기했다. 그가 이야기를 마치자 이준우 형사가 물었다.

"그렇다면 최 박사님은 납치범들의 얼굴을 직접 보신 것은 아니군요?"

"그렇소. 내가 달려갔을 때 이미 차는 출발하고 있었고, 짙은 색 유리창 때문에 내부는 보이지 않았소. 사실 뭐, 제대로 본 건 하나도 없는 거지요."

자조하는 듯한 최인규의 말이 끝나고 이준우 형사가 다시 물었다.

"차종이나 번호판은요?"

"덩치 큰 미국 세단 같긴 했는데… 차종은 정확히는 모르겠소. 그… 미국에서 많이 쓰는 덩치 큰 세단들 있지 않소? 그런 정도의 차인 건 분명했소. 게다가 경황이 없어서 번호판도 못 봤소."

"차체 색은 기억나십니까?"

이준우 형사가 물었다.

"아마 검은색이었을 거요. 얼핏 … 짙은 청색 같기도 했소."

인규가 자신 없다는 투로 대답하자, 옆에 있던 정준 형사가 말했다.

"덩치 큰 세단, 그럼 말씀대로 미국제 승용차일 가능성이 높은데요, 혹시 사진을 보시면, 차를 구분하실 수 있겠습니까?"

"사진이라면… 알 수 있을 것도 같소."

최인규가 이번에도 자신 없이 말했다.

"주변에 박사님 이외의 다른 목격자는 없었습니까?"

이준우 형사가 물었다.

"일요일이어선지 다운타운은 조용했소. 주차장 주변에 사람들이 있었는지, 정확히는 모르겠소. 게다가 전승연 박사가 차에 강제로 태워진 게 광장구석 쪽 길이었기 때문에, 그 근처에서 우릴 본 사람은 … 아마도 없었을 거요."

"그렇다면 현재로서는 최 박사님 이외의 목격자는 없는 셈이군요."

이준우 형사가 최인규를 보며 말했다.

"……."

최인규 박사가 아무 말이 없자, 이준우 형사가 다시 말했다.

"사실 이건 약간 다른 문젭니다만, 지금 상황은 최 박사님께는 불리하게 작용할 수도 있습니다."

"불리하다니, 그게 무슨 소리요?"

그가 자세를 고정한 채 시선만을 이준우 형사에게로 움직였다.

"현재로서 박사님은 납치현장에서의 유일한 목격잡니다. … 그리고 지금의 납치상황은 박사님의 진술에 의해서만 파악이 되고 있습니다. 그런데 저희들은 박사님 진술 이외의 객관적인 증거가 필요합니다. 현재 그것이 없다는 점이 박사님께 불리할 수도 있다는 것입니다."

"뭐요? 아니, 그럼 내가 전승연 선배를 어떻게 하기라도 했다는 거요? 당신들 지금 뭐하자는 거요?"

최인규가 형사들을 향해 언성을 높였다. 그의 표정은 별 변화가 없었지만 어조는 강했고, 침착한 눈빛은 그가 제대로 상황을 이해하고 이 자리에 앉아있다는 느낌을 주었다. 그를 잠시 응시하던 이준우는 차분히 설명을 이었다.

"현재의 상황이, 이미 설명드렸다시피 박사님 진술 이외의 다른 증거가 없습니다. 모든 사건은 피해자의 진술이 토대가 돼서 수사가 시작됩니다만, 사실 박사님도 납치의 직접적인 피해자는 아닙니다. 현장에 있었던 제3자일뿐입니다. 그걸 말씀드리는 겁니다."

"허… 지금 그런 상황이라면, 낸들 어찌 하겠소…."

이준우 형사의 설명에 기운이 빠진 얼굴로 최인규가 말하자 정준 형사가 다시 물었다.

"그 사건 전까지, 미국에서 다른 일은 없었습니까?"

"음… 확실한 건 아니지만, 전승연 박사가 발표하는 동안, 동양인들 몇 명이 우리 발표를 듣고 있었소. 그런데 그들은 중국이나 일본 사람들같이 보이지는 않았소. 그래서 난 그자들이 혹시 북에서 온 게 아닐까하는 생각을 하기는 했었소."

"그럼, 최 박사님은 전승연 박사님이 그자들에 의해 납치됐다고 생각하십니까?"

정준 형사가 물었다.

"단언할 수는 없겠지만, 그자들의 소행일 가능성이 높다는 생각이 드오. 난 … 그자들이 이상하다고 느꼈기 때문이오."

"최 박사님이 그자들을 이상하다고 생각하신 건 뭣 때문입니까?"

"그들은 분명 과학자가 아니었소. 뭐 증거는 없지만, 보면 알 수 있지요. 사실 나뿐만이 아니라, 발표 후에 전승연 박사도 내게 그자들이 이상하다는 말을 했었소."

"그자들의 얼굴은 기억하시겠습니까?"

이준우 형사가 자세를 고쳐 앉으며 물었다.

"글쎄, 자세히 보지는 않아서 정확한 생김새는 기억나지 않지만, 보면 알 수 있을 거요."

"그자들에 대해서 미국 수사기관에서도 진술하셨습니까?"

"물론이오."

"뭐라던가요?"

"북에서 온 자들일 가능성이 있다고 했소."

"그럼 미국도 전승연 박사님의 납치를 북한의 소행에 가능성을 두는 겁니까?"

"그런 것 같소. 아마도 미국은 이 사건을 어떻게 해서든지 북한과 결부시키려고 할 거요."

"그건 무슨 말씀이시죠?"

정준 형사가 물었다.

"만약에 북한이 전승연 박사를 납치했다고 하면, 미국 입장에서는 남북한을 모두 압박할 구실이 생기는 거 아니겠소?"

"……."

두 형사는 숨을 죽이고 있었다. 최인규는 이야기를 계속했다.

"어쩌면 미국은 이걸 빌미로 우리나라의 발사체 연구도 막으려고 할 게 틀림없소. 애초에 러시아 기술로 나로호를 개발한다고 했을 때도, 미국은 그다지 반기지 않았소. 그런데 이제 전승연 박사가 납치됐소. 물론 그분이 납치범들의 요구에 응할 리 없지만, 미국은 한국의 과학자가 북한으로 납치돼서 발사체 기술이 유출되는 건 물론이고 북한의 유도탄 개발을 도와주는 거나 마찬가지가 됐다고 생각할 수도 있는 거니까."

"……."

최인규는 두 형사를 보면서 이야기를 계속했다.

"아마 미국은 이 납치사건을 구실로 한국의 발사체 기술이 그대로 북한으로 흘러들어가서 장거리 유도탄 개발에 쓰이게 될 거라고 하면서, 한국의 발사체 개발은 적절하지 않다는 식으로 몰아세울 거요."

최인규는 말을 끊고 무언가 잠시 생각에 잠기는 듯하더니, 이내 무거운 표정으로 자신의 말을 듣고 있는 두 형사에게 차례로 시선을 던지며 말을 이었다.

"그러니 무슨 일이 있어도 전승연 박사를 빨리 구출해야 합니다. 사실 전승연 박사가 로켓 과학자가 아니더라도, 국가는 국민을 보호해야 할 의무가 있는 거 아니오."

최인규는 형사들을 보며 다소 강한 어조로 물었다. 결코 무례하거나 위압적이라거나 하지는 않은 태도였지만 두 형사는 그런 그에게 위축된 듯 대답했다.

"네, 물론입니다. 저희 국정원에서는 전승연 박사님의 무사귀환을 위해 노력할 것입니다."

"알겠소."

"하지만… 북한은 아직까지 아무런 공식적인 입장 표명이나 사건에 대한 언급이 없습니다. 그래서… 죄송스럽게도 저희는 현재 최인규 박사님을 이번 사건의 피해자인 동시에 참고인 신분으로 수사를 진행해야 하는 상황입니다."

정준 형사의 말이 끝나자마자 이준우가 서둘러 부연했다.

"박사님을 의심하는 것이 아니라, 모든 가능성을 고려하는 것입니다. 그래서 저희는 당분간 박사님을 관찰하라는 지시를 받았습니다. 물론 수사 진행방향에 대해 말씀드릴 필요는 없는 겁니다만, 저희들은 박사님의 입장을 존중해서 말씀드리는 겁니다. 그렇지만 저희가 박사님도 용의선상에 올려놔야 하는 건 불가피합니다. 물론 용의자라고 해도 범죄사실이 확정될 때까지는 무죄로 추정되는 원칙이 있긴 합니다만…."

이준우 형사가 난감한 표정으로 어렵게 말을 잇는 것을 듣고 있던 최인규가 온화한 목소리로 대답했다.

"무슨 말인지는 알겠소. 다만 내가 우려하는 건, 전승연 박사 수사에 투입돼야 할 인력이 공연한 일에 매달려 수사에 차질이 생기지 않을까 하는 겁니다."

"저희도 박사님의 말씀을 잘 이해하고 있습니다."

"어쨌든 수사가 어서 진행되길 바랍니다."

"알겠습니다. 그리고… 최 박사님께서는 만약에 있을지 모를 저들의 추가공작을 조심하셔야 합니다."

"추가공작?"

"저들이 최 박사님도 납치할 수 있다는 뜻입니다."

"염려해 주니 고맙소. 하지만 나는 전승연 박사만큼 중요한 사람은 아니니 안심하시오."

9. 국가정보원

2월 21일 화요일
전승연 박사의 아파트
오전 11:00

최인규는 국가정보원에서 조사받고 나온 직후, 전승연 박사의 집부터 찾아갔다. 전승연 박사의 집 주변은 취재하려는 기자들 때문에 어수선했다.

"피곤하실 텐데 쉬지도 못하고 오셨군요."

집으로 찾아온 인규를 보고 미혜가 말했다.

"저의 불찰로 형수님께서 이런 고초를 겪고 계시니, 뭐라고 위로의 말씀을 드려야 할지 모르겠습니다."

"……."

최인규는 전승연 박사를 알고 지낸 시간만큼 미혜와도 알고 지냈다. 그렇게 오랜 시간을 알고 지내면서 부부동반 모임을 가지기도 하고 집

안일들의 대소사를 챙기기도 하는 사이였다.

"형수님 뵐 낮이 없습니다. 댁으로 오기 전에도 국정원에서 조사를 받았는데요, 어찌됐든 선배를 지켜드리지 못해서 송구합니다. …"

"국정원이요? 그럼 벌써 그쪽 형사들을 만나신 건가요?"

"네, 그렇습니다. 저는 목격자인 동시에 피해자, 거기다가 피의자 신분으로까지 조사를 받았습니다."

"피의자요? 그게 무슨 뜻이죠?"

"아직 저 이외의 다른 목격자도 없는 상태에서 다른 증거도 없이 오로지 제 진술로만 수사가 진행되다보니, 제가 별수 없이 엮이는 상황이 되고 말았습니다."

"그러셨군요."

"그리고 … 이건 전 선배 짐과 가방입니다."

최인규는 승연의 짐들을 미혜에게 건넸다.

"……."

짐들을 본 미혜는 울음을 터뜨렸다. 최인규는 미혜의 울음이 어느 정도 가라앉을 때까지 차분하게 지켜보다가 깊이 고개를 숙였다.

"거듭 죄송합니다. 하지만 국정원에서 수사하고 있으니, 진전이 있을 걸로 생각합니다."

애써 울음을 수습하며 미혜는 고개를 들었다.

"정말 그럴까요?"

"네, 제가 볼 때 납치의 배후에는 틀림없이 북한이 있고, 분명한 목적이 있을 겁니다. 국정원도 그렇게 생각하고 있습니다."

"분명한 목적이라면?"

"네, 선배의 연구분야로 볼 때, 북한은 선배를 저들의 미사일 개발에 이용하려는 게 틀림없습니다. 그게 아니면, 남한이나 미국을 위협해서 무언가를 얻어내려는 계산된 도발이겠지요. "

"혹시 그이를 해치면 어쩌죠?"

"저들은 선배를 함부로 대하지는 못할 겁니다. 이미 선배는 나로호 개발을 지휘하신 분으로 알려져 있기 때문에, 납치한 자들도 경솔하게 행동하지는 않을 겁니다. "

"네…. "

"하지만 아직까지 북한은 이번 납치사건에 대해서 공식적 언급은 하지 않고 있다고 합니다. 여론을 의식한다면, 자신들이 납치를 저질렀다는 말을 먼저 꺼내기는 부담스러울 겁니다. "

"……. "

"혹시 형수님께 어디선가 연락이 오거나, 낯선 사람이 찾아온 적은 없었습니까?"

"낯선 사람요? 없었어요, … 그런데 말이죠, "

미혜는 처음 왔던 사내들이 누구에게도 자신들 얘기를 하지 말라고 다짐을 받았던 일이 떠올랐다.

"네, 무슨 일이신데요?"

최인규가 미혜에게 물었다.

"…아니어요. 국정원 대공분실에서 수사관들이 조사를 나왔기에, 제가 최 교수님께 처음으로 사건에 대해 들었다고 이야기해 줬어요. "

"네, 그러셨군요. 그 뒤로 다른 일은 없었습니까?"

"네. "

"어찌 됐든 제가 형수님 뵐 낯이 없습니다. 선배를 찾기 위해 저도 최선을 다하겠습니다. "

"감사해요, 최 교수님. 귀국하자마자 국정원에서 조사받고 이렇게 와 주시다니요."

"아닙니다. 선배 일을 생각하면 저도 가만히 있을 수가 없어서요….."

"……."

"혹시 다른 어려움이 있으시면, 언제든지 제게 연락주십시오."

인규가 집을 나선 뒤 미혜는 거실로 돌아와 자리에 앉았다. 그런데 이때 전화벨이 울렸다. 미혜는 별 생각 없이 수화기를 들었다.

"여보세요."

"안녕하십니까, 사모님. 대공분실입니다."

"네? 아."

"조금 전에 최인규 박사가 다녀갔죠?"

전화기 속의 사내의 묻는 말에 미혜는 약간 놀랐다.

"네, 그이의 짐을 가져왔어요."

"일전에도 말씀드렸듯이 만약 북한이 전승연 박사님을 어떤 목적을 가지고 납치한 거라면, 박사님과 남한을 동시에 협박하기 위한 수단으로 사모님을 납치하는 것만큼 효과적인 방법은 없습니다. 그러니 사모님께서도 각별히 조심하셔야 합니다."

"저도 그건 알고 있어요. 그런데 왜 그러시죠?"

"외부인과의 접촉을 자제해 주셔야 합니다."

"사람들을 만나지 말라고요? 아니, 그럼 남편의 짐을 가져다주려고 온 분도 만나지 말란 건가요? 안 그래도 나가기만 하면 기자들이 취재한다고 말을 거는데, 그럼 그거나 좀 어떻게 해주세요."

"제가 드리는 말씀은, 주의하시라는 것입니다."

미혜는 아무 대답도 하지 않았다. 갑작스런 남편의 납치사건과 의심스러운 방문 등, 혼란스러운 일들 속에서 마음의 갈피를 잡을 수가 없었다. 무엇보다 아무것도 하지 못하는 채로 계속 시간이 흘러간다는 사실이 견디기 어려웠다.

상대방 쪽에서 먼저 전화가 끊어지고 수화기를 내려놓는 미혜의 마음에는 예전보다 더욱 강한 경계심이 싹트고 있었다.

'이자들이 집에 다녀가는 사람들까지 감시를 하고 있구나. 납치현장에 같이 있었던 사람도 조심하라니, 대체 누굴까? 이자들은 ….'

10. 편두통

승연은 머리에 통증을 느끼고 있었다. 사실 그는 오래 전부터 편두통을 앓아왔다. 대개는 머리의 오른쪽, 그것도 주로 앞쪽에 통증이 온다. 하지만 그는 약을 먹지 않고 견딘다. 만약에 사소한 두통에도 약을 먹는다면, 아마 그는 거의 매일을 약으로 살아야 할지도 모른다. 지금도 그의 오른쪽 앞쪽 머리가 지끈거리고 있었다.

문득 그는 자신의 눈이 무엇인가로 덮여 있음을 알았다. 그는 눈을 가린 것을 벗기 위해 팔을 움직이려 했으나, 조금도 움직여지지 않았다. 그의 양팔은 눕혀진 몸과 함께 단단히 묶여 있었다.

'어찌된 일이지?'

그는 스탁빌 다운타운에서 강제로 차에 태워졌던 일이 생각났다. 그리곤 차 안에서 누군가가 타월로 그의 얼굴을 가렸다. 그 다음은 기억나지 않았다.

'마취되어 끌려온 걸까? 이 나이에 납치라니, 허 참, 누구 짓일까…. 여긴 어디지?'

발표장에서 눈이 마주쳤던 사나이, 그리고 전시장에서 자신을 지켜보던 시선이 차례로 떠올랐다.

"북에서 날 납치하러 온 게 틀림없어요."

승연은 최인규가 농담으로 했던 말을 떠올렸다.

'정말 북에서 온 자들이었단 말인가?'

그가 누워있는 곳은 완전한 정적 속, 아무소리도 들리지 않았다.

'우선 이곳을 빠져나가야 한다.'

승연이 몸을 움직여보려 했으나, 움직일 수 있는 것은 손가락과 발가락 정도뿐이었다. 팔다리는 마치 꽁꽁 묶여있기라도 한 듯이 조금도 움직일 수 없었다.

'어떻게 된 거지?'

게다가 무언가가 눈꺼풀을 누르고 있어 눈을 뜰 수가 없었다. 그는 묶인 팔을 풀어보려고 양팔에 힘을 주었으나, 단단히 묶여있는지 조금도 움직여지지 않았다.

"음….."

그는 팔에서 힘을 뺐다. 그때 그의 위쪽에서 목소리가 들려왔다. 그것은 스피커를 통해 나오는 것 같은 소리였다.

「박사님, 깨어나셨습니까?」

"당신들은 누구요? 여긴 어디고, 내게 도대체 무슨 짓을 한 거요?"

승연은 소리가 들려오는 쪽을 향해 소리쳤다.

「진정하십시오. 박사님.」

스피커의 목소리는 마치 어린아이를 달래듯 말했다. 승연은 다시 소리쳤다.

"당신들이 누군지, 그리고 무슨 목적인지는 몰라도, 이건 분명 불법 행위요."

「저희가 곧 불편하지 않게 해드리겠습니다.」

기계적인 응답이 돌아왔다. 묘하게 소름끼치는 목소리였다. 승연은 앞도 볼 수 없고, 몸도 움직일 수 없는 상황이었지만 냉정을 유지하려고 애썼다.

"도대체 당신들 누구요? 왜 내게 이런 짓을 하는 거요?"

「박사님을 절대 해치지는 않을 테니, 안심하십시오.」

그러자 승연은 더 크게 소리쳤다.

"당신들, 학술회의장에서도 나를 계속 따라다녔지? 내가 모를 줄 알아?"

「박사님, 죄송합니다만, 아무도 박사님을 해치지는 않을 테니 안심하시고 조금만 기다리십시오.」

사나이는 말을 마치고 스피커를 껐다. 그가 있는 공간은 다시 적막으로 둘러싸였다.

'인규의 말대로라면 이런 짓을 하는 건, 정말 북한일 가능성이 있다. 하지만 저 스피커의 말투는 북한사람 같지는 않은데.'

이때 환기용 팬이 돌아가는 소리가 들렸다.

'이게 무슨 소리지?'

"이보시오. 뭘 하는 거요?"

그가 소리쳤으나, 아무런 인기척이 없었다. 그렇지만 팬이 도는 소리는 계속되었다. 그는 문득 마취가스가 나오는 것일지도 모른다는 생각이 들었다.

승연은 정신을 집중하려고 했으나, 의지와는 상관없이 의식은 점점 혼미해져갔다.

'정신을 차리고 있어야 한다. … 대체 이들은 누구란 말인가?'

11. 춘래불사춘(春來不似春)

"너어의~ 침묵에 메마~른 나의 입술
차~가운 네 눈길에 얼어~붙은 내 발자국
돌아서는~ 나에게~ 사랑한단~ 말 대신에
아안녕 아안녕, 목 메~인 그 한마디~
이루어~지일 수 없는~ 사~랑~이었기에~"

승연은 자신도 모르게 노래를 흥얼거렸다. 옆에 앉아서 기타를 치고 있는 기범의 연주에 노래가 절로 나온 것이었다.

"노래 잘 하네."

승연의 노래가 끝나자 기범이 말했다.

"좋은 노래잖아."

승연이 둘러대듯 말했다. 그러자 기범이 기타 연주를 멈추었다.

"그래? 하지만 난 이루어 질 수 없는 건 싫다."

"근데 어떻게 이렇게 연주를 잘해? 대단한데."

승연의 칭찬에 기범이 약간 시큰둥하게 대답했다.

"별거 아냐."

"난 아직 코드 잡는 거에서 헤매고 있는데. 넌 어떻게 이렇게 빨리 배운 거야? 비결이 뭐야?"

"……."

이어지는 승연의 물음에 기범은 말없이 다시 기타를 퉁기기 시작했다. 사실 기범의 기타 솜씨는 그렇게 훌륭한 것은 아니었지만, 시작한 지 얼마 되지 않은 것치고는 놀라운 수준이었다. 금세 이렇게 연주할 수 있다는 것이 승연은 신기하기만 했다.

　승연과 기범은 같이 기타를 배우기로 했었다. 기타를 직접 치면서 통기타 가수들의 노래를 부르면 왠지 그럴듯해 보일 것 같았기 때문이다. 그래서 두 사람은 헌책방에 가서 기타교본을 사고, 중고 기타도 사서 연습을 시작했었다. 그리고 몇 달 사이에 기범은 기타를 곧잘 치게 되었지만, 승연은 아직 연주다운 연주는 엄두도 못 내고 있었다.

　기범은 무슨 일을 하건 항상 승연보다 앞서갔다. 시험을 봐도 기범의 성적은 승연보다 단 몇 점이라도 높았다. 하지만 기범은 열심히 공부하는 것처럼 보이지는 않았다. 아니, 그렇게 보이지 않은 것이 아니라, 그럴 시간이 없었다. 그는 학비를 벌기 위해 남몰래 과외교사를 하고 있었기 때문이다. 사실 5공화국에 들어와 과외 금지조치가 내려지면서, 오히려 몰래하는 과외교사의 벌이는 전보다 좋아지긴 했다.

　그렇지만 승연은 과외교사 같은 건 하지 않았다. 공부에 집중하고 싶었기 때문이었다. 그런데도 승연은 뭘 하든 기범을 따라가기가 쉽지 않았다.

　승연은 차분한 인상에 마르지 않은 보통 체격의, 누가 봐도 '모범생' 같은 이미지를 갖고 있었다. 그에 비해 기범은 무뚝뚝한 인상에 말수도 적어서, 같은 전공에서 가까이 지내는 친구는 어렸을 때부터 함께해온 승연 외에는 손에 꼽을 정도였다.

　그렇지만 승연이 볼 때 성적이건 기타 연주건, 매사에서 기범은 그다지 힘들이지 않고도 좋은 결과를 얻는 것 같았다. 그런 그가 승연에게는 항상 수수께끼였다. 승연이 기범에게 같이 기타를 쳐보자고 한 것은, 기범보다 잘할 수 있는 것을 찾고 싶었기 때문일지도 몰랐다.

"야, 박기범. 도대체 비결이 뭐야?"

승연이 물었다. 기범이 기타를 퉁기며 대답했다.

"비결? 무슨 비결?"

"기타를 잘 칠 수 있는 비결이 뭐냐고?"

승연의 물음에 기범이 가볍게 웃으며 말했다.

"비결 같은 거 없어. 그냥 연습한 거야."

"아냐, 뭔가 있어."

승연이 눈을 가늘게 뜨며 말했다.

"그냥 혼자 연습한 거뿐이야."

기범이 시큰둥하게 대답했다. 그의 연주는 계속되고 있었고, 두 사람의 사이로 시간이 조용히 흘러가고 있었다.

기범이 문득 연주를 멈추고 입을 열었다.

"춘래불사춘(春來不似春) … 봄이 왔건만, 봄 같질 않구나."

"갑자기 왜 문자 쓰고 그래?"

승연이 물었다. 그러자 기범이 연주를 멈추고 천천히 하늘을 올려다보며 말했다.

"나, 곧 입대한다."

기범이 낮은 소리로 말했다.

"입대? 아니 그게 무슨 소리야? 대학원 졸업하고 국방과학연구소에 들어가면 병역특례* 받을 수 있잖아 …. 그래서 같이 대학원 가기로 해

---

* **병역특례:** 국가산업 발전을 위한 우수인력을 확보하기 위해 입영 대상자 일부에게 군복무를 면제해주고 지정된 기업체와 연구소에서 근무하게 하는 제도. 신체검사 1, 2, 3급인 입영 대상자는 3년, 공익근무요원 판정을 받은 4급 대상자는 28개월을 병역특례지정업체에서 일반 사원들과 같은 대우를 받아가며 근무하도록 하고, 병역 의무를 이행한 것으로 인정한다. 1973년에 도입됐다.

놓구선, 왜 갑자기 군대를 간다는 거야?”

“대학원 가지 말란다, 집에서. 그래서 그냥 군대 가려고. ”

“정말 … 이야?”

“응. 그냥 졸업하고 취직하란다. ”

“…….”

“대학원 공부는 내가 돈 벌어서 나중에 하라고 하신다. … 세상일이 내 맘대로 되지는 않는 것 같다. ”

“…….”

승연은 뭐라고 대꾸할 말이 없었다. 기범이 이렇게까지 말하는 걸 보면, 그로서도 별다른 방법이 없었던 게 분명하다.

“그래서 나 … 카투사* 가기로 했다. ”

기범이 나직이 말했다.

“뭐? 카투사? 정말? 근데 그거 작년부턴가는 시험을 봐도 추첨에서 뽑혀야 갈 수 있다던데?”

“응, 근데 추첨에서 운 좋게 됐어. ”

“아아, 역시 뭐든지 척척 붙는군. 근데 신검 받고 카투사 서류 넣고 하는 동안 왜 나한테는 한마디도 말 안 했어? 우린 그 정도는 서로 말할 수 있는 친구 아냐?”

승연은 서운한 기색을 내비쳤다.

---

* **카투사 (KATUSA, Korean Augmentation Troops to the United States Army):** 한국전 쟁 기간 중 미군의 병력부족현상을 해결하고, 한국의 지형과 지리에 대한 지식을 조화시키기 위해 한국인 병사를 모집하기 시작한 것에서부터 유래된 것으로 알려지고 있다. 징병검사에서 신체등급 1~3급을 받은 현역 입영 대상자 중에서 일정한 공인 엉어시험 짐수를 획득한 대한민국의 군 미필 남성이 지원할 수 있으며, 추첨을 통해 최종 선발된다.

승연과 기범은 정말 오랫동안 단짝이었다. 그들은 같은 동네에서 자란 죽마고우로, 초등학교부터 중·고등학교는 물론 대학교까지 줄곧 같이 학교를 다니면서 성적도 비슷하게 1, 2등을 다투었다. 그래서 그들을 보는 사람들은 한동네에서 큰 인물이 둘이나 날 거라고 말하곤 했다. 그렇게 두 사람은 서로에게 라이벌처럼 자극을 주고받으면서도 누구보다 친하게 지내왔던 것이다.

승연은 '벼슬이 중요하지 않다'는 말을 입버릇처럼 했던 아버지의 영향인지, 절실함 같은 것이 별로 없었다. 하지만 기범은 달랐다. 기범은 승부욕이 강했고, 승연보다 악착같은 면이 있었다. 늘 목표지향적이었던 그는 항상 치밀하게 준비하고 매사에 꼼꼼했다. 그런 기범이 승연보다 조금씩 앞서가게 된 것은 당연한 일인지도 몰랐다.

"말 안 한 건 미안해."

기범은 낮은 소리로 대답했다.

"우린 어렸을 때부터 친구였는데 말야."

승연이 핀잔하듯 말하자 기범은 마음속으로 다짐했다.

'그래… 그랬지. 하지만 인생길을 늘 같이 갈 수는 없을 거야. 우리가 친구라고 해도, 언젠가는 서로 다른 길을 가게 되겠지. 그렇지만 어느 길로 가더라도 내 목표는 꼭 이룰 거야.'

기범은 한쪽에 기타를 내려놓고 일어서서 한동안 하늘을 올려다보며 서 있었다. 그리고는 기타를 챙겨 어깨에 메고 승연을 돌아보았다.

"나 간다. 모레 보자."

"모레?"

승연이 기범을 쳐다보며 되묻자, 기범이 다른 쪽에 놓여있던 자신의 가방을 집어 들면서 대답했다.

"물로켓* 발사대회."

"아, 그게 있지."

승연이 반사적으로 끄덕거렸다. 그러다가 무언가 생각난 듯 고개를 들고 말했다.

"맞다. 그날 미혜도 구경하러 온댔어."

"그래?"

승연의 말에 기범이 시큰둥하게 대꾸했다. 그렇지만 그의 눈빛에는 약간의 기대감 같은 것이 스쳤다.

"… 넌 다 만든 거야?"

약간 뜸을 들이던 기범이 불쑥 물었다.

"나야 뭐… 넌?"

승연이 얼버무리며 되묻자 기범이 눈을 반짝이며 말했다.

"응. 난 이번엔 얼마나 높이 올라갈지 한번 볼 거야."

기범의 말에 승연이 뒤지지 않으려는 듯 말했다.

"그래? 그럼 이 몸도 가만히 있을 수 없지. 미국은 달나라까지 갔다 온 지 벌써 13년이나 됐는데, 걔네들 따라잡으려면 이러고 있으면 안 되지."

승연도 가방을 챙기기 시작했다.

승연과 기범, 미혜는 고향 친구이기는 했지만, 어렸을 때부터 알고 지낸 사이는 아니었다. 몸이 약했던 미혜가 중학교 2학년 때 할머니 집

● **물로켓:** 뉴턴의 제 3법칙 '작용과 반작용의 원리'를 이용하는 것으로, 실제의 로켓은 연료로 화약이나 액체 수소를 태워서 그 가스를 뿜는 힘의 반작용으로 날아가지만, 물로켓은 압축공기를 이용해 발사되는 물의 반작용의 힘으로 날아간다. 로켓 원리를 실습하는 용도로 항공관련 학과에서 만들어서 실험에 쓰기도 한다.

에서 요양을 하기 위해 서울에서 전학을 왔기 때문이었다. 그들이 다닌 중학교는 학생 수가 적은 시골의 남녀공학이었다. 미혜는 또래의 여학생들과는 달리 뽀얀 피부에 가녀린 체격을 가지고 있어서 친구들 사이에서 '서울 애' 라고 불리곤 했다.

미혜는 내성적인 성격은 아니었지만 낯선 생활에 적응하느라 힘겨워했고, 시골에 와 있는 동안에는 몸이 약했기 때문에 많은 친구를 사귀지는 못하고 지냈다. 그러던 중 그들 세 사람이 서로 가까워지게 된 것은 학교에서 거의 강제로 실시하다시피 했던 '도시락 단속' 때문이었다.

그때는 쌀 수확량이 모자라 정부가 전 국민들로 하여금 보리와 조 등을 쌀과 섞어서 밥을 짓게 하는 이른바 혼식(混食)을 강요하던 때였다. 그리고 그것을 감시하기 위해 문교부(현재의 교육과학기술부)에서 장학사들이 정기적으로 학교에 와서 학생들의 도시락 검사를 하곤 했었다.

그날도 갑작스럽게 학교를 방문한 장학사는 교실을 돌면서 학생들 모두 도시락을 꺼내 열어놓을 것을 요구했다. 그런데 미혜는 아무런 준비도 없이 흰쌀밥이 가득한 도시락을 꺼내놓을 수밖에 없었다.

담임선생님은 미혜에게 다가와 흰쌀밥으로 가득한 그녀의 도시락을 보고는 발을 동동 굴렀다.

"미혜야, 네 도시락 이대로 두면 안 돼. 이러면 내가 징계받는다. 제발 어떻게 좀 해봐."

"죄송해요. … 지금 다시 밥을 해 올 수도 없고, 어떡하면 좋죠?"

미혜는 울먹이며 고개를 떨어뜨렸다. 이때 장학사가 교실로 들어오면서 큰 소리로 말했다.

"전원 도시락 꺼내서 뚜껑 열어놓고 교실 밖으로 나갓!"

장학사의 말에 담임선생님은 숨을 한 번 내쉬고는 학생들을 이끌고 교실 밖으로 나갔다. 학생들이 모두 나온 것을 확인한 장학사는 책상 위에 놓인 도시락들을 차례로 살펴보면서 교실을 돌기 시작했다. 담임 선생님과 학생들은 교실 밖 복도에서 숨을 죽인 채 그 광경을 지켜보고 있었다.

그런데 장학사가 교실 밖을 향해 소리치듯 물었다.

"2분단 다섯 번째 책상, 누구야?"

장학사의 외침에 모두의 시선이 교실로 향했다. 장학사가 아무것도 놓여 있지 않은 책상을 가리키며 복도 쪽을 바라보고 있었다.

"어, 저거 승연이 책상인 거 같은데?"

누군가가 말하자 승연이 큰 소리로 대답하며 교실로 들어섰다.

"접니다."

"넌 왜 도시락이 없어?"

승연을 향해 장학사가 날카롭게 물었다.

"저… 사실은, 집이 가난해서 도시락을 못 싸가지고 다닙니다."

승연이 낮은 소리로 대답했다. 그러자 장학사가 미간에 주름을 잡으며 물었다.

"그래? 정말이야? 너 거짓말하는 거 아니지?"

"……."

승연이 말없이 서 있자, 장학사가 말했다.

"그래, 뭐… 그렇다면 할 수 없지. 이 반은 잡곡밥 성적이 좋군. 됐어. 합격!"

그리고 장학사는 교실을 나와 다른 교실을 향해 발걸음을 옮겼다. 뒤이어 복도에 있던 담임선생님과 학생들이 다시 교실로 들어왔다. 담임선생님은 놀란 얼굴로 미혜의 책상부터 살폈다. 거기에는 보리가 가득 섞인 잡곡밥 도시락이 놓여 있었다.

"어라? 이게 어떻게 된 거야?"

놀라는 담임선생님 곁에서 미혜도 놀라서 자신의 책상 위에 놓인 잡곡밥 도시락을 바라보고 있었다. 그러자 승연이 멋쩍은 얼굴로 미혜에게 그녀의 흰쌀밥 도시락을 건네며 말했다.

"잘 넘어가서 다행이다. 여기 네 거."

그리고는 미혜의 책상 위에 놓여 있던 잡곡밥 도시락을 챙겨서 자기 자리로 돌아갔다. 그 모습을 본 담임선생님이 한마디 했다.

"야, 승연이 임기응변 덕분에 우리 반 잡곡 성적 올라갔다. 애썼다. 승연아."

"……."

그 일을 계기로 승연과 미혜는 가까운 친구처럼 지내게 되었다. 하지만 기범과 친해지는 데는 시간이 더 많이 걸렸다. 승연과는 '도시락 단속' 이후 가까워졌지만, 기범은 성격이 무뚝뚝하고 말수가 적어서 친해질 기회가 많지 않았기 때문이다. 그렇지만 승연이 있는 곳엔 거의 항상 기범이 있었으므로, 시간이 지나면서 세 사람은 자연스럽게 가까워질 수 있었다.

게다가 요양 중이었던 미혜는 계속해서 쌀밥으로 도시락을 싸올 수밖에 없었다. 때문에 장학사의 '도시락 단속'이 있을 때마다 승연과 기범이 번갈아가며 '결식청소년'이 돼 주곤 했다. 이런 일이 반복되면서 서로 많은 대화를 나누지 않더라도 세 사람은 친근한 사이가 되었던 것이다. 그런데 그들이 고등학교에 진학한 후에 미혜의 건강이 나아지면서, 다시 서울로 전학을 가버려 그 뒤로는 서로 만나지 못했던 것이다.

미혜와 승연, 기범 세 사람이 서로를 다시 만나게 된 것은 그들이 대학에 진학한 뒤였다. 향우회가 중심이 된 고등학교 연합동문회에서 미혜는 승연과 기범을 다시 마주했던 것이다. 미혜는 고등학교에 진학 후에 다시 서울로 전학을 와버려서 서로가 완전한 고향 동문친구라 할 만한 시간을 함께 하지는 못했지만, 같은 공간에서 3년 남짓한 시간을 보냈다는 것은 이제 막 청소년기를 벗어나 고향을 떠난 그들에게 유대감을 만들어주는 요인이었다.

연합 동문회에 나오면 미혜는 세련된 외모 때문에 항상 관심을 받곤 했다. 철학 전공이었던 미혜는 공대에 다니는 승연과 기범을 자주 만나지는 못했으나, 세 사람은 곧잘 어울렸다. 승연에 비하면 기범은 여전히 무뚝뚝했지만, 때문에 오히려 미혜는 기범을 더 챙기게 되었다. 이것도 승연이 기범에게 묘한 라이벌 의식을 갖게 된 원인 중 하나인지도 몰랐다.

12. 우산 속

기범은 물로켓 대회가 열릴 예정인 공과대학 운동장 쪽으로 자신이 만든 물로켓을 들고 발걸음을 옮기고 있었다. 대회 시작까지는 아직 두어 시간 정도 남아있었지만, 미리 가서 준비도 하고 점검을 해볼 생각이었다.

축제기간의 대학캠퍼스는 활기에 넘치고 있었다. 그렇지만 대학축제에서 학생들은 극과 극으로 갈린다. 축제를 즐기는 무리가 있는가 하면, 축제와는 전혀 상관없이 지내는 무리도 있는 것이다. 혹자는 대학의 축제가 대학생활의 꽃이라고 말하기도 하지만, 기범은 축제를 즐기는 편은 아니었다.

기범이 향하고 있는 물로켓 대회도 축제의 하나로 열리는 것이긴 하지만, 그것은 기범의 학과가 주관하는 행사였기 때문에 놀이이기보다는 전공지식을 얼마나 활용하는가 하는 성격이 짙었다. 그래서 기범은 다른 축제 행사에는 관심을 두지 않았지만, 물로켓 대회에는 적극적으로 참여하곤 했다.

한편으로 물로켓 대회 같은 것이야말로 정말 재미없다고 생각하는 학생들도 많은데, 그런 학생들은 좀더 즐겁게 놀 수 있는, 이를테면 댄스경연이나 물풍선 던지기 같은 이벤트성 행사를 찾아다니곤 했다.

기범은 학생회관 앞 광장을 지나쳐서 공과대학 쪽으로 향하는 계단을 오르기 위해 모퉁이를 돌았다.

"박기범."

이때 그의 이름을 부르는 가느다란 목소리가 들려왔다. 소리가 들려온 쪽으로 고개를 돌려보니 학생회관 앞 광장 한쪽에 '우산속'이라는 글씨가 크게 쓰인 입간판이 세워져 있고, 그 옆으로 몇 명의 학생들이 게임을 하고 가라며 지나가는 학생들을 끌어 모으고 있었다. 그 모습은 마치 유원지 식당에서 지나가는 관광객에게 말을 거는 호객꾼과도 비슷해 보였다.

그들의 뒤로는 남학생과 여학생 커플 한 쌍이 작은 비닐우산을 쓴 채로 서 있고, 다른 학생 한 명이 의자에 올라서서 화단 물뿌리개로 마치 비가 오는 것처럼 그 우산 위쪽에 물을 뿌리면서 시시덕거리고 있었다. 우산 속의 커플이 서로를 부둥켜안고, 비를 가장 적게 맞는 것을 겨루는 게임이었던 것이다.

그 광경을 본 기범은 자신이 잘못 들었다고 생각하고는 고개를 돌려 가던 발걸음을 옮겼다. 그러자 재차 그의 이름을 부르는 소리가 들려 왔다.

"야, 박기범!"

다시 돌아보니, 입간판 뒤쪽에 서 있는 미혜의 모습이 그제야 눈에 들어왔다.

"어, 미혜구나."

미혜는 '우산속' 행사를 진행하는 무리의 학생들 속에 섞여 있었던 것이다.

"여기서 뭐 해?"

기범이 행사진행 학생들 사이에 끼어있는 미혜를 의아한 눈으로 보며 물었다. 그러자 미혜가 약간 난처한 표정으로 말했다.

"응, 내가 총학생회 여학생 분과위원회 위원이라서…."

"아~ 그렇구나. 근데 여기 있단 말이야?"

기범이 다시 물었다.

"이거 행사하는 걸 좀 도와줘야 돼서…."

"그랬구나."

"넌 어디 가는데?"

미혜가 기범에게 물었다.

"응, 오늘이 물로켓 발사대회 있는 날이잖아. 그래서 미리 가서 준비 좀 하려고…."

"아, 그래. 오늘 그게 있지."

"참, 너도 구경하러 온다고 승연이가 그러던데, 아니었어?"

기범이 고개를 갸웃거리며 묻자, 미혜가 자신 없는 투로 말했다.

"가기로 했지. 근데 여기 일 땜에 못 갈지도 몰라."

"아, 그래…?"

"……."

이내 기범이 미혜의 주변을 이리저리 살펴보더니 나직이 물었다.

"근데 여기 딴 학생들도 많은데, 그냥 약속 있다고 하고 가면 안 돼?"

그러자 미혜도 작은 소리로 말했다.

"그러게. 사실 그래도 될 거 같긴 하거든."

"그럼 지금 가자."

기범의 속삭이는 말에 미혜는 다시 한 번 주변을 돌아보더니, 마침 물뿌리개를 들고 지나가던 남학생에게 다가가서는 이야기를 주고받았다. 그러더니 이내 곤란한 얼굴로 기범이 있는 쪽을 돌아보았다.

미혜의 표정에 이야기가 잘 안 된 것으로 생각한 기범은 물뿌리개를 든 남학생 쪽으로 다가가서 물었다.

"가면 안 되나?"

그러자 미혜가 기범에게 말했다.

"아니, 그게 아니라 … 너랑 나랑 이 게임을 한번 본보기로 해주면 가도 된대 … ."

"본보기로 이 … 우산속 게임을 하라고?"

기범이 눈을 동그랗게 뜨고 묻자, 물뿌리개를 든 남학생이 짓궂은 얼굴로 미혜와 기범을 바라보고 있었다.

"그거 한번만 하면 당장 가도 된대."

미혜가 눈웃음을 치며 기범에게 말했다. 기범은 그녀의 얼굴만 봐서는 좋은 건지 싫은 건지 도통 알 수 없었다.

"그, 그래. 한번 하지 뭐 … ."

기범이 얼떨떨하게 대답했다. 그리고는 들고 있던 물로켓을 한쪽에 내려놓고는 물뿌리개를 든 남학생이 가리키는 대로 '우산속'이라고 쓰여 있는 입간판 옆으로 와서 섰다.

이어서 물뿌리개를 든 남학생이 기범에게 작은 비닐우산을 한 개 건넸다. 그것은 대나무로 만들어진 우산대와 우산살 위에 하늘색 투명비닐을 씌운, 허술하게 생긴 비닐우산이었다. 기범은 비닐우산을 펼쳐 들었다. 그렇지만 간신히 한 사람이 비를 피할 수 있을 정도의 손바닥만 한 크기에 불과했다. 비닐우산을 든 기범은 미혜를 향해 우산 밑으로 들어오라는 어색한 손짓을 했다.

미혜가 쑥스러운 얼굴로 다가와 기범 옆에 서자, 물뿌리개를 든 남학생이 그들의 옆에 의자를 가져다놓고 올라서서는 큰 소리로 말했다.

"자, 이제 비가 옵니다~. 비가 옵니다."

그리고 비닐우산 위로 물을 뿌리기 시작했다. 그렇지만 비닐우산이 너무 작아서 미혜의 어깨 위로 물이 흘러 떨어지기 시작했다.

"꺅!"

미혜가 어깨를 움츠리며 비명을 질렀다. 그러자 물뿌리개를 든 남학생이 짓궂은 목소리로 말했다.

"자, 비가~ 비가~ 계~속 쏟아집니다. 우산 속의 커플, 좌우로 밀착! 좌우로 밀착!"

기범이 어쩔 줄을 모르고 쩔쩔매고 있는 미혜를 바라보았다. 미혜의 어깨 위로는 계속해서 물줄기가 떨어지고 있었다. 주변의 학생들이 키득거리며 우산을 쓴 두 사람을 바라보고 있었다.

기범은 우산을 조금 높이 들어서 미혜 쪽으로 씌웠지만, 우산이 작아서 이번에는 기범의 어깨 위로 물줄기가 쏟아졌다. 그러자 물뿌리개를 든 남학생의 능청맞은 목소리가 이어졌다.

"에헤~ 이제 둘 다 비를 맞고 있습니다. 이 커플은 비를 피할 생각이 전혀 없나봅니다. 저 정도 나이면 비를 피할 수 있는 방법을 모를 리 없을 텐데요~, 왜 저리 비를 맞고 있는지 모르겠습니다~."

우산 밑에서 어찌할 바를 모르던 기범이 말했다.

"미혜야, 아무래도 안 되겠다."

"안 되다니, 뭐가?"

미혜가 물줄기를 맞고 있는 기범을 보며 소리쳤다. 그러자 기범이 한 손에 우산을 든 채 아무 말 없이 다른 쪽 팔로 미혜를 포옹하듯 감싸 안았다.

"……."

그리고 깜짝 놀라 눈을 동그랗게 뜬 미혜를 자신의 몸 쪽으로 끌어당겼다. 그러자 두 사람은 딱 달라붙어서 작은 비닐우산으로 만들어진 원 안에 쏙 들어가 물줄기를 피할 수 있게 되었다.

그러자 물뿌리개를 든 남학생이 큰 소리로 마치 신파극 변사처럼 말했다.

"자~ 여러분. 드디어 이 두 남녀가 하나가 되었습니다. 커플 탄생의 역사적 순간입니다~."

미혜와 기범은 서로 달라붙은 채 물줄기를 피해 우산을 들고 서있었다. 의자 위의 학생이 물뿌리개 속의 물을 모두 부은 뒤에 땅으로 내려서자, 기범이 물이 뚝뚝 떨어지는 비닐우산을 내려놓고 미혜를 감싸 안았던 팔을 풀었다. 그리고 미혜에게 짧게 말했다.

"가자."

고개를 숙인 미혜의 귓볼이 발그레하게 물들어 있었다.

13. 푸른 하늘

"와! 성공이다."

푸른 하늘로 함성이 울려 퍼졌다. 사람들의 시선은 힘차게 솟아오르는 물로켓으로 일제히 모였다.

미혜는 모자챙처럼 손을 이마에 대고 포물선을 그리면서 날아가고 있는 로켓을 바라보았다. 하늘에 올랐던 로켓이 다시 땅으로 떨어졌다.

"야~, 승연이 꺼 대단한데?"

미혜가 승연의 옆에 서서 말했다.

"기다려. 내가 간다."

이때 뒤에서 기범의 목소리가 들렸다. 미혜가 돌아보자 기범이 커다란 파이프 모양의 물로켓을 들고 서 있었다.

"와, 그새 다시 고친 거야?"

미혜가 물었다.

"이번엔 아까완 달라. 보라구."

기범이 미혜를 향해 말했다.

"글쎄, 1차 발사에서는 멀리 못 갔었잖아."

미혜가 그의 로켓을 보며 고개를 갸우뚱해 보였다.

"그땐 물이 좀 적었지. 이번에는 물을 더 넣었어. 두 번 발사한 중에서 좋은 쪽의 기록을 쓰는 거니까, 두고 보라구."

"근데 물만 더 넣어가지고 차이가 있겠어?"

미혜가 약간 걱정스러운 얼굴로 물었다.

"물론 각도를 잘 맞춰야지. 이번에는 틀림없이 더 멀리 날아갈 거야."

기범이 발사대로 다가갔다. 발사대에 자신의 로켓을 세우고, 심판을 맡은 대학원생의 시작 신호에 맞춰 자전거 바퀴에 공기를 주입할 때 쓰는 펌프로 로켓 몸체에 공기를 넣기 시작했다.

물로켓은 액체와 기체의 서로 다른 성질을 이용하기 때문에, 알맞은 양의 물과 그에 맞는 공기가 주입되는 것이 중요하다. 이미 기범은 1차 발사에서 물보다 공기를 많이 넣었다가 물이 모자라 추진력이 부족해 비행거리가 짧았었다. 그래서 그는 이번에는 물을 더 넣었다. 하지만 물의 양이 많아진 만큼 그에 맞게 공기를 적게 주입해야 한다. 그러다 보니 연습할 때 정해둔 공기의 양보다 덜 넣어야 하기 때문에, 공기 주입에 신중을 기해야 했다. 너무 많게도, 적게도 해서는 안 된다.

물로켓 발사대회 규칙은 로켓을 발사대에 놓은 후 3분 이내에 발사하도록 되어 있었다. 그런데 기범은 공기를 너무 조심스럽게 주입하느라, 발사 제한시간이 다 돼가도록 발사를 하지 못하고 있었다. 게다가 구경하는 사람들은 참가자에게 말을 걸어서도 안 되는 것이 경기규정이었다.

시간이 지체되자 모여 있는 사람들이 술렁이기 시작했다.

'어라? 왜 발사를 안 하는 거지?'

미혜가 기범의 뒷모습을 염려스럽게 바라보는데, 드디어 기범의 뾰족한 고깔모양 원통형 로켓이 푸른 하늘을 향해 솟구쳐 올랐다.

"와!"

운동장에는 다시 함성이 울렸다. 물보라를 날리면서 하늘을 향해 비스듬한 각도로 올라간 로켓의 몸체가 둥근 포물선을 그리면서 다시 땅을 향해 떨어지기 시작했다.

운동장 바닥에는 지름 10미터 크기의 둥근 과녁모양의 표적이 그려져 있었다. 물로켓은 그 표적의 중심에 떨어져야 한다. 그렇기 때문에 너무 멀리 날아가도 사실상 표적에서 멀어지는 것이다.

승연의 로켓보다 더 좋은 성적을 내려면 기범의 것은 2미터 지름의 표적 중심으로 떨어져야 하는 것은 물론이고, 중심점에 최대한 근접하게 닿아야 한다. 운동장 한쪽에 모여 있는 사람들의 시선이 하늘에서 땅으로 서서히 낙하하는 기범의 로켓에 모아졌다.

'툭' 하는 소리와 함께 기범의 로켓이 떨어졌다.

"가운데다!"

누군가가 소리치자 진행을 맡은 학생이 달려가 로켓이 떨어져 부딪힌 자국에서 중심점까지의 거리를 줄자로 재고는 소리쳤다.

"71센티미터."

그러자 심판을 맡은 대학원생이 말했다.

"중심에서부터 1센티 떨어질 때마다 0.1점 감점이니까…, 7.1점 감점으로 50점 만점에 42.9점이다. 지금까지 최고기록이 승연이가 쏜 75센티미터 떨어진 걸 기준으로 42.5점이었으니까, 기범이가 0.4점 높다. 박기범이 1등이다!"

발표가 나자 기범을 도왔던 1, 2학년생들이 환호했다.

"1등이네. 축하한다."

승연은 기범을 향해 맥없이 말했다.

"고맙다. 승연아. 너 쏠 때 맞바람이 심했잖냐. 오늘은 내가 날씨 운이 조금 더 좋았던 거 같다."

"아무튼 축하해."

승연은 웃으며 말했지만, 기운이 빠졌다. 오늘도 기범이 앞서갔다.

"푸른 하늘의, 바람마저도 기범이 편이군."

승연은 혼잣말로 중얼거렸다.

사람들이 뿔뿔이 흩어지기 시작하자, 심판을 봤던 대학원생이 두 사람에게 다가와 말했다.

"기범이 며칠 있으면 입대한다며? 기념사진 한 장 찍어라. 내가 찍어 줄 테니까."

마음씨 좋은 선배가 두 사람을 보며 사진기를 들었다.

"아, 형. 잠깐만요."

승연이 포즈를 잡으려다 문득 손을 들었다.

"왜?"

"한 사람 더 찍었으면 해서요."

"누군데?"

"기범이하고 저하고 삼각관계인 여인이 있어요."

승연이 웃으면서 이야기했다.

"뭐? 삼각관계? 정말?"

승연의 말에 선배가 놀라는 시늉을 하며 물었다.

"기범이랑 저랑 한 여인네를 놓고 라이벌관계죠."

"야, 그게 무슨 소리야?"

기범이 눈을 둥그렇게 뜨며 물었다.

"가만히 있어봐."

그리고 승연이 진행팀과 함께 뒷정리를 하고 있는 미혜를 향해 소리쳤다.

"정미혜, 이리 와. 같이 사진 한 장 찍자."

102

"뭐? 나?"

미혜가 승연을 돌아보며 물었다.

"그럼 여기 너 말고 누가 있어?"

그러자 미혜가 어처구니없다는 표정으로 말했다.

"뭐야, 그럼 내가 너희하고 삼각관계로 얽인 여자란 말이야?"

"아니 뭐, 그냥 같이 사진 한 장 찍자구."

승연이 얼버무렸다. 그리고 미혜의 팔을 잡아서 끌어다가 기범과 자신의 사이에 세우고는 대학원생을 향해 말했다.

"형, 이제 됐어요. 찍어 주세요."

"내 참."

미혜가 어이없다는 듯 웃음을 지어 보였다.

사진을 찍고 나자 미혜는 승연을 보며 말했다.

"전승연. 왜 조신한 여잘 니들 멋대로 삼각관계로 얽는 거야?"

그러자 승연이 떠벌리듯 큰 소리로 말했다.

"온리 더 브레이브 디저브 더 페어 (*Only the brave deserves the fair*), 용감한 자가 미인을 얻는 거 아니겠어?"

"승연이 오늘 좀 오바한다, 응?"

사진을 찍어준 선배가 웃음 섞인 얼굴로 승연을 놀리며 카메라를 챙겨 넣었다.

"사진은 내가 사람 수대로 뽑아서 기범이한테 주마. 기범이 군대도 간다는데, 친구들 사진이라도 가져가야지. 훈련소 들어가기 전까지 뽑아서 줄게."

"고마워요, 형."

기범이 붙임성 있게 웃었다.

"훈련소? … 너 군대 가?"

승연의 옆에 서있던 미혜가 무심한 척 물었지만, 꽤 놀란 눈치였다.

"응, 다음주에."

기범이 심드렁하게 대답했다.

"그럼… 얼마나 못 보는 거야?"

미혜가 다시 물었다.

"……."

기범은 잠자코 있었다. 둘을 조심스레 지켜보던 승연이 말했다.

"훈련소 들어가기 전에 향우회에서 하는 연합동문회 있으니까 그나마 다행이야. 안 그러면 같이 밥도 제대로 못 먹고 갈 뻔했잖아."

"그래. 그나마 다행이다."

미혜도 맞장구를 쳤다. 그리고 기범을 돌아보며 그에게 물었다.

"나올 거지?"

"으, 응."

기범이 천천히 대답했다.

14. 공비소탕작전

"얘들아, 난리 났다!"

연합동문회 2차 술자리에 조금 늦게 도착한 복학생 선배 하나가 신문 호외를 든 채 방으로 들어서면서 소리쳤다. 중국 음식점의 홀 한쪽에 있는 방안에서 길게 상을 차려놓고 소주로 건배를 하려던 학생들의 시선이 모두 그 선배에게 모아졌다.

"동해안으로 무장공비가 반잠수정을 타고 침투했단다."

선배는 커다란 활자로 인쇄된 두 쪽짜리 신문을 펼쳐들면서 소리쳤
다. 그가 펼쳐든 신문에는 '동해안 침투 공비 소탕'이라는 머리기사와
현장의 사진이 크게 인쇄돼 있었다. 사진은 흑백이어서 자세히 알아볼
수는 없었지만, 산속의 구릉지를 배경으로 육군에게 사살된 무장공비
들이 쓰러져 있는 모습인 듯했다.

선배는 다시 큰 소리로 말했다.

"근데 소탕작전에 투입됐던 육군 중대장하고 사병이 전사했단다."

선배의 말에 유쾌하던 연합동문회 2차 술자리의 분위기가 무거워졌
다. 선배는 기사내용을 읽어내려 갔다.

"완강하게 저항하며 도주하던 무장공비 일당은 육군과 숲속에서 대
치하던 도중 수류탄을 던졌다. 이에 공비가 던진 수류탄으로부터 중대
원 사병을 보호하려던 이 모 대위는 수류탄의 폭발로 인해 부상을 입었
다. 그는 함께 부상을 입은 중대원 김 모 하사와 함께 헬기로 육군통합
병원으로 긴급 호송돼 응급수술을 받았으나, 두 사람 모두 끝내 숨을
거두고 말았다. … 숨진 이 모 대위는 진지로 날아든 수류탄을 다시 밖
으로 던졌으나, 수류탄이 근거리에서 터지면서 변을 당한 것으로 알려
지고 있다. 전사한 이 모 대위와 김 모 하사는 일 계급 특진이 추서됐으
며, 국립묘지에 안장될 예정이다. 지난해 결혼해 아직 신혼인 이 모 대
위의 유가족으로는 임신 6개월의 부인이 있어 주위를 안타깝게 하고 있
다. …"

선배가 기사를 읽어내려 가자 회식자리가 숙연해졌다. 호외에서 시
선을 뗀 복학생 선배는 말없이 기범을 바라보며 말했다.

"가서 몸조심하고 잘 복무하고 와라."

그러자 다른 쪽에 앉아있던 이미 전역한 다른 선배가 소리쳤다.

"괜찮아. 다 갔다 오는 걸 뭘, 게다가 카투사라잖아. 카투사는 저딴 거 안 해."

그 복학생의 말에 기범이 잠자코 신문을 읽어준 선배를 바라보자, 기범의 옆에 있던 승연이 말했다.

"그래도 몸조심해라."

"…고맙다."

기범이 승연에게 나직이 말했다.

15. 여학생 기숙사

"저… 408호에 있는 정미혜 좀 만날 수 있을까요?"

여학생 기숙사 건물의 입구 경비실에 앉아있는 희끗희끗한 머리칼의 수위에게 승연이 물었다.

"누구? 정미혜?"

"네."

"자넨 누군데, 이 시간에 우리 착한 미혜를 찾나?"

수위가 자못 무뚝뚝하게 물었다.

"아… 네, 저는 같은 고향친군데요, 항공공학과 전승연이라고 합니다."

"고향친구라고? 어디보자, 필시 미혜한테 흑심이 있는 게로군."

106

수위가 익살스럽게 말했다.

"예? 흑심요…? 아뇨, 전 그냥."

"잡아떼기는, 젊은 사람들이 다 그런 거지 뭐, 껄껄껄. 잠깐 기다려 보게. 방송해줄 테니."

"네 감사합 … ."

인사말이 끝나기도 전에 「408호 정미혜 경비실에 면회」라는 소리가 기숙사 구내방송으로 메아리치듯이 들렸다. 방송 마이크를 끈 수위가 다시 승연에게 물었다.

"미혜하고 고향친구라고?"

"네."

"그럼 어렸을 때부터 친군가?"

"네…, 같은 동네에서 살았습니다. 저 말고도 한 명 더 있어요. 이번에 입학한 동기가요."

"그 친구도 미혜한테 관심 있겠군?"

"그 … 글쎄요."

"서로 미혜한테 잘 보이려구 말이야."

"…….."

승연은 아무 말 없이 서 있었다.

"사는 게 다 그런 거여. 잘해 보라구."

수위가 웃으면서 말했다.

이때 크림색 후드 티셔츠 차림의 미혜가 슬리퍼를 끌고 현관 쪽으로 천천히 걸어 나오는 것이 보였다. 그러나 미혜는 승연을 보자 화들짝 놀라 뒷걸음치며 말했다.

"어머, 이 시간에 무슨 일이야? 나 지금 엉망인데."

"아, 저⋯."

"왜 그러는데?"

미혜가 몇 걸음 떨어진 채로 약간 퉁명스럽게 물었다.

"기범이가 전해달라고 한 게 있어서."

"기범이? 어제 동문회에서 봤잖아."

"응⋯, 근데 남자들은 2차 가서 한잔씩들 더 했었어. 기범이가 다음 주에 훈련소 들어간다고 선배들이 술 좀 먹였어. 그래서 너한테 사진 줄려고 가져왔다가 못 줬다더라."

"그래?"

"응, 너한테 전해주라고 부탁하더라."

승연은 사진이 든 종이봉투를 미혜에게 건넸다. 종이봉투를 받아든 미혜가 약간 머뭇거리다가 승연에게 물었다.

"그럼 이제 기범이 못 보는 거야?"

"아마 100일 휴가 나오면 그때 볼 수 있겠지. 아, 근데 카투사는 첫 휴가가 언젠지 그건 모르겠다."

"카투사? 그⋯ 미군에서 근무한다는 거 말이야?"

"응."

"역시 기범이는 군대를 가도 다르네."

미혜가 혼잣말 하듯 이야기했다. 승연은 약간 머쓱해졌다.

"나 그만 간다. 잘 있어라."

승연은 뒷걸음치면서 말하고는 돌아서 나왔다. 그의 등 뒤에서 미혜가 소리쳤다.

"야, 전승연, 그냥 가게?"

"응, 밤도 늦었고 해서. … 잘 자라."

"……."

미혜는 승연이 자신에게 건네주고 간 것을 보았다. 그것은 현상소에
서 사진을 담아주는 종이봉투였다.

그녀는 봉투의 위쪽을 열고 그 속에 들어 있는 사진을 꺼냈다. 사진
은 물로켓 대회 때 승연과 기범, 그리고 그녀 셋이 함께 찍은 사진이었
다. 그녀의 양 옆으로 기범과 승연이 물로켓을 든 채로 함께 서 있는 모
습이었다.

사진을 뒤집어 보니, 거기에는 기범이 볼펜으로 쓴 글씨가 있었다.

1982년 4월 15일, 벗들과 함께

"역시 날짜까지 꼼꼼하게 다 써놓는군. … 필기 왕답다."

노트필기를 꼼꼼하게 하거나, 중요한 것을 적어놓는 데 있어서는 옛
날부터 기범을 따를 사람이 없었다. 미혜는 미소를 지었다. 그런데 사
진을 종이봉투 속에 다시 집어넣으려다 봉투 안에 무엇인가 들어 있는
것을 발견했다.

"……?"

꺼내보니, 그것은 반으로 접힌 메모지였다. 미혜는 메모지를 펼쳐들
었다. 거기에는 기범이 볼펜으로 쓴 글씨 한 줄이 적혀 있었다.

직접 주지 못해 미안하다. 내일 3시에 인문대 연못 앞에서 보자.

미혜는 약간 놀랐다. 평소에 봐왔던 무뚝뚝한 기범을 생각하면 의외의 내용이었기 때문이다.

16. 굴기 대회

미혜는 다시 손목시계를 들여다보았다. 기범이 만나자고 한 세 시에 맞춰가려면, 두 시간짜리 수업은 예정대로 1시에 시작돼야 한다. 그런데 15분이 지나도록 교수는 나타나지 않고 있었다.

그녀가 듣는 철학개론은 점심시간 직후의 수업이어서, 교수가 종종 늦게 올 때도 있었다. 그런데 그 교수는 자신이 늦게 오면 항상 늦은 만큼 수업도 늦게 마치곤 했기 때문에, 오히려 학생들이 교수가 늦는 것을 좋아하지 않았다.

"왜 여태 안 오는 거지?"

미혜는 주변을 둘러보았다. 이미 강의실은 어수선해지기 시작하고 있었다. 휴강일 것이라는 생각에, 학생들이 하나 둘 나가기 시작했기 때문이었다. 그런데 정말로 휴강이라면, 수업에 늦지 않으려고 기숙사 식당에서 점심을 먹는 둥 마는 둥 하고 바삐 달려온 그녀로서는 기운이 빠질 일이었다.

시간이 지날수록 강의실은 점점 소란스러워지기 시작했다.

"지난 주 수업 때, 오늘 휴강이란 말은 없었는데⋯."

미혜는 다시 시계를 보았다. 시간은 이미 1시 20분을 지나고 있었다. 사실 20분이 지나도록 교수가 나타나지 않으면 자동으로 휴강이 되는 것이 보통이다. 이미 학생들은 여기저기에서 책을 챙기기 시작하고 있었다.

그때 검은 뿔테 안경을 쓴 대학원생 조교가 교실로 들어와 칠판에 무언가를 적기 시작했다. 그 광경을 본 남학생들은 '휴강, 휴강,'이라고 연호하기 시작했다. 그들의 예상대로 칠판에는 '휴강'이라는 글씨가 쓰였다. 몇몇 남학생들이 환호성을 지르며 강의실 밖으로 뛰쳐나가고, 교실은 한순간에 시끄러워졌다.

미혜도 책과 노트를 자신의 숄더백에 다시 챙겨 넣었다. 학생들은 강의실 밖으로 나가면서 두 시에 광장에서 열릴 궐기대회에 대한 이야기를 했다. 부산 미국문화원 화재사건*으로 모든 대학생을 불순 반미분자로 매도하는 당국의 발표를 비난하는 궐기대회가 중앙광장에서 열린다는 것 같았다. 보나마나 오늘도 정문까지 행진을 할 것이고, 최루탄이 터지고, 시위대와 전경들이 쫓고 쫓기는 상황까지 갈 게 자명하다. 요즘 같아서는 하루도 최루탄 냄새를 안 맡는 날이 없다.

미혜는 시위에는 나가지 않는다. 그녀의 부모는 공연히 시위에 휘말리면 신세 망치게 된다며 절대로 시위에 가지 말라고 늘 신신당부를 했기 때문이다. 그런데 사실 그녀가 시위에 나가지 않는 건, 시위 자체가 두려움으로 다가왔기 때문이기도 했다. 1학년 때는 선배들의 강요로

---

* **부산 미국문화원 화재사건**: 1982년 3월18일 오후 2시 부산의 미국문화원 건물에 방화로 인한 화재가 발생했다. 불은 한 시간 만에 진화됐지만 그 불로 1층 도서관 열람실에 있던 동아대학교 학생 장덕술이 사망하고, 김미숙 등 3명이 중경상을 입는 등 피해가 적지 않았다.
당시의 전두환 정권은 고정 간첩의 사주나 좌경 불순분자의 소행으로 보고, 즉각 대대적인 수사에 착수했다. 이를 계기로 경찰은 1980년 12월9일 광주 미국문화원에 불을 질러 수배 중에 있던 정순철과 부산대 학내 시위로 수배중인 이호철 등 시국사건 수배자들에 내한 검문검색을 강화하면서, 현상금 2천만 원을 내걸었었다.

나가보기도 했지만, 최루탄이 날아오고, 전경들과 서로 밀고 당기는 시위는 마치 전쟁터의 한가운데에 있는 것 같아, 정말로 무서웠다.

하지만 미혜의 주변 친구들 중에는 '골수' 운동권도 많았다. 그들 중에는 남학생뿐 아니라, 여학생들도 있었다. '골수'들은 미혜처럼 시위에 나오지 않는 학생들을 뭉뚱그려서 '부르주아' 라고 부르곤 했다. 그렇지만 미혜는 시위에 나가지 않는 자신을 '침묵하는 다수' 라고 생각하고 있었다.

'궐기대회가 광장에서 열리고 나서 시위대가 정문 쪽으로 온다면, 연못 쪽도 아수라장이 될 텐데.'

이런 저런 생각을 하던 미혜에게 떠오른 생각이 있었다. 오늘은 분명히 시위대가 기범과의 약속장소 근방까지 밀려올 게 분명했다.

'근처로 가서 좀 살펴봐야겠다.'

광장 쪽에는 벌써 많은 학생들이 모여 있었고, 궐기대회가 열리는 광장은 미혜가 있는 곳에서 50여 미터쯤 떨어진 곳이었다. 그녀는 연못 뒤쪽에 있는 건물의 처마 밑에 선 채 궐기대회가 열리는 광장 쪽을 지켜보고 있었다. 이미 광장은 열기가 오르기 시작하고 있었고, 수십 개의 만장과 깃발이 휘날리며, 북소리도 울려 퍼졌다.

"오늘도 그냥 넘어가지는 않겠네."

미혜는 혼잣말을 하면서 시계를 보았다. 시간은 세 시가 다 돼가고 있었다. 미혜는 심상치 않게 변해가는 광장을 살펴보고 있었지만, 기범은 여전히 나타나지 않고 있었다.

"무슨 일이 있는 건가…?"

궐기대회가 점점 무르익자 광장에 모인 학생들이 움직이기 시작했다. 커다란 무리를 이룬 행진의 대열이 미혜가 서 있는 곳으로 움직이기 시작했다.

"어? 이쪽으로 오는 거야?"

놀란 미혜는 다시 주변을 살피기 시작했다.

"기범이는 왜 안 오는 거야?"

기범은 버스에서 내려 약속장소를 향해 걸어가고 있었다. 그는 미혜가 연못 근처에 있는 건물의 강의실에서 수업을 듣는다는 것을 알았기 때문에 그리로 나오라고 한 것이었다. 하지만 정문에서 미혜와 만나기로 한 장소까지는 약간 떨어진 거리였다.

시간은 세 시가 다 돼가고 있었지만, 두 시에 시작된 궐기대회 때문인지, 전경들이 정문을 통과하는 학생들의 학생증을 하나하나 확인하고 있었다. 수배 중인 시위 주동자를 찾는 것 같았다.

기범은 전경의 검문을 받고 정문을 지나 약속장소로 이어진 경사진 길을 빠른 걸음으로 올라갔다. 그런데 미혜와의 약속장소로 가려면 광장을 지나쳐서 가야 하는데, 이미 시작된 궐기대회로 발 디딜 틈 없이 몰려있는 학생들 때문에 지나갈 수가 없었다. 그렇지만 광장을 피해서 간다면 시간이 너무 오래 걸릴 것이었다.

기범은 인파를 뚫고 지나가기로 결심하고 광장으로 들어섰다. 그렇지만 앞으로 나가기가 여의치 않았다. 그가 광장의 모서리쯤에 이르렀을 때, 큰 함성이 나면서 행렬이 움직이기 시작했다.

"어, 어…."

기범은 인파에 휩쓸려서 무리의 행진방향으로 함께 움직일 수밖에 없었다. 그런데 마침 행진은 약속장소 쪽으로 가고 있었다.

"그나마 다행이다."

기범은 무리들 속에 엉켜서 천천히 움직였다. 그는 아직 약간 떨어져 있는 약속장소 쪽을 바라보았다. 그러나 미혜의 모습은 보이지 않고 있었다.

"안 나온 걸까?"

기범은 계속해서 주변을 살피며 무리를 따라 움직였다. 그때 약속장소 옆에 있는 건물의 출입구 앞에 서 있는 미혜의 모습이 그의 눈에 들어왔다.

"아, 저기 있네. 미혜야, 여기다."

기범이 소리쳐 불렀지만 미혜는 그를 보지 못하고 있었다.

그는 무리에서 빠져나가려고 했지만, 이미 사방으로 너무나 많은 인파가 몰려있었다. 그는 다시 미혜가 서 있던 쪽을 바라보았다. 그런데 조금 전까지 미혜가 서 있던 곳에는 아무도 없었다.

"어? 어디 갔지?"

기범은 다시 주변을 살폈지만, 미혜의 모습은 보이지 않았다. 이때 행진의 방향이 그가 가려는 방향과 반대로 바뀌면서 속도가 조금씩 빨라지기 시작했다.

"그래, 차라리 잘 됐다."

기범은 이 틈을 타서 인파로부터 벗어나야 되겠다고 생각했다. 그리고 다시 약속장소 쪽을 바라본 순간, 건물 뒤쪽으로 돌아서서 걸어가는 미혜의 모습이 보였다.

"앗, 미혜야. 여기!"

기범이 소리쳐 불렀으나, 행렬의 함성과 북소리가 너무 커서 기범조차도 자신의 목소리를 들을 수가 없었다.

"정미혜 …, 정미혜!"

기범이 거듭 소리쳐 불렀으나, 미혜는 듣지 못하고 반대편 건물로 들어가 버렸다.

그는 자신의 앞에 서 있는 남학생을 힘껏 밀어내며 행렬에서 빠져나가려고 안간힘을 썼다.

"뭐야? 왜 그래?"

남학생이 뒤돌아보며 소리쳤다.

"…… ."

펑, 펑, 펑 ….

그때 광장 끝에서 최루탄 쏘는 소리가 들려왔다. 그러자 광장에 모여 있던 학생의 무리가 최루탄이 날아오는 반대쪽으로 몰리면서, 삽시간에 아수라장이 되었다. 이어서 지독한 연기가 사람들을 덮쳤다.

"전경들이 이리로 온다. 어서 도망가!"

누군가가 소리쳤다. 그러자 일시에 학생들은 뿔뿔이 흩어지기 시작했다. 무리가 한번 흩어지자, 화단이나 길의 구분 없이 마구 뛰기 시작했다. 그 와중에 넘어져 다치는 사람도 생겨났다.

기범은 애가 탔다.

"아 …, 결국 못 보고 가는 건가?"

이때 기범의 시야에 자신을 향해 달려오는 전경의 무리가 들어왔다.

"앗!"

기범은 그들을 피해 반대방향으로 달리기 시작했다.

IV 격리 隔離

17. 회색의 벽

승연은 눈을 떴다.

그는 소파에 기대앉은 채 잠들어 있었다. 그가 고개를 들자, 회색으로 칠해진 벽이 그의 눈에 들어 왔다.

그렇다. 지금은 눈이 가려져 있지도 않고, 팔도 묶여 있지 않다. 승연은 자신의 얼굴을 만져보았다. 시간이 얼마나 지났는지, 지금 어디에 와 있는 건지, 도무지 아무것도 생각나지 않았다. 머릿속이 하얀 느낌이었다.

"……."

어디선가 소독약으로 쓰는 포르말린 냄새가 나는 것 같기도 했다.

'무슨 일이 있었더라?'

그는 기억을 더듬기 시작했다. 손목시계를 보니 시간은 10시 20분이 조금 지나 있고, 날짜는 15일을 가리키고 있었다.

'인규와 스탁빌에 간 날이 일요일이었으니까… 12일. 그런데 지금이 15일이라면… 3일이나 지난 건가? 시간이 많이 지났군. 그 동안 무슨 일이 일어난 걸까?'

그는 스탁빌에서 일어난 일을 반추했다. 갑자기 그의 앞에 나타난 사나이들이 그의 팔을 잡아끌었다.

'그래, 그렇지. 강제로 차에 태워졌지. 그리고….'

그는 끌려가지 않으려고 몸부림을 치면서 밀고 당기던 순간이 떠올랐다. 그때 누군가의 수트에 붙어있던 한반도 모양의 파란색 배지가 보였었다. 그렇지만 그 다음의 일은 더 이상 생각이 나지 않는다.

'한반도 모양의 배지를 단 자들.'

그는 문득 자신이 입고 있는 옷이 일요일에 입고 있던 옷과는 다른 것임을 발견했다. 게다가 수트 안주머니에 들어있었던 지갑과 여권, 휴대폰도 지금 그의 수중에는 없었다.

'난 어디에 와 있는 걸까?'

그는 방 안을 살펴보기 시작했다.

그가 있는 작은 방 안에는 침대 한 개, 식탁 하나와 의자 둘, 그가 앉아있는 소파, 그리고 오른쪽 벽에는 화장실 입구로 보이는 문이 있었다. 그렇지만 창문이 없고, 천장에 형광등 한 개만이 켜져 있어서 지금이 밤인지 낮인지를 알 수 없었다.

그런데 방 안의 느낌은 미국의 어느 곳 같지는 않았다. 게다가 몇 개 되지 않는 방 안의 집기들이 어딘지 모르게 오래된 것처럼 보였다.

승연은 학회 발표장에 와있던 자들을 떠올렸다.

'그자들이 정말 북에서 왔던 자들이었나 보다. 그럼 여기는 북한….'

승연의 근거 없는 확신이 점차 굳어지고 있었다. 그의 미간에 주름이 잡혔다.

'하지만 정말 북한의 소행이라면, 미국에서 납치를 하는 건 너무나

바보짓 아닌가?'

그러나 생각을 계속할수록 의심은 줄어들었다. 승연은 어느새 지금 자신이 갇힌 곳이 북한이라고 확신하고 있었다.

'그렇다면 미국에서 일을 벌이지 않으면 안 되는 이유가 있었던 건 아닐까? 그래, 내가 갑자기 학회에 오게 된 것과도 관련이 있는지도 모른다. 가만 … 류석영 원장이 출장비까지 마련해 주면서 날더러 미국에 가서 나로호에 대해 발표하라고 했다. 아무리 NASA에서 공문이 왔다고 해도, 그렇게 등 떠밀듯 보낸다는 건 … 그럼 원장이 북한과 연결돼 있단 말인가?'

여기까지 생각이 미치자 소름이 돋았다.

'만약 류석영 원장이 그동안 북한의 사주를 받고 있었다면 … 우리 연구소의 발사체 기술은 모두 북한으로 유출됐을 가능성이 높다. 그럼 우리 연구소가 지금까지 북한의 유도탄 개발을 돕고 있었던 셈이란 말인가? 이럴 수가, 우리 연구소 전체가 이적행위를 하고 있었다니….'

그러나 다음 순간 그는 의문점이 생겼다. 북한이 발사했던 광명성 2호는 나로호의 1차 발사보다도 수개월이나 앞선 것이었다. 그뿐 아니라, 그건 나로호보다 높은 기술의 발사체였다. 광명성 2호를 항우연에서 빼낸 기술로 만들었다고 하는 건 앞뒤가 맞지 않는 것이다.

머릿속이 복잡해졌다.

'아직 확실한 건 아무것도 없어 … 침착하게 기다려보자.'

그는 스스로를 다독이며 앞서가는 불안을 진정시켰다.

이때 문이 열리고 한 사나이가 들어왔다. 그리고 뒤이어 두 사람이 따라 들어왔다. 그들은 모두 건장한 체격에 짧은 스포츠형 머리를 하고 짙은 남색 제복 차림이었다. 그들 중 첫 번째 사나이는 다른 두 사람보다 나이가 좀더 든 것으로 보아 상급자인 듯했다.

앞서 들어온 사내가 그의 앞에 선 채 말했다.

"안녕하십니까, 전승연 박사님?"

'어…?'

분명 들어본 적 있는 목소리였다. 그러나 어디에서 들었는지 생각이 나지 않았다.

"……."

승연은 잠자코 있었다.

"저는 21호라고 합니다. 이런 방법으로 박사님을 모셔오게 되어 송구합니다."

'21호?'

"저를 비롯해서 여기에 있는 우리 모두는 이름 대신 번호만을 가지고 있습니다."

그가 마치 승연의 심중을 읽기라도 한 듯 설명했다.

"당신들 이름엔 관심 없소."

승연이 차갑게 내뱉자 세 사람은 아무 말 없이 그대로 서 있었다.

"……."

짧지 않은 정적을 깨고 승연은 자신을 바라보며 서 있는 세 사람을 향해 따지듯 물었다.

"무슨 이유로 날 여기 붙잡아 두는 거요? 도대체 당신들 누구요?"

"박사님을 여기까지 모셔오는 과정에서 불쾌감을 드린 점에 대해서 사과드리겠습니다. 하지만 불가피하게 그럴 수밖에 없었습니다. 박사님께서 저희로 인해 당황하셨을 거라는 점을 잘 알고 있습니다."

'이자는 상당히 정중하군….'

21호라는 사나이의 의외의 부드러운 태도에 승연의 의구심은 더욱 커졌다. 그렇지만 그는 다시 소리 높여 말했다.

"이게 좀 놀라고 당황하는 정도의 일이라고 생각하시오? 이렇게 몇 마디 말로 사과한다고 해서, 이해될 성질의 행동이라고 생각하냔 말이요."

"물론 그렇지 않다는 걸 잘 알고 있습니다."

"대체 무슨 이유로 날 강제로 데려 온 거요? 그리고 여긴 어디요?"

"이곳은 … 누구에게도 알려지지 않은 극비의 장소입니다."

"극비의 장소?"

"더는 말씀드릴 수 없습니다. 박사님께서는 우선 안정을 취해주시기 바랍니다."

승연은 기가 막혔다. 말이 통하지 않는 자들일지 모른다는 불안이 밀려오는 한편에서는 울화가 치밀었다.

"아니, 사람을 강제로 끌고 와놓곤 무슨 소릴 하는 거요? 여기가 어디고 당신들이 누구든 간에, 이미 당신들은 사람을 납치해 감금하는 중대한 범죄를 저질렀소."

승연이 21호를 똑바로 노려보며 말했다.

"네, 물론 저희가 잘못된 방법을 썼다는 걸 잘 알고 있습니다. 그렇지만 저희는 박사님을 해칠 의도는 없습니다. 다만 매우 중요한 이유로 저희가 박사님을 여기로 모셔왔다는 것만을 말씀드리겠습니다."

"나는 여기 올 아무런 중요한 이유가 없소."

그가 잘라 말하자 21호가 말했다.

"이 이상은 저도 말씀드릴 수가 없습니다. 저는 박사님께서 회복하셨는지를 확인하러 왔을 뿐입니다."

"회복?"

"박사님의 회복 여부를 보고해야 합니다."

"누구에게 보고한다는 거요? 당신들의 우두머리?"

"조직의 책임자입니다. 저희는 전승연 박사님이 안전하게 회복되셨
는지를 확인하…."

그때 승연이 21호의 말을 끊고 화를 억누르듯 차분하게, 그러나 강
하게 말했다.

"조직의 책임자, 그자를 만나고 싶소. 아니, 만나게 해주시오. 가능
한 한 빨리. 이건 부탁이 아니라 내 요구요."

"… 알겠습니다."

21호는 정중하게 대답하고, 함께 들어왔던 두 사람과 함께 방에서
나갔다. 승연은 다시 홀로 남겨졌다.

승연은 앞으로 자신의 앞에 일어날 일을 전혀 예측할 수 없었다. 그
는 자신의 손으로 아무것도 할 수 없다는 사실에, 마치 암흑 속에 홀로
내던져진 듯한 절망에 빠졌다.

18. 이중 감청

"아니, 뭐?"

연구실에서 인터넷 TV로 뉴스를 보던 최인규의 입에서 자기도 모르게 혼잣말이 튀어나왔다. 북한이 백령도 북쪽 해상으로 포사격을 했다는 뉴스가 나왔기 때문이다.

귀국 직후 개강을 했으나 그는 다른 학기처럼 의욕적으로 새 학기를 시작하지 못하고 있었다. 벌써 개강 2주차로 접어들었지만, 승연의 일에 신경이 쓰이면서 제대로 강의를 할 수가 없었던 것이다. 그러던 중 이런 뉴스까지 접하게 되니, 갑자기 초조함이 밀려왔다.

"도대체 저자들이 왜 저러는 거야?"

이런 일이 계속 일어난다면 전승연 박사의 귀환을 위한 남북 간의 협상은 고사하고, 아직까지 공식적으로 아무런 언급이 없는 북한에게 정부가 납치사건을 거론하는 것 자체도 어려워질 것이다. 그는 마음이 편치 않았다.

'혹시… 저자들이 시간을 벌려고 저러는 게 아닐까? 만약에 저들이 지금 선배를 납치해서 뭔가 일을 꾸밀 생각이라면, 당연히 시간이 필요할 거다. 물론 선배가 저들의 요구에 응할 리 없지만. … 하지만 저자들은 협박이나 고문을 할 수도 있다. 그렇게 되면 선배의 목숨까지도 위태로울지도 모른다. …'

인규는 납치사건 수사의 진행상황이 궁금해졌다.

그가 전승연의 집에 전화를 걸자, 마치 전화를 기다리고 있다가 받았는지, 신호가 울리는 즉시 전화를 받은 미혜의 목소리가 들렸다.

"여보세요⋯."

그녀의 가늘게 떨리는 음성은 그간의 불안과 피로를 역력히 드러내
주고 있었다.

"형수님, 저 인규입니다."

"아, 최 교수님."

"좀 전의 뉴스 들으셨습니까?"

"네⋯. 이러다가 정말로 뭔가 잘못되는 거 아닐까요?"

미혜의 말투는 두려움으로 가득했다.

"그렇지 않기를 바라야죠. 혹시 대공분실에서는 연락이 있었습니
까?"

"아뇨, 아직 아무 소식이 없어요."

"더 기다려봐야겠군요."

"네, 그럴밖에요. 저⋯ 그런데 최 교수님."

"예, 형수님."

"사실 제가 지금 부엌⋯에서 뭘 하던 중이었거든요. 그걸 끝내고 나
중에 전화 드릴게요."

"네?⋯ 아, 그, 그러십시오. 죄송합니다. 바쁘신데 제가 그런 줄도
모르고."

"아니어요, 최 교수님."

인규는 종료버튼을 눌러 전화를 끊었다.

'부엌에서 일을 하고 있었다고? ⋯ 신호가 울리자마자 곧바로 받은
것 같았는데⋯.'

이때 그의 스마트폰이 울렸다. 그런데 액정에 뜨는 것은 저장돼 있지

않은 휴대폰 번호였다. 그는 약간 망설이다가 전화를 받았다.

"네, 최인급니다."

"최 교수님, 저예요."

"네? 아, 이 번호가 형수님 번호였군요. 그런데 어떻게 이렇게 바로 전화를 주셨습니까?"

"사실은 집 전화를 국정원에서 감청하고 있어서요."

"네? 선배님 댁 전화를 국정원에서 감청한다고요?"

"네, 그게 … 처음으로 최 교수님이 전화로 그이가 납치됐다고 알려주신 날에요."

"네에."

"최 교수님과 통화 직후에 국정원 대공분실이라는 데서 전화가 왔었고, 곧바로 거기 형사들이 우리 집을 다녀갔어요."

"제가 전화드린 직후에 국정원에서 다녀갔다고요? 형수님이 신고도 하시기 전에요?"

"네, 최 교수님의 전화를 끊자마자 바로 연락이 왔었어요. 최 교수님이 납치를 알려준 것도 이미 다 알고 있더라구요."

"… 그렇습니까?"

"네, 그리고 그때 그자들이 전화 감청장치를 가지고 와서는, 거실 전화기에 설치해놓고 갔어요."

"제가 알려드렸다는 것도 알고 있었고, 거실 전화기에 감청장치를 설치해놓고 갔다고요?"

"네."

"국정원이 어떻게 알고 그렇게 빨리 움직였을까요?"

"사실 저도 그게 좀 이상했어요."

"그럼 지금 이 전화도 국정원에서 감청하고 있다는 말씀이십니까?"

"아뇨, 이 휴대폰은 아닐 거예요. 거실 전화기에만 그 장치를 달아놨거든요."

"……."

최인규의 머릿속은 복잡하게 돌아가고 있었다. 새벽에 왔다갔다고? 자신이 연락한 것을 알고 있었다고? 이상했다. 게다가….

"그리고 그날 오전에는 국정원에서 또 다른 형사들이 왔다갔어요."

"국정원에서 두 번씩이나 왔었다는 말씀이십니까?"

"네, 그런데 나중에 온 국정원 사람들은 정식으로 감청영장을 만들어 와서는, 집 전화를 전화국을 통해서 감청하겠다고 했거든요."

"그럼 그자들이 따로따로 감청을 한다는 건가요?"

"네…. 그런데 처음 온 자들은 영장 같은 거 없이 그냥 막무가내로 설치해놓고 갔어요."

미혜의 말을 듣자 최인규 박사에게 스치는 생각이 있었다.

"형수님, 혹시 지금 거실에 계신가요?"

"네."

"그들이 설치해놓은 장치가 전화뿐 아니라, 집 안의 소리까지 듣는 장치일 수도 있거든요."

"네? 정말이요?"

"지금 베란다 같은 곳으로 가실 수 있으신가요?"

"네? 아…, 알겠어요."

미혜가 다급하게 대답했다.

"베란다로 나왔어요."

"잘하셨습니다."

"네, 그런데, 처음에 왔던 자들이 제게 기자나 친척, 그리고 최 교수님 등 어느 누구에게도 자기들이 다녀 간 것에 대해 이야기하지 말라고 신신당부를 했어요."

"자신들이 다녀간 것을 누구에게도 이야기하지 말라고 했다구요?"

"네, 게다가 나중에 국정원 사람들이 또 오더라도 자기들에 대해서는 절대로 얘기하지 말라고 하구요. 제가 보기에 좀 이상해요. 왜 같은 국정원 사람들끼린데도 이야기를 하지 말라는 거죠?"

"그러게 말입니다."

"사실 제가 최 교수님께 이걸 좀더 일찍 말씀드렸어야 했는데, 처음에 왔던 자들이 누구에게도 이야기하지 말라고 하도 다짐을 받길래 그냥 그대로 믿었는데, 아무래도 최 교수님께는 말씀드려야 될 거 같은 생각이 들었어요."

"그 뒤로 다른 일은 없으셨고요?"

"네, 특별한 일은 없었어요."

"혹시 댁 주변에 이상한 점은 없습니까?"

"글쎄요, 잘 모르겠어요. 아까 잠깐 동네 슈퍼에 갔다왔는데, 그이가 납치됐다는 걸 알게 된 슈퍼 주인이 제게 안부를 묻는 거 말곤 별 일은 없었어요."

"그럼 그날 국정원에서 수사관들이 두 번 온 것 외에, 다른 수사관이나 형사가 찾아온 일은 없었습니까?"

"네."

"… 말씀을 듣고 보니, 처음에 왔던 자들이 좀 의심스럽습니다. 앞으로는 휴대폰으로 통화하실 때도 그렇고, 집 안에서도 말씀을 조심하실

126

필요는 있을 것 같습니다."

"네, 그럴게요."

미혜가 소곤대듯 대답했다.

"제가 지금 댁으로 가겠습니다. 선배님 댁을 한번 살펴봐야겠습니다."

통화를 끝낸 최인규는 생각에 잠겼다.

'자신들에 대해서는 누구에게도 이야기하지 말라고 하면서 도청기를 달아났다. … 그게 뭘 의미하는 거지?… 뭐 거기까지는 수사의 보안상 그런다고 하더라도, 그렇다면 왜 국정원의 수사관들이 이런 식으로 이중의 수사를 한단 말인가? 국정원 내에 또 다른 비선조직이 있기라도 한 걸까? 과연 그게 가능한 일일까?'

19. 교란

최인규가 현관으로 들어서자, 미혜가 그에게 말했다.

"최 교수님이 고생이 많으시네요."

"아닙니다. 형수님."

최인규는 이렇게 말하고 거실 쪽으로 걸어가며 미혜에게 목소리를 낮추라는 손짓을 해 보였다. 미혜도 그의 의중을 알아채고 고개를 끄덕였다. 미혜가 거실 테이블 위의 전화기를 가리키며 속삭이듯 작은 소리로 말했다.

"저 전화기에 뭔가를 붙였어요."

미혜의 말에 인규는 말없이 고개를 끄덕이고 거실을 천천히 둘러보았다. 그리고 테이블에 놓여있던 메모지에 재빠르게 적었다.

「그자들 소속을 어떻게 확인하셨습니까?」

메모지를 본 미혜가 뭐라고 말을 하려 하자, 인규가 손가락을 자신의 입에 대고 쉿 하는 시늉을 했다. 그러자 미혜가 손가락으로 네모를 그리면서 '신분증'이라고 소리 내지 않고 입을 움직였다. 인규가 고개를 끄덕이고 나서 다시 메모지에 적었다.

「세탁기가 어디 있습니까?」

그의 메모에 미혜는 고개를 갸웃거리며 주방 옆의 다용도실을 가리켰다. 최인규는 미혜에게 따라오라는 손짓을 하고 다용도실 쪽으로 발걸음을 옮겼다. 미혜는 그를 따라 다용도실로 갔다.

다용도실로 들어선 인규는 거기에 있던 드럼세탁기의 전원 버튼을 눌러서 세탁기가 돌아가게 하고는, 작은 음성으로 미혜에게 말했다.

"세탁기 모터에서 발생하는 고주파 소음은 전파를 교란시키는 효과가 있기 때문에, 감청장치가 여기에서 나는 목소리는 다른 장소보다 상대적으로 잡기 어려울 겁니다."

미혜는 천천히 고개를 끄덕였다.

"물론 이렇게 모터 소음으로 교란시킨다 해도 큰 목소리는 잡힐 겁니다. 하지만 그냥 이야기하시는 것보다는 안전할 겁니다."

인규가 조심스럽게 이야기를 계속했다.

"앞으로 저와 통화를 하실 때는 거실 전화기 대신에 휴대폰을 쓰시되, 이리로 오셔서 세탁기를 돌리시면서 말씀을 하십시오. 아니면 통화하시는 동안에 헤어드라이어같이 모터 소음이 크게 나는 기기를 켜놓으셔도 됩니다."

"알겠어요."

"물론 그렇다고 해도 완전히 안심할 수는 없습니다."

"……."

"그런데 이렇게 감청장치까지 설치한 걸 보면, 국정원이 정말로 빨리 움직인 것 같습니다. 하지만 제 생각에도 … 역시 감청장치를 설치한 자들은 국정원 소속이 아닌 것 같습니다."

"그럼 누굴까요?"

"아직은 모르겠습니다."

"네, 사실 저도 그게 이상했어요. 그리고 그저께도 이상한 일이 있었어요."

미혜가 목소리를 더욱 낮춰서 이야기했다.

"이상한 일이요?"

"네, 제가 대공분실 대표번호로 전화를 걸어서 납치된 전승연 박사 집인데 수사진행에 대해 궁금해서 그러니, 김석현 형사나 이기철 형사와 통화하고 싶다고 했더니, 형사들 중엔 그런 이름이 없다는 거예요. 처음 그자들이 새벽에 왔을 때 신분증을 보여줬고, 제가 이름도 물어보고 메모를 해놨었거든요."

"네 …."

"근데 처음엔 제가 메모해놓은 걸 안 보고 전활 걸어서, 이름을 헷갈려서 잘못 얘기한 줄 알고 그냥 내가 이름을 혼동한 거 같다고 말하니까, 그쪽에서 수사에 대해 아는 다른 과장에게 연결을 해줬어요. 그런데 제가 통화 끝나고 메모한 걸 찾아서 보니, 제가 기억하고 있던 이름이 맞더라고요."

"정말이십니까?"

"네, 어떻게 된 건지 모르겠어요."

미혜의 말을 들은 인규 역시 의문이 커졌다. 물론 각각의 실무자들은 다를 수 있긴 하다.

"그런데 그런 이름의 형사들이 없다고 그랬었다고요?"

"네, 당황스럽고 무섭더라구요. 만약 그자들이 최 교수님 말대로 대공분실에서 나온 게 아니라면…, 대체 누구죠?"

"글쎄요…."

인규의 불안감은 점점 커져갔다.

"형수님, 국정원에서 그자들 말고 다른 형사나 수사관이 또 다녀갔다고 하셨지요?"

"네, 그날 오전에요."

"사실 지금으로서는 선배님 댁에 처음으로 도청기를 설치한 자들의 진짜 소속을 확인할 방법은 없을 것 같습니다. 그런데… 일단 그자들이 설치한 도청기는 그냥 둬야 할 것 같습니다. 지금 손댔다가 그자들이 눈치 채고 먼저 손을 써버리면, 오히려 정체를 알아내기 어렵겠지요."

"그러네요."

인규는 거실로 돌아와 테이블의 메모지 홀더에서 자신이 적은 메모지를 뜯어 주머니에 넣고 일어서면서 짐짓 큰 소리로 말했다.

"전 선배의 귀환을 위해 저 역시 최선을 다해 돕겠습니다."

"고마와요. 최 교수님."

미혜도 희미한 웃음과 함께 또렷이 대답하며 인규를 배웅했다.

20. 클로즈 엔카운터
close encounter II

승연이 있는 방의 문이 다시 열렸다. 그리고 21호와 함께 중년의 사나이가 들어왔다. 그는 마르지 않은 근육질의 몸집에 짙은 남색의 제복 차림으로, 무스를 바른 단정한 머리에 금테 안경을 쓴 50대 중반의 얼굴이었다.

"박사, 나는 이철수라고 합니다."

그 사나이의 말을 들은 승연은 혼잣말을 하듯 말했다.

"당신은 이름을 가지고 있군, 저 사람들은 번호만 있다고 했는데."

그러자 이철수가 천천히 대답했다.

"내가 1호 오퍼레이터요."

다시 보니, 이철수라는 사나이의 제복 명찰에 '01 OP'라고 흰 자수로 그려진 글씨가 보였다.

'1호 오퍼레이터라고? 그렇다면 이자가 정말 우두머리란 말인가?'

승연은 그를 향해 물었다.

"그렇다면 이제야 내 질문에 대한 답을 들을 수 있겠군. 당신들 대체 누구요?"

그의 물음에 이철수가 낮은 음성으로 말했다.

"박사, 우리는 누구의 간섭도 받지 않고 독립적으로 일하는 조직이오. 우리는 오로지 민족을 위해 일하고 있소."

"누구의 간섭도 받지 않고 일하는 조직? 민족을 위해 일한다고?"

"그렇소. 우리는 민족의 자주권 확보를 위해 일하는 극비의 조직이오. 따라서 우리는 이 세상에는 존재하지 않는 걸로 돼 있소. 만약 …, 우리의 존재가 알려지게 되면, 지금까지 우리가 해왔던 일이 물거품이 되는 건 물론이고, 민족의 앞날에도 불행이 초래될지 모르오."

'민족의 자주권? 이자가 지금 무슨 말을 하는 거지? 대체 어디서 온 자들이야?'

이철수의 말에 승연의 미간에 주름이 잡혔다. 그의 말이 이어졌다.

"따라서 박사는 우릴 만난 사실이나, 우리의 존재에 대해서는 어떠한 경우에도 절대 비밀로 지켜야 하오."

이철수는 단호하게 말했지만, 그 어조는 정중하고 엄숙했다.

'북한 군부 강경파의 사주를 받는 자들인가…?'

불안감이 밀려왔다.

"하나만 묻겠소."

전승연 박사가 낮은 음성으로 이철수를 향해 말했다.

"말씀하시오."

"당신들의 지도자는 누구요?"

"말했듯이 우리는 민족을 위해 일할 뿐이오."

"민족?"

"우리에게는 그 어떤 정치적인 지도자도 없소."

이철수의 말에 승연의 의문은 더 커졌다.

"정치적인 지도자가 없다니, 그게 무슨 말이오?"

승연이 음성을 높이자, 이철수가 말없이 그를 바라보았다.

잠시 침묵하던 이철수가 승연을 향해 천천히 물었다.

"박사는 헌법 1조를 알고 있소?"

"헌법 1조?"

"그렇소."

"헌법 1조 1항…, 거기엔 '대한민국은 민주공화국이다'라고 돼 있을 거요."

승연이 천천히 대답하자 이철수가 끄덕였다.

"그렇소. 그리고 그 다음 … 1조 2항에는 '대한민국의 주권은 국민에게 있고, 모든 권력은 국민으로부터 나온다'고 돼 있소."

"……"

이철수는 계속 이야기했다.

"민주공화국이란 국가의 성립, 그리고 운영과 유지가 국민의 자유로운 의사와 선택에 의한 체제이며, 또한 국가의 주권이 국민에게 있다는 건, 나라 주인의 권리가 대통령이나 정부, 국회나 국회의원 같은 이들에게 있지 않고, 오로지 국민에게 있다는 거요. 그리고 … 국가의 모든 권력이 국민으로부터 나온다는 말은, 국가의 이름으로 행해지는 모든 권력행위 가운데서 국민의 그것이 가장 크고 우선한다는 뜻이오."

이철수의 말을 들은 승연이 당연하다는 듯 대답했다.

"물론… 맥락상 의미는 그럴 거요."

다시 몇 초가 흐른 뒤에 이철수가 조용히 말했다.

"박사, 당신은 나로호를 개발하는 데 큰 역할을 한 사람이오. 그런데 당신은 누굴 위해 나로호를 개발했소?"

"누굴 위해서라니?"

"……"

잠자코 있는 이철수를 향해 승연이 이야기했다.

"난 우리나라의 우주기술을 발전시키기 위해 일해 왔소. 게다가 그건 나 혼자서 한 게 아니라, 300명이 넘는 우리 항공우주연구원의 발사체 개발추진단 연구진들의 피와 땀으로 얻어진….."

그는 자신도 모르게 높은 음성으로 말하고 있었다. 그러자 이철수가 그의 말을 자르며 말했다.

"박사, 내가 그걸 몰라서 묻고 있다고 생각하시오?"

이철수가 계속 이야기했다.

"지금 박사는 매우 중요한 사실 하나를 이야기했소."

이철수가 승연을 똑바로 응시하며 말했다. 이철수의 말투는 공격적이었지만, 그의 눈빛에는 간절함이 들어 있었다. 승연은 그에게 필연적인 그 무엇이 있을 것이라는 생각이 들기 시작했다.

"중요한 사실?"

"그렇소. 물론 나로호 개발에 참여한 사람들 모두가 박사만큼의 애국심으로 개발에 매진했는지는 알 수 없소. 하지만, 적어도 나로호의 개발은 어느 한 개인의 명예나 영광을 위해서가 아니라, 조국의 우주과학기술 발전을 위한 것이었을 거요."

"물론이오. 당연하오. …"

승연이 대답했다. 이철수의 말대로, 그는 그런 마음으로 오늘날까지 일해왔기 때문이다.

이철수가 다시 물었다.

"그런데 만약에 어떤 정치인이 자신의 치적을 위해 나로호를 개발해 달라고 박사에게 요구했다면 어떻게 하셨겠소?"

"그건 말도 안 되는 소리요. 우리 연구소는 정치인들 업적이나 만들어주기 위해 존재하는 그런 곳이 아니오. 그리고 적어도 우리 연구소에는 그런 생각을 가진 사람은 한 명도 없소. 그건 내가 장담하외다."

승연의 이 말은 이철수를 의식해서 하는 것은 아니었다. 승연은 인내심을 가진 부드럽고 침착한 인물로, 타인과 화합하는 것을 언제나 중요하게 생각해왔기에 이런 말을 강하게 해본 적은 없었다. 그렇지만 억제해온 세월을 보상받기라도 하려는 듯, 지금 그는 자기도 모르게 자신의 주장을 강하게 분출하고 있었다.

그의 열변에 가까운 대답에 이철수의 눈빛이 조금 부드러워지는 듯했다. 그러나 이내 눈썹을 치켜올리며 다시 이야기를 시작했다.

"나 역시 박사와 같은 … 마음으로 일하고 있소. 그리고 그건 나뿐 아니라, 우리의 모든 대원들 또한 그러하오."

'대원들?'

승연의 의아한 표정을 읽은 이철수가 낮은 음성으로 말했다.

"그런데 말이오, … 불행하게도 현실은 그렇게 단순하지 않다는 걸 박사도 부정하지는 못할 거요."

"……?"

"박사, 만약에 말이오."

이철수가 승연의 눈을 보며 다시 이야기했다.

"만약에… 앞으로 더 이상 로켓을 개발하지 말라는 지시를 받는다면, 박사께서는 어떻게 하시겠소?"

"더 이상 개발하지 말라는 지시?"

"그렇소. 그런데 그 이유가, 예산이 없거나 연구할 사람이 없어서가 아니라, 정치적인 이유 때문이라면?"

"정치적인 이유라니, 그게 무슨 말이오?"

"연구소 바깥의 정치적인 이유 말이오."

"그런 정치적인 외부요인들에서 자유로워야 하는 게 우리 연구소요. 그리고 우린 정치와 상관없이 과학자로서 충실하게 임무를 수행하려고 노력하고 있소."

"그렇소. 하지만 박사가 하는 일이 중요할수록 외부의 영향으로부터 진정으로 자유로울 수는 없을 것이오. 안 그렇소?"

"……."

그가 아무 말을 하지 못하자, 이철수가 비장한 표정으로 대답했다.

"바로 그런 이유 때문에, 우린 정치적인 지도자를 위해서 일하지 않는 거요."

'이자는 지금 무슨 소릴 하고 있는 거지?'

승연은 여전히 갈피가 잡히지 않았다. 그가 다시 물었다.

"그게 무슨 소리요? 당신이 정치적인 지도자를 위해서 일하지 않는다는 게?"

"우리는 어떠한 정치적 변화에도 흔들리지 않고, 민족의 자주권과 미래를 위한 일을 하고 있는 거요."

이철수가 주먹을 쥐며 말했다.

"좋소. 그렇다면 … 당신은 남한과 북한 중 어느 쪽 사람이오?"

승연의 물음에 이철수가 감정이 실리지 않은 음성으로 말했다.

"거듭 이야기하지만, 우리는 민족을 위해서 일을 하고 있을 뿐이오."

"……."

V 추적 追跡

21. 중환자

아침의 첫 수업을 마치고 연구실로 돌아온 최인규는 커다란 머그잔에 커피를 타서 한 모금 들이켰다. 그는 승연이 납치된 이후의 일들을 다시 생각해보았다.

'만약에 정말로 북한이 납치를 저지른 거라면, 저들은 우선 미국 땅은 벗어나야 할 것이다. 어쨌든 미국 땅은 저들에게는 적지이니까 ···. 그런데 과연 그게 가능한 일일까?'

최인규는 휴스턴주재 한국 영사관의 강동우 서기관이 떠올랐다. 그는 전승연 박사 납치사건 당일에 신고를 접수하고 후속조치를 도와준 건 물론이고, 최인규의 안전을 위해 귀국 전까지 그를 영사관에서 머무르게 주선해 주었던 인물이다.

시간을 보니 휴스턴은 이른 새벽이었다. 인규는 영사관 근무시간까지 기다렸다가 전화를 걸었다. 대표전화를 통해 강 서기관에게 연결이 되고, 이어서 그의 목소리가 들렸다.

"Hello, Good morning, this is Kang Dong-Woo speaking (여보세요, 안녕하십니까? 강동우입니다)."

"서기관님, 한국의 최인규입니다."

"아, 최 교수님이십니까? 무사히 귀국하셨습니까? 여기서도 뉴스는 듣고 있습니다."

"네, 그때는 여러 가지로 감사했습니다."

"아닙니다. 근데 여기서 듣기로는 아직 수사에 큰 진전은 없는 것 같던데요."

"네, 저도 안타깝습니다. 그런데 서기관님. 제가 한 가지 문의드릴 게 있는데요."

"네, 말씀하십시오."

"전승연 박사의 납치가 정말로 북한의 소행이라면, 제가 생각할 때 납치범들이 전 박사를 저들의 계획에 이용하기 위해선 우선 미국을 빠져나가야 할 것 같습니다. 그런데 전승연 박사는 여권을 소지한 채로 납치됐기 때문에, 비록 납치범들이 위협해서 강제로 출국시켰다고 해도 미국 이민국의 출국자 기록에는 남지 않을까요? 그럼 어디로 갔는지도 추적할 수 있을 것 같은데요."

"네, 그 말씀대롭니다. 그래서 저희는 최 교수님이 2월 12일에 사건을 저희에게 신고하셨을 때, 비록 일요일이었지만 미국 이민국에 협조를 얻어서 전승연 박사님을 출국금지인 명단에 올렸습니다. 하지만 그날 이후 지금까지 전 박사님의 출국에 대한 통보가 없을 뿐 아니라, 저희가 직접 이민국에 가서 살펴봐도, 전 박사님의 출국기록은 발견되지 않고 있습니다."

"그럼 그들이 출국금지조치 이전에 전승연 박사를 출국시켰다는 건가요?"

"물론 그럴 수도 있겠지만, 저희 영사관에서 그날 사건접수 즉시 미

138

국 경찰과 이민국에 전승연 박사님의 신원을 알렸기 때문에, 설령 공항이나 항만의 출입국 심사관에게 통보되기까지 시간이 걸렸다고 해도 그 전에 미국을 빠져나가는 건 물리적으로 불가능했을 걸로 보고 있습니다."

"네….”

"제가 볼 때 만약 납치범들이 전승연 박사님을 출국시킨다면, 위조된 다른 사람의 여권을 이용했겠지요."

"아, 그럴 수도 있겠군요."

"일단 모든 경우에 대한 가능성을 열어놓고 있습니다. 현재도 미국이민국에서는 전승연 박사님의 여권이 어디에선가 발견되기를 기다리고 있을 겁니다. 사실 납치범들이 아직 미국 내 어딘가에 잠적해 있을 가능성도 있습니다."

"네….”

"어디든 소재 파악이 된다면, 미국 당국이 저희에게 알려줄 것입니다. 뭔가 알게 되는 대로 제가 최 교수님께 연락드리겠습니다."

"알겠습니다. 여러 가지로 배려해 주셔서 감사합니다."

인규는 전화를 끊었다.

'선배가 여권을 소지한 채로 납치되었지만, 그런 상태에서라면 정상적인 방법으로 자연스럽게 출국할 수는 없을 것이다. 물론 강 서기관의 말대로 납치범들이 사전에 위조된 여권을 준비해 두었다가 그걸로 선배를 출국시켰을 수도 있지만. … 그러나 아무리 협박을 받고 있다고 해도, 선배가 마음만 먹으면 출국심사를 받는 과정에서 얼마든지 자신의 처지를 알릴 기회를 만들 수 있을 텐데, 그러려는 아무런 시도도 하지

않고 출국심사대를 통과하지는 않을 것이다.'

인규는 이런저런 생각을 하며, 책상 위에 펼쳐져 있는 신문을 내려다 보았다. 신문에는 늦은 시간에 취객들이 119 구급차를 불러서 집에까지 태워달라고 요구하는 일이 있어, 응급환자 수송에 차질이 빚어진다는 기사가 나와 있었다.

기사를 들여다보던 그의 시선이 '응급환자' 라는 말에 멈추었다.

'응급환자?… 만약에… 납치범들이 선배를 환자로 위장시킨다면, 이민국이 환자의 신원확인을 하기가 어려울 수도 있지 않을까? 그런 식으로 선배를 미국 밖으로 빼돌리는 방법을 썼을 가능성도 있지 않을까?'

그는 자신의 스마트폰을 뒤져 전화번호 한 개를 찾아냈다. 그리고 통화버튼을 눌렀다. 신호가 가고 이내 상대가 전화를 받았다.

"내과 전문의 홍석균입니다."

탁하게 잠긴 목소리가 전화기 저편에서 들려왔다.

"석균이, 잘 있었어? 나야. 최인규."

"최인규?… 아! 오랜만이네. 한동안 소식이 없어서 무슨 일이 있나 했더니, 살아있기는 했군."

"그래, 오랜만이다. 근데 목소리가 왜 그래?"

"응, 어제 철야로 응급실 당직 섰거든. 요새는 응급실 당직 때 전문의가 하나는 있어야 돼서."

"음…, 그럼 피곤하겠네."

"괜찮아, 하루 이틀도 아닌데 뭐. 근데 이게 얼마만이지?"

"글쎄, 지난번 망년회 때 보고는 못 본 것 같다."

"그런가? 그럼 근 반년은 된 거 같구만. 헌데 갑자기 웬일이야. 누가 아픈가? 아님… 특진 새치기 부탁하려고?"

"아냐, 이 친구, 날 어떻게 보고."

"소식 없다가 갑자기 연락하는 애들 보면, 십중팔구는 그거거든."

"허허, 그래? 그런데 이 몸은 워낙 건강해 놔서 그럴 일은 없을 거다. 넌 어때? 당직은 그렇다 쳐도, 요새도 매일 바쁜가?"

"환자들이 뭐 의사 사정 봐줘 가며 아픈가? 늘 그렇지. 그건 그렇고 새치기 부탁도 아니면 뭐야, 좋은 건수라도 있어?"

"그게 아니고, 뭘 좀 물어보려구."

"뭔데?"

"그게 …, 만약에 중환자가 미국에 있는데, 어떤 사정 때문에 꼭 다른 나라로 가야 된다면 어떻게 하지?"

"미국에 있는 중환자가 다른 나라로 가야된다고? 듣기만 해도 골치가 아프군. … 무슨 병인지는 모르지만, 중환자라면 거동도 힘들 거 아냐?"

"그, 그렇겠지. 아마도."

"그런데 그 상태에서 꼭 다른 나라로 가야 되나? 좀더 치료를 받고 상태가 나아진 다음에 가는 게 나을 것 같은데."

"으이그, 그래도 가야된다면 말야 이 자식아. 나이를 먹어도 꼴통같이 고지식하기는. 상상력이 없어요, 상상력이."

"흠흠. 뭐, 가야 한다면 가야지. 사실 그렇게 되면 주변 사람들이 고달파지지."

"가능하기는 한 거야?"

"응."

"어떻게 해야 되는데?"

"환자가 어떤 상태냐에 따라 달린 거긴 한데, 만약에 수술한 환자라면 수술하고 최소한 15일은 지나야 되고, 당연히 출발지 병원 의사의 소견서, 그러니까 환자가 비행기를 탈 정도의 여행은 견딜 수 있다는 소견서가 있어야 돼. 그래야 항공사에서도 받아줄 테니까. 만약 비행 중에 환자가 사망하기라도 하면, 항공사 입장에서는 여간 골치 아픈 게 아니잖냐."

"그렇겠군. 응, 그리고 또?"

"음~, 어디 보자. 중환자라면 비행기 좌석에 앉아서 갈 수는 없을 테니, 비행기에 침대를 붙여야 되겠지. 환자용 침대는 비행기에서 이코노미 좌석 여섯 개 정도의 공간을 차지한다고 하니까 … 항공사에 예약할 때 미리 얘기해서 의자를 들어내고 침대를 붙여달라고 해야 될 거야. 그렇게 되면 항공사에서는 당연히 최소한 여섯 사람의 항공료를 요구할걸? 아마도."

"여섯 사람의 항공료?"

"그래. 게다가 환자를 돌봐줄 간병인이나 의료진도 동행해야 할 거라면, 그 사람들의 항공료도 들겠지."

"이야~ 이제 좀 똑소리 나네. 그래, 그리고 또?"

인규의 장난스런 부추김에 흥이 난 홍석균은 철야 당직의 피로를 잊은 듯 열심히 머리를 굴렸다.

"침대에 누워서 가야 할 정도의 중환자라면, 당연히 출발공항과 도착공항에 앰뷸런스가 가줘야겠지. 게다가 비행기 계류장까지 앰뷸런스가 들어가야 되니까 앰뷸런스는 물론이고, 거기에 탄 의사나 간호사도 전부 보안검색을 받아야 될 걸? 전에 나랑 같이 인턴 했던 친구가 한 번 해봤다는데, 되게 번거롭다더군."

"아, 그런 문제도 있겠군."

"참, 그리고 그 환자 산소호흡기 같은 건 필요 없나? 비행기가 고공에 올라가면 기내 기압이 낮아지니까, 산소호흡기가 필요할 수도 있어. 물론 담당의사가 판단할 일이긴 하지만."

"산소호흡기? 그것까지는 필요 없을 거야."

최인규는 신이 나서 대답하는 석균이 고맙기도 하고 귀엽기도 해서 비집고 나오는 웃음기를 억누르며 대답했다. 석균이 덧붙여 말했다.

"아냐 그래도 아마 항공사에서는 만약을 위해서 요구할 거야."

"그럴까? 그럼 … 환자의 출입국 수속은 어떻게 하지?"

"뭐 그거야 당연히 환자 가족들이나, 주치의 소속 병원에서 이민국에 소견서를 제출하고 대리로 수속을 해야겠지. 환자가 침대에 누운 채로 출입국 인터뷰를 하기는 어려울 테니까 말이야."

"그럼 출국 심사관이 환자 얼굴을 직접 보지는 않나?"

"아무래도 그러겠지."

이 말을 들은 인규의 눈이 빛났다.

"그래, 알았어. 고맙다."

"누군지는 몰라도 웬만하면 더 치료받고, 좀 나아지면 움직이라고 해. 괜히 큰 돈 들여가면서 주변 사람들까지 고생시키지 말고…. 물론 뭐 나름대로 사정이 있으니까 그러는 거겠지만."

"하여튼 고마워, 언제 시간 나면 한잔 하자고."

"그래. 알았다. 앞으론 이런 거 말구, 좋은 건수 생기면 전화해라."

"그래, 그래. 노력해 볼께. 잘 지내라. 또 연락하마."

"알았다. 너도 잘 지내라."

통화를 마친 최인규는 기분이 들뜨는 느낌이었다.

"그래, 가능성이 있을 수도 있겠다."

그는 실마리를 찾았다는 생각에 잠시 희망에 젖었으나, 이내 다시 막연해졌다.

'납치범들이 선배를 환자로 위장시켜서 출국한다면, 스탁빌에서 어느 공항으로 가야 할까? 골든트라이앵글은 국제공항은 아니지 않은가? 그리고 어느 항공사를 이용했을까? 그자들이 북한으로 갔다면 분명히 직항 노선은 없을 텐데.'

그 경로를 찾아낸다는 것은 사실 어려운 일이다. 게다가 이것 역시 그의 추측에 불과하다.

'만약에 미국 국제선의 환자 출국기록을 찾아본다고 해도, 미국에 국제공항이 한 두 개가 아니지 않은가?'

그러나 인규는 왠지 자신의 생각에 미련을 버릴 수가 없었다. 사실 그로서는 지금 해볼 수 있는 일은 무엇이든 해보는 것 이외에는 별다른 방도가 없기 때문이다. 그는 강동우 서기관에게 다시 전화를 걸었다.

"네, 최 박사님."

강동우 서기관이 바로 전화를 받았다.

"네, 제가 여러 가지 생각을 하다가 한 가지 가능성이 보이는 것이 있어서 그러는데요…, 납치사건 이후 며칠 동안 미국 내 국제공항에서 중환자 출국기록을 좀 조회해 볼 수 있을까요?"

"미국 내 국제공항에서 중환자 출국기록이요? 아니, 그건 왜요?…"

"그러니까, 그게…."

인규가 설명을 하려 하자 전화기 저편에서 아! 하는 소리가 들려왔다.

"가능성이 있는 방법 같은데요?"

강동우 서기관이 소리치듯 말했다.

"그렇게 생각해 주신다니 다행입니다. 하지만 볏단에서 바늘 찾는 격이 되지 않을지 모르겠습니다."

"글쎄요, 아마도 그렇지는 않을 겁니다. 국제선에서 중환자 출국이라는 것 자체가 흔치 않은 일이기 때문에, 미국 이민국에 요청해서 전산망에서 중환자로 신고하고 출국한 사람들을 찾아볼 수 있을 겁니다. 더구나 날짜도 전승연 박사께서 납치된 날로부터 1주일 정도의 기한이라면, 비록 미국 내의 모든 국제공항이라고 해도, 찾아보는 건 큰 문제가 없을 거 같은데요."

"정말 그럴까요?"

"물론입니다. 어쩌면 단서가 잡힐 수 있지 않을까 생각됩니다."

"그 말씀을 들으니 안심이 됩니다. 그럼 부탁 좀 드리겠습니다."

"하지만 말씀하신 대로 그 기간 동안의 출국기록을 조사하려면, 저희 영사관에서 미국 이민국으로 협조요청을 하고, 또 이민국에서 검색한 결과를 통보받고 하는 등의 업무절차가 있기 때문에, 시간이 좀 걸릴지도 모릅니다. 그렇지만 가능한 한 신속하게 처리하겠습니다. 그리고 결과가 나오면 제가 박사님께 즉시 연락드리겠습니다."

"감사합니다. 강 서기관님."

서로 인사와 격려를 나눈 후 인규는 전화를 끊었다. 그리고 인규는 다른 할 수 있는 일이 없을까 생각하며 어느새 다 식어버린 커피를 쭉 들이켰다.

22. 푸른하늘 II

"다시 묻겠소. 당신은 남한과 북한, 어느 쪽 사람이오?"

전승연이 이철수에게 재차 물었다.

"그건 지금으로선 말할 수 없는 문제요."

이철수가 왼손으로 안경을 고쳐 쓰면서 천천히 말했다.

"뭐요? 말할 수 없다고?"

"우린 민족을 위해 일할 뿐이오."

이철수가 가라앉은 음성으로 말했다.

"당신이 지금 그걸 말하지 못한다는 건, 결국 당신은 내게 무엇인가를 숨기고 있다고밖에는 볼 수 없소."

승연이 이철수를 향해 소리 높여 말했다. 그의 말에 이철수의 표정은 굳어졌다. 두 사람 사이에는 무거운 정적이 흘렀다.

굳은 표정의 이철수가 낮은 음성으로 말했다.

"우리는… 그 무엇과도 바꿀 수 없는 신념으로 우리의 「푸른하늘」을 40여 년 동안 지켜왔소."

"「푸른하늘」?"

승연이 놀라 물었다.

"그렇소. 우리는 민족에게 희망 가득한 푸른 하늘로 존재하는 것이 목표이자 신념이오. 제 아무리 두터운 먹구름이 깔려 있을지라도, 그 먹구름 위에는 언제나 푸른 하늘이 말없이 존재하지 않소? 우리는 그처럼 민족의 자존을 위해 어떠한 경우에도 건재한 바로 그 푸른 하늘을 만들려는 거요."

이철수의 어조는 사뭇 엄숙했다. 그런데 그토록 이상적인 이야기를 하는 그의 몸짓에는 거부할 수 없는 힘 같은 것이 실려 있었다.

'지금 이자의 말은 뭐지? 반란이라도 일으키겠다는 건가?'

승연은 혼란스러워졌다. 이철수는 이야기를 계속했다.

"사실 우리들에게도 민족의 자주권을 세우고자 했던 지도자들이 계셨소. 그러나 불행하게도 그 지도자들은 모두 뜻을 이루지 못하고 유명을 달리했소."

'유명을 달리한 지도자들? … 도대체 누굴 말하는 거야?'

언제부턴가 승연은 잠자코 이철수의 이야기를 듣고 있었다. 누군가에 대해 많은 것을 아는지 여부와 상관없이 그 사람이 지닌 각오의 무게만으로 인성을 가늠해볼 수 있다면, 지금 그의 눈앞에 있는 사내의 말은 전적으로 진실하며, 믿을 만한 것이 아닐까 하는 생각까지 들었다. 이철수의 이야기는 이어졌다.

"그리고 불행하게도… 민족의 미래보다 권력유지에 급급했던 자들은 하나같이 모두 미국에게 무릎을 꿇었고, 민족자존에 대한 희망도 팔아버렸소. 민족의 앞날을 걱정하던 우리의 동지들은 절망했소. 아니, 그건 절망이기보다는 분노였소. 게다가 그건 한두 사람의 개인적인 차원의 것이 아니었소. 그러한 현실에 분노하던 동지들은 마침내 결심을 했던 것이오."

이철수의 감정은 격앙되고 있었지만 목소리는 흔들리지 않았다. 민족자존의 희망을 팔아버렸다? 그의 말은 분명 극단적인 데가 있다. 하지만 미국이 허락해주는 범위에서 무기를 가질 수밖에 없는 지금의 현실은 이철수의 말대로 미국 앞에 무릎 꿇은 것이라 할 수 있었고, 이는 승연에게도 충분히 와 닿는 것이었다. 무엇보다 그 모든 말을 천천히 쏟아내는 이철수라는 사내, 이 사내의 비장함이 승연의 마음을 움직이고 있었다. 그의 목표가 무엇인지의 여부를 떠나서, 그의 의지에는 승연이 일찍이 다른 사람에게서 보지 못한, 숭고함을 느끼게 하는 확신이 있었다.

승연은 마음속의 동요를 겉으로 드러내지 않으려 애썼다. 이철수의 이야기가 계속되었다.

"… 정치적인 지도자가 누구이든, 진정으로 민족의 미래와 자존을 위해 일하는, 그렇지만 세상의 어느 누구도 알지 못하는, 우리를 둘러싼 열강들도, 심지어 정치지도자조차도 모르는, 마치 유령처럼 존재하는 군인이 되기를 꿈꾸게 되었던 거요."

'유령처럼 존재하는 군인이라고…?'

이철수의 표현에 다소 놀란 듯 승연이 입을 뗐다.

"이보시오. 그건 너무나 위험한 생각이오. 지도자조차도 알지 못하는 유령 같은 군인의 무리라니, 어떻게 그게 떳떳이 존재할 수 있다고 생각하시오?"

"뭐요…? 민족의 자주성을 지키는 일인데, 왜 우리가 떳떳하지 못하다는 거요? 저 대단한 열강들은 평화라는 가면을 쓴 채 약소국들을 자신들의 손아귀에 두려 한다는 걸 모르고 하는 소리요?"

이철수가 소리 높여 말했다.

"그건…."

"그거 보시오. 박사도 부정하지 못하고 있소. 왜냐하면 그게 바로 엄연한 현실이기 때문이오. 우린 바로 그들에게 대항하기 위해 존재하는 거요…. 세계 평화를 위한다는 저 위선자들이 우리 「푸른하늘」의 존재에 대해 알게 되는 날, 우리의 저력에 놀라고, 우릴 두려워하게 될 거요. 그리고 우릴 함부로 대하지 못할 거요. … 어떠시오 박사. 조국과 민족의 뒤에 「푸른하늘」이 존재한다는 사실이 자랑스럽지 않소?"

이철수의 눈이 광기로 번뜩이고 있었다. 그의 눈빛을 보며 승연이 말했다.

"당신은… 민족을 위한다고 말하고 있지만, 민족이라는 이름을 내건 반란의 무리로 몰릴 수도 있는 거요."

"뭐요? 반란의 무리?"

이철수가 소리쳤다.

"그렇소. 지도자조차도 모르는 유령처럼 존재하는 군인이란 결국 그럴듯하게 포장된 반역인 거요."

"반역?"

순간적으로 이철수는 두 주먹을 움켜쥐었다. 그러나 곧 그는 눈을 감고 마음을 진정시켰다.

느린 숨을 한 번 내쉰 그가 승연을 바라보며 말했다.

"박사, 당신은 내게 나로호를 만든 건 어느 누구를 위해서가 아니라 국가를 위해서라고 했소. 나는 당신의 그 말에 공감하오. 아니, 그 말을 전적으로 믿으오. 난 적어도 박사 당신은 국가와 민족의 미래를 위한 신념을 확고하게 가진 사람이라고 생각했기 때문에, 당신을 이리로 데려온 거요. 그런데… 당신은 다른 사람들 또한 당신만큼의, 아니 어쩌면 그보다도 더 강한 신념을 가질 수 있다는 건 왜 인정하지 못하는 거요?"

이철수의 말에 승연이 고개를 가로저으며 말했다.

"아니오, 절대로 아니오. 당신이 무슨 말을 한다 해도, 집권자가 모르는 군인은 …, 그건 반역의 무리에 불과한 거요. 당신들이 아무리 민족을 위한다고 주장해도 말이오. 당신의 뜻은 나도 원론적으로는 이해하오. 그러나 지도자, 아니 우리가 숨 쉬며 살고 있는 정치체제라는 건, 비록 모순덩어리라 할지라도 책임감을 갖고 지켜야 하는 것이기도 하오. 그걸 부정한다면 우리는 공존할 수 없을 거요."

그러자 이철수가 소리를 높였다.

"그럼… 박사는 진정으로 민족의 앞날을 생각하는 위정자가 있다고 생각하시오? 저 잘난 정치인들은 모든 권력이 국민으로부터 나온다는 엄연한 사실을 모른 채…, 아니 알고 있지만 그걸 외면하고, 권력이 마치 자신의 것인 양 군림하고 있소. 그들은 백성을 섬기겠다며 입으로만 지껄이고, 사람들로 하여금 기대와 환상을 가지게 해서 표를 얻고 권력을 얻어서는, 그 권력을 이용해 사리사욕을 채우는 자들이오. 그리고 또 몇 년 뒤에 이름을 바꾸고 개혁이라고 떠들어대며, 잘 살게 해주겠다고 혹세무민(惑世誣民)하고, 필요하지도 않은 공항이나 만들고, 땅이나 파대는 그런 자들이오."

승연은 압도된 듯 잠자코 이철수의 말을 들었다. 그는 흔들림 없는 눈빛으로 차분히 말을 계속했다.

"백성들을 진정으로 행복하게 만들기 위해 무엇을 해야 할 것인가는 단 1초도 생각하지 않는 자들 …, 그런 자들이 진정으로 국가와 민족의 미래를 생각한다고 생각하시오? 그들은 100년은 고사하고 10년 후의 미래도 생각하지 않고, 오로지 권력을 잡기 위해 사람들을 선동하고, 권력을 잡은 뒤에는 시종처럼 따르고 아부하는 가신들에게 알량한 권력을 나눠주고, 그들끼리 모여 노는 패거리에 불과하오. 저들이야말로 믿고 뽑아준 국민을 배신하는 반역자가 아니고 뭐란 말이오?"

"……."

"우린 그런 자들, 자신의 권력과 이득을 쫓는 기회주의자들을 위해서가 아니라, 민족의 미래를 위해 일하고 있는 거요. 지금까지 그렇게 해 왔고, 앞으로도 그럴 거요."

이철수의 얼굴이 상기되어 있었다. 그를 보며 승연이 입을 열었다.

"사람은 누구나 이기적이오. 누구나 결국은 자기 자신을 위해 사는 거요. 그렇기에 당신이 말하는 위정자들의 작태도 나타나는 거지요."

"그래서… 그자들이 그런 짓을 해도 된다는 거요?"

"그런 뜻은 아니오."

"결국… 박사도 모순에 눈감고 사는 겁 많은 지식인에 불과했군."

"이보시오 난…."

전승연 박사의 말을 가로막고 이철수가 소리쳐 말했다.

"스스로 목숨을 버리고 민족의 군인으로 일하겠다고 결심한 우리가, 우리 일신의 영화를 위해 이러고 있다고 생각하시오?"

"스스로 목숨을 버리다니?"

승연의 눈이 커지면서 이마에 주름이 잡혔다.

"우리는 스스로 전사한 군인의 신분으로 이름과 군번을 버리고, 이 세상에 존재하지 않는 군인이 되어 있소."

"아니, 그게… 어떻게 가능하단 말이오?"

승연은 이철수의 말이 놀랍기보다는 믿어지지 않았다.

"물론, 아무도… 강요하지 않았소. 개인의 행복을 바탕으로 국가와 민족이 있는 것이고, 또 그러한 국민 개개인의 행복을 지켜주는 것이 국가의 의무이기 때문이오."

'이런 일이 벌어지고 있었다니….'

"그들 중에는 침몰한 군함 속에서 사경을 헤매면서, 살아나기를 간절히 바랐던 가족들의 염원을 뒤로 한 채 남아있는 가족들을 돌봐달라는 유언 아닌 유언을 남기고, 진정한 민족의 군인이 되기 위해 기꺼이 전사자 신분이 되어 우리에게로 온 대원들도 있소. 그들의 이름은 국립묘지에 묘비로 남아 있을 뿐, 더 이상 세상에 존재하지 않소. 그들은 목숨을 내걸고, 아니 목숨을 버리고 민족의 군인이 돼 있는 거요."

이철수는 승연을 바라보며 담담하게 말했다.

"그리고 그들이 모여서 우리의 「푸른하늘」이 만들어지게 된 거요."

"그렇지만 …."

"우릴 반역자라고 해도, 어쩔 수 없소."

승연을 응시하며 이철수가 말했다.

"그럼… 그동안의 대통령들은, 「푸른하늘」의 존재에 대해 몰랐단 말이오?"

"보고하지 않는 것이 원칙이었소. 물론 … 모든 대통령이 다 모르는 건 아니었을 거요. 다만 임기 중에 공식적으로는 아무 조치를 취하지 않은 거라고 알고 있소."

"그렇지만 … 어떤 이유로도 주체가 없는 힘은 정당화될 수 없소."

승연의 말에 이철수가 소리 높여 말했다.

"주체가 없다니? 우리의 주체는 바로 민족이오. 어떠한 경우에도 우리의 목표는 절대로 변하지 않을 거요. 절대로."

"……."

"자, 이제… 박사도 선택을 해야 할 때가 온 거요. 자주권을 가진 민족의 미래요, 아니면 사리사욕으로 가득 찬 기회주의자들에게 계속 이용당하는 현실이오?"

"선택이라니?"

"우리와 함께하시오."

"물론 나 역시, 지금까지 국가의 미래를 위해 일해 왔소. 하지만, 당신의 생각은 … 너무나 극단적이오."

"박사! 이 방법이 아니면 민족의 미래는 없소."

23. 태평양 심장재단

전화벨이 울렸다.

"네, 최인규입니다."

"최 교수님, 저 강동우입니다."

"아, 네, 강 서기관님, 안녕하셨습니까?"

최인규가 반갑게 대답했다.

"너무 이른 시간에 전화드린 건 아닌지 모르겠습니다."

"아닙니다. 저도 이미 출근해 있습니다."

"그럼 다행입니다. 다름이 아니라 지난번에 최 교수님이 부탁하셨던 중환자 출국에 관한 내용이 오늘 미국 이민국에서 저희 영사관으로 통보됐습니다."

"그렇습니까? 어떻게 됐습니까?"

최인규 박사의 목소리가 상기되기 시작했다.

"네, 그런데 생각했던 것보다는 출국 건수가 적더군요."

"아, 그거 다행이군요."

"미국 전역의 국제공항에서의 중환자 출국은 전승연 박사님께서 납치된 2월 12일 일요일부터 일주일간의 기간인 2월 19일까지 모두 네 건이 있었습니다."

"네 건 … 이요?"

인규는 놀랐다. 미국 내의 국제공항 전체를 통틀어 네 건이라는 것은 그가 예상했던 것보다 훨씬 적었기 때문이다.

"네, 그런데 기록을 보면, 두 명의 환자는 각각 영국과 브라질에서 온 사람들인데, 모두 치료와 방문차 미국에 입국해서 한 사람은 돌아갔고, 나머지 한 사람은 아직 치료를 받는 중입니다. 그리고 나머지 두 사람이 각각 한국과 일본으로 출국하거나 귀국한 사람들입니다."

"한국과 일본이라고요?"

"네, 한국으로 간 환자는 휴스턴에 거주하는 미국 영주권을 가진 한국 교민인데, 출국사유는 사고로 상반신에 화상을 입어서 한국에서 성형수술을 받기 위해 2월 13일에 대한항공편으로 한국으로 간 걸로 돼 있습니다."

"그렇군요. 일본으로 간 환자는요?"

"네, 그 환자는 미국에서 심장수술을 받은 일본인으로, 2월 16일에 의료진 두 명과 함께 일본항공 JL045편으로 도쿄 나리타공항으로 간 걸로 기록돼 있군요."

"네…."

"제가 볼 때 영국과 브라질로 간 환자들은 미시시피나 휴스턴에서 상당히 멀리 떨어진 공항을 통해서 출국을 했기 때문에, 이번 일과는 관련이 없는 것 같고요, 특히 브라질로 간 환자는 전직 축구선수인데 미국에 와서 다리수술을 받고 간 거라고 하니, 의심의 여지가 없다고 봐야할 것 같습니다."

"그렇겠군요. 그럼 영국으로 간 환자는요?"

"그 환자는 영국 상원의원인데요, 미국 의회 친선방문 일정 도중에 협심증 증세로 미국 병원에 입원해서 치료받고, 영국에서 온 주치의와 함께 필라델피아에서 런던 히드로공항으로 돌아간 걸로 돼 있습니다."

"그렇군요."

"결국 한국과 일본으로 간 환자들이 이번 납치 사건과의 연관 가능성을 찾아봐야할 사람들인 거 같습니다."

"……."

"제가 볼 때 일본으로 간 심장이식수술 환자가, 혹시 최 교수님께서 찾고 계시는 환자로 위장한 출국 건과 가까울지도 모르겠습니다. 일반적으로 심장이식 수술을 받을 정도라면 상당한 중환자이기 때문에, 신분을 감추기에는 오히려 유리할 수도 있을 거 같습니다. 게다가 목적지가 일본이라는 걸 봐도…."

'그렇다. 조총련의 루트라면 일본에서 장 선배를 북한으로 데려가는 것도 가능할지도 모른다. …'

최인규는 강동우의 말을 들으며 생각을 정리했다.

"그렇군요. 가능성이 있을 것 같습니다. 그럼 그 일본 환자의 기록에 입출국을 주선한 단체라든지, 아니면 서류를 대행한 사람이 누군지도 나와 있습니까?"

"네, 대개는 가족이 직접 수속을 하거나, 출발지의 병원에서 하는데요, 일본으로 간 환자의 수속대행자는 '태평양 심장재단'이라고 돼 있군요."

"태평양 심장재단요?"

"네, 여긴 그렇게 나와 있습니다. 이 서류는 제가 이민국에서 PDF*
파일로 받았는데, 지금 바로 박사님께 전자메일로 보내드리겠습니다.
그러면 박사님께서도 직접 내용을 확인하실 수 있으실 겁니다."

"알겠습니다. 감사합니다."

"또 다른 정보가 필요하시면, 언제든지 연락주십시오."

"네. 그러죠. 정말 감사합니다."

통화를 마치고 그가 받은 메일에는 네 개의 서류 이미지 파일이 첨부
되어 있었다. 파일을 열기 위해 마우스를 클릭하는 최인규의 손이 가볍
게 떨렸다.

각각의 서류 위쪽에는 미국의 국가문장인 흰머리 독수리가 도안된
심벌이 인쇄돼 있고, 그 아래쪽에는 'Emigration Record(출국기록)'라고
쓰여 있었다. 그리고 그 옆에는 'PATIENT(환자)'라는 스탬프가 찍혀
있었다. 그들 중에서 일본인 환자의 출국수속 대행기관이 기록된 칸을
보니, 그것 역시 스탬프로 찍힌 것이었다.

PACIFIC HEART FOUNDATION
太平洋心臟財團

'태평양 심장재단 … 이런 일을 전문적으로 하는 곳인 것 같은데, 여
기에 대해 알아볼 방법이 없을까?'

인규는 다시 전화기를 들었다.

---

* PDF(Portable Document Format, 이동 가능한 문서 형식): 전자문서 형식으로, 일반문서 및
문자, 도형, 그림, 글꼴을 포함할 수 있다. PDF는 컴퓨터 환경에 관계없이 같은 표현을 하기 위한
목적으로 개발되었다.

"나야 인규."

"응? 인규라고? 아니, 웬일로 댓바람부터 전화를 해? 그것도 통화한 지 며칠 되지도 않아서. 정말 좋은 건수라도 하나 만든 거야? 오래 살고 볼 일이네…."

전화기 너머에서 석균의 호들갑스런 음성이 들려왔다.

"미안하다. 그런 건 아니고, 하나만 더 물어보자."

"뭐야, 이번에도 또 어떤 환자님께서 비행기 여행을 하시겠대? 아니, 이번에는 비행기 안에서 수술집도라도 해야 되는 거야?"

그가 익살스럽게 물었다.

"혹시 네가 '태평양 심장재단'이라는 곳에 대해서 좀 알고 있나 해서…."

"어디? 태평양 심장재단?"

"응."

"들어본 적이 있는 것 같긴 한데…, 일본에 있는 자선단첼 걸, 아마도. 심장병 환자들 도와주는."

"그래? 들어본 적이 있어?"

"내과 쪽에서는 가끔 얘깃거리가 되긴 하지. 심장병 환자들 치료비를 대준다고 하더라구. … 왜 그러는데? 정말 무슨 일이 있는 거야? 며칠 전엔 미국에서 환자가 비행기를 타야 된다고 하더니, 오늘은 심장재단이라니. 진짜로 누가 아프기라도 한 거야?"

"아니, 그런 건 아니고. …"

"무슨 일인데 그래? 말해 봐. 혹시 알아, 내가 도와줄 일이 있을지?"

"그게 말이지, 너 요즘 뉴스 보냐?"

"대충 나라 돌아가는 건 알긴 하지. 정치판이야 뭐 나 같은 일개 의사하고는 전혀 상관없는 곳일 테고 ….”

“미국에서 일어난 한국인 납치사건도 알아?”

“아, 그… 과학자들이 미국 학회에 갔다가, 한 사람은 납치되고, 한 사람만 돌아왔다는 거? … 가만 있어봐 … 혹시 너야?”

“그래.”

“와, 그랬구나. 그런 일이 있었군. 그럼 납치된 사람은 누구야? 너하고 같이 학회에 갈 만한 사람이라면, 혹시 우리 서복회 전승연 선배?”

“맞아.”

“뭐? 정말이야? 와, 그냥 던져본 건데, 아니, 그럼 전 선배가 미국에서 납치됐단 말이야?”

“…….”

“그런 거였구나. 근데 전 선배는 어쩌다가 그렇게 된 거야? 무작정 납치라니 무사하기는 한 거야? 누가 납치한 거야?”

석균은 질문을 쏟아냈다.

“그러니까 그게 ….”

“뉴스에서는 납북됐을 가능성도 있는 것처럼 이야기하던데.”

“가능성이 아니라, 분명히 그럴 거야.”

“그래, 그 일은 그렇다 치고…, 넌 왜 갑자기 심장재단인데?”

“사실 누가 그랬든 간에 만약에 선배를 미국에서 납치했다면, 일단 미국에서 북한이든지 어디로든지 데려가야겠지. 근데 납치한 사람을 출국시킬 방법이 마땅치 않을 테니, 환자로 위장시켜 나갈 수도 있지 않을까 하는 생각이 들었어. 그래서 영사관을 통해서 미국 이민국 기록에 환자로 출국한 사람이 있는지 조회해달라고 부탁했었어.”

인규는 강 서기관을 통해 알게 된 내용을 설명했다.

설명을 들은 석균이 말했다.

"그래, 네 생각도 일리는 있다."

"근데 난 아무래도 일본으로 갔다는 그 심장이식수술 환자가 마음에 걸려."

"어디 보자 …. 내 주변에 그 태평양 무슨 재단인가를 알 만한 사람이 있으려나?"

석균의 말에 인규가 물었다.

"그 재단이 혹시 일본에서 조총련계의 단체는 아닐까?"

"글쎄, 알 수 없지. 내가 한번 알아볼게. 근데 그 일본으로 간 환자 이름이 뭔지 네가 받은 서류에 나와 있어?"

"잠깐만, 한번 보자."

인규는 모니터에 나타난 서류 이미지를 살펴보았다. 거기에는 일본인 환자의 이름이 영문으로 적혀 있었다.

"여기 있다. '아시와라 스키모토'라고 영어로 돼 있군. 스펠링이 a, s, h, i, w, a, r, a. 그리고 … s, u, k, i, m, o, t, o."

"… m, o, t, o. 그래, 알았어."

"미안해. 바쁠 텐데."

"아냐, 그래도 그거라도 알게 됐으니 다행이지. 게다가 전승연 선배가 실종됐는데, 아무리 바빠도 나도 뭐라도 해야지."

"그래, 고맙다."

"내가 알아보고 오늘 밤늦게라도 연락해줄게."

"그래, 부탁한다."

인규는 통화종료 버튼을 눌렀다.

그는 다른 서류의 2월 13일에 댈러스 포트워드공항에서 인천공항으로 출국한 또 다른 환자의 출국기록을 살펴보았다.

환자 이름은 '*Kenneth Park*(케네스 박)', 2월 13일 0시 20분에 출발하는 KE036 편 대한항공에 탑승한 것으로 되어 있었다. 출입국 수속은 서울에 있는 「K&S Plastic Surgery Clinic (K&S 성형외과의원)」에서 한 것으로 나왔다. 인규는 다른 두 영국과 브라질 환자의 출국기록도 살펴본 뒤 서류파일을 닫았다.

24. 작전계획 5027

이철수는 결심한 듯 다시 이야기를 이어가기 시작했다.

"우리는 그동안 전략무기를 개발해왔고, 이제 거의 마무리 단계에 들어가고 있소."

'최고 군통수권자도 알지 못하는 군인의 무리가 전략무기를 만들어서 마무리 단계에까지 와 있다니.'

승연으로서도 이철수의 말은 어느 정도 예상하고 있던 것이기는 했지만, 그것이 실제로 눈앞의 현실이라는 것이 믿기지 않았다.

"……."

이철수가 다시 말문을 열었다.

"우린 지금 박사의 능력이 필요한 상황이오."

"나의 능력?"

"그렇소."

"……."

"우린 그간 많은 어려움을 이겨내며 오늘까지 왔소. 그리고 앞으로 우리의 목표가 이루어져 민족의 완전한 자주권이 세워질 때까지, 더 많은 난관이 있을 거라고 예상하고 있소. 그렇지만 우린 반드시 해야 하오, 아니 할 거요. 그리고 지금 박사가 우릴 도와준다면, 우린 그 목표에 좀더 빨리 다다를 수 있을 거요."

이철수가 차분한 음성으로 말했다.

"그렇지만 … 나는 당신의 말을 모두 믿을 수도 없을뿐더러, 그런 요구에 응할 수 없소. 당신들이 어디에 어떻게 쓸지 모르는 무기를 만들겠다는데, 어떻게 당신들을 돕는단 말이오?"

승연의 말에 이철수가 다시 음성을 높였다.

"박사! 힘이 뒷받침되지 않은 주권은 말장난에 불과하오. 강자 밑에서 아무 소리도 못하고 살아가는 것 말고는 방법이 없소. 중국의 동북공정이나, 일본의 독도에 대한 야욕은 모두가 우리에게 그들을 억제할 만큼의 힘이 없기 때문에 생기는 일이란 걸 박사 역시 누구보다도 잘 아실 거 아니오?

자주적인 전략무기를 가지지 못한 나라는 강대국의 시녀노릇밖에는 할 수가 없는 거요. 인도와 멕시코, 심지어 중동의 이란조차도 이미 장거리 유도탄은 물론 핵탄두까지 가지고 있소. 이유야 어찌 됐든 저들은 자신들만의 독자적인 길을 걸을 수 있게 된 거요."

"……."

"자, 이제 박사에게도 우리 민족을 위해 일할 기회가 열린 거요. 우리와 함께 새로운 시대를 맞이하게 될 겁니다."

"……."

이철수가 몇 초의 간격을 두고 다시 말했다.

"우리의 목표는 사정거리 1만 5천km 이상의 전략 유도탄을 완성하는 거요."

"사정거리 1만 5천km 이상의 전략 유도탄…, 이라고 했소?"

승연이 소리쳐 물었다.

"그렇소."

'사정거리 1만 5천km라면…, 미국 본토까지 사정권에 들어가는 장거리 대륙간 탄도미사일이 아닌가? 이들이 그것을 개발한다니.'

전율이 왔다. 혼란스럽던 승연의 머릿속에 즉시 하나의 확신이 자리잡았다. 이념이 무엇이건 간에 그러한 무기는….

"그런 무기는 존재 자체가 모두에게 큰 불행이 될 것이오."

승연은 짧고 강하게 말했다.

"이 방법이 아니라면…, 민족의 자주적 미래는 없소."

이철수가 낮은 음성으로 말을 이어갔다.

"물론 아무도 모르게, 미국조차도 절대 눈치 채지 못하게 개발해내는 것이 우리의 목표요."

'미국이 눈치 채지 못하게 하겠다는 자들이 미국에서 날 납치했단 말인가?'

승연은 다시 혼란에 빠졌다. 이철수가 다시 이야기를 시작했다.

"한반도에서 미국의 존재는 중요하오. 동북아의 평화, 아니 사실 평화처럼 보이는 긴장이 유지되어온 것도 미국 때문일 수 있을 거요. 그러나 만약에, 미국이 한반도를 선제공격한다면 어떻게 하시겠소?"

"미국이 한반도를 선제공격하다니, 그게 무슨 말이오?"

전승연 박사가 이철수를 보며 물었다.

"박사는, 미국의 「작전계획 5027」에 대해 아시오?"

"「작전계획 5027」?"

"그렇소. 이미 오래 전부터 미국은 북한을 평화적으로 설득하려는 시도를 포기했소. 그들은 북한이 식량난과 경제난으로 붕괴의 위기가 올 수 있다고 판단하고, 만약 북한이 그 위기를 타개하기 위한 방편으로 도발을 감행할 경우에, 즉시 북한을 선제공격해서 초토화시켜 버리겠다는 계획을 세웠소. 그게 바로 「작전계획 5027」이오."

이철수는 차분하게 설명을 계속했다.

"그런데 사실… 그 작전계획 이전에, 1994년에 미국은 북한에게 핵 공격을 하지 않겠다는 평화협정을 먼저 제안해 놓고도, 그 이행을 계속 미뤄왔소. 하지만 그건 너무도 당연한 거요. 평화협정을 해놓으면, 미국은 5027을 써먹을 수가 없지 않소? 그래서 그걸 미뤄왔던 거요. 그런데 만약 한반도에 미국이 두려워할 만한 위력을 가진 전략무기가 있다면, 한반도의 평화가 미국에 의해 좌지우지되는 일은 없는 거요."

이철수의 말을 듣고 있는 승연의 뇌리에는 나로호 3차 발사보다 몇 주 앞서서 북한이 발사했던 위성 은하 3호가 스쳐갔다.

'은하 3호는 북한이 개발한 사정거리 2단 추진체로 미국 본토까지 사정권에 들어갈 수 있는 장거리 다단계 발사체였다. 그렇다면 이 자가 말하는 1만 5천km의 독자적 전략유도탄은 은하 3호와 관련이 있는 건가?'

승연은 궁금해졌다.

"그래서 그 전략무기를 완성했소?"

"글쎄 …, 절반의 성공이라고 해야 할까."

이철수는 말을 흐렸다.

'지금 … 이자가 말하는 절반의 성공이란 건 무얼 말하는 거지? 은하

3호는 성공한 위성이라고 국제적으로 인정받았으면서도 절반의 성공이라고 말한다면, 이자들은 거기에다가 핵탄두라도 얹어서 정말로 핵미사일을 만들겠다는 건가? 만약 정말로 그렇다면?'

승연이 다시 물었다.

"절반의 성공이란 건 … 뭘 말하는 거요?"

"아직 완벽하지는 않다는 거요. 그러나 ….”

이철수가 낮은 소리로 말했다.

"그러나?"

"그러나 이제 박사의 협조가 있다면, 완성될 수 있을 걸로 믿소.”

"내 협조라니?… 날더러 어디에 쓸지 모르는 당신네들의 무기를 만들라는 거요?"

"어디에 쓸지 모르는 무기라니? 박사는 지금까지 내 이야기를 듣지 않았단 말이오? 박사는 민족의 자주권을 세우는 영광스러운 일에 동참하는 거요.”

"영광스러운 일? 당신들의 무기가 한반도는 물론이고, 동북아와 세계의 평화까지도 위협할 수 있다는 걸 진정 모른단 말이오?"

"박사는 왜 내 말을 못 알아들으시오? 우리 민족의 자주권을 세운다고 했잖소?"

이철수는 음성을 높였다가, 이내 다시 톤을 낮추어 말했다.

"게다가 이미… 박사에게는 다른 선택의 여지가 없소.”

"지금 날 협박하고 있는 거요? 좋소! 그렇다면 날 죽이든 살리든 당신들 마음대로 하시오. 내가 당신의 협박 따위에 머리 숙일 걸로 생각한다면 오산이오.”

승연이 소리쳤다. 그러나 그의 마음 한편으로는 두려움이 밀려왔다.

그런 승연의 모습을 보며 이철수가 명령하듯 말했다.

"박사가 우릴 돕든 그렇지 않든 간에, 우리 목표가 이루어질 때까지 보안은 우리에겐 생명과도 같소. 때문에 박사는 박사의 의지와는 상관 없이 우리와 함께 있어야 하오."

"… 이젠 억지를 쓰는군."

"그래서 선택의 여지가 없다고 말하지 않았소? 만약 박사가 우리에게 적극 협조해서 우리 목표가 이루어진다면, 그땐 돌아갈 수도 있을 거요."

"당신들 속셈이 뻔한데, 날더러 그 말을 믿으라는 거요?"

그러자 이철수가 말했다.

"박사, 당신은 민족을 위하겠다는 마음이 정말로 없단 말이오?"

"거듭 말하지만, 당신은 너무 극단적인 방법을 쓰려고 하고 있소."

승연이 뜻을 굽히지 않자, 이철수가 탄식하듯 말했다.

"아, 내가 사람을 잘못 본 것이구려. 당신도 선거 때만 되면 평소에는 거들떠보지도 않던 재래시장에 가서 쇼나 하는 기회주의자 정치꾼들과 다르지 않은 인사였단 말이오?"

"당신이 그렇게 생각한다고 해도 어쩔 수 없소. 당신들은 분명히 그걸 가지고 다른 나라를 위협하는 전쟁놀음을 할 거 아니오? 나는 비극을 막자는 거지 다른 게 아니오."

"뭐요? 전쟁놀음? 박사는 지금 우리가 이 일을 놀음 삼아서 한다고 생각하시오? 진짜로 전쟁을 놀음이나 도박으로 생각하는 자들은 미국과 그들의 군산복합체*요. 무기를 만들어서 쌓아놓고 쓸 곳을 찾다가,

---

* 군산복합체(軍産複合體, military-industrial complex): 미국의 이이젠하워 대통령이 1961년 퇴임사에서 미국의 군산복합체들이 자유와 민주주의를 파괴할 것이라고 강력하게 경고한 것에

누군가가 자기들 마음에 들지 않으면 테러와의 전쟁이라고 외쳐대면서 마치 정의의 사자라도 되는 양 주변나라들을 부추겨서 자기들이 만들어놓은 무기를 팔아먹으면서 돈벌이나 하는 야바위꾼이 바로 그들 아니오?"

"그건… 평화를 위해서가 아니오?"

"평화? 누구를 위한 평화? 물론 그들만의 평화겠지. 자기들만 큰소리치고 살겠다는 이기적인 평화. 누군가는 그걸 못하게 해야 한단 말이오. 이 세상에는 그들만 있는 게 아니란 말이오. 나는 그걸 하자는 거지, 전쟁을 하자는 게 아니오."

이철수가 소리쳤다. 그리고는 돌아서서 방을 나가버렸다.

25. 자선단체

그날 밤, 최인규의 전화벨이 울렸다. 홍석균이었다.

"그래 석균아, 뭐 좀 알아봤어?"

"응, 근데 그 태평양 심장재단에 대해 정확히 아는 사람은 내 주변에는 없는 거 같아. 그냥 국제 인공심장학회에 있는 사람들이 학회뉴스로 간간이 듣는 걸로 봐서는, 심장병 걸린 사람들 치료를 도와주는 일을 한다는군. 순전히 일본사람들만 도와주는 곳인데, 조총련과는 관련 없고, 그냥 자선단첸 거 같아."

서 기원하는 용어로, 군부와 독점대기업의 상호의존체계를 의미한다.

"그래?"

"응, 그리고 2월 16일에 일본으로 간 사람은 이 재단에서 수술비를 보조해서 미국에서 인공판막을 이식하고 회복이 돼서 돌아온 사람인데, 이름은 네가 알려준 대로 아시와라 스키모토가 맞고, 요코하마에 사는 잡지 발행인인가 봐."

"요코하마의… 잡지 발행인?"

"그렇대."

"나이는 몇 살인데?"

"1954년생이라니까, 만으로 예순인가?"

"그렇 … 겠군. 일본사람인 건 틀림없겠지?"

"이 재단은 일본 국적을 가진 사람들만 도와주는 단체라니까, 아시와라 스키모토는 일본사람이 틀림없다고 봐도 될 거야."

"그렇겠군."

"이제 뭐 또 알아봐야 될 게 있나?"

"글쎄…."

"혹시 납치범들이 선배를 데리고 아직 미국에 있는 건 아닐까? 인질로 몸값이나 받고 빨리 결말을 보려는 놈들이 아니라면, 납치한 사람을 데리고 이리저리 움직이기보다는 안전한 데서 조용해질 때까지 기다렸다가 뭔가 일을 꾸미는 게 더 낫다고 생각하지 않을까?"

최인규는 조용히 고개를 끄덕였다. 하지만 그렇다고 그가 아무것도 안 하고 앉아있을 수는 없는 노릇이었다.

VI 위장 偽裝

26. 새로운 번호

다시 이철수가 전승연을 찾아왔다. 지난 번 그는 화를 못 이기고 가버렸지만, 지금은 진정돼 있었다.

그가 차분한 음성으로 말했다.

"우리는 장거리 유도탄 시제품의 실험을 준비하고 있소."

'그럼 이자들이 정말로 유도탄을 완성했단 말인가 …?'

이철수의 이야기는 놀라운 만큼 미심쩍은 것도 사실이었다. 승연이 무언가를 추리해내려고 애쓰는 동안 이철수의 이야기는 계속되었다.

"한국은 미국과의 미사일 각서 때문에, 발사실험을 할 때마다 미국의 콜로라도 주에 있는 방공사령부에 발사지점과 시각, 목표 등을 통보하도록 돼 있소. 그리고 그건 미국을 통해 일본을 비롯한 전 세계에 알려지게 돼 있소."

'아니, 이자가 하는 말은 ….'

실제로 한국은 미국과의 각서 때문에, 단거리 유도탄 발사실험조차 마음대로 하기 어렵다. 그는 국방과학연구소에 있을 때부터 한국의 그러한 현실에 개탄하곤 했었다.

'이런 사실을 알고 있는 이자는 도대체 누구란 말인가?'

점점 표정을 감추지 못하는 승연을 미동도 없이 바라보며 이철수가 비장하게 말했다.

"하지만 우리는 미국의 눈을 피해서 실험을 해야 하오."

'미국의 눈을 피해야 한다는 생각을 가진 자들이 대낮에 미국 한복판에서 날 납치했단 말인가? 이건 아무리 봐도 앞뒤가 맞지 않는다.'

승연의 의문은 더 커졌다. 다시 그의 발목을 잡는 의문은 하필 자신을, 미국에서 납치했다는 사실이다.

'이자들은 내가 미국에 온다는 걸 알고 있었다는 건가? 그럼 항우연 내부의 움직임까지 파악하고 있단 말인가…?'

이철수가 다시 말했다.

"그리고 아마 지금 한국과 미국은 박사의 납치사건을 수사하고 있을 거요."

"……."

"나로호 개발을 지휘했던 과학자의 납치는 분명 모두에게 충격적인 일이겠지요."

이철수의 말에 승연이 그를 보며 말했다.

"그렇기 때문에 … 세계의 이목이 당신들에게 집중되는 건 물론이고, 당신들의 계획은 실패하게 될 거요."

"그게 바로 우리가 노리던 바요."

'그걸 노렸다고…?'

이철수의 이야기는 갈수록 알 수 없게 흘러갔다.

"우리 「푸른하늘」의 존재를 알지 못하는 미국은 우리가 박사를 납치했다는 사실을 상상도 못할 거요. 그 대신 북한에 의심의 눈초리를 보내겠지요. 우린 그 틈을 타서 우리의 일을 마쳐야 하오."

'북한에 관심을 집중할 때 일을 마친다?'

승연은 이철수의 진의를 파악할 수 없었다.

"난 아직도 당신이 누군지 정확히 모르겠소."

"말했지 않소. 난 … 우린 「푸른하늘」이라고."

"……."

'이자가 말하는 「푸른하늘」은 대체 누구의 푸른 하늘인가?'

잠자코 있는 승연을 바라보며 이철수가 다시 말했다.

"그래서 우린 박사의 능력이 필요하오."

"난 당신과 당신이 말하는 「푸른하늘」의 정체를 모르오. 게다가 이미 말했듯 당신의 방식은 받아들일 수 없소. 잘못 하면 많은 사람이 불행해질 겁니다."

"그렇지는 않을 거요."

"그건 누구도 장담할 수 없소."

"항상 모든 일은 상대적이오. 우리가 하는 일은 조국과 민족을 위한 것이지만, 원치 않는 자들도 분명히 있을 거요."

이철수의 목소리가 조금 높아지는 듯했지만, 승연은 차분하게 말했다.

"게다가 … 장거리 유도탄이라는 건 하루아침에 만들어질 수 있는 게 아니오."

그의 말에 이철수가 목소리를 가라앉히고 말했다.

"박사, 그렇기 때문에 우리는 지금까지 많은 어려움을 겪으면서 그걸 만들고 준비해온 거요. 그리고 이제 마무리단계에 와 있소."

"……."

'어떻게 이들이 발사체를 만드는 게 가능했단 말인가?'

170

승연은 의구심이 들었다.

"우리는 다양한 배경을 가진 인사들과 함께 일을 진행해 왔소."

"다양한 배경을 가진 인사?"

"그렇소. 우릴 돕는 인사들은 다양한 국가에 있소. 특히 구소련 붕괴 이후 많은 연구인력들은 그들의 연구를 뒷받침해 주던 정부가 없어진 건 물론이고, 자신들의 생계까지도 위협받게 됐소. 그런데 그들은 이미 자본주의 경제 속에서 살고 있었기 때문에, 이념보다는 돈을 선택할 수밖에 없었소. 그래서 그들은 자신들의 익명성만 보장된다면 누구를 위해서든 일할 수 있었던 거요."

'그럼… 이들의 유도탄 역시 구소련의 기술로 만들어졌단 말인가?'

"하지만 역시 한계는 있었소. 그래서 우린 박사의 능력이 필요한 거요."

승연의 얼굴이 굳어졌다. 이철수는 다시 말을 이어갔다.

"나는 박사가 우릴 도와줄 걸 확신했소. 그래서 당신을 이리로 데려온 거요."

"……."

"박사는 곧 일을 시작하게 될 거요."

이철수가 단정했다.

"이보시오. 난 아직 당신 생각에 동의하지 않았소."

승연이 소리쳤다.

"그건 내가 판단하는 문제요. 이제 박사는 우리에 대해 모든 걸 다 알아버렸소. 그래서 박사에게는 더 이상 선택의 여지가 없소. 이 시간 이후부터 박사도 새로운 이름으로 불리게 될 거요."

"새로운 이름?"

"그렇소. 이제부터는 당신은 211호요."

승연은 아연하여 말을 잇지 못했다.

"그리고 이제부터는 211호는 언제나 21, 22, 23호와 함께 움직여야 하오. 언제나 네 사람이 동시에 같은 장소에 있어야 한다는 의미요. 그건 박사가 반드시 따라야 하는 우리의 원칙이오."

'이미 이자들은 날 위협할 계획을 치밀하게 준비하고 있었단 말인가? 이 계획을 어떻게 막아야 할까 …?'

승연은 다급하게 생각하기 시작했다. 이철수는 계속 이야기했다.

"이미 말했듯이 우리는 전체가 하나의 목표를 향해 움직이지만, 조직 내에서 서로의 접촉은 극히 제한적이오. 이런 방법을 쓰는 이유는 보안을 유지하기 위해서요."

"그럼 연구자들 서로는 상대가 누군지 모른단 말이오?"

"물론이오. 말했듯이 우리 일에 참여하는 인력들은 다양한 국적과 배경을 가진 인사들로 이루어져 있고, 각자에 대해서는 철저한 보안을 유지하고 있소."

"어떻게 그게 가능하단 말이오?"

"우리는 서로 간의 접촉과 신분노출을 방지하기 위해, 공동작업 장소에서는 보안슈트를 입고 있소."

"보안슈트?"

"서로를 인식할 수 없도록 만들어진 복장이오."

"……."

"우리의 원칙은 무기개발에 참여하는 구성원들이 서로를 몰라야 한다는 거요. 물론 나와 각 분야의 오퍼레이터들은 자신의 영역 내에서는 알고 있긴 하지만…."

172

"각 분야의 오퍼레이터라면…?"

"조직의 운영자들이오."

말을 끊었던 이철수가 뭔가 생각난 듯 다시 입을 열었다.

"그리고 혹시라도 여기에서 탈출하려는 생각은 하지 않길 바라오."

"탈출? 대체, 여긴 어디요?"

"여긴 절대적 안전이 확보된 우리의 요새요. 그리고 우리의 도움 없이 혼자서 여길 빠져나가는 건 절대 불가능하다는 걸 알아두시오."

"어디 있는 요새란 말이오?"

"이곳은 아무도 찾아낼 수 없는 곳이오. 설사 미국이 나선다고 하더라도…."

이철수는 말을 마치고 돌아서서 방을 나갔다.

'미국도 못 찾아내는, 절대 안전이 확보된 요새가 어디란 말인가?'

승연은 앞으로 벌어질 일에 대한 불안감을 떨쳐내기 어려웠다.

27. K & S 성형외과

강의를 마치고 연구실로 돌아온 최인규는 자리에 앉아 연구실 문에 걸려있는 달력을 바라보았다. 개강 2주차에 접어들고 있었지만 여전히 수사는 진전된 것이 없고 시간만 흘러갔다. 게다가 그가 기대를 걸었던 일본인 환자는 전혀 엉뚱한 사람이었다. 그는 일본인 환자에 대해 알게 된 뒤 미혜에게도 가능성이 있다는 이야기를 했었지만, 결국 아무 소득 없이 실망만 안겨주고 말았다.

인규는 강동우 서기관으로부터 메일로 받은 서류 중에서 또 다른 사람이 생각났다. 그가 전화번호를 찾아 통화 버튼을 눌렀다.

"여보세요. 최인규입니다."

"네, 최 교수님, 강동우입니다."

"안녕하셨습니까? 서기관님."

"네, 한국에서 수사에는 진전이 좀 있습니까?"

"글쎄요, 요즘은 형사들에게서 통 연락이 없어서, 저도 정확히 알지는 못합니다."

"그러시군요. 수사가 잘 돼야 할 텐데요."

"염려해 주셔서 감사합니다. 그런데… 제가 서기관님께 죄송한 부탁을 하나 더 드릴 것이 있습니다만."

인규가 조심스럽게 말했다.

"괜찮습니다. 말씀하십시오."

"지난번 조사해주신 내용 가운데 일본인 환자 쪽은, 제가 알아보니 관련이 없는 사람일 가능성이 높습니다. 그런데 출국기록 중에 그곳에 사는 교민 한 사람이 화상 때문에 성형수술 차 한국에 간 걸로 돼 있는 게 있었죠."

"네. 그랬었죠."

"다른 생각이 있어서 그러는 건 아닌데요, 그 환자분에 대해 좀 알아봤으면 해서요."

"네, 그런데 그분은 인천공항으로 가지 않았습니까? 인천공항으로 갔다는 건 북한의 납치라고 보기엔…."

"그렇지요. 그런데 화상을 입었는데 굳이 한국에까지 와서 수술을 받았다는 게 아무래도 마음에 걸려서 말입니다."

174

"하긴… 그럴 수도 있습니다. 하지만 근래 한국의 성형수술에 대한 평판이 좋다지 않습니까? 그래서 일본에서는 한국으로 성형수술하러 가는 관광여행도 있다고 하던데요. 아니면… 그 환자가 개인적으로 아는 의사를 찾아간 걸 수도 있고요."

"그럴 수도 있겠군요."

잠시 정적이 흘렀다. 곧 강동우가 한층 부드럽게 말을 이었다.

"하지만 알아볼 수 있는 선에서 최대한 알아보겠습니다. 아무리 적은 가능성이라도 찾아봐야 하지 않겠습니까?"

"그렇게 생각해 주시니 감사할 따름입니다."

"최대한 빨리 알아보고 연락드리겠습니다."

"감사합니다."

인규는 통화종료 버튼을 누르고, 강 서기관으로부터 받았던 서류의 이미지 파일을 다시 살펴보았다. 그 파일들 중에서 휴스턴에 거주한다는 교민의 출국기록이 적힌 부분을 살폈다. 그의 출국수속을 해준 병원은 서울의 'K&S Plastic Surgery (K&S 성형외과)'라고 되어 있었다.

"서울의 K&S 성형외과라고? 석균이 말로는 환자가 해외여행을 하려면 출발지 병원 의사의 소견서가 있어야 한다고 했는데, 이 환자는 미국에서의 출국수속도 한국에 있는 병원에서 했군. … 그렇다면 강 서기관 말대로 환자와 이 병원이 잘 아는 사이일 수도 있다는 건데, … 그럼 이 병원에 직접 확인해 봐도 될 것 같은데?"

인규는 먼저 병원에 전화를 걸어보기로 마음을 정하고, 인터넷으로 병원이름을 검색했다.

"K&S면 의사들의 이름의 머리글자를 넣은 걸 텐데, 두 사람이 공동으로 개원한 곳일 가능성이 높다. 하지만 K와 S로 시작하는 성씨의 조

합이 한둘이 아닐 건데…. 강과 송? 김과 손? 곽과 석?… 이거야 원, 끝이 없군. 어떻게 찾아본다? 정말로 서울서 김 서방 찾는 격이로군. 그냥 강 서기관에게서 다시 연락이 올 때까지 기다리는 게 나으려나?"

인규는 혼잣말을 하면서 검색내용을 살피기 시작했다. 거기에는 성형외과 광고들도 많이 올라와 있어서, 한국은 성형열풍이라는 보도를 실감하게 해주었다. 그는 목록과 광고들을 살펴갔다. 하지만 의외로 두 사람이 공동으로 세운 것으로 보이는 병원이름은 적었다.

그는 몇 개의 이름을 읽어 내려갔다.

"「한&박 성형외과」, 「정&탁 클리닉」, 「김&구 외과」…."

김&구를 읽으면서 최인규는 저도 모르게 픽, 웃음을 흘렸다. 언제나 마시는 커다란 머그잔에 담긴 커피를 다 비웠을 때쯤 검토목록도 끝이 났으나, 그가 찾는 「K&S」와 맞는 한글 명칭이 없었다.

"이상하다. 있을 법도 한데."

인규는 다시 같은 잔에 가득 커피를 타서 같은 자리에 앉았다. 그리고 특유의 집중력으로 사이트 안내 아래쪽에 좀더 작은 글씨로 적힌 병원의 이름과 인터넷 주소를 살펴가기 시작했다. 얼마나 시간이 지났을까, 인규는 그만 눈이 휘둥그레지고 말았다.

제크 성형외과 공식
압구정역 위치, 안면윤곽, V라인 사각턱, 광대뼈축소, 주걱턱, 무턱, 돌출입 진료 안내
www.jekhos.com 생활, 건강 > 병원, 의료기관 > 성형외과

크래프트성형외과 공식
모발이식, 쌍꺼풀수술, 안면윤곽, 눈, 코, 주름, 가슴성형 상담, 안내.
www.krafthospital.co.kr 병원, 의료기관 > 성형외과

K&S 성형외과 공식
강남구 신사동 위치, 양악수술, 안면윤곽, 가슴, 눈, 코성형, 지방이식, 쁘띠수술 안내
www.knshos.com 생활, 건강 > 병원, 의료기관 > 성형외과

"아니, 뭐야 이거. 그냥 그대로 'K&S 성형외과' 잖아?"

그는 미국 출국수속 기록에 적힌 영문 이름은 한국에서는 당연히 한글이름일 것이라고 생각했었다. 그래서 영문으로 된 병원이름은 찾아보지도 않았는데….

그는 같은 영문이름의 다른 병원이 있을지도 모른다는 생각에 다른 이름들을 모두 살폈지만, K&S라는 이름은 단 한 곳뿐이었다. 다시 「K&S 성형외과」의 인터넷 주소를 확인한 후, 홈페이지에 적힌 번호로 다이얼 버튼을 눌렀다.

신호가 가고 친절한 간호사의 음성이 들렸다.

"네, 안녕하세요, 성형외과입니다."

"여보세요. K&S 성형외과입니까?"

"네, 그렇습니다. 무얼 도와드릴까요?"

"궁금한 게 있어서 그럽니다만,"

그가 다짜고짜 말을 꺼내자 전화기 속의 간호사가 친절한 말투로 안내했다.

"수술에 관해서 문의하시려면, 직접 내원하셔서 원장님과 상담하시는 게 제일 좋습니다."

"사실 그건 아니고요, 다른 거에 대해 문의하려고 그러는데요."

"네, 말씀하세요."

"최근에 미국에서 와서 화상 치료하신 분 있죠?"

인규는 일단 던지고 보자는 심정으로 대뜸 물었다.

"네? 미국에서요? 아, 그분…, 아니, 그런 사항은 환자분들의 프라이버시이기 때문에 말씀드릴 수는 없는 건데요. 왜 그러시죠?"

"네, 그러니까 미국에 사는 제 조카가 화상을 입었는데요, 한국에 와서 수술하고 싶다고 해서요."

나오는 대로 둘러댄 최인규는 의외로 그럴듯한 것 같아 스스로도 놀라고 있었다.

"그러시다면… 저희 원장 선생님께 직접 여쭈어보시는 게 나을 것 같은데요."

"그러죠, 그럼 원장 선생님과 통화할 수 있을까요?"

"지금 수술 중이세요."

"언제 마치십니까?"

"일정하지 않아요. 짧을 때는 30분 만에도 끝나지만, 길 때는 두세 시간도 걸리거든요. 오늘은 조금 전에 수술 들어가셨는데, 짧을 것 같지는 않네요."

"그렇습니까? 그럼… 다른 원장 선생님도 수술 중이십니까?"

"다른 원장 선생님이라뇨?"

"병원이름이 K&S 라서, 혹시 원장 선생님이 두 분이 계시지 않나 해서요."

"아~, 아뇨. 저희 원장 선생님 한 분이세요. 원장님 성함이 김남수 선생님이신데, 처음엔 머리글자로 KNS 라고만 쓰다가, 좀더 특징 있게 하려고 K&S라고 바꿔 쓴 거예요. 인터넷 주소는 kns 그대로죠."

설명을 듣고 다시 보니 인터넷 주소는 간호사 말대로 kns라고 돼 있었다.

"원장님 수술 끝내신 후에 제가 말씀드려서 연락드리도록 할까요?"

"네. 그렇게 해주십시오."

"저희 전화기에 전화주신 분의 번호가 나오는데요, 이 번호로 연락드리면 되겠습니까?"

"그러십시오."

"성함이 어떻게 되시나요?"

"최인규라고 합니다."

"최인규 님이요."

"네."

"그럼 제가 원장 선생님 수술 마치시면, 최인규 님께 연락드리시라고 전해드리겠습니다."

"네. 감사합니다."

성형외과로부터 걸려온 전화를 받은 것은 그날 오후 네 시가 넘어서였다.

"여보세요."

"네, 여긴 K&S 성형외관데요, 최인규 님 계십니까?"

"네, 접니다."

"원장 김남수라고 합니다. 오전에 전화주셨다고요?"

원장의 말투 역시 부드럽고 친절했다.

"네, 그렇습니다. 문의드릴 게 있어서요."

"어떤 내용이신데요?"

"혹시 얼마 전에 미국에서 오신 '케네스 박'이라는 환자분을 치료하신 적이 있으십니까?"

"네…?"

그의 물음에 원장이 약간 당황하는 듯했다.

"왜… 그러시죠?"

원장의 목소리에 경계의 기색이 비쳤다.

"미국에 사는 조카를 한국으로 데려와서 치료를 해야 될 것 같아서 그렇습니다. 여기서 최근 미국에서 화상 입은 환자를 치료하셨다고 들어서요."

이번에도 대충 둘러댔다. 그러자 전화기 속의 원장이 잠시 뜸을 들이더니 조심스럽게 물었다.

"그런 걸 어디서 …. 혹시 기관에 계신 분인가요?"

"기관요? 그렇지는 않습니다."

그러자 원장의 목소리가 갑자기 단호해졌다.

"그러시다면 저는 아무것도 말씀드릴 게 없습니다."

"네? 무슨 말씀이십니까?"

"저희는 환자분들의 프라이버시를 위해 환자본인의 동의가 없이는 일체의 내용을 외부에 비밀로 합니다. 수사기관이 아니시라면, 공무로 문의하시는 것도 아니라고 생각되는데요?"

원장의 음성이 공격적으로 바뀌었다.

"물론 그건 아니지만, 중요한 일 때문에 그렇습니다."

"무슨 중요한 일이신지는 모르겠습니다만, 저희는 환자분의 개인적인 내용에 대해서는 일체 답변해드릴 수가 없습니다."

"… 케네스 박이라는 분이 거기에서 치료를 받으신 것은 맞습니까?"

"저는 아무것도 말씀드릴 수 없고, 또한 아무것도 말씀드리지 않았습니다."

원장은 이렇게 잘라 말하고 먼저 전화를 끊어버렸다.

인규는 원장의 태도가 돌변한 것이 놀라운 한편으로 당황스러웠다.

'아무리 환자에 대한 프라이버시를 지켜주기 위해서라고 해도, 저렇게 민감하게 반응할 이유가 뭘까? 치료문의를 한다는 사람한테…. 혹시 내가 무슨 실수를 한 걸까?… 어쨌든 처음에 내가 케네스 박이라는 사람을 치료했느냐고 물었을 때 전혀 모르는 것 같지는 않았었다. 그러다가 나중에는 아무 이야기도 안 했다고 하면서 전화를 먼저 끊어버리기까지 하고….'

그는 연구실 책장에 꽂힌 책들을 초점 없이 바라보며 생각에 잠겼다.

'대체 케네스 박이 누구길래? 혹시 고위 공직자이거나 그 친척일까? 그렇지 않고서야 기관이냐고 물으면서 저렇게까지 민감할 이유가 없을 텐데.'

답답해진 인규는 거침없이 다시 다이얼을 눌렀다. 그러나 이번에는 자동응답기에서 지금은 전화를 받을 수 없다는 음성안내가 나왔다.

'병원에 발신자번호표시기가 있으니, 내가 건 전화인 걸 알고서 이러는 거겠지. 직접 찾아가 볼까? 아니다. 차후에 강 서기관의 연락을 받고 가도 될 거다. 일이 쉽게 풀릴 줄 알았는데 이렇게 막히다니…. 할 수 없다. 강 서기관의 연락을 기다려 보는 수밖에.'

28. 클로즈 엔카운터
close encounter III

"박사님의 캐모슈트입니다."

21호가 승연에게 납작하게 포장된 작업복을 건넸다.

"캐모슈트?"

"카무플라주 슈트(*camouflage suit*), 즉 위장복입니다만, 서구 과학자들은 그냥 캐모슈트라고 부르더군요. 그래서 여기선 모두 그렇게 말합니다."

"……."

승연은 건네받은 캐모슈트를 입기 시작했다. 그것은 흰색의 얇은 합성직물로 만들어진, 온 몸을 덮는 작업복의 형태였다. 사실 나로우주센터에서도 발사체 조립작업 중에는 먼지 같은 이물질을 막기 위해, 이것과 거의 똑같은 모양의 방진복을 입는다. 그리고 머리칼이 날리는 것을 방지하는 모자도 쓴다.

그런데 여기에서는 얼굴을 완전히 덮는 헬멧을 써야 했다. 승연이 캐모슈트를 입자, 21호가 그에게 헬멧을 건넸다. 그가 건넨 헬멧은 가볍고 얇은 합성수지로 된 원통형 모양에, 얼굴 앞쪽을 모두 덮는 아크릴 보안경이 거울처럼 반사되는 재질로 되어, 다른 사람이 헬멧 속의 얼굴을 알아볼 수 없도록 되어 있었다. 마치 우주복을 입은 것처럼 보일 자신의 모습을 상상하자, 승연은 힘없는 웃음이 나왔다.

"허… 꼭 이래야만 하오?"

그가 21호에게 물었다.

"모든 연구자의 신분노출 방지를 위한 것입니다."

"그럼 앞으로도 계속 이걸 입어야 하는 거요?"

"그렇습니다. 다른 연구인력들과 조우할 가능성이 있는 공작창에 가실 때에는 반드시 이 슈트를 입으셔야 합니다. 사실 이 반사헬멧은 러시아 등 서구에서 온 과학자들이 먼저 요구한 것이기도 합니다. 그들은 자신들의 신분이 노출되는 걸 극도로 꺼렸습니다."

"음…."

21호의 설명에 승연은 고개를 끄덕였다.

"물론 이 캐모슈트는 일회용이기 때문에, 오염되거나 파손되면 새것으로 바꾸어 입으시면 됩니다."

21호가 다시 설명했다. 22, 23호는 전승연 박사의 곁에서 그가 캐모슈트를 입는 것을 도왔다.

"당신들도 입고 갑니까?"

"그렇습니다."

전승연 박사가 슈트를 다 갖춰 입자 21, 22, 23호 세 사람도 입기 시작했다. 그들의 동작은 능숙해서, 승연이 그것을 입는 데 걸린 시간의 절반도 걸리지 않았다. 그들의 것은 옅은 하늘색이었고, 왼쪽 가슴과 등 뒤에 각각 21, 22, 23 이라는 숫자가 짙은 회색으로 인쇄돼 있었다. 승연은 자신의 슈트를 내려다보았다. 왼쪽 가슴에 211 이라는 숫자가 찍혀 있었다.

그런데 옷을 입던 도중 우연히 눈에 띈 21호의 오른팔에는 커다란 화상흉터가 있었다. 그러고 보니 21호는 긴팔 옷만을 입었던 것 같다. 필시 팔의 흉터 때문이었을 것이라는 생각이 승연의 뇌리를 스쳐갔다.

'21호는 어떤 사연으로 「푸른하늘」에 온 걸까?'

모두 준비된 것을 확인한 21호가 방문을 열고 앞장을 섰다. 승연의 양쪽으로 22호와 23호가 섰다.

여기 온 뒤 승연은 이들이 가져다주는 음식과 옷가지로 기본적인 생활만을 하면서 방 안에서 지냈고, 방을 나서기는 처음이었다. 긴장이 되는 한편으로 자신이 갇힌 곳의 규모가 궁금하기도 했다.

승연은 앞서서 걷는 21호의 등에 적힌 숫자를 보면서 따라 걸었다.

복도가 끝나자 그들 앞에 엘리베이터가 나왔다. 21호가 엘리베이터의 버튼을 눌러 문을 열었다. 21호는 박사에게 먼저 탈 것을 권했다. 그가 엘리베이터 안으로 들어서자 세 사람도 함께 들어왔다.

엘리베이터 문이 닫히고 하강이 시작되었다. 승연은 하강하는 동안 엘리베이터 내부를 살폈다. 이런 시설물들의 생김새는 그곳의 위치나 특징을 파악하는 단서가 되기도 하기 때문이다.

그러나 글씨가 쓰여 있을 만한 부분들에는 아무것도 없이 깔끔했다. 그리고 엘리베이터 내부의 벽면은 외부의 전파차단을 위한 것인지, 마치 고무판 같은 느낌의, 광택이 없는 검은색 재료로 덮여있었다.

'치밀하고 주도면밀하게 움직이는 조직이니, 자신들의 위치나 존재를 파악하는 단서가 될 만한 것들은 모두 제거했을 것이다.'

박사가 정신이 든 이후 계속 갇혀 있던 방에서도 별다른 것을 찾지 못했다. 다만 이상한 것은, 그가 이곳에 와서 보았던 모든 시설물들은 하나같이 마치 다른 시간 속의 세상에 존재하는 것처럼 어딘가 모르게 과거의 것처럼 느껴졌다.

'설마 내가 정말로 다른 시간의 세계에 와 있는 건 아니겠지?'

승연은 엘리베이터 벽을 보며 실없는 생각을 하고 혼자 피식 웃었다.

이때 21호가 말했다.

"오늘 박사님께서는 발사체의 시제품을 전반적으로 살펴보시고, 박사님의 판단에 따라 추가의 점검이나 보완작업을 하시면 됩니다. 오늘 공작창에는 OP께서도 오실 것입니다만, 다른 작업은 계획되어 있지 않습니다."

"그렇다면 오늘은 여기에 얼마나 머물 거요?"

승연이 헬멧의 반사아크릴밖에 보이지 않는 21호에게 물었다.

"그것은 박사님께 달려 있습니다."

엘리베이터가 멈추고 문이 열리자 21호가 앞장을 서고 승연이 그를 따라 엘리베이터를 나섰다. 지금 그가 들어서는 곳은 엘리베이터를 타고 한참을 내려왔으니, 지하일까? 얼마나 깊이 내려온 것인지 주변을 봐서는 가늠할 수 없었다. 짙은 회색의 벽으로 연결된 통로를 따라 걷다가 문 앞에 멈추어 선 21호는 문의 오른쪽 벽에 설치되어 있는 키패드의 버튼을 눌러 암호를 입력했다. 이어서 키패드에서 녹색 램프가 켜지고, '찰칵'하고 자물쇠 풀리는 소리가 났다.

"들어가시죠."

문을 연 21호가 승연을 향해 말했다. 그가 안으로 들어서자 실내체육관 같은 철골 트러스구조의 천장에 매달린 여러 개의 수은등이 차례로 켜지면서 푸르스름한 백색 빛을 내기 시작했다.

천장은 그 높이가 족히 20미터는 돼 보였다. 수은등이 점차 밝아지면서 내부의 모습이 모두 보이게 되자, 바퀴가 여러 개 달린 긴 트레일러 위에 눕혀진 거대한 물체의 모습이 드러났다.

승연은 숨이 멎을 것 같았다. 지금 그의 눈앞에 누워있는 잿빛 물체는 전체 길이가 20미터가 넘고 앞쪽 끝은 뾰족한 발사체로, 전반부 지름이 2미터, 후반부가 3미터쯤 되어 보였다.

이때 공작창 안으로 슈트를 입은 한 사람이 들어왔다. 그의 슈트에는 01 이라고 쓰여 있었다. 이철수다. 그러나 그의 얼굴 역시 반사아크릴에 가려져 있어서 보이지는 않았다. 그는 벽 쪽에 서서 승연과 21호 일행을 지켜보고 있었다.

그런데 발사체를 살펴볼수록 승연은 이상한 느낌이 들었다. 지금 그의 눈앞에 있는 발사체의 세부적인 구조나 형태가 나로호와 너무나도 비슷했기 때문이다.

'내가 지금 꿈을 꾸고 있는 건 아니겠지? 이자들이 어떻게 나로호와 이토록 비슷한 발사체를 만들었단 말인가?'

그가 굳어진 채 발사체를 바라보고 있자, 21호가 그에게 다가와 설명했다.

"이것은 장거리 발사체 시제품 3호기입니다. 1호기와 2호기 모두 실험에서 문제가 있었습니다. 그런데 그 문제점을 찾아서 보완하는 데 상당한 시간이 걸렸습니다."

"1, 2호기를 모두 실험했다고 했소?"

승연이 물었다.

"그렇습니다만, 약간의 문제가 있었습니다."

"그 약간의 문제란 게 뭐요?"

"1호기의 추진체 출력실험은 2006년에 했고, 2호기는 2009년에 했습니다. 2호기는 예정된 시간보다 약간 빨리 2단계와 3단계 로켓이 점화되었습니다. 물론 전체 궤도에서는 크게 벗어나지는 않았는데, 연료탱크의 파편이 예상치 못했던 다른 곳으로 떨어져 그것들을 모두 회수하지는 못했습니다."

'파편들이 다른 곳으로 떨어졌다고?'

승연은 21호에게 조심스럽게 물었다.

"그 파편들은… 어디로 떨어졌소?"

"그건 알래스… 아, 저는 잘 모릅니다."

21호가 무심코 말을 하려다가 이내 그만 두었다.

'알래스카? 거기에서 발견된 파편들은 북한 걸로 의심되는 것들 아니었던가? 그런데 만약 이들이 만든 1호기가 그거였다면….'

비록 실수였지만, 21호는 알래스카를 말하려던 것이 분명했다.

"당신들은 이런 걸 그 동안 몇 개나 만들었소?"

승연이 다시 21호에게 물었다.

"저는 자세히 모릅니다."

"……."

이때 22호가 두터운 바인더가 여러 개 쌓여있는 이동식 테이블을 밀고 왔다. 21호가 승연에게 말했다.

"발사체를 점검해 주십시오."

"……."

'그래…. 일단 이자들이 만든 발사체를 분석하고, 어떻게 해서든지 이들의 계획을 물거품으로 만들고 말리라.'

승연은 마음을 다잡았다. 그의 옆에 서 있던 21호가 바인더를 펼치며 말했다.

"3호기의 조립도면과 체크리스트입니다."

"체크리스트?"

"발사체 제작은 제작팀과 기술팀으로 나뉘어서 진행되고 있습니다. 제작팀에서는 발사체를 제작하면서 제작보고서를 작성합니다. 발사체가 완성되면 이와 같은 체크리스트를 가지고 기술팀에서 점검합니다. 서로 의견교환은 되지 않으므로, 점검결과는 다를 수 있지만 객관적인 검증이 가능합니다."

"……."

"어느 부분부터 살펴보시겠습니까?"

21호가 물었다.

"노, 노즐을 살펴봅시다."

노즐은 추진체 가장 아래쪽에 위치하는 부품으로, 발사체의 비행궤도에 가장 큰 영향을 미친다. 그는 자신의 주된 연구분야가 추진장치였기 때문에 그곳을 먼저 보고 싶었다. 이들이 어느 정도의 기술수준으로 만들었는지가 가장 궁금했기 때문이다.

"알겠습니다."

21호는 22호와 23호에게 연소장치와 분사장치 부분을 점검준비 하도록 지시했다. 그들은 아래쪽에 있는 커다란 원통형 몸체의 커버를 열고, 다시 안쪽의 사각형 스테인리스 커버를 제거했다. 그것을 지켜보는 승연은 과거의 기억이 떠올랐다.

그가 국방과학연구소의 연구원으로 있던 때에는 이들 장치에 관해서 그 자신만큼 연구를 한 사람은 없었다. 발사체를 연구하는 대부분의 사람들은 발사체에서 가장 큰 비중을 가지는 것처럼 보이는 연료탱크와 점화장치 쪽에 관심을 둔다. 그렇지만 정작 중요하지만, 부피가 작은 노즐에는 그다지 관심을 두지 않는다.

그러나 승연의 생각은 달랐다. 발사체에서는 점화장치나 연료탱크도 중요하지만, 노즐이 제대로 돼 있지 않다면 연료가 아무리 많다 한들 그것은 기껏해야 거대한 연료탱크에 지나지 않기 때문이다.

노즐은 형태와 구조가 매우 중요하지만 재료 역시 중요하다. 고온 고압이 작용하게 되므로 어떤 재료를 쓰느냐가 발사체의 비행 정밀성에서 중요한 문제이기 때문이다. 그런데 이 분야에서 우리나라의 기술은 빈약했다. 아니, 거의 없는 것이나 마찬가지였다. 지금도 그다지 나아진 건 아니다.

그는 추진장치의 가동부 패널을 살펴보기 시작했다. 그의 예측대로 연소가스를 모아서 고압으로 만들어주는 노즐을 덮고 있는 합금재질 커버의 구조는 그가 지금까지 나로호를 개발하면서 보아왔던 러시아의 것과 같은 형태였다. 투박한 패널과 합금 커버에는 작은 글씨가 쓰여 있었다.

CCCP

다시 한 번 자세히 보았다. 분명히 'CCCP'라고 쓰여 있었다. 그것은 「소비에트 사회주의 공화국 연방」, 즉 구소련을 나타내는 이름의 키릴문자 표기 「Союз Советских Социалистических Республик」의 머리글자다. 러시아어의 키릴문자 모양은 영어의 알파벳과 비슷해 보여도 발음은 전혀 다르다.

'이 발사체는 구소련의 기술로 만들어진 게 틀림없군.'

나로호는 거의 모든 부품이 러시아의 기술로 만들어졌으니, 이 부분도 나로호와 거의 같은 구조를 가지고 있을 것이다. 노즐을 점검하는 그의 손이 가볍게 떨렸다. 뒤에서 조금 떨어진 채 지켜보던 21호가 그에게 물었다.

"도움이 필요하십니까?"

"아, 아니오. 괜찮소."

노즐을 확인한 박사는 자신의 옆에 펼쳐놓은 바인더의 체크리스트 항목 중의 한 칸에 「점검완료」라고 적었다. 그리고 다시 제어장치 내부의 다른 패널을 살피기 시작했다. 그런데 그 옆쪽에 쓰여 있는 단어들은 모두 러시아어 키릴문자로 표기되어 있었다.

그가 대학원을 졸업한 뒤 국방과학연구소에서 일할 때, 기술적인 용어들은 대부분 영어였다. 그것은 연구원들이 대부분 미국에서 공부한 사람들이었고, 또 발사체의 기술과 부품 역시 대부분 미국에서 들여온 것들이기 때문이었다. 그렇지만 나로호 개발 시부터는 러시아의 기술이 사용됐기 때문에, 발사체의 부품들에는 키릴문자로 표기된 용어들이 더 많았었다.

지금 그의 눈앞에 있는 발사체 역시 키릴문자들이 보이는 것은 구소련이나 러시아에서 만든 것임을 나타낸다. 그런데 기판에는 한글도 보였다. 그는 갈색의 수지패널에 흰색으로 깨알같이 인쇄되어 있는 글자들과 배선의 연결을 살펴 내려갔다.

하지만 기판을 살펴 내려가면서, 기판에 인쇄된 한글용어들이 약간 이상하다는 것을 깨달았다. 인쇄돼 있는 글자의 폰트도 경직된 형태의 생소한 것이었다. 그러던 중 부품들이 조립되어 있는 기판의 맨 아래에 길게 인쇄된 글자가 보였다.

조선민주주의인민공화국

'조선민주주의인민공화국? 그럼 이 장치가 북한에서 만든 거란 말인가?… 그럼 이자들은 북한의 군인들이란 말인가? 이럴 수가 … 북한이 장거리 유도탄을 완성했다고?'

• 터미널 1, 터미널 2

다리에서 힘이 풀리는 느낌이었다.

'그렇다면… 이제 탄두에 무엇을 얹느냐의 결정만이 남아있는 거다.'

승연은 기판을 바라보며 생각을 정리하기 시작했다.

'만약 내가 이 노즐을 오작동하도록 바꾸어놓는다면, 이들의 감리팀이 그걸 발견해서 원상복구 해놓겠지?'

기판을 바라보며 생각에 잠겨있자, 등 뒤에 있던 21호가 물었다.

"무슨 문제라도 있으십니까?"

"아, 아니오. 잘 기억이 나지 않아서 생각하고 있는 것이오."

"도면을 보여드릴까요?"

21호가 바인더를 집어들면서 말했다.

"아니오, 괜찮소. 잠시 기억을 더듬느라 그랬소. 이제… 생각이 났소."

"알겠습니다."

21호는 바인더를 다시 내려놓았다.

승연은 궁리를 계속했다.

'우선 전체적인 구성을 살펴보고, 다음 단계에서 노즐부분에 손을 쓸 방법을 찾아봐야 할 것 같다.'

그는 체크리스트에 '점검완료'라고 썼다.

29. 케네스 박

아침 일찍부터 울리는 전화벨 소리에 인규는 강동우 서기관으로부터 온 것이라고 짐작했다.

"여보세요. 최인규입니다."

"안녕하셨습니까? 강동우입니다."

"네, 안녕하셨습니까? 영사관 일도 바쁘실 텐데, 이렇게 신경을 써 주시니 감사합니다."

의례적인 인사를 했지만 그냥 하는 말은 아니었다. 최인규는 강동우 가 여러 가지로 신경써주는 것에 진심으로 고마워하고 있었다.

"아닙니다. 그런데 먼저 본론부터 말씀드려야 할 것 같습니다. 좀 이 상한 것 같아서요."

강동우 서기관이 말했다.

"무슨 일이신데요?"

"이곳 교민 '케네스 박'이라는 분에 대해 알아본 내용인데요, 분명히 저희가 이민국에서 통보받은 출입국 기록에는 '케네스 박'이라는 분이 화상 때문에 성형수술 차 한국으로 출국한 걸로 돼 있었는데, '케네스 박'이라는 분의 한국이름은 '박건호'이고, 이곳 휴스턴 메디컬센터에 서 당뇨병으로 입원해 있습니다."

"네? 정말입니까?"

강 서기관의 말을 들은 인규의 이마에 주름이 잡혔다.

"저도 믿기 어려워서 병원으로 찾아가 그분을 직접 뵀는데, 연세 가 여든이 넘으신 분이시고, 소변 투석기가 없이는 어디에도 가실 수 없는 그런 상태이셨습니다."

"그, 그런데 그분은 출국기록에 나와 있는 그분이 틀림없었습니까?"

"그렇습니다. 적어도 서류상으로는 출국기록에 있는 그분이 맞더군요."

"그렇다면 … 그분은 자신이 출국한 걸로 되어 있다는 사실을 알고 있었습니까?"

"아뇨, 모르고 계셨습니다. 물론 알면서도 모른다고 말씀하시는 걸 수도 있지만, 제가 보기에는 정말 모르시는 거 같았습니다."

찾았다! 최인규의 뇌리에서 환호성이 터져 나왔다. 그러나 그는 다시 침착하게 사실확인을 시작했다.

"그분은 언제 미국으로 이민가신 분입니까?"

"1996년이시더군요. 그런데 이곳 휴스턴이나 댈러스 등지에 살고 있는 한국 교민들은 다른 미주지역 교민들과는 좀 다른 경우가 있습니다. 이곳은 미국 항공우주국과 관련된 연구기관이 많다보니, 한국 유학생들이 공부를 마치고 연구원으로 정착한 경우가 많아서, 단순이민의 경우보다는 고학력자가 많지요. 그런데 이분은 그런 경우는 아니었고요, 연세가 있으신 상태에서 이민을 오셨는데, 그동안 한인타운에서 식품점을 운영하셨고, 지금은 병원에 입원해 계시니, 가게는 부인께서 운영하신다고 합니다. 이민 초기에는 해병대 전우회 텍사스지부 지부장도 잠시 하셨다는군요."

강 서기관의 이 말에 최인규의 귀가 번쩍 띄었다.

"해병대 전우회요? 그럼 그분이 해병대 출신인가요?"

"그러신 것 같습니다."

"그럼 지금도 해병대와 관련이 있는 일을 하십니까?"

"그렇지는 않은 것 같습니다. 병원에 계신 지가 반년 가까이 된다고 하는 걸로 봐서는요."

"아, 네 … 그분 가족들은 어떻게 되시나요?"

"부인은 휴스턴에 함께 살고 계시고, 자녀는 아들, 딸 각각 한 명씩인데, 모두 결혼해서 분가했고, 아들은 미국에, 따님은 한국에 살고 있다고 합니다."

계속되는 최인규의 질문에도 강 서기관은 기다렸다는 듯이 준비된 대답을 착착 들려주었다.

"그러면 그분 아들의 직장은 한국과 관련돼 있습니까?"

"영사관에서 그 정도까지 자세히 알아볼 수는 없었지만, 아들은 미국의 공공기관에 근무하고 있다는 정도로 파악된 상태입니다."

"그렇군요. 그럼… 그분이 한국에 가지 않은 게 확실하다면, 누군가가 다른 목적으로 가짜서류를 만들어 일을 꾸몄을 가능성도 있겠군요."

"현재로서는 그렇게 결론내릴 수밖에 없습니다."

"혹시 … 그분이 여권을 분실하신 건 아닐까요? 아무리 병원에 계신 분이라고 해도 출국서류를 꾸미려면 당연히 그분의 여권이 필요할 텐데요."

"네, 그래서 저도 그걸 여쭈어 보았더니, 여권을 분실하지는 않으셨는데, 처음 미국으로 이민 오실 때 만든 여권이 오래 전에 만료됐고, 지금은 미국 영주권을 가지고 계시고, 연로하셔서 해외여행을 갈 일이 없을 것 같아 갱신을 안 하셨답니다. 그런데 저희 영사관 기록에는 얼마 전에 갱신신청을 하셔서 다시 발급해 드린 걸로 돼 있었습니다. 이분의 사정을 잘 아는 누군가가 여권을 대신 발급받아서 거짓으로 출국서류를 꾸몄을 가능성이 높습니다."

"그렇겠군요. 그런데 당사자 모르게 그게 가능할까요?"

"물론 원칙적으로 안 되는 거지만, 여권 브로커들에게는 불가능한 일도 아닐 겁니다."

"그렇겠군요."

"일단 전승연 박사님 사건과의 관계 여부를 떠나서, 저희 영사관에서는 여권이 본인에게 발급되지 않았다는 사실에 대해서는 당연히 조사를 해야 하기 때문에, 좀더 알아봐야 할 것 같습니다."

"네 그러시겠군요."

"더 새로운 내용이 나오면, 다시 연락드리도록 하겠습니다."

"알겠습니다. 감사합니다."

통화를 마친 인규는 이메일로 받았던 케네스 박의 출국기록을 다시 한 번 살펴보았다.

출국날짜는 2월 12일, 출국 비행기는 댈러스 포트워드 공항을 출발한 KE036 편, 출발시각은 0시 20분이었다. 비행기가 자정이 지난 시각에 떠났으므로, 정확한 날짜로는 2월 13일이다. 어쨌든 간에 환자는 2월 12일 밤에 떠난 것이다.

'날짜로 봐서는 전 선배가 납치된 바로 당일이다. 그런데 중환자가 한밤중에 출발한다?… 이건 일상적인 경우는 아니다. 그렇다면 그 비행기에 탔던 승무원들은 그날의 상황을 기억하고 있을 가능성이 높다. 만약 그렇다면, 승무원들에게 물어본다면, 이 수수께끼의 환자가 어떤 상태였으며 도착했을 때의 상황도 알 수 있을 거다. 그런데 문제는… 이 비행기의 도착지가 인천공항이라는 점이다.'

최인규의 머리가 다시 비상하게 돌아가기 시작했다. 작은 실마리가 있으면 상식적인 추론만으로도 단서를 확장하는 것은 그의 특기였다.

그러나 한편으로는 불안감도 들었다. 수사상황도 오랫동안 진척이 없고, 자신도 계속 비슷한 곳을 맴돌고 있는 것 같았기 때문이다.

'내가 엉뚱한 사람을 붙들고 시간낭비를 하고 있는 건지도 모른다. 그런데… 한국에 있는 성형외과에서는 아무것도 알려줄 수 없다는 식이었고 미국에 있는 케네스 박 당사자는 한국에 안 갔지만 여권은 발급됐고… .'

어쨌든 분명 누군가가 무슨 일을 꾸민 건 확실했고, 충분히 미심쩍었다. 최인규는 항공기 승무원들의 이야기를 들어보기로 결심했다.

30. 의도된 오류

추진장치의 점검이 끝나고 연소장치의 점검이 시작되었다. 연소장치는 사실 추진장치보다 더 위쪽에 있기 때문에, 실제로는 연료탱크의 바로 아래쪽이라고 할 수 있다. 지금 승연이 보고 있는 발사체는 가장 아래쪽이 로켓이기 때문에, 연료탱크의 위쪽은 아무것도 없었다. 연소장치는 다른 부품들과는 달리 외부에서 오는 열이나 전기스파크 등에 의한 폭발의 위험을 막기 위해 다중의 절연제 케이스에 담겨진다.

승연은 제어장치의 케이스를 열기 위해 조립된 부분을 찾기 시작했다. 제어장치는 탄두와 발사체 사이에 조립되기 때문에, 케이스는 납작한 형태를 하고 있다. 그리고 그 주변에 결합용 나사들이 조여진 것이 한국에서 그가 보아온 형태인데, 이것 역시 그러했다.

비록 미국이 우방국이라고 해도 발사체와 관련한 기술은 일체 알려주지 않았었다. 그래서 유신 군사정권은 극비리에 영국과 협약을 맺고 추진체와 노즐을 개발하려고도 했었다. 그것은 승연이 석사과정을 졸업하고 국방과학연구소에 근무하기 이전부터 시작된 것이었다. 그렇지만 그는 개발결과를 보지 못하고 국방과학연구소를 떠났었다.

그런데 지금 승연의 앞에 있는 장치는 영국식 구조인 듯 보였다. 구소련 기술로 만들어진 추진체에서 영국식 설계흔적이 보이는 것이 이상하다는 생각이 들었다. 그는 케이스를 들어 바닥면을 보았다. 승연이 국방과학연구소에서 근무할 때는 시작품을 만들 때 항상 케이스 아래쪽에 연구소 이름을 새기는 게 보통이었기 때문에, 자신도 모르게 확인해본 것이다. 그런데 거기에는 선명한 한글이 새겨져 있었다.

국방과학연구소 대한민국

"······!"

자신이 잘못 읽은 것은 아닐까하는 생각이 들어 승연은 다시 한 번 읽어보았다. 국방과학연구소 대한민국. 틀림없었다.

'이게 어떻게 된 일이야?'

그는 스크루를 풀고 케이스를 열었다. 그의 눈앞에 나타난 구조는 그가 국방과학연구소에 근무할 당시에 보았던 낯익은 것이었다.

지금 그가 보고 있는 발사체는 분명 「푸른하늘」이 구소련의 기술과 부품들을 결합해 만든 것이 분명할 텐데, 여기에 국방과학연구소와 북한이 만든 장치들이 조립되어 있는 것이다.

'이자들이 구소련과 남북한의 기술을 결합해서 발사체를 만들었단 말인가? 어떻게 된 거지? 이들이 국과연 걸 몰래 훔쳐낸 걸까?··· 만약 그렇다면 이건 심각한 문제다. 정부와 국과연은 이 사실을 알고 있을까? 혹시… 보안책임자들이 처벌이 두려워 숨기고 있는 건가?'

승연의 머릿속이 복잡해지기 시작했다.

그는 연소장치의 기판을 살펴보았다. 그가 근무할 때 노즐 제어판을 설계할 수 있는 사람은 그를 포함해서 손가락으로 꼽을 정도였기 때문에 국과연에서 설계된 연소장치를 자세히 보면 누구의 솜씨인지 대략 알 수 있다. 로켓 연소장치는 기본원리는 같더라도, 설계자의 성향에 따라 조금씩 다른 구조를 가지기 때문이다.

그런데 이 연소장치는 그가 많이 보아온 낯익은 구조였다. 게다가 그것은 단순히 낯이 익은 것이 아니라, 왠지 모르게 익숙한 느낌이 들기까지 했다.

그는 제어판을 빼내어 뒤집어 보았다. 초록색의 산화방지제가 칠해진 뒷면에는 용접자국이 있고, 제어판의 아래쪽 구석에는 국방과학연구소에서 시제품을 제작할 때 부여하는 코드번호가 표면에 새겨져 있었다.

07-085-042-JSY

코드의 앞 숫자는 제작순서를 표시하는 것이고, 그 다음은 프로젝트 번호와 제작된 지역 등을 나타내는 번호이다. 그리고 맨 끝의 알파벳은 설계담당자나 해당부품의 보안관리 책임자의 이름 영문이니셜이다.

코드를 읽은 승연이 소스라치는 것도 무리는 아니었다. JSY라는 이니셜은 국방과학연구소에서 코드로 사용하던 자신의 이름 머리글자였기 때문이다.

'아니, 이게 왜 여기 있는 거지? 이건… 발사체 실험을 하려고 내가 설계하고 제작한 게 틀림없다. … 하지만 내가 국과연을 그만두면서 시제품들은 모두 폐기됐을 것이고, 도면들은 국과연 마이크로필름실에서 보관하고 있을 텐데….'

혼돈스러웠다. 그는 고심 끝에 생각을 정리했다.

'무슨 이유로 여기 와 있든지 간에 이건 내가 만들었으니, 내가 책임을 져야 한다. 이자들은 이 연소기 회로를 내가 설계했다는 걸 알고 있을까? 만약 이자들이 노즐 제어판을 국과연에서 훔쳐낸 거라면, 누가 만들었는지는 모를 수도 있다. 물론 국과연에서 이걸 훔쳐낼 정도의 능력을 가진 자들이라면 국과연 내부조직과 시제품관리에 대해서도 잘 알고 있겠지. … 만약 국과연 내부에 이들과 연결된 자가 있어서 이들의 공작을 도운 거라면, 이걸 내가 설계했다는 걸 알고 있을지 모른다. 이들이 날 납치해서 여기까지 데려온 게 … 내가 이 제어기의 설계자라는 걸 알고 있다는 의미일까 …?'

승연은 이들의 유도탄의 완성을 막을 방법을 찾아야했다.

'만약 이들이 이번 발사실험에서 성공적이지 못한 결과를 얻는다면 이들은 그걸 보완하기 위한 추가작업을 할 것이고, 그동안만이라도 시간을 벌 수 있을 것이다. 그러면 내가 무언가를 해볼 수 있는 여지가 더 생기지 않을까? 하지만, 분명히 내가 점검한 이후 감리팀에서 최소한 한 번은 다시 살펴보겠지. 그렇다면 … 제어기가 외형적으로 이상이 발견되지 않으면서도 제대로 기능할 수 없도록 해야 한다. 어떤 방법을 써야 할까?'

그런데 노즐 제어판을 살펴보던 승연은 한 가지 이상한 점을 발견했다. 제어판의 위치가 그가 설계한 것과 다르게 조립되어 있었던 것이다. 그것은 조립과정에서 생긴 단순한 실수처럼 보였다. 그 차이는 크지 않았지만, 승연은 자신이 설계한 것이었기 때문에 그것을 발견할 수 있었던 것이다.

'이게 어떻게 된 일이지?'

놀랍기보다는 안도감이 들었다.

'만약에 이 오류가 발견되지 않고 발사된다면, 실험은 당연히 실패할 것이고, 이들은 원점에서부터 다시 시작해야 할 것이다. 그렇게만 된다면 이들의 계획은 상당히 지체될 것이다. …'

승연은 제어판이 다른 각도로 조립되어 있어야 할 이유를 다시 생각해 보았으나, 특별한 기술적인 이유를 찾기는 어려웠다. 그것은 단순한 조립실수가 분명했다.

그러나 다음 순간 그는 다른 생각이 들었다.

'혹시… 이철수가 날 시험하는 건 아닐까? 분명 이철수는 내가 갈등하고 있다는 걸 잘 알고 있다. 그래서 내가 순순히 자신들을 돕지 않을 수도 있다는 생각에, 날 시험해보는 걸 수도 있다. 만약 이 오류가 의도된 거라면…, 그리고 내가 지금 이걸 지적하지 않는다면, 이철수는 내가 이걸 고의로 누락했음을 알아챌 것이다. 그리고 날 더 이상 발사체에 손대지 못하게 할지도 모른다. 그럼 내 손으로 이들의 계획을 무산시킬 기회는 더는 오지 않을 수도 있다. 그렇지만 … 이자들이 이 오류를 모르고 있다면, 이걸 지적하는 건 이들의 계획을 무산시킬 절호의 기회를 내 스스로 팽개치는 게 된다. 과연 무엇이 올바른 선택일까?'

승연은 망설였다. 생각에 잠겨 있는 그의 모습이 이상하게 느껴졌는지, 뒤에 있던 21호가 물었다.

"박사님, 왜 그러십니까? 무슨 문제라도 있으십니까?"

“아, 아니오.”

‘어찌해야 할까?’

결단을 해야 했다.

“제가 도와드릴 일이 있습니까?”

21호가 다가오며 물었다.

망설임 끝에 승연의 결심이 섰다.

“여기에… 이상한 부분이 있소.”

그가 21호에게 말했다.

“무슨 말씀이십니까?”

“내가 점검한 바로는 여기의 조립위치에 문제가 있는 것 같소. 이대로 놔두면 비행각도에 오차가 생길 거요…. 조립 위치를 바로잡아야 할 것 같소.”

“그렇습니까?”

이때 이철수가 두 사람에게 다가왔다.

“박사, 무슨 일이오?”

“여기에 조립상의 오류가 있는 것 같소. 바로잡아야 할 것 같소.”

“아, 그렇소?”

그다지 놀란 것 같지 않은 듯 보이는 이철수가 승연 쪽으로 다가와 재차 물었다.

“제어판 조립이 잘못돼 있단 말이오?”

승연이 아직 어느 부분에 이상이 있다는 말을 하지 않았는데, 이철수는 이미 제어판에 이상이 있음을 알고 있었다.

“그, 그렇소. 이유는 모르겠지만, 단순한 조립실수로 보이는 문제요. 이게 왜 지금까지 발견되지 않았는지 이상하오.”

승연의 말에 이철수가 아무렇지도 않다는 듯이 말했다.

"음… 작업자가 실수한 걸 거요."

이철수의 반응에 승연은 자신의 추측에 확신이 들었다.

'저자가 날 시험한 게 틀림없다.'

점검을 마치고 돌아서는 승연에게 이철수가 나직이 말했다.

"고맙소, 박사."

"……?"

"박사 덕분에 우리의 실험이 성공하게 될 거라는 확신이 생기오."

이철수의 말을 들은 승연은 안도감이 들었다.

'네 꾀에 넘어가지 않는다. 자, 이제부터는… 내 차례다.'

승연이 이철수를 보며 낮은 음성으로 말했다.

"난 불행을 초래하지 않길 바랄 뿐이오."

"박사의 마음을 잘 알고 있소. 아무튼 감사하오."

"……."

"사실 우린 지금 이 공작창뿐 아니라, 박사가 머무는 방에도 녹화 카메라를 설치해 놨소. 그건 혹시나 박사께서 너무나 불타는 애국심 때문에 뜻밖의 극단적인 행동을 할지 모른다는 염려에서 해놓은 것이고 다른 뜻은 없소. 만약에 그런 사태가 생기기라도 하면 우리가 조금이라도 빨리 손을 써야 하지 않겠소? 그래서 그런 거요."

이철수의 목소리가 반사아크릴 너머에서 들려왔다.

"극단적인 행동이라…. 그럼 내가 불타는 애국심에 자살이라도 해야 되는 거요? 당신 생각대로라면 말이오."

승연이 차갑게 대꾸했다.

"아니 뭐 꼭 박사가 그렇다는 뜻은 아니고…, 하지만 박사 역시 민족

202

의 미래를 위해 일해주실 것이라고 믿소."

"당신의 배려에, 감격의 눈물이라도 쏟아야 하는 거요?"

승연이 신경을 곤두세우며 물었다.

"자, 자, 그만하시오. 이상하게 박사께서는 나한테만 화를 내신단 말이오. 나는 박사께 화나는 일이 없는데…."

반사아크릴 속의 이철수는 마치 아이를 달래듯 말했다.

'전에는 자기들 말 안 들으면 마치 당장에 어떻게라도 할 것처럼 굴더니… 이렇게 여유가 생긴 건, 이젠 내가 자기들이 원하는 대로 움직인다는 확신이 섰다는 건가? 하지만 두고 봐라. 나도 그렇게 당하기만 하지 않는다는 걸 머지않아 알게 될 거다.'

그는 마음속으로 다짐했다.

이철수가 승연에게 물었다.

"발사체를 살펴보시니 어떻소?"

"오늘 발견한 오류를 제외하고는 문제는 없는 거 같소."

"이상 없이 조립되어 있다는 거요?"

"그렇소. 물론 제어기 이외에 노즐에서 몇 개의 부품은 재조립… 해야 할 것으로 보이지만 말이오."

"재조립이라니?"

이철수가 묻자, 바인더를 정리하던 21호가 승연이 써준 제어기 보완계획서를 이철수에게 보이며 말했다.

"그 내용이 여기 있습니다."

이철수가 바인더를 펼쳐들고 계획서의 내용을 찬찬히 살펴 내려가기 시작했다. 승연은 보완계획서에 제어기 조립오류와 함께, 몇 개의 노즐에 재조립이 필요하다고 요구해 놓았었다. 이미 조립돼 있는 노즐을 수정하는 것은 어렵지만 노즐을 처음부터 다시 조립할 때는 그 설정에 변화를 줄 수 있기 때문에, 그는 그 기회를 이용할 생각이었던 것이다.

바인더를 펼쳐 보고 있는 이철수의 헬멧 반사아크릴에 전승연 박사가 쓴 보고서 내용이 반사되어 보였다. 그 모습을 보며 승연은 침을 꿀꺽 삼켰다.

'저 노즐제어판을 내가 설계했다는 걸 알고 있다면, 부품을 다시 조립하면서 내가 설정을 바꿀 수도 있다는 걸 이들도 간파하고 있을 거다. 이자는 이걸 내가 설계했다는 사실을 알고 있을까?'

노즐의 재조립을 요구한 승연의 보고서를 한참동안 살펴본 이철수가 21호에게 바인더를 다시 건네주며 말했다.

"박사님이 요구하신 대로 준비해라."

"알겠습니다."

21호가 대답했다.

승연은 안도했다. 아직 이철수가 그의 의도를 눈치 챈 것 같지는 않았다. 자신이 제어판의 오류를 지적한 것 때문에 이철수가 그의 수정요구를 의심 없이 받아들였는지도 모른다. 이철수는 승연에게 말했다.

"박사께서 지금도 심적 갈등을 겪고 있다는 건 나도 알고 있소. 그러나 결국에는 우릴 이해하고 도와주실 걸로 믿소. 잘 해주시기 바라오."

그의 말에 승연이 담담하게 말했다.

"지금 내가 바라는 건, 당신들이 불행을 초래하지 않는 거요."

"박사 못지않게, 나 역시 조국과 민족을 사랑하오. 우리의 위대한 임무가 완성되는 날, 우리 「푸른하늘」에 대한 박사의 의심이 풀리고 모든 것이 제자리를 찾게 될 거요. 나는 박사가 푸른색의 의미를 이해해주시리라 믿소."

이철수는 말을 마치고 공작창을 나갔다. 그의 뒷모습을 보며 승연은 그의 말을 되새겼다.

'푸른색의 의미를 이해하다니? 그게 무슨 뜻이지?'

그렇지만 그는 지금 이철수의 심중을 파악하는 것보다, 이들의 노즐 제어판이 오작동하도록 설정을 바꾸어놓는 일이 급하다.

'이철수가 별다른 의심 없이 내 계획서를 승인한 걸 보면, 저 노즐이 내 설계로 만들어졌다는 사실을 아직까지는 모르는 것 같다. 나중에 감리팀에 발각될 수도 있지만, 현재로서는 비행궤도를 변화시킬 수 있는 방법은 노즐뿐이다. 달리 방도가 없다.'

승연은 결심을 굳혔다. 이때 21호가 다가와 부품목록을 보여주며 반사아크릴 너머에서 말했다.

"박사님, 새로 준비될 부품목록입니다."

"……."

승연은 말없이 목록을 살폈다. 노즐의 부품들 중에는 조립 후 다시 쓸 수 없는 것이 몇 개 있어서 그 부품들을 새로 준비해야 했기에, 그것을 확인한 승연은 다시 21호에게 목록을 건네주며 말했다.

"당신은 22호나 23호보다 선임인 것 같소만…."

그의 물음에 21호가 약간 망설이다 대답했다.

"그렇습니다. 여기 있는 인원들 중에는 제가 OP를 가장 오랫동안 보필했습니다."

"… 그럼 21호 당신도 전사한 군인이었소?"

승연은 우연히 보았던 21호 팔의 화상이 떠올라 물었다.

"그렇습니다. 사실 OP께서는 제 중대장이셨고, 제 생명의 은인이기도 합니다. 작전 중 제 앞으로 떨어진 수류탄을 다시 던져내서 절 구하시려다가 OP께서도 저와 함께 부상을 당하셨고, 그 뒤로….”

21호는 문득 멈추었다가, 다시 말을 이었다.

“사실 이런 걸 이야기하는 것은 규정 위반입니다. 저희는「푸른하늘」이전의 일에 대해서 이야기하지 않도록 서약을 했기 때문입니다.”

21호는 서두르듯 자리를 떴다.

31. 댈러스 발 KE036

최인규는 항공사에 연락을 했지만, 전화통화로 사정을 이야기하고 스튜어디스를 찾아줄 것을 부탁할 수는 없는 노릇이었다. 어쩔 수 없이 그는 승무원 인사팀장을 직접 찾아가 사정을 이야기해야 했다.

그리고 마침내 그는 2월 12일 자정에 댈러스를 출발한 KE036 편에 탑승했던 스튜어디스 한 사람을 찾아낼 수 있었다. 승무원 인사팀장은 그 스튜어디스가 근무하는 비행기가 돌아왔을 때 최인규가 통화를 할 수 있도록 배려해 주었다.

“여보세요.”

“네, 여보세요.”

“이지현 씨이십니까?”

“네, 그렇습니다만, 누구시죠?”

“초면에 이렇게 전화로 말씀드려 죄송합니다만, 저는 한국대학교에 근무하는 최인규라고 합니다.”

“네, 그러신데요…?”

스튜어디스의 말투에는 경계심이 들어가 있었다.

"2월 12일 자정 댈러스 발 KE036편에서 근무하셨죠?"

"2월 12일… KE036편요?"

"네."

"음, 2월 12일…, 네. 그런 것 같은데요. 왜 그러시죠? 그 비행기에 타셨던 분인가요?"

"아뇨, 그렇지는 않습니다."

"그럼 무슨 일로 그러시는데요?"

스튜어디스의 음성에는 더욱 강한 경계심이 들어가고 있었다.

"그 비행기에 탔던 환자승객에 대해 확인하고 싶습니다."

"환자승객이요?"

스튜어디스가 이번에는 약간 신경질적으로 물었다.

"네, 다른 게 아니고….."

그는 승연의 납치와 그간의 정황들, 그리고 환자승객에 대해 알아보고 있는 자신의 입장을 차근차근 설명했다.

"아, 그러셨군요. 전 그런 줄은 생각도 못하고, 그냥 작업 거는 사람인 줄 알고 본의 아니게 무례하게 전화를 받았어요. 죄송해요."

"아닙니다. 충분히 그러실 수 있습니다."

"이해해 주셔서 감사해요. 그러니까, 그 환자 … 그때 환자 한 분과 남자 간호사 두 사람과 여자 간호사 한 사람이 탔었어요."

"남자 간호사 두 사람과 여자 간호사 한 사람이요?"

"네, 셋이나 와서 기억에 남았어요."

"그랬군요."

"그 비행기는 인천공항에서부터 이코노미 클래스의 맨 뒤쪽 좌석 여섯 개를 떼고 침대를 붙여서 댈러스까지 왔다가, 거기서 환자를 태우고 인천공항까지 다시 온 거였어요."

"네⋯."

"사실 그런 작업을 하려면, 최소한 2주 전에는 예약을 해야 비행기를 정비창에서 개조할 수 있거든요."

"그렇습니까?"

"그리고 그 환자분이 편도로 한국에 오셨다고 해도, 아마 일반석 여섯 사람의 왕복요금을 내야 했을 거예요. 인천에서 댈러스로 갈 때부터 비행기에 침대를 붙여서 갔으니까, 왕복 노선에서 모두 승객을 못 태우게 되잖아요."

"그랬군요. 여섯 사람 정도의 요금을 내야 된다는 건 알고 있었는데⋯ 그게 왕복요금이라면, 항공료만 해도 상당하겠군요. 웬만해서는 그렇게 하기 쉽지 않겠군요."

"네, 그런 경우가 거의 없다고 봐야죠."

"그 환자는 비행기에서 어땠어요? 전혀 거동을 못했습니까?"

"네, 제가 듣기로는 상반신에 화상을 입으신 분이라고 하더라고요. 그래서인지 온통 붕대를 감고 계시고⋯ 계속 링거주사를 맞으면서 주무시는 것 같았어요."

"그럼 얼굴도 못 보셨습니까?"

"네, 화상을 입은 상처가 성형수술 전에 세균감염이 안 되게 하려고, 모두 붕대로 쌌다고 하던데요? 얼굴은 전혀 못 봤어요."

그녀의 말은 이 환자에 대한 의구심을 더 크게 했다. 인규가 다시 물었다.

"그럼 혹시 그 환자와 함께 가는 간호사들은 어땠습니까?"

"처음에 댈러스 포트워드 공항에서 앰뷸런스에서 비행기로 환자를 태울 때 중년 신사 한 사람이 비행기에 올라왔다가 내렸고요, 비행 중에는 남자 간호사 둘과 여자 간호사 한 사람이 쭉 같이 타고 왔어요."

"그 사람들은 어땠습니까?"

"그다지 눈에 띄는 특징은 없었어요."

"혹시 다시 보시면 알 수 있겠습니까?"

"글쎄요…. 그날은 이코노미 클래스에 어린 아이들이 몇 있어서 좀 바빴어요. 그냥 어른들만 타면 별 일이 없는데, 아이들이 몇 있으면 정신이 없거든요. 그래서 저는 사실 환자분은 신경을 많이 못 썼어요. 그날은 저 말고도 일반석 근무 스튜어디스가 두 명이 더 있었고, 남자 승무원으로 사무장님도 탔어요. 요즘은 기내안전 때문에 남자 승무원이 타는데, 그날은 주로 사무장님이 환자분 쪽에 신경을 썼어요. 그래서 간호사들과도 접했을 거예요. 침대가 뒤쪽 비상구 근처에 있었거든요. 저보단 사무장님과 통화하시면 도움이 되실 것 같은데요."

"그렇군요. 그럼 인천공항에 도착해서는 어땠습니까?"

"일반 승객들이 내린 뒤에 흰 가운을 입은 남자들 두 명이 더 와서 환자를 옮겨갔어요."

"흰 가운을 입은 남자들이요?"

"네, 잘은 모르겠지만, 왠지 군인들 같은 느낌이 들기도 했어요. 아, 그래요…, 얼핏 군화를 신고 있는 걸 본 거 같아요."

"군화요? 그럼 혹시 그 사람들이 타고 왔던 앰뷸런스도 봤습니까?"

"아뇨, 그건 비행기 밖에 있었을 텐데, 저는 그것까지는 못 봤어요."

"그밖에 특이한 점은 없었습니까?"

"네, 더 자세한 건 사실 잘 모르겠네요. 죄송해요."

"아닙니다. 이렇게 말씀을 해주시니, 뭐라고 감사드려야 할지 모르겠군요."

"제 얘기가 도움이 되셨으면 좋겠네요."

"물론입니다. 큰 도움이 됐습니다. 그런데 나중에 제가 그 사무장이라는 분께 연락을 드리겠지만, 혹시라도 오해가 없으시게 그분께 말씀을 좀 전해주시겠습니까?"

"네. 그럴 게요. 근데 서로 근무하는 비행기가 계속 바뀌어서 만나기는 쉽지 않아요. 그래도 사무장님을 만나게 되면 교수님에 대해 말씀드릴게요."

"네, 감사합니다. 안녕히 계십시오."

전화를 끊고 나자 인규는 오히려 혼란스러웠다.

'만약에 이 환자가 이유가 무엇이든 간에 신분을 감추고 한국에 오려고 마음먹었다면, 거의 완벽하게 성공한 것이다. 그런데… 어떤 환잔데 그렇게 많은 돈을 들여가며 한국에까지 와서 성형수술을 받은 걸까? 게다가 '케네스 박'이란 노인은 실제로는 한국에 오지 않았으니…, 누구기에 이렇게 엄청난 비용을 들여서 성형수술을 받았단 말인가?… 내가 공연한 시간낭비를 하는 건가? 더구나 북한이 선배를 납치했다면, 한국으로 데려올 리가 없는데 ….'

생각을 거듭해도 앞뒤가 맞지 않아 보였다.

'그렇지만 환자의 프라이버시 문제가 있다고는 해도, 그 의사의 신경질적인 반응은 확실히 이상하다.'

최인규는 성형외과 원장의 태도가 자꾸 마음에 걸렸다.

'비행기 사무장을 만나봐야 되겠다.'

32. 재조립

노즐 제어판의 새 부품들이 다시 조립되었다.

승연은 조립작업을 마치면서 기판을 다시 한 번 살펴보았다.

"이제 다 된 거요?"

헬멧의 반사아크릴 안쪽에서 이철수의 목소리가 들려왔다.

"그렇소."

"이제 원대한 우리의 계획의 첫걸음이 시작된 것이구려."

이철수가 약간 들뜬 음성으로 말했다.

"……."

"내일 최종점검을 마치면, 곧 발사실험을 하게 될 거요."

이철수가 다시 말했다.

"최종점검?"

"그렇소. 감리팀에서 최종점검을 하게 될 거요. 오늘 박사의 점검과
정에서 관련된 주변의 부품들이 영향을 받았을지 모르기 때문에, 재확
인 차원에서 실시하는 거요."

"재확인…?"

"우리가 극비로 이 실험을 한다고 해도, 주변국가들에게 노출될 수
밖에 없소. 하지만 어떻게든 노출을 최소로 하기 위해서는, 한 치의 오
차 없이 계획대로 돼야 하오. 내일의 최종점검은 그런 차원에서 이루어
지는 거요."

헬멧 속의 이철수가 말했다. 그의 말대로라면 승연이 바꾸어놓은 제
어장치를 다시 점검할 수도 있다. 이철수는 이야기를 계속 했다.

"그리고 발사실험에는 박사도 동행하게 될 것이오."

"나도 간단 말이오?"

"그렇소. 박사가 현장에서 지켜보는 것이 매우 중요하오."

이철수의 말은 그를 긴장시켰다.

'발사실험에 날 동행시키는 이유가 뭐지? 이자들에게 다른 목적이 있는 건가 …?'

"발사실험은 어디에서 하는 거요?"

승연이 물었다.

"한반도 부근의 모처에서 하게 될 거요."

"어디를 향해 쏠 거요?"

"이번 발사실험은 우리가 완성한 발사체의 성능점검에 초점이 맞추어진 것이기 때문에, 발사거리 400km 급의 단거리 추진체를 이용하게 될 거요. 장거리 발사체를 이용한 실험은, 우리가 손 쓸 수 없는 상황이 발생할 수도 있기 때문이오. 그래서 단거리 추진체를 쓰는 거요."

이철수는 일목요연하게 설명했다.

"이 실험에서 발사체의 전반적인 신뢰성이 확인되면, 다시 장거리 추진체를 가지고 실험을 하게 될 거요. 그러나 말했듯이, 이 실험은 비공개 실험이기 때문에 우리가 발사체 파편을 즉시 회수해야 하오. 발사체는 한반도 근처의 공해상에 떨어질 것이고, 우리는 잠수함을 이용해서 근방 해역에 가 있다가 그것들을 즉시 회수할 거요."

"잠수함?"

"그 정도만 알아두시오. 지금 이 이야기도 내가 박사에 대한 예우차원에서 하는 것이지, 사실은 해서는 안 되는 것이었소."

다시 굳어진 말투로 이야기를 맺은 이철수는 공작창을 나갔다.

'이들이 만든 발사체의 성능점검에 초점이 맞추어져 있다고? 그런데 사거리 400km급의 추진체라면…? 구소련제의 스커드 B 유도탄 정도의 발사체일 텐데, 그러면 이건 무슨 이야긴가? 이자들이 스커드급 유도탄을 가지고 있단 말인가?'

VII 은닉 隱匿

33. 사라진 사람들

TV에서는 외신 긴급뉴스로 일본 해상보안청 순시선이 동중국해에서 일본 영해를 침범한 북한 선박에 기관포 사격을 가해서 침몰시켰다는 뉴스가 나오고 있었다.

자택의 거실에서 TV를 보던 최인규는 혼잣말을 했다.

"저놈들이 간이 부었군. 이제 북한쯤은 한번 해볼 만하다 이건가?"

일본의 TV 뉴스를 편집해서 보여주는 방송에서는 침몰한 북한 선박에서 건져 올린 구명조끼 같은 물건들의 모습이 비춰지고 있었다. 그런데 그 구명조끼에는 한글로 인쇄된 라벨이 붙어 있었다. 그것을 본 인규는 까닭 없이 불쾌한 느낌이 들었다.

"일본 방송들 … 한글 라벨이 붙은 걸 아주 자세히도 전 세계로 방송하고 있군."

영상을 통해 나오는 구명조끼 안쪽에 붙은 라벨에는 세탁방법과 옷감 재질 등이 적혀 있었다. 화면에 나오는 「섬유혼용률」이라는 글씨를 보면서 최인규는 다시 혼자말로 중얼거렸다.

"북한 옷도 똑같이 저런 표시하는구나. 하긴 개성공단에서 만든 물

214

건을 남한에서 쓰는 시대가 됐으니….."

그러다 문득 자신이 입고 있는 재킷의 안주머니에 있는 재질표시 라벨을 들춰보았다. 화면에 나온 것과 똑같은 글씨체로 「섬유혼용률」이라고 인쇄되어 있었다.

"글씨체까지 똑같군. … 혹시 저 구명조끼 남한에서 만든 거 아냐?"

그러나 이내 그는 마음이 무거워졌다. 선배 승연이 납치된 지 이제 한 달이 넘었는데도, 수사는 이렇다 할 진전을 보이지 않고 있기 때문이다. 그동안 강동우 서기관을 통해서 알게 된 사실이나, 항공사를 통해 알게 된 것들은 그때그때 승연의 집에 알려주곤 했었다.

지난번 전화통화를 했던 스튜어디스는 같이 탑승했던 사무장과 통화를 주선해준다고 했지만, 그 뒤 두 주가 넘도록 연락이 없었다. 직접 사무장에게 연락해 볼 생각도 했으나 인규 역시 학과 일로 바빠지는 바람에 어쩌지 못하고 있었다.

"설마 잊어버린 건 아니겠지. 내가 솔직하게 다 얘기하고 중요한 일이라고 했는데 아직까지 연락이 없다니…, 다른 일이 있는 건가?"

인규는 휴대폰을 뒤져 그때 알아두었던 항공사의 스튜어디스 소속 부서 전화번호를 찾아 통화버튼을 눌렀다.

"여보세요, 저, 이지현 씨 계십니까?"

전화기에서 젊은 여성의 목소리가 들려왔다.

"네? 누구요? 이지현…, 아, 지현이 없는데. 영국지사에 파견나갔어요. 거기 지상근무 인력지원 차."

"예? 언제 가셨습니까?"

"지난주에요. 갑자기 나가게 돼서 주변에 이야기는 다 못하고 간 것 같아요. 누구신데요? 설마 바람맞은 애인은 아니시겠죠? 호호호. 혹시 지현이한테서 연락오면 전해 드릴 테니, 누구신지 알려주시겠어요?"

"그게, … 그렇게 갑자기 나가셨다는 걸 보니, 원래 예정돼 있었던 게 아니었나 보죠?"

"네, 지현이가 전부터 해외지사에서 근무하고 싶어하긴 했는데, 계속 못 갔거든요. 그런데 갑자기 지사로 나가라는 발령이 떨어졌어요. 그래서 다들 놀라긴 했죠."

"그럼 언제 돌아오십니까?"

"글쎄요, 지사 한 번 나가면 4년은 있어야 돼요. 아마 4년 후에 오겠죠. 물론 한국 오는 노선에 탑승근무를 하면 오긴 하겠지만, 지상근무 인력지원은 탑승근무는 거의 하지 않거든요."

"그렇군요."

"정 급하시면 영국지사로 전화를 해보세요."

"아닙니다. 그럼 혹시 조용범 사무장님과 통화를 하려면 어디로 전화를 해야 합니까?"

"조용범 사무장님이요?"

"네."

"이상하게 없는 사람만 찾으시네요? 조 사무장님도 암스테르담 지사로 발령 나서 지난주에 가셨어요."

"암스테르담 지사요?"

"네, 거기도 사무소가 있거든요. 거기 일손이 달린다고 해서 조 사무장님이 차출됐어요."

"… 이렇게 갑자기 외국지사로 나가는 일이 자주 있습니까?"

"글쎄요. 원래 외국지사 발령은 몇 달 전에 알려주거든요. 싱글들은

216

몰라도 결혼한 사람들은 갑자기 가라고 하면 집도 그렇고, 애들 학교 문제도 그렇고 당장에 답이 없잖아요? 근데 조 사무장님은 위에서 하도 빨리 나가라고 재촉해서, 우선 혼자 가셨어요. 가족들은 정리되는 대로 가기로 하고."

"네….."

"조 사무장님과 직접 통화하시고 싶으시면 암스테르담 지사로 연락하세요. 급한 게 아니면 가족들은 아직 서울에 있으니까, 저한테 말씀하셔도 되고요. 그럼 제가 사무실에 얘기해서 조 사무장님 댁에 전해드릴게요."

"아닙니다. … 혹시 지난 2월 12일 댈러스 발 KE036편에 탔던 다른 스튜어디스 분과 통화를 좀 할 수 있을까요?"

"2월 12일 댈러스 발 KE036편요? … 뭐 잃어버린 물건이라도 있으세요?"

"아뇨, 그건 아니고요."

"한 달 전 비행기에서 근무했던 사람들을 찾긴 어려울 거예요. 게다가 얼마 전에 승무원들 근무하는 노선배정이 싹 다 바뀌었거든요."

"그렇습니까 …."

"잃어버린 거 있으시면 고객지원센터에 전화해 보세요. 거기서 기내청소하다 나오는 승객들 물건 다 보관하거든요."

"알겠… 습니다."

그때 인규에게 갑자기 스치는 생각이 있었다.

"혹시 며칠 사이로 갑자기 해외지사로 발령받으신 분이 또 있습니까?"

"요 며칠 사이로는 없는 거 같아요. 모르죠, 내일이나 모레에 또 생길지는. 아, 근데 모레부터 미국 항공안전청 감사가 있을 거라서, 아마 인사발령은 더 없을 거예요."

"항공안전청 감사요?"

"네, 감사를 앞두고도 인사발령을 낸 걸 보면 이상해요. 인력이동이 많으면 운항 안전성이 낮아질 수 있어서, 감사에서 안 좋은 평가를 받을 수 있다고 하거든요."

"그렇습니까?"

"암튼 저도 잘 모르겠어요. 위에서 다 알아서 했겠죠. 그런데 혹시라도 지현이한테 연락이 오면 누구시라고 전할까요?"

"네, 저는 최인규 라고 합니다만, 굳이 말씀하실 필요 없습니다."

"네, 뭐 그러죠. 좋으신 대로 하세요. 호호호."

"감사합니다. 안녕히 계십시오."

전화를 끊으며 뭔가 이상하다는 생각이 들었다.

'KE036편에서 근무했던 사람들 중에 왜 그 두 사람만 갑자기 해외로 발령이 났을까? 우연의 일치일까? 사무장은 위에서 빨리 나가라고 재촉을 해서 가족들은 남겨두고 우선 혼자 나갔다 이거지. 스튜어디스에게도 빨리 가라고 했고…. 그 스튜어디스에게서 연락이 없었던 게 이것 때문이었구나. 그런데 이렇게 갑작스런 해외 파견근무라면, 그걸 결정하는 입장에서도 이유가 있었을 텐데, 그게 뭘까?'

인규로서는 이제 항공사 쪽에서는 더 이상 알아볼 방법이 없어진 것이다.

'이제 케네스 박에 대해 알아볼 곳이라고는 영사관의 강동우 서기관밖에 없다. 하지만 강 서기관 역시 케네스 박이 박건호라는 교민이었다는 것 이외에는 아무 정보가 없지 않은가?'

강 서기관에게서 연락이 온 지도 꽤 지났다.

'그렇지. 강 서기관이 박건호라는 교민의 여권을 대신 발급받은 사람에 대해 조사해 보겠다고 했었지. 연락은 없었지만 혹시 그 사이에 새롭게 밝혀진 게 있을지도 모른다. 아니면 연락이 없는 걸로 봐서는 지금 한창 알아보는 중일지도….'

인규는 휴스턴 영사관 근무시간에 맞추어 전화를 걸었다.

"여보세요, 한국의 최인규 라고 하는데요, 강동우 서기관님 부탁드리겠습니다."

그는 영사관 직원이 한국말로 전화를 받자 이렇게 말했다.

"강동우 서기관은 여기에 근무 안 하는데요."

"근무를 안 하신다뇨? 분명 거기 계시는 분인데요."

"지난주에 프랑스대사관으로 전보발령이 나서 그리로 갔습니다."

"프랑스대사관이요? 프랑스로 발령이 났단 말입니까?"

"네, 그렇습니다."

"임기가 다 돼서 전출되신 건가요?"

"그건 아닌데요, 전보발령이 났습니다. 급하게 발령이 나서 여기 있는 가족들은 같이 못가고, 서기관님만 먼저 나가셨다고 합니다."

"… 강 서기관이 혹시 문책 같은 걸 받은 건가요?"

"그런 내용을 외부에 말씀드릴 수는 없지만, 그렇지는 않습니다."

"그럼 무슨 이유로 그렇게 갑자기 발령이 났습니까?"

"정확히는 모르겠고, 그냥 전부터 강 서기관이 유럽 쪽에서 근무해 보고 싶다는 말은 종종 했는데, 그것 때문에 간 건지도 모르겠습니다."

"그런데 가족들도 못 데리고 이렇게 급히 가야 할 이유가 있습니까?"

"저도 자세한 건 모르겠습니다. 그냥 그렇다고 하더라고요. 그런데 무엇 때문에 그러십니까?"

"네, 저는 몇 주 전에 전승연 박사 납치사건을 신고하면서, 강 서기관님을 뵈었던 최인규라고 합니다."

"네에."

"그럼 강 서기관님과 통화하려면 프랑스대사관으로 걸어야 됩니까?"

"그렇죠. 가만있자, 지금 거기 시간이…."

"네, 네. 알겠습니다. 감사합니다."

전화를 끊은 뒤 인규는 한동안 정신을 차릴 수가 없었다. 납치사건 때문에 자신과 접촉했던 사람들이 거의 동시에 사라졌기 때문이다.

'대체 이게 어떻게 된 일이지? 항공사 스튜어디스와 사무장, 그리고 영사관의 강동우 서기관까지 모두 다른 곳으로 발령이 났다. 우연의 일치로 보기엔 너무나 비슷한 시기이지 않은가? 게다가 준비할 겨를도 없이 갔다. 이유도 알 수 없이. … 이들은 모두 내게 납치사건에 단서가 될 만한 이야기를 해주었던 사람들 …. 만약 그것 때문에 이런 일들이 일어난 거라면, 이런 조치를 취한 자는 대체 누구란 말인가? 납치범들이 이렇게까지 손을 쓴단 말인가? 게다가 내가 이 사람들과 연락하는 걸 어떻게 알아낸 걸까?'

인규는 문득 생각나는 것이 있었다.

'선배의 집에 국정원 수사관이라는 자들이 도청기를 설치했다. 그런데 그들이 정말로 국정원 수사관인지는 알 수 없다. 그리고 미혜 형수는 내가 항공사나 영사관을 통해 알게 되는 전 선배의 일을 나를 통해 듣고 있다. 그럼 내가 미혜 형수에게 말하는 걸 도청한 걸까?'

뉴스가 끝난 TV에는 가수와 개그맨들이 바닷가에서 게임을 하는 예능 프로그램이 나오고 있었다. 인규의 시선은 TV화면에 있었지만, 그의 머리는 다른 생각으로 복잡하게 돌아가고 있었다.

'하지만 내가 모든 걸 다 미혜 형수에게 이야기한 건 아닌데 이처럼 모든 사람들에게 손을 쓴다는 건 이해하기 어려운 일이다. 그럼에도 불구하고 이런 내용들을 속속들이 알고 있다면…. 내가 미혜 형수에게든지 아니면 영사관과 항공사로 전화하는 걸 듣는 것밖에는 달리 방법이 없는데…. 게다가 통화내용을 알아내는 건 그렇다고 쳐도, 이런 기관들에서 저렇게 갑작스럽고 전격적인 인사조치가 취해질 수 있을 정도의 영향력을 가지고 있다면 … 선배의 집전화를 도청하는 자들이 의외로 거물이라는 뜻이다. 그들이 납치의 배후? 대체 누굴까…?'

인규는 그답지 않게 초조해하며 거실을 서성이다가 다시 스마트폰을 집어 들고 K&S 성형외과에 전화를 걸었다. 신호가 계속해서 갔지만, 아무도 전화를 받지 않았다.

그는 자신의 전화번호를 확인하고 안 받는 것인가 싶어 집 전화로 다시 걸어보았지만, 안 받기는 마찬가지였다.

"휴진일인가? 설마 … 여기도 문을 닫은 건 아니겠지?"

그는 불길한 예감이 들기 시작했다.

"안되겠다. 직접 가보는 수밖에…."

인터넷 검색을 통해 서울 신사동의 대로변 빌딩 3층에 있는 성형외과의 위치를 알아낸 인규는 바로 집을 나섰다. 그리고 주소지의 건물 앞에 이른 인규는 자신의 눈앞에 펼쳐진 광경에, 마치 고장 난 기계처럼 몸이 굳어졌다.

성형외과의 철문은 굳게 잠겨 있고, 입구에는 원장의 개인적인 사정으로 당분간 휴진한다는 글귀가 붙어 있었다.

'이럴 수가 …. 어떻게 이렇게 일시에 모두 사라져버린단 말인가?'

34. 안전장비

승연은 눈이 가려진 채 21호 일행에 의해 어디론가 이끌려가고 있었다.

"어디로 가는 거요?"

"발사 실험에 참여하시기 위해 승선준비를 하러 가는 것입니다."

21호가 대답했다.

"승선?"

"그렇습니다."

'잠수함에 날 태우려는 것이군.'

그는 잠수함에 대해 이야기한 이철수의 말이 생각났다.

"기지까지 이동하시는 동안 불편하시겠지만 조금만 참아주십시오."

그는 차량의자에 앉혀져 자신의 몸에 안전벨트가 채워지는 것을 느꼈다. 슬라이딩 도어 닫는 소리가 나고, 이내 차가 빠른 속도로 달리기 시작했다. 그러나 눈을 가려서인지 그는 어지럼증 때문에 고통을 느끼기 시작했다. 멀미가 나올 듯 뱃속이 거북하고 숨을 쉬기 어려웠다.

"이보시오, 어지러워서 견디기 어렵소."

승연이 눈이 가려진 채 말했다.

"조금만 참으십시오. 거의 다 왔습니다."

"……."

이윽고 차가 멈추어서고 차의 문이 열렸다. 그는 차에서 내려져 어느 건물 안으로 이끌려 들어갔다. 건물의 철문이 닫히는 소리가 나고 그의 눈을 가렸던 안대가 벗겨졌다.

그의 앞에는 21호를 비롯한 세 사람이 서 있었다.

21호가 승연에게 남색 제복 한 벌을 내밀며 말했다.

"이 옷으로 갈아입으십시오."

"……."

승연은 돌아서서 21호가 건네준 옷을 입었다. 그가 입은 옷에는 '211' 이라는 숫자의 명찰이 붙어있었다. 그는 옷을 입은 후 자신이 입고 있었던 옷을 정리해서 23호에게 건넸다. 그는 이들에게 납치되어온 뒤로 이들이 주는 몇 종류의 평상복을 입어왔다. 모두 상표와 라벨이 제거된 것들이었다.

"박사님 옷은 저희가 보관하겠습니다."

21호가 말했다.

"그러시오. 어차피 그것도 당신들 거요."

승연이 말을 마치자, 21호가 그에게 다시 안대를 씌웠다.

"또 어디로 가는 거요?"

"이제 승선하시게 됩니다."

"……."

그는 이미 이들의 잠수함 기지에 와 있는 것이었다. 그러고 보니 차에서 내렸을 때 바닷바람 냄새가 났던 것 같다.

승연이 다시 안대를 벗은 것은 잠수함 기지의 데크에 올라온 뒤였다.

그의 앞에는 각각 26, 27, 28 이라는 명찰을 붙인 또 다른 군인들이 기다리고 있었다. 세 사람 모두 군복처럼 만들어진 남색 제복을 입고 있었다. 그들의 제복에는 아무런 계급장도 없이, 명찰 대신 저들의 번호만이 회색 실로 새겨져 있었다. 그들 역시 짧게 깎은 머리에 무표정한 얼굴을 하고 있었다. 그들은 잠수함부대 소속의 군인들로 보였다.

그는 잠수함의 갑판으로 올라서서 거기에 있는 좁은 해치를 열고 잠수함 안으로 들어갔다. 승연이 세 명의 군인들과 자리를 잡은 곳은 작은 선실이었다.

"곧 OP께서도 오실 것입니다."

선실에 들어와 자리에 앉은 승연에게 26호 명찰을 단 사내가 말했다.

승연은 선실 내부를 둘러보았다.

벽은 옅은 회색으로 칠해져 있고, 천장에는 흰 아크릴 커버 속에서 켜져 있는 몇 개의 형광등이 보였다. 함 내가 깨끗하고 모니터에 모두 컬러 LCD 패널이 설치되어 있는 것으로 보아 최신형 잠수함이었다. 그런데 컨트롤 패널에 쓰인 문자는 모두 러시아어 키릴문자였다.

'러시아 잠수함?'

승연이 잠수함 이곳저곳을 관찰하고 있을 때, 26호가 그에게 다시 말했다.

"박사님은 이번 작전 내내 이 선실에 머무르실 것입니다. 이 잠수함은 레이더에 걸리지 않는 스텔스 처리가 된 선체를 가지고 있습니다. 그리고 이 선실은 이번 작전을 위해 개조된 작전실이어서 'IP실'이라는 명칭으로 구분될 것입니다. 기본적인 생활을 위한 시설들이 갖추어져 있기 때문에, 박사님은 이곳을 벗어나실 필요가 없습니다."

"이 좁은 선실에만 있어야 한단 말이오?"

"이번 작전기간 동안에만 그렇습니다. 작전이 끝나면 다시 기지로 돌아갈 것입니다."

"발사실험에서 내가 할 일이 무엇이오?"

"기술적인 문제점을 현장에서 파악하셔야 하는 걸로 알고 있습니다."

"바깥 상황이 어떻게 돌아가는지 전혀 알 수 없는 이곳에서 뭘 파악하라는 말이오?"

승연이 답답한 듯 묻자, 26호가 대답했다.

"발사실험의 진행은 여기 모니터에서 계속 나타나게 됩니다."

26호는 선실 벽에 설치된 여러 개의 LCD모니터 화면들을 가리켰다. 각각의 모니터에는 한반도 주변의 지도와 잠수함의 경로 등이 표시되고 있었다.

이때 이철수가 선실로 들어왔다. 그 역시 남색 제복을 입고, 광택이 나도록 깔끔하게 닦여진 군화를 신고 있었다. 명찰에는 OP-01 이라고 쓰여 있었다.

26, 27, 28호가 이철수를 향해 부동자세를 취했다. 제복을 입은 이철수의 모습은 이전에 보던 모습과는 사뭇 달랐다. 제복이 전혀 어색하지 않았고, 전신에서 차가운 기운이 감돌고 있었다.

"어서 오시오, 박사. 여기까지 오시느라 고생이 많으셨을 거요."

"……."

"이번 발사실험과 회수작전이 끝날 때까지 다소 불편하시더라도 여기 IP실에 있어야 할 것이오. 그러나 나도 자주 오겠소."

"……."

이철수에게 달리 할 말이 없는 승연은 잠자코 있었다.

"26, 27, 28호가 박사를 안전하게 모실 거요. 불편한 점이 있으시면 언제든지 말씀하시오."

이어서 이철수는 26, 27, 28호를 향해 명령하듯 말했다.

"박사님을 잘 모셔라."

"예, 알겠습니다."

세 사람이 동시에 대답했다.

"아, 그리고…."

이철수가 선실을 나가려다 멈추어 서서 돌아섰다. 그리고 자신의 제복 상의 왼쪽 주머니에서 검은색의 작고 납작한 금속물체를 꺼내 승연에게 보여주며 말했다.

"이건 만약의 사태에 대비하기 위한 안전장비요. 미리 알려드리겠소. 박사의 옷 속에도 있을 것이오. 이건 박사께서 작전 도중에 뜻하지 않은 일로 잠수함 밖으로 나가게 되면, 도움을 줄 거요. 이걸 잘 활용하면 박사는 안전할 거요."

말을 마친 이철수는 그것을 다시 자신의 윗주머니에 넣었다. 승연이 자신의 제복 왼쪽 주머니를 만져보니 명함 케이스 정도 크기의 물체가 느껴졌다. 그가 그것을 확인하기 위해 주머니의 단추를 끄르려 하자 이철수가 말했다.

"아니, 그냥 두시오. 지금 확인할 필요는 없소."

이철수가 손을 저으며 말했다.

"뜻하지 않게 잠수함 밖으로 나간다는 건 무슨 뜻이오?"

박사가 물었다.

"우리가 이 잠수함을 포기해야 할 상황을 말하는 거요."

"포기해야 할 상황?"

"이 잠수함은 물론 적의 레이더를 피하기 위한 스텔스 처리가 돼 있고, 최신무기도 갖추고 있소. 그러나 모든 작전에는 적에게 노출되어 공격을 받게 되는 상황도 가정해야 하는 것이오."

"적? 그 적이라는 건 누구를 말하는 거요?"

"우리의 발사실험 사실을 알아서는 안 되는 모든 존재가 우리의 적이오."

이철수는 이렇게 말하고 선실을 나갔다.

26호는 승연을 모니터 패널 바로 앞의 의자로 안내했고, 그의 양옆으로 27호와 28호가, 그의 바로 뒤에 26호가 앉았다. 모두 자리에 앉은 것을 확인한 26호는 그의 앞에 놓인 인터폰으로 말했다.

"IP실, 준비완료. 이상."

"알았다. 이상."

스피커에서 이철수의 대답이 들려왔다. 잠시 후 다른 목소리가 스피커를 통해 들려왔다.

"함장이다. 출항한다. 각자 원위치. 변동사항 보고."

잠시 후 다시 스피커가 울렸다.

"추진기 정속 가동. 순항 심도로 잠수. 전 승무원 위치 고수."

이어서 잠수함이 전진하기 시작했다.

'이 잠수함은 러시아제인 것 같은데 … 대체 이자들은 어느 쪽 소속의 군인일까? 그리고 이자들이 어떻게 국과연에서 만든 노즐을 손에 넣을 수 있었단 말인가? 그리고 … 이들이 유도탄을 완성해서 노리게 될 첫 번째 목표물은 과연 무엇일까?'

승연은 모니터를 보며 생각에 잠겼다.

35. 뜻밖의 전화

연구실에서 전화를 받은 최인규는 다소 놀랐다. 강명헌 경위가 그에게 뜻밖의 요구를 해왔기 때문이다.

"뭐요? 현장검증?"

"그렇습니다. 미국 측으로부터 넘겨받은 자료만을 가지고 저희가 전승연 박사님의 납치사건을 수사하기에는 한계가 있습니다. 그래서 저희가 인터폴과 합동으로 최인규 박사님 입회하에, 전승연 박사님께서 납치되던 당시 상황을 현장검증을 통해 다시 확인하기로 했습니다."

"그럼… 스탁빌에 간단 말이오?"

"그렇습니다. 물론 저희도 갑니다. 그리고 전승연 박사님의 사모님께서 원하신다면, 이번 현장검증에 동행하실 수 있도록 할 계획입니다."

"나는 물론 전승연 박사를 찾기 위한 일이라면 협조하겠소만… 전승연 박사의 부인을 모셔간다는 건, 아직 사건해결의 실마리도 안 보이는 단계에서 오히려 불행한 일을 당한 분의 상처를 더 깊게 하는 게 아닌지 모르겠소."

"저희도 그 생각을 하지 않은 건 아닙니다만, 피해자의 가족이시기 때문에 모셔가기로 했습니다."

"알겠소. 그런데, 너무 갑작스러운 것 아니오. 그리고 지금 학기중인데…."

"그래서 저희 기관에서 박사님 학교 측에 협조요청을 할 예정입니다. 박사님께 피해가 없으시도록 …."

"어쨌든 보다 적극적으로 수사를 한다는 건, 나 역시 바랐던 일이었소. 그런데 왜 진작 이런 조치를 취하지 않았던 거요?"

"초기에 저희 기관에서는 미국 측에서 넘겨받은 자료만으로 충분한 수사가 가능할 걸로 생각했었기 때문입니다."

"그럼 미국 측에서 추가자료나 정보공유에 비협조적이었단 말이오?"

"그런 건 아닙니다만, 아무래도 저희가 현장검증을 하는 게 필요하다고 판단했습니다. 그리고 이번 현장검증에는 인터폴도 입회하기로 했습니다."

"알겠소."

인규 역시 현장검증에서 새로운 단서를 찾을지 모른다는 생각이 들었다.

"아, 그런데 말이오,"

"네, 최 박사님."

"영사⋯."

최인규는 영사관의 강동우 서기관과 항공사 승무원들이 갑작스런 전보나 성형외과의 휴업에 대해 물으려다가, 왠지 그러한 사실들을 자신이 알고 있다는 것을 이들에게 굳이 이야기할 필요는 없을 것이라는 생각이 스쳐 말을 멈췄다.

'만약에 이들의 상급기관에서 그런 일련의 조치를 취했다면 내가 그 사람들을 만나고 다닌 걸 모를 리 없다. 게다가 이들이 갑작스럽게 현장검증을 하자는 것에도 무슨 다른 의도가 있을지도 모른다. ⋯'

잠시 말없이 있는 최인규에게 형사가 말했다.

"네, 말씀하십시오."

"아, 아니, 나는 주한⋯ 미국영사관에서는, 이 사건 수사에 도움을 주고 있는지가 궁금해서 말이오."

인규는 말을 얼버무렸다.

"주한 미국영사관이라면, 한국에 있는 미국영사관… 말씀이십니까?"

"그, 그렇소."

"이번 납치사건의 현장은 미국이기 때문에, 주한 미국영사관은… 이번 현장검증과는 아무 상관이 없습니다. 그 대신 인터폴이 우리 기관의 현장검증의 필요성에 대해서는 동의한 상태이고, 공조체제로 수사를 하기로 했습니다."

"그렇다면 다행이오."

"이번 현장검증도 전폭적으로 협조하겠다고 했습니다. 그런데 왜 그러십니까?"

"아무것도 아니오."

"최 박사님께서는 저희와 함께 가 주시기만 하면 됩니다. 전승연 박사님의 사모님께 말씀드리는 것을 포함해서 모든 준비는 저희가 다 하겠습니다."

"알겠소."

최인규는 전화를 끊었다.

'이제 와서 현장검증이라니, 혹시 국정원에서도 새로운 단서가 잡힌 걸까? 타이밍이 좀 이상하다. 혹시 강동우 서기관과 승무원들, 그리고 성형외과 등이 사라진 게 모두 이들과 관련이 있을까? 그리고 내가 저들과 접촉한 사실을 알아내고, 더 이상 날 움직이지 못하게 하려는 건 아닐까? 아니면 다른 의도가 있는 걸까?'

인규의 의심은 커졌지만, 뚜렷한 단서를 찾기 어려웠다.

'미혜 형수까지 같이 현장검증에 참여시킨다는 건, 대체 뭘 의미하는 걸까?'

그는 승연이 납치됐던 때가 생각났다. 그때 그는 승연을 태우고 사라진 검은색 승용차를 찾기 위해, 차를 몰고 그 주차광장 주변을 여러 번 오갔었다.

'그때 차종과 번호판을 자세히 봐두지 못한 게 안타깝다. 그것만 확인했더라도 그 당시에 바로 차량조회를 해볼 수 있었을 테고, 그럼 단서가 잡혔을지도 모른다.'

이때 인규는 그날 현장에서 그가 주웠던 한반도 모양의 배지가 생각났다.

"아, 가만…, 내가 그걸 어디에 뒀더라?"

생각해보니, 그날 주워서 자신의 옷 주머니에 넣었었다. 그리곤 사건을 신고하고 영사관과 경찰서를 오가느라 까맣게 잊고 있었던 것이다. 인규는 그날 입고 있었던 옷이 무엇이었는지를 생각하며, 자신의 슈트 주머니에 손을 넣었다.

"……?"

그의 손에 잡히는 것이 있었다. 그는 주머니에서 그 물체를 꺼냈다. 놀랍게도 그것은 그날 그가 주웠던 한반도 모양의 배지였다.

"아, 그날도 이 옷을 입고 있었구나."

그는 혼자말로 중얼거렸다.

이 배지는 다른 무엇보다도 납치사건이 북한의 소행이라는 확실한 증거가 틀림없었다. 게다가 현장검증까지 다시 하게 된다면 북한에 의해 저질러진 일임이 더욱 명백하게 드러날 것이다.

'됐다. 이젠 정말로 정부는 북한과 송환협상을 본격적으로 시작할 수 있을 거고, 북한은 선배를 돌려보내지 않을 수 없을 거다. 내가 왜 그동안 이걸 까맣게 잊고 있었을까?… 만약 이번 현장검증에서 내가 그 당시에 이걸 현장에서 발견한 증거물로 제시하면 수사는 더욱 탄력을 받을 것이고, 어쩌면 현장검증이 새로운 해결의 돌파구가 될지도 모른다.'

그는 배지를 투명 지퍼백에 담아 다시 재킷 주머니에 넣었다.

36. 아주르(Azure) II

"아니…, 무슨 일이오?"

승연은 갑자기 자신의 앞에 나타난 이철수에게 물었다. 감색 정장 차림의 이철수는 흰 셔츠에 푸른 넥타이를 매고 있었다.

'푸른 넥타이…?'

이철수의 넥타이를 본 승연은 놀랐다. 그가 매고 있는 푸른 넥타이는 평상시에 류석영 원장이 즐겨 매던 푸른 넥타이와 흡사해 보였기 때문이다.

'우연의 일치일까…?'

이때 이철수가 눈을 가늘게 뜨고 승연을 보며 말했다.

"박사, 오늘은 역사에 기록될 날이오."

"역사에 기록될 날?"

승연이 경계하듯 되물었다.

"그렇소. 오늘은 미국 제국주의자 놈들을 우리의 발아래 굴복시키고 한반도 통일의 대업을 이룬, 축배를 들어야 하는 날이오."

이철수는 자신의 손에 들고 있던 와인글라스를 들어 보이며 말했다.

"미국이 굴복하다니…, 그게 무슨 말이오. 미국이 전쟁에서 항복이라도 했단 말이오?"

"머지않아 그렇게 될 것이오. 마침내 우리가 민족의 모든 역량을 모아「은하 3호」를 완성했기 때문이오."

"은하 3호?"

"그렇소. 하하하…. 우리의 전승연 동지는 마침내 미국 대륙 전역을 사정권으로 하는 3단 추진체의 대륙 간 핵탄두 미사일 은하 3호를 우리에게 완성해 주었소. 이제 저 간악한 미 제국주의자들의 운명은 우리의 위대하신 김정은 제 1국방위원장 동지의 손끝에 달려 있소. 머지않아 한반도는 제국주의자들의 손아귀에서 완전히 벗어나 우리의 품에 안기게 될 거요."

"뭐요?"

"전승연 박사 동지의 공로가 지대하오. 동지의 전폭적인 협조와 충정이 없었다면, 우리의「광명성 3호」는 완성되지 못했을 거요."

"광명성 3호라니?"

"동지가 완성해준 발사체는 대륙 간 핵탄두미사일「광명성 3호」의 추진체요."

"아니, 그럼 내가 점검했던 추진체가 당신들의 핵탄두 미사일의 추진체였단 말이오?"

"물론이오. 김정은 제 1국방위원장 동지께서도 박사의 공로를 치하하셨소. 이제 박사는 민족 통일의 영웅 칭호를 받게 될 서요."

이야기를 마친 이철수는 자신의 손에 들고 있던 와인글라스에 담긴 와인을 단숨에 들이켜고는 잔을 내던졌다. 글라스는 바닥으로 내동댕이쳐져 산산조각이 났다.

깨져 흩어진 유리조각들을 보며 이철수가 낮은 소리로 말했다.

"이제부터 미 제국주의자 놈들에 대한 처절한 응징이 시작될 거요…. 그리고 우리 민족의 암울했던 시간도 종지부를 찍게 될 거요."

"이럴 수가…."

승연은 그 자리에 털썩 주저앉았다.

'아, 내가… 내가 결국 국가와 민족의 죄인이 되고 말았구나.'

승연은 고개를 들고 이철수를 향해 소리쳐 말했다.

"이보시오, 당신은 민족의 군사적 자주권을 위해 이걸 만든다고 하지 않았소? 나는 당신의 그 말을 믿고 도와준 거지, 미국과 전쟁을 하라고 해준 게 아니오."

그러자 이철수가 박사를 응시하며 나직이 말했다.

"이제 모든 건 끝났소. 박사는 우리에게 힘을 안겨준 거요. 그러나… 김정은 제1국방위원장 동지께서는 박사 당신이 그 행동에 상응하는 대가를 치르게 하라고 지시하셨소."

"뭐요?"

"전승연 박사 당신은 우리에게 「광명성 3호」를 완성해 안겨주지 않았소? 그건 매우 영웅적인 행동이었소. 후후…. 그러나 당신은 남조선을 배신했소. 우리의 영웅인 동시에 당신은 배신자인 거요. … 우리가 당신의 심중을 모를 줄 아시오? 아니, 그건 박사 자신이 더 잘 알고 있지 않소? 그러니… 당신은 조국을 배신한 대가를 먼저 치러야 할 거요."

"뭐라고? 난 나라를 배신할 생각은 조금도 없었소. 난 그저 풍전등화의 위기에 처한 내 나라를 구하려고 했을 뿐이오."

"누구도 스스로를 배신자라고 말하지 않소. 자, 이제부터 전승연 박사 당신은 죄수번호 211호요. 당신은 배신의 대가로 죽는 날까지 강제 수용소에서 211호 죄수로 노역을 하며 살아가게 될 거요."

"211호 죄수?"

승연은 문득 자신이 입고 있는 옷을 내려다보았다. 그것은 '211'이라 는 번호의 명찰이 붙은 제복이었다.

"뭐라고? 그, 그렇다면 이 옷이⋯."

전승연 박사가 다시 이철수를 보자, 그가 눈빛을 번뜩이며 말했다.

"그렇소. 그것은 당신의 죄수복이었소. 어떻소. 참으로 드라마틱하 지 않소? 예정된 죄수복을 미리 입은 채 그대로 죄인이 된다는 사실이."

"아, 아냐⋯. 난 조국을 배신할 생각은 추호도 없었단 말이오. 믿어 주시오. 제발⋯."

승연은 애원하듯 소리 쳤다. 그러자 이철수가 고함치듯 말했다.

"박사의 손에 의해 마침내 우리의 위대한 광명성 3호가 완성되었소. 이보다 더 명백한 증거가 어디 있단 말이오? 당신이 아니었다면 광명성 3호가 어떻게 빛을 볼 수 있었겠소?"

"아, 이럴 수가⋯."

"이 배신자를 수용소로 데려가라."

이철수가 명령하자 27호와 28호가 다가와 그의 양팔을 잡았다.

"안 돼! 이거 놔."

승연은 몸부림쳤으나 양쪽에서 팔을 잡은 힘이 너무 강해서 꼼짝도 할 수 없었다. 승연이 그들에게서 벗어나려고 안간힘을 쓰면서 이철수 를 다시 바라보았다. 그런데 거기에는 최인규가 있었다.

"아니! 인규! 인규 아닌가? 여긴… 어떻게 온 거야?"

승연이 놀라 소리쳤다.

"선배….."

최인규가 힘없는 목소리로 그를 불렀다.

"인규, 뭐라 말 좀 해주게. 난…, 난 조국을 배신할 생각은 조금도 없었어. 자네도 알지 않는가?"

승연이 절규하듯 말하자 최인규는 승연을 똑바로 보지 않고 말했다.

"하지만 … 선배가 광명성 3호 핵탄두 미사일을 완성했다는 건 이제 누구도 부정할 수 없는 사실이에요."

"아냐, 그렇지 않아. 난 분명히 그 노즐에 오류가 생기도록 해놓았어. 그 유도탄은 절대 성공할 리 없어. 반드시 불발된다고."

승연은 숨이 넘어갈 듯 소리쳤다.

"이젠 돌이킬 수 없어요, 선배. 광명성 3호는 이미 완성되어 발사준비까지 마쳤어요."

최인규가 고개를 떨어뜨린 채 말했다.

"아냐, 뭔가 잘못됐어. 분명히 누군가 꾸며낸 함정이야. 그럴 리가 없어."

승연은 잡혀 있는 두 팔에 힘을 주어 손을 내저으며 말했다. 그때 최인규의 뒤쪽으로 또 한 사람이 서 있는 것이 보였다. 자세히 보니 그 사람은 아내 미혜였다.

"아니 여보, 당신이 어떻게 여기 와 있단 말이오? 어떻게 여길…."

승연이 몸을 비틀며 말했다.

"아니, 그렇다면…."

그는 고개를 옆으로 돌리며 소리쳤다.

"이 나쁜 자식들…, 내 아내까지 납치하다니."

그는 미혜를 바라보았다. 미혜는 눈물을 흘리며 힘없이 돌아서서 그에게서 멀어져 갔다.

'여보, 아냐, 난 배신자가 아냐. 이건 함정이야. 내가 이자들에게 속은 거라고.'

승연은 이렇게 말하려 했으나, 어떻게 된 일인지 목소리가 나오지 않았다. 그는 소리를 내려 안간힘을 썼다.

"아냐, 아니라고…!"

승연이 소리치며 잠에서 깨어났다.

"무슨 일이십니까?"

그의 뒤에 앉아 있던 26호가 놀란 듯 물었다.

"……."

승연은 의자에서 몸을 일으켜 주변을 둘러보았다. 선실에는 26호와 27호, 28호가 앉아 있었다.

"……."

"꿈을 꾸셨나보군요."

승연의 옆에 앉은 27호가 말했다.

"그, 그런가 보오."

멋쩍어진 승연이 작은 소리로 대답을 하며, 자신의 양팔을 보았다. 아무도 그의 팔을 잡고 있지 않았다. 그는 '211'이라고 쓰여 있는 자신의 명찰을 내려다보았다. 꿈에서는 이것이 자신의 죄수번호가 아니었던가.

'나는 지금 정말로 옳은 일을 하고 있는 걸까? 공연한 영웅심리로 국가와 민족 앞에 죄를 짓고 있는 건 아닐까? 이 옷이 … 정말 이대로 죄수복이 되는 건 아닐까? 만약 내가 바꿔놓은 노즐이 정상으로 작동해서 이자들이 가공할 무기를 가지게 된다면…, 나는 정말로 돌이킬 수 없는 죄인이 되는 거다.'

이때 스피커에서 함장의 명령이 들려왔다.

"함장이다. 스노클 닫고 잠망경 심도로 잠수한다. 전원 명령 대기."

이어서 잠수함이 서서히 내려가기 시작했다.

"어떻게 된 거요?"

승연이 27호에게 물었다.

"약 한 시간가량 부상해서 함 내를 환기시키고, 기기점검과 아울러 기관가동에 필요한 공기를 보충했습니다."

27호가 대답했다.

"그럼 이제… 작전으로 들어가는 거요?"

"이미 작전상황 중입니다."

"작전상황?"

"지금은 발사명령 대기 중입니다."

"발사명령 대기? 그럼 언제 발사하는 거요?"

"지시를 기다려야 합니다."

"……"

37. 카프리스

"내가 전승연 박사의 목소리를 듣고 달려왔을 때, 이미 그의 모습은 보이지 않았소."

최인규는 검은색 승용차가 출발했던 주차장의 앞길에서 설명하고 있었다. 그의 뒤쪽에는 미혜와, 강동우 서기관의 후임으로 온 마이클 장 서기관이 함께 서 있었다.

그들 일행은 이준우 형사와 정준 형사, 국정원 외사과 과장과 강명헌 경위, 그리고 인터폴에서 나온 미국인 수사관 세 사람과 그들이 대동한 통역 등 여러 사람들에게 둘러싸여 있었다.

최인규가 설명하는 동안 인터폴 수사관들은 그들이 가져온 보고서를 대조해가며, 계측기로 거리를 측정해 내용에 추가하거나 고쳐 적었다. 국정원 형사들 역시 인규가 진술한 조서내용을 다시 확인하고 있었다.

"결국 전승연 박사가 차에 타는 장면을 직접 본 것은 아니군요?"

이마에 주름이 많고 코가 큰 인터폴 수사관이 물었다.

"그렇소."

최인규가 대답했다.

"그렇다면 실질적으로, 전승연 박사가 바로 그 차에 태워져 납치되었다고 단정할 만한 결정적 증거는 없는 거 아닙니까?"

인터폴 수사관이 재차 물었다.

"……."

"혹시 그 차의 모델이나 메이커를 기억할 수 있습니까?"

다른 젊은 인터폴 수사관이 최인규에게 물었다.

"글쎄올시다. 그 상황에서는 차종을 확인할 여유는 없었소. 다만 검은색 차체에 유리도 어두운 색이었다는 것밖에는…."

인규가 자신 없는 말투로 대답했다.

"차의 번호판은 봤습니까?"

젊은 인터폴 수사관이 물었다.

"아니오. 그것도 확인하지 못했소. 그때는 사실 그런 생각을 할 겨를이 없었소."

"차체의 특징 같은 거라든지, 아니면 생각나는 다른 특징은 없습니까?"

이마에 주름이 많은 인터폴 수사관이 다시 물었다.

"특징이라…, 전에 미국 경찰에서 진술할 때도 이야기하기는 했었지만, 차체는 상당히 컸던 것 같소. 앞뒤 유리도 경사가 크게 져 있던 것 같고."

"사진을 보면 그 차를 구분할 수 있겠습니까?"

"글쎄, 알 수 있을 것도 같긴 하오만…."

인규는 이번에도 약간 자신 없는 투로 대답했다. 그러자 젊은 인터폴 수사관이 미리 준비해 온 승용차들의 사진이 든 바인더를 꺼내 인규에게 펼쳐 보여주며 말했다.

"이 사진들을 보시겠습니까? 박사님이 한 달 전에 진술했던 내용들을 토대로 해서 차체가 넓고 크며, 유리창이 많이 누운 차를 몇 개 골라 왔습니다."

사람들의 시선이 모두 그 바인더로 모아졌다. 인규는 바인더를 넘기면서 사진들을 살펴보았다. 그것은 승용차의 앞, 뒤, 그리고 옆모습의 사진을 모아놓은 것이었다. 사진 속의 차들은 비슷한 크기로 보였으나, 모양은 조금씩 다른 것이었다.

　그의 기억으로는 달려가는 차의 뒷모습에서 커다랗고 사각형 형태로 보이는 빨간색 브레이크 등이 한쪽에 한 개씩 있었다.

　"이 사진들 중에는 내가 본 차가 없는 것 같소."

　"왜 그렇게 생각하십니까?"

　"모르겠소…. 사실 그날 봤던 차는 뒷모습에서 트렁크 뚜껑 가운데에 금빛 마크가 붙어 있던 것 같은데, 지금 이 사진들에는 뒤에 그런 게 붙은 차는 없소."

　"금빛 마크라고요?"

　주름 많은 인터폴 수사관이 물었다.

　"금빛 십자가처럼 생긴… 마크, 아! 그렇지. 쉐보레(Chevrolet) 마크 같았소."

　"쉐보레요?"

　강명헌 경위가 눈을 크게 뜨며 물었다.

　"물론 100% 장담할 순 없지만, 쉐보레 같았소. 한국에서도 많이 봤던 거요."

　"그렇다면 쉐비 차들 중에서 찾아보면 되겠군요."

　젊은 인터폴 수사관의 말에 강명헌 경위가 더듬으며 되물었다.

　"쉐, 쉐비?"

　"미국에서는 쉐보레를 쉐비라고 줄여서 말합니다."

　젊은 인터폴 수사관이 설명하고는, 사진을 몇 장을 넘겨서 다시 최인규 박사에게 보여주며 물었다. 그가 보여주는 사진은 승용차의 앞모습이었다.

　"이 찹니까?"

"앞모습을 못 봤으니, 이걸로는 그 차가 맞는지는 모르겠소. 혹시 이 차의 뒷모습 사진이 있소?"

최인규의 물음에 젊은 인터폴 수사관이 바인더의 사진들 속에서 그 차의 뒷모습을 찾아 다시 내밀었다. 그렇지만 사진을 본 최인규는 고개를 가로저었다.

"이 차는 아닌 것 같소. 내가 본 뒷모습에는 분명히 쉐보레, 그러니까 쉐비? 그 마크가 가운데에 붙어있고, 네모난 브레이크등이 달려 있었는데, 지금 이 차는 동그란 브레이크등이 두 개씩 있지 않소? 뒷모습이 전혀 다릅니다."

그의 말대로 차의 뒤에는 빨간색 동그란 램프가 네 개 붙어 있었다.

"……."

잠시 생각하던 젊은 인터폴 수사관이 자신의 가방에서 태블릿 PC를 꺼내 인터넷에 접속했다. 그리고는 자동차 사진을 검색하기 시작했다.

"최 박사님의 말씀대로라면, 차종은 분명히 쉐비에서 나온 차로 좁힐 수 있을 것입니다. 쉐비에서 나오는 풀사이즈 카, 즉 대형 승용차는 카프리스(Caprice)나 임팔라(Impala)입니다. 제가 보여드린 원형 램프가 달린 모델은 쉐비 임팔라지만, 2009년에 나온 겁니다. 최 박사님께서 보신 것은 어쩌면 최신형 모델일 수도 있습니다."

수사관이 인터넷 사이트에서 사진 하나를 찾아서 인규에게 보여주며 물었다.

"이 차의 뒷모습이 박사께서 보셨던 차와 비슷합니까?"

젊은 수사관이 보여주는 차의 뒷모습은 트렁크 뚜껑의 가운데에 금빛 쉐비 마크가 붙어있고, 양쪽으로 사각형의 빨간색 테일 램프가 하나씩 달려 있었다.

"맞는 것 같소."

사진을 본 최인규의 말에 젊은 인터폴 수사관이 말했다.

"이건 쉐비 카프리스 2015년형 모델입니다."

"아니, 2015년형 모델이 벌써 나왔단 말이오?"

최인규가 되물었다.

"네, 미국에서는 메이커별로 연식 변경모델이 대개 10월경에 나오는데, 어쩌다가 그 시기를 놓쳐서 그 다음 봄에 나오기도 합니다. 그런데 그럴 때는 한 해를 더 건너뛴 연식을 붙이기도 합니다. 이 차의 경우가 그런 케이스로, 2015년 형으로 나온 모델이고, 지난달부터 시판되기 시작했습니다. 그런데 만약 정말 이 차가 맞는다면, 납치범들이 이제 막 출시되기 시작한 최신형 차로 범행을 저질렀다는 건데…, 그건 조금 이상합니다."

"왜 그렇소?"

이번에는 국정원 수사반 반장이 젊은 인터폴 수사관에게 물었다.

"최신형 차량은 판매기록을 조회해도 쉽게 발견될뿐더러, 거리에서도 눈에 잘 띄기 때문에 범행에는 오히려 불리합니다. 게다가 이 정도의 최신형 차량은 아직 렌터카도 없습니다. 그리고 유리창이 검은색으로 돼 있었다고 하셨는데, 렌터카들은 그렇게 하지 않습니다. 아주 고급의 리무진 렌터카라면 모를까요."

젊은 인터폴 수사관이 설명했다.

"혹시 그 차의 차체에 다른 색깔이나 글씨, 또는 무늬 같은 건 없었습니까?"

다른 인터폴 수사관이 최인규에게 물었다.

"글쎄, 다른 건 기억나는 게 없소."

"… 대개의 납치범들은 차적 조회를 피하려고 훔친 차를 이용하는 게 보통인데, 그렇다면 2015년형 카프리스의 도난차량이 신고된 게 있는지 알아봐야겠습니다."

주름 많은 인터폴 수사관이 말했다.

"그러나 그건 한 달도 더 전의 일이지 않소?"

최인규가 그에게 물었다.

"단서가 될 만한 건 일단 찾아봐야 합니다."

이번에는 젊은 인터폴 수사관이 말했다. 그리고 그는 자신들이 타고 온 차의 무전기로 최신형 카프리스의 도난신고가 있는지 확인해 줄 것을 본부에 요청했다.

"곧 결과를 알려주겠다고 했습니다."

젊은 인터폴 수사관이 말했다.

"자, 계속 진행합시다."

주름이 많은 인터폴 수사관이 말했다.

인규는 광장바닥을 살펴보았지만, 아무런 흔적도 남아있지 않았다.

"여기가 그때 차가 출발했던 곳인 것 같소."

인규가 바닥을 가리키며 말했다.

"여기라고요?"

인터폴 수사관이 물었다.

"그런 것 같소"

"차가 출발한 다음에는 어떻게 했습니까, 최 박사님?"

인터폴 수사관이 인규에게 물었다. 이런 현장검증을 한 달이 지난 지금에 와서야 비로소 하고 있다는 사실에 인규는 울화가 치밀었지만, 침착하게 대답했다.

"자동차가 출발한 방향으로 소리치며 차를 따라 달려갔소. 그렇지만 곧 자동차로 쫓아가야겠다고 생각하고, 우리가 렌트했던 차 쪽으로 가려고 돌아섰소."

인규는 서 있던 자리에서 돌아서는 동작을 해 보였다.

그는 계속해서 이야기했다.

"그런데 내가 돌아섰을 때, 이쪽 땅바닥에서 작은 배지 하나를 발견했소."

최인규는 한반도 모양의 배지가 떨어져 있던 위치를 손으로 가리키며 말했다.

"작은 배지?"

인터폴 수사관이 물었다. 그러자 국정원 수사반장도 반색하며 인규에게 물었다.

"배지라니, 그게 무슨 소리요?"

"아마도 전승연 박사를 차에 강제로 태우려 할 때, 몸싸움을 하면서 그자들의 옷에서 떨어진 거 같았소."

"그, 그럼 그 배지를 어떻게 하셨습니까?"

국정원 수사반장이 말을 더듬으며 물었다.

"그때 주워서 보관하고 있었소. 여기 있소."

인규는 투명 지퍼백에 든 한반도 모양의 배지를 자신의 주머니에서 꺼내 보였다. 강명헌 경위를 비롯한 국정원 수사팀 모두의 시선이 그 배지에 모아졌다.

인터폴 수사관이 최인규에게 물었다.

"그런데 최 박사께서는 왜 한 달 전에 진술할 때는 이것에 대해 언급하지 않으셨습니까?"

"그때는 당황하고 혼란스러워서, 이걸 주웠다는 사실을 미처 생각 못했었소."

"그럼 다시 생각난 게 언제입니까?"

인터폴 수사관이 물었다.

"여기에 현장검증을 하러 온다는 이야기를 듣고 나서 이것저것 생각 하다가 다시 생각이 났소."

"제가 그걸 좀 볼 수 있겠습니까?"

인터폴 수사관이 얇은 고무장갑을 꺼내 손에 끼면서 물었다.

"그러시오."

지퍼백에 담긴 배지를 손에 받아든 인터폴 수사관은 배지를 꺼내 한 동안 이리저리 살펴본 뒤, 다시 지퍼백에 넣으면서 인규에게 물었다.

"이 배지가 한반도 형태인 것이 맞습니까?"

"그렇소. 내가 알기로 이 배지는 일부의 북한 관공서 사람들이 달기 도 하는 걸로 알고 있소."

"그렇다면 박사님은 이 배지 때문에 이번 납치사건에 북한이 관련돼 있다고 생각하시는 겁니까?"

인터폴 수사관이 물었다.

"그렇소. 사실 나와 전승연 박사가 ….."

최인규는 학회에서 마주쳤던 자들에 대해 이야기하려다가 이내 입을 닫았다. 현재로서는 막연한 추측에 불과하기 때문이다.

배지를 들여다보던 인터폴 수사관이 최인규에게 말했다.

"이것은 이 사건의 참고자료로 우리 인터폴에서 보관하겠습니다."

그러자 국정원 수사반장이 날카롭게 말했다.

"아니, 그걸 왜 거기서 보관하겠다는 거요? 그건 우리가 보관해야 맞는 거지."

이에 인터폴 수사관이 말했다.

"여기는 우리 수사관할 지역이오."

"하지만… 그건 북한이 납치했다는 결정적인 증거물이 될 수도 있는 거요. 그러니 한국 국정원에서 그걸…."

국정원 수사반장이 볼멘소리로 말했다. 그러자 인터폴 수사관이 침착한 음성으로 말했다.

"그것은 아직까지 하나의 추측일 뿐입니다. 이것이 정말로 그날 납치범들에게서 떨어진 것인지를 확인할 수는 없지 않습니까?"

"최 박사께서 그날 현장에서 주우셨다고 했지 않소?"

국정원 수사반장이 말했다.

"물론 그렇습니다. 그렇기 때문에 정황을 보조하는 참고자료의 하나인 거지, 이게 결정적인 증거로 채택될 만큼의 근거는 없습니다."

인터폴 수사관이 차근차근 말했다.

"하, 하여튼… 우리 국정원에서는 현재로서는 그 배지를 가장 결정적인 증거로 볼 수밖에 없소. 그 배지는 오늘 현장검증을 통해서 밝혀진 새로운 증거요."

국정원 수사반장이 단정짓듯 말하자 인터폴 수사관이 다시 말했다.

"한국 국정원에서 그렇게 생각한다면 어쩔 수 없습니다만, 이 배지는 미국 영토 안에서 발견된 것이기 때문에, 기초조사를 위해서 우리가 보관하겠습니다."

"뭐… 그렇다면 그렇게 하시오. 그 대신 우리는 증거물로 그 배지의 사진을 찍어두겠소."

국정원 수사반장이 말했다. 그리고 그는 곁에 서 있던 이준우 형사에게 배지 앞면과 뒷면 모두를 촬영하게 했다.

사진촬영 후 인터폴 수사관은 배지를 다시 지퍼백에 담아 은빛 알루미늄 서류가방에 챙겨 넣었다. 이때 젊은 인터폴 수사관이 이마에 주름이 있는 인터폴 수사관에게 다가와서 귀엣말을 했다. 그는 젊은 수사관의 말을 들으며 고개를 끄덕이다가는 이유를 모르겠다는 표정을 짓고는, 젊은 수사관에게 다시 뭐라고 이야기를 했다.

그가 고개를 돌려 최인규에게 말했다.

"다행인지 불행인지 모르겠소만, 미시시피 주에서 도난차량으로 신고된 2015년형 카프리스는 없다고 합니다. 이제 막 출시된 차량이라 그럴 수도 있습니다. 그래서 좀더 범위를 확대해서 찾아보라고 했습니다."

"……."

현장검증이 끝난 후 국정원 수사반장은 미혜와 최인규에게 말했다.

"오늘 현장검증을 통해 최 박사님 덕분에 새로운 증거가 밝혀졌습니다. 이 사건이 북한의 소행이라는 게 더욱 명백해졌군요. 이제 확실한 증거가 확보되었으니, 사건의 해결에 속도가 붙을 걸로 믿습니다. 사실 전 박사님의 납치사건이 보통의 경우와 달라서 수사가 어려웠습니다만, 이제부터는 저희 국정원에서 한시라도 빨리 전 박사님을 모셔오기 위해 최선을 다하겠습니다. 여러 가지로 고초가 크시겠지만, 부디 저희를 믿고 조금만 더 기다려 주십시오."

수사반장은 나름대로 설명을 하고 있었지만, 최인규에게 그의 모습은 전승연 박사 납치 이후 한 달여의 시간이 흐르는 동안 자신들의 태만을 덮으려는 변명으로밖에 들리지 않았다. 최인규는 자조 섞인 숨을 내쉬며 고개만 짧게 끄덕였다.

38. 반달

승연은 자신의 꿈이 마음에 걸렸다.

'이철수가 류석영 원장과 똑같이 파란색 넥타이를 매고 있었다. 물론 꿈에 불과하지만, 혹시 류 원장이 이들의 미사일 개발에 관련되어 있는 건 아닐까?'

생각이 여기까지 이르자 이들의 발사체에 자신이 설계한 제어판이 사용되었던 것은 물론이고, 나아가 이들이 왜 자신을 납치했는지도 납득이 갔다. 게다가 승연을 미국으로 보낸 것은 류석영 원장이 아니던가. 승연의 미간에 주름이 잡혔다.

하지만 그가 아는 류석영 원장은 이들 집단과 너무나도 다른 인물이다. 승연은 이내 고개를 저으며 머릿속을 맴도는 파란 넥타이를 떨쳐버렸다.

'집사람은 무사할까? 혹시 이자들이 집사람까지 어떻게 한 건 아니겠지? 그리고 인규는… 한국으로 무사히 돌아갔을까? 혹시 인규도 지금 납치돼서 어딘가에 잡혀 있는 건 아닐까?… 만약 내가 살아서 한국으로 돌아간다면 지금 여기서 내가 이자들에게 해준 일들 … 내가 처해 있는 지금의 입장과, 이들의 미사일 개발을 막으려 했던 나의 의도를 한국 정부가 과연 얼마나 이해해줄까?'

승연의 머릿속은 좀더 현실적인 걱정들로 다시 가득 찼다. 그러나 여전히 꿈속의 일들이 뇌리에 맴돌았다. 그렇다, 만일 한국에 돌아갔을 때 내가 미사일 개발의 조력자라고 알려진다면…?

'노즐제어기는 외형상으로 정상이지만, 분명히 오류가 생기도록 해놨다. 그렇지만 그 미세한 차이로 발사체를 불발시키기에는 부족하지 않을까?'

예측할 수 없는 앞으로의 일들에 대한 불안감이 끝없이 밀려왔다.

잠수함이 전진하는 동안 승연은 모니터 앞 자신의 자리에 앉아있었다. 그런데 언제부터 와 있었는지 그의 옆에는 27호 대신 이철수가 다리를 꼬고 앉아 있었다.

이철수의 반짝거리는 군화의 코가 승연의 시야에 들어왔다.

한동안 아무 말 없이 앉아있던 이철수가 승연에게 조용히 물었다.

"박사, 혹시 「반달」이라는 노래를 아시오?"

"반달?"

승연이 이철수를 돌아보았다.

"사실…「반달」이라는 제목보다는 '푸른 하늘 은하수, 하얀 쪽배에'라는 가사가 더 많이 알려져 있긴 하오."

이철수가 천천히 말했다.

"아, 그 동요는 알고 있소."

승연은 이철수의 질문이 엉뚱하게 느껴졌다.

'이자가 왜 이런 걸 물을까?'

"이 동요를 누가 지었는지 아시오?"

이철수가 다시 승연에게 물었다.

"글쎄, 내가 알기론 윤극영이라는 분이지요."

"알고 계시는구료. 역시… 박사답소."

이철수가 얼굴에 옅은 미소를 띠며 말했다.

"이 노래를 만들게 된 사연도 알고 있소?"

이철수가 다시 물었다.

"글쎄, 그건 모르오."

승연은 경계하듯 굳은 표정이었지만, 이철수는 개의치 않고 말을 계속했다.

"아마 거의 대부분의 사람들이 그 사연을 모를 거요. 아니, 그 노래를 윤극영 선생이 지었다는 것조차도 모르는 사람이 많겠지요."

"……."

승연은 잠자코 있었다. 이철수의 이야기는 이어졌다.

"윤극영 선생에겐 자신보다 나이가 열 살이나 위인 누님이 한 분 계셨는데, 그 누님이 세상을 떠난 후 선생은 슬픔에 빠져 있다가 「반달」을 작곡하게 됐다고 하오. 사실 1920년대에 이 노래 「반달」이 나오기 전까지 순수한 우리의 노래는 없었다고 하오. 그래서 이 노래는 일본에게 나라를 빼앗기고 슬픔에 잠겨있던 우리 민족의 마음속에 파고들었던 거요."

"……."

"돛대도 없고, 삿대도 없이 정처 없이 흘러가는 하얀 쪽배…, 그 노래는 당시 주권을 잃은 우리 민족의 슬픈 모습처럼 들렸을 거요. 나라도 없이 간도와 중국으로 유랑하는 우리 민족의 외로운 모습이었다고나 할까, 그래서 사람들은 이 노래로 현실의 쓰리고 아픈 마음을 달랬다고 하오."

이철수는 승연을 한 번 바라보고는 다시 시선을 앞으로 돌리고 이야기를 이어나갔다.

"이 노래에 얽힌 일화가 있소."

"일화?"

"윤극영 선생이 만주에 머무르고 있을 때, 아시아지역에 일본문화를 선전하고 다니는 일본 공연단이 왔는데, 거기 있던 일본 가수 하나가 「반달」을 부르고 난 뒤에 이 노래를 일본인이 작곡했다고 설명을 하니까, 그 자리에 있던 윤극영 선생과 동료들이 그 가수에게 항의를 했다고 하오. 나중에 그 일본인 가수가 몰래 윤극영 선생의 집으로 찾아와 '노래의 작곡자가 여기에 계신 줄은 꿈에도 몰랐다'며 사과를 했다고 하지요."

이철수는 통쾌하다는 표정을 지으며 이야기했다. 그의 이야기를 들으며 승연은 그에 대한 궁금증이 더 커져가고 있었다.

'이자는 정말 알 수 없는 자다. 북한의 간부급 공작원이라고 하기에는 뭔가 좀 다른 구석이 있다. … 게다가 이자가 지금 내게 이런 이야기를 하는 이유는 뭘까?'

이철수가 다시 이야기했다.

"푸른 하늘 은하수 …, 우리가 「푸른하늘」이란 이름을 쓰게 된 것도 바로 이 노래 「반달」의 의미를 이어받고 싶었기 때문이오."

"아, 그런 거였소?"

승연이 반응을 보이자, 이철수가 승연 쪽을 쳐다보며 고개를 끄덕이며 말했다.

"그렇소. 푸른 하늘과 은하수, 그게 바로 우리가 존재하는 이유요."

이철수의 음성은 확신에 차 있었고 그의 눈에는 자신이 넘쳤다. 그런

252

그의 눈빛에 승연은 흠칫 머리칼이 곤두섰다.

'푸른 하늘과 은하수가 자신들의 존재하는 이유라고?'

승연에게 문득 하나의 생각이 스쳤다.

'은하수?… 북한이 대포동 미사일과 광명성 위성발사 때 쓴 발사체 이름이 은하 1호와 은하 2호가 아니었던가? 혹시 이자는 지금 그걸 말하고 있는 건가?'

승연은 짐짓 무표정한 얼굴로 앉아 있었지만, 그의 궁금증은 깊어가고 있었다.

잠수함이 움직이기 시작한 뒤 상당히 긴 시간이 지났다. 이철수는 승연이 있는 IP실과 함장이 있는 사령실을 오가고 있었다. 간간이 인터폰을 통해 함장의 목소리가 들려왔다.

승연은 26호 일행과 IP실에만 계속 머물고 있는데다가, 처음 타 본 잠수함이었기에 적응하는 것이 쉽지 않았다. 파도의 영향을 직접 받는 흔들림은 없었지만, 허공에 떠있는 느낌이 그를 거북하게 만들었다. 거기에 잠수함의 답답한 실내공기까지 그를 괴롭히고 있었다.

26호가 이철수의 지시를 받았는지 승연에게 다가와 설명했다.

"앞으로 목적지까지는 스무 시간 정도 더 가야 합니다."

"스무 시간?"

"현재 20노트로 잠항 중입니다. 이 속도는 잠수상태에서 낼 수 있는 안전 최고속도입니다."

'앞으로 스무 시간…. 그럼 대체 어디로 가는 걸까?'

승연은 궁금했다. 그의 안색을 살피던 26호가 말했다.

"이번 작전은 72시간 이내에 상황이 끝나는 단기작전입니다. 잠수함은 보통 한번 출항하면 짧아도 몇 주, 길게는 몇 달 이상 바다에 머물러 있습니다. 하지만 오늘은 박사님이 동행하시기 때문에, 일정도 최대한 짧게 잡았고, 여군 조리병도 승선시켰습니다."

"여군 조리병?"

"박사님의 식사준비를 위한 OP의 특별지시입니다."

"단기작전이라고 하지 않았소?"

"하지만 72시간이면, 최소한 아홉 끼의 식사를 하셔야 합니다. 더구나 박사님은 잠수함 승선이 처음이실 것이기 때문에, 보다 효과적인 적응을 위해 OP께서 특별히 배려하신 것입니다."

"고맙다고 전해 주시오."

승연은 탄식 섞인 숨을 내쉬며 의례적으로 말했다.

'고양이가 쥐 생각해 주는 셈이로군.'

식사 이야기 때문인지, 승연은 시장기를 느꼈다. 출발한 뒤로 지금까지 아무것도 먹지 않았으니, 배가 고플 때도 된 것이다. 26호도 승연의 생각을 눈치 챘는지 손목시계를 보고 난 뒤 말했다.

"곧 식사가 올 것입니다."

"식사가 온다고?"

"이 잠수함의 다른 승조원들은 사령실 뒤쪽의 식당에서 교대로 식사를 하지만, 저희와 박사님은 여기로 가져다주는 식사를 하도록 되어 있습니다."

"……."

그때 마침 선실 문을 노크하는 소리와 함께 여성의 음성이 들려왔다.

"식사를 가져왔습니다."

문 가까이에 앉아있던 28호가 선실 문을 열고 문 밖에 서 있던 여군으로부터 식판이 층층이 쌓인 쟁반을 전해 받으며, 반가운 말투로 기다렸다는 듯이 말했다.

　"고맙소, 임정희 소위."

　"……."

　순간 다른 쪽에 있던 26호의 표정이 굳어졌다. 식판을 받은 28호는 잠시 머뭇거리다가 다시 말했다.

　"아, 수고했소, 24호…."

　승연은 잠시 분위기를 살폈다.

　'임정희 소위? 이름을 부르고 게다가 계급까지…?'

　선실 문이 다시 닫히고, 28호가 아무 말 없이 쟁반을 선실 중앙 콘솔 위에 올려놓았다. 쟁반은 세 층으로 나누어져 있었고, 각 층에는 식판이 놓여있었다.

　"박사님, 시장하실 텐데 식사하시죠."

　26호가 그의 앞에 식판을 내려놓으며 말했다.

　"그럽시다. …"

　승연이 숟가락을 들자 26호와 다른 대원들도 식사를 시작했다.

　"식사가 입맛에 맞으십니까?"

　"아, … 좋소. 훌륭하오."

　승연의 옆에서 식사를 하던 26호의 갑작스런 질문에 승연이 적당히 대답했다.

　"다행이군요. OP께 그렇게 보고하겠습니다."

　식사가 끝나고 28호가 식판을 수거해 가지고 나가자, 26호가 그 뒤를 따라 나섰다. 선실에 남은 27호는 아무 말 없이 승연의 옆에 앉아 계기패널을 들여다보고 있었다.

39. 마이클 장

현장검증을 마친 뒤, 인규와 미혜 두 사람은 휴스턴 주재 한국 영사관을 방문하도록 일정이 잡혀 있었다. 그래서 인규는 영사관에 가면 강 서기관이 파리로 떠나기 전까지 진행하던 일의 결과를 알 수 있으리라는 기대를 가지고 있었다.

그러나 인규는 미국에 와서 강동우 서기관의 후임으로 왔다는 마이클 장 서기관을 만난 이후, 강동우 서기관이 조사하던 케네스 박에 대해 묻지 못했다. 후임인 마이클 장 서기관이 강 서기관이 하던 일에 대해서는 단 한마디도 언급하지 않았기 때문에, 왠지 그에게 그 일들에 대해 물어서는 안 될 것같이 느껴졌던 것이다.

마이클 장 서기관은 영어 억양이 강한 한국어를 썼는데, 이름으로 짐작해 보건대 그는 한국인 1.5세인 듯했다. 영사관이 있는 휴스턴에 도착해 공항 로비를 나서며 마이클 장 서기관이 말했다.

"두 분을 영사관까지 모시고 갈 차를 주차장에 세워놓았으니, 여기에서 잠깐 기다리시면 차를 가져오겠습니다."

"아니오. 그럴 것 없소. 같이 주차장으로 갑시다."

최인규가 말했다. 그러자 마이클 장 서기관이 미혜를 보며 물었다.

"괜찮으시겠습니까?"

"네, 저도 괜찮아요. 그냥 같이 가시죠."

"알겠습니다. 그렇게 하겠습니다. 고맙습니다."

그들은 공항 로비를 나와 건물 앞쪽 길 건너편에 있는 주차빌딩으로
갔다. 주차빌딩의 계단을 올라 3층에 주차되어 있는 승용차 쪽으로 다
가갔다. 검은색 차체에 검은 유리창이 끼워진 승용차였다.

"차 안이 좀 지저분하더라도 이해해 주십시오. 영사관 업무용 찬데,
출고된 지 얼마 안 됐는데도 여럿이 쓰면서 실내청소를 자주 하지 않아
서 그다지 깨끗하지 않습니다."

마이클 장 서기관이 그들의 가방을 트렁크에 실어주며 붙임성 있게
말했다. 가방을 넣고 트렁크를 닫자 자동차 트렁크 뚜껑에 붙어있는 금
빛 쉐보레 마크가 최인규의 눈에 들어왔다. 마이클 장 서기관이 운전석
쪽으로 가서 문을 열며 말했다.

"타시죠."

차 안에 앉은 인규가 장 서기관에게 물었다.

"차는 지저분하지 않은데요. 이건 무슨 찹니까?"

"이 차는 최신형 카프리스 … 입니다. 영사관에서 업무용으로 쓰던 5
년된 구형 카프리스를 처분하고 새로 구입한 겁니다. 바닥청소라도 했
어야 하는데 그러질 못했습니다. 죄송합니다."

장 서기관이 주차빌딩에서 차를 능숙하게 몰고 나가며 말했다.

"아니 괜찮습니다. 그럼… 혹시 이게 그 인터폴 수사관이 보여준 차
와 똑같은 모델인가요?"

최인규가 물었다.

"네? 인터폴 … 수사관요?"

장 서기관은 인규의 말을 듣고 잠시 무엇인가를 생각하더니 말을 이

었다.

"네…, 그리고 보니 그렇군요. 하지만 이건, 영사관 업무용 찹니다."

대답하는 서기관의 표정에서 당황한 듯한 기색을 읽은 인규가 다시 확인하듯 물었다.

"이 차가 휴스턴 한국 영사관의 차라는 거지요?"

"네, 그렇습니다."

대답을 한 마이클 장 서기관은 한동안 아무 말 없이 운전을 했다. 세 사람이 탄 차 안에는 어색한 분위기가 이어졌다.

그들이 영사관에 도착하자, 그곳 주재 영사가 나와 미혜와 인규 두 사람을 맞이했다. 영사는 두 사람에게 전승연 박사의 수사진행을 위해 협력하겠다는 약속을 했다. 영사는 손님맞이에 이골이 난 듯했다. 그는 마치 녹음을 해놓은 것을 틀어서 돌리듯 감정 없이 기계적으로 인사말을 하고 그들을 응대했다.

최인규는 영사가 파리로 전보된 강동우 서기관에 대한 이야기를 할 것으로 기대했지만, 영사는 그에 대해서는 한마디도 언급하지 않았다. 그는 마치 마이클 장 서기관이 계속 여기 근무해왔던 것처럼 행동했다.

다음날 인규와 미혜 두 사람은 귀국길에 올랐고, 영사관에서는 그들을 공항까지 태워주었다. 그날 마이클 장 서기관은 영사관의 업무용 차로 한국차인 기아 옵티마를 몰고 왔다.

"오늘은 다른 차군요."

차를 본 최인규가 서기관에게 말을 걸었다.

"아. 네, 카프리스는 아침에 다른 직원이 몰고 출장갔습니다. 어제도 말씀드렸다시피, 업무용 차라서 그날그날 필요에 따라 이 사람 저 사람이 쓰게 됩니다."

"… 그렇군요."

"그 대신 오늘 모셔다 드리는 이 차는 최신형 국산차인 데다가, 출고된 지 며칠 안 된 진짜 깨끗한 새 찹니다."

"……."

VIII 전도 顚倒

40. 참수리

선실 스피커에서 갑작스런 함장의 명령이 들려왔다.

"잠항중지. 모든 기관정지. 수평유지."

잠수함이 항진을 멈추었다. 뒤이어 항해사의 목소리가 들려왔다.

"010 방향 전방 700미터에 선박 출현."

다시 함장이 명령했다.

"잠망경 심도로 상승."

스피커를 통해 함장의 명령을 복창하는 소리가 들려오고, 이어서 밸러스트실*에 공기를 채우는 소리가 들리면서 잠수함이 천천히 상승하기 시작했다. 그런데 '쉬익', 하고 공기를 채우는 소리가 승연에게는 왠지 모르게 음산하게 느껴졌다.

함장의 명령이 이어졌다.

---

* **밸러스트(ballast):** 선체(船體)의 안정을 유지하기 위해 배의 바닥에 싣는 물이나 모래 따위의 중량물을 의미한다. 잠수함에서는 여기에 물과 공기를 바꿔 넣음으로써 잠수와 부상(浮上)과 같은 심도변화 기동을 하게 된다.

"잠망경 상승."

잠망경이 올라가는 작동음이 마치 아주 먼 곳에서 일어나는 일처럼 작게 들려왔다. 그리고 무거운 고요가 한동안 이어졌다.

그런데 별안간 함장의 다급한 명령이 들려왔다.

"잠망경 하강. 20미터 심도로 잠수. 초계함이 우리 쪽으로 다가오고 있다."

잠망경 내려오는 소리와 함께 잠수함이 하강하기 시작했다. 밸러스트실에 다시 물 차오르는 소리가 들리면서 마치 엘리베이터가 하강하는 느낌으로 선체가 천천히 내려갔다. 이어서 함장이 낮은 음성으로 명령했다.

"전원, 절대 정숙."

승연이 있는 IP실에는 그를 비롯한 26, 27, 28호, 그리고 이철수까지 다섯 사람이 하나같이 숨을 죽이고 미동도 없이 앉아있었다. 잠수함 전체에는 마치 끊겨져 나갈 것 같은 고요와 긴장이 감돌았다.

잠수함의 위쪽에서는 선박의 스크루가 물살을 일으키는 소리가 점점 커지다가 다시 작아져가고 있었다.

쓰쓰쓰쓰쓰쓰쓰쓰쓰쓰…

스크루 회전음이 멀어져 거의 들리지 않게 되자 스피커를 통해 함장의 명령이 들려왔다.

"전원 원상복귀."

함장의 명령에 잠수함 전체를 가득 채우고 있던 긴장이 마치 풍선에서 공기가 빠져나가듯이 일시에 풀렸다. 승연은 자신도 모르게 '후~'하고 안도의 한숨을 쉬었다.

이때 IP실의 문이 열리고 함장이 들어왔다.

"무슨 배였소?"

문을 열고 들어오는 함장에게 이철수가 물었다.

"참수리 연안 초계함이오."

"참 … 수리?"

함장의 말을 들은 승연이 혼잣말하듯 되뇌자 함장이 낮은 음성으로 대답했다.

"참수리는 한국 해군에서 연안과 항만을 순찰하는 중형 고속정이오."

'한국 해군 초계함이 활동하고 있는 지역이라면, 여긴 분명 한반도 근해일 것이다. … 26호는 이 잠수함이 20노트의 속도로 간다고 했다. 20노트… 그럼 어림잡아 시속 30킬로미터 정도의 속력이다. 그런데 그 속도로 스무 시간 가량을 간다면… 600킬로미터. 만약 북한쪽 서해에서 출발해서 600킬로미터 정도의 거리를 남하했다면… 거의 동중국해에 다가간 근처쯤의 위치로 간다는 건데. … 그런데 지금 남한의 초계함이 있다면 ….'

전승연 박사가 잠수함의 위치를 추리해내려고 애쓰고 있을 때, 함장이 인터폰에 대고 명령했다.

"순항심도로 상승. 순항속도로 전진."

잠수함이 상승하면서 추진기 돌아가는 소리가 다시 들려오기 시작했다.

41. 창성상사

현장검증을 마치고 한국으로 돌아온 인규는 자신이 한반도 모양의 배지를 가지고 있다는 것을 좀더 일찍 생각해내지 못한 것이 아쉬웠다.

'내가 그 배지를 국정원에게 먼저 줬더라면, 수사가 좀더 탄력을 받았을지도 모를 일이다. 하지만 이젠 인터폴의 수중으로 넘어갔으니, 우리나라에서의 수사는 오히려 더 어렵게 된 건 아닐까 …?'

한편으로 후회가 밀려왔다.

'너무 생각 없이 행동했군. 차라리 현장검증을 가기 전에 국정원에 미리 연락해서 그걸 알려줬어야 하는 건데. … 그러면 좀더 조사를 해볼 수 있었을지도 모른다.'

그는 국정원에서 받아온 배지사진을 꺼내 살펴보았다. 그것은 현장검증 때 이준우 형사가 인터폴에게 넘겨주기 전에 촬영했던 배지의 앞면과 뒷면의 컬러사진이었다.

사진 속의 배지는 엄지손톱 크기의 한반도 모양으로, 사진 찍을 때 배지의 크기를 가늠하기 위해 옆에 담뱃갑을 놓고 찍었었다.

배지의 뒷면을 찍은 사진에는 뾰족한 핀이 납땜되어 있는 것이 보였다. 그런데 사진을 자세히 보니, 납땜 된 핀의 아래쪽에 깨알 같은 글씨가 새겨져 있었다. 사실 그는 자신의 양복 주머니 속에 들어있던 배지를 다시 발견했을 때에도 배지 뒷면에는 전혀 신경을 쓰지 않았었다. 그런데 사진을 통해 자세히 보게 된 배지 뒷면에는, 선명히 글씨가 새겨져 있었다. 인규는 사진을 눈앞으로 가까이 가져와 그 글씨를 들여다보았다. 그것은 몇 개의 숫자들이었다.

02-3121-2549

그 숫자는 마치 암호처럼 보였다. 그런데 다시 보니, 한편으로 서울 지역의 전화번호처럼 보이기도 했다. 그렇지만 북한에서 만든 배지에 서울의 전화번호가 찍혀 있을 리는 없다. 하지만….

"만약에 정말로 전화번호라면 분명 서울이겠지. 네 자리 국번은 아직은 서울밖에는 없으니…."

인규는 그 번호로 전화를 걸어봐야겠다는 생각이 들었다.

"누군가 전활 받으면 뭐라고 물어봐야 되지?"

그는 무언가에 이끌리듯 전화기를 들어 우선 번호대로 다이얼을 눌렀다. 신호가 가고 잠시 후 젊은 여성의 목소리가 들렸다.

"감사합니다. 창성상사입니다."

"……."

어느 회사의 사무실임이 분명했다. 그런데 다짜고짜 한반도 모양의 배지를 보고 전화를 걸었다고 말할 수는 없지 않은가?

"무슨 일이시죠?"

전화 속 여성이 물었다. 인규는 잠시 망설이다가 최대한 아무렇지도 않게 대답했다.

"네, 배지 뒷면에 있는 번호를 보고 걸었습니다만."

"배지 주문하시게요?"

"실례합니다만, 배지를 만드시나요?"

"네, 저희는 배지, 상패, 트로피, 기타 판촉물 일체를 취급합니다."

"네에…."

"아마 원하시는 제품은 거의 다 저희한테 있을 거예요."

"그러면 어떤 모양의 배지든지 다 만들 수 있습니까?"

"물론이죠, 시간만 촉박하지 않다면요. 완전히 새로 도안해서 만드는 건 기성품보다는 시간이 좀더 걸리거든요."

"그럼 혹시 한반도 모양의 배지 같은 것도 만듭니까?"

"한반도 모양의 배지요? 우리나라 지도모양 배지를 말씀하시는 거죠? 물론이죠. 저희가 박물관 같은 데서 전시용 소품도 주문받아 납품하기도 했거든요. 연극하시는 분들이 소품으로 그런 배지를 찾기도 하고요."

"그렇습니까?"

"네, 그렇지만 수사기관 같은 데서 오해하는 경우도 있어요."

"수사기관요?"

"네, 간첩 수사하는 곳요."

"그럼 혹시 수사기관에서는 그런 물건 만드는 걸 금지시킵니까?"

"아뇨, 그런 건 아니고, 왜 만드느냐고 물어보기는 하더라구요. 근데 박물관 같은 데서 진품 대신에 전시할 걸로 몇 개 주문하는 일도 있었어요."

"그렇군요. 알겠습니다. 다시 연락드리죠. 감사합니다."

전화를 끊은 그는 귀신에 홀린 기분이었다. 물론 이 회사의 전화번호가 북한의 어떤 암호나 번호와 우연히 일치할 수도 있지만, 그런 우연이란 지극히 낮은 확률일 것이다. 게다가 저 아가씨의 말대로라면, 숫자가 찍힌 한반도 모양의 그 배지는 저 회사에서 만든 게 분명하다.

'왜 저 회사에서 만든 배지가 납치현장에 떨어져 있있던 거지?'

그는 배지의 사진을 다시 한 번 살펴보았다.

'이 배지가 선배를 강제로 차에 태우려는 몸싸움 도중에 납치범들에게서 떨어진 게 틀림없다면… 배지를 단 자들은 북한 공작원이 아닐 수도 있다는 건데, 북한 공작원인 것처럼 보이려고 일부러 이걸 떨어뜨리고 간 게 아닐까?'

그는 의자에 등을 기댄 채 생각에 잠겼다.

'정말로 북한이라면, 그들이 그렇게까지 북한이라는 걸 나타내면서 일을 저질렀다는 건 오히려 부자연스럽다.'

그는 문득 다른 생각이 들었다.

'만일 선배의 납치사건을 북한에게 뒤집어씌우려는 의도를 가진 자들이라면?'

순간 그의 머리칼이 곤두섰다.

'그렇다면 배지를 의도적으로 떨어뜨려 북한을 의심하도록 유도하면서 선배를 납치했다는 건데…, 과연 누가 그런 짓을?'

이어서 휴스턴 영사관의 카프리스 승용차가 생각났다.

'물론…, 모든 카프리스 승용차들은 똑같은 모양이겠지. 하지만 왠지 그 차는 느낌이 너무 익숙했고… 서기관의 눈치도 좀 이상했다. 게다가 내가 그 차에 대해서 물어보자, 다음날 다른 차를 가지고 나오지 않았던가?'

인규는 책상 위에 꺼내놓은 배지의 사진을 다시 보면서 생각을 이어가기 시작했다. 언제나처럼 육감에 의존한 혼자만의 추리였지만, 슬슬 뭔가 아귀가 맞아들기 시작한다는 느낌이 그를 에워쌌다.

'만약 납치범들의 차와 영사관의 카프리스가 같은 차라면 … 휴스턴 주재 한국영사관에서 선배를 납치했단 말인가? 아니, 그건 말도 안 된다. 왜 영사관에서…. 아니면 혹시 납치범들이 그 차를 훔쳐다가 범행을 한 걸까? 하지만 현장검증 때 도난신고 된 신형 카프리스는 없다고 했지…. '

인규는 두 카프리스가 동일한 차라는 가정 하에 온갖 가능성을 생각해 보았다.

'만약 그 카프리스를 영사관의 누군가가 업무용으로 썼고, 그 시간동안에 납치에 사용됐다면…, 그래. 그건 가능성 있는 얘기다. 그렇다면 그 차에 대해서 누구에게 물어봐야 할까?'

그는 스마트폰을 검색해서 파리 주재 한국 대사관의 주소와 전화번호를 찾아냈다. 대사관 전화번호는 민원업무 담당자와 다른 업무 담당자 등으로 나뉘어 있었다. 인규는 무작정 민원업무 담당자 번호로 전화를 걸었다.

전화의 소리가 작게 들려와 프랑스가 먼 곳이라는 것이 실감났다. 빠른 불어로 뭐라고 말하는 대사관 교환에게 그는 여러 차례 영어로 설명한 끝에, 강동우 서기관의 근무부서로 전화가 연결되었다.

"여보세요. 한국의 최인규입니다."

"네? 아, 최 교수님이시군요? 안녕하셨습니까? 반갑습니다. 여긴 어떻게 아시고 이렇게 전활 다 주셨습니까?"

"잘 지내고 계십니까? 오랜만입니다. 갑자기 파리로 가셨다는 소식을 들었지만, 이렇게 늦게 연락을 드립니다."

"별 말씀을요. 저도 갑자기 오게 돼서, 전승연 박사님 일도 마무리 짓지도 못하고, 최 교수님께 인사도 못 드리고 왔습니다. 오히려 제가 죄송하죠. 제가 유럽에서 근무해 보고 싶다는 말을 그냥 농담처럼 했었는데, 이렇게 갑자기 오게 될 줄은 몰랐습니다. 온 다음에도 연락을 드리려고 했는데, 이런저런 일이 있다 보니….”

“아닙니다. 연락 못 드린 건 저 역시도 마찬가진데요.”

“아무튼 반갑습니다.”

“이번에도 궁금한 게 있어서 전화드렸습니다. 바쁘실 텐데 매번 제가 귀찮게 해드리네요.”

“아닙니다. 말씀하십시오. 저도 대강은 뉴스를 통해 듣고 있습니다.”

“네, 얼마 전 스탁빌에서 현장검증을 다시 했습니다. 국정원과 인터폴의 입회하에요.”

“아, 그러셨군요. 새로운 단서라도 발견됐습니까?”

“새로 발견된 것이라기보다는 사건이 나던 날 제가 현장에서 주웠던 한반도 모양의 배지를 이번에 증거물로 제출했습니다. 물론 제가 그 동안 잊고 있었던 잘못이 크긴 합니다만 ….”

“현장에서 주우신 거라면…, 납치범들이 떨어뜨린 건가요?”

“그런 것 같습니다.”

“인터폴에서는 뭐라고 합니까?”

“네, 거기서 그걸 가져가긴 했습니다만, 어떻게 생각하고 있는지는 모르겠습니다. 국정원 형사들은 중요한 증거물이라고 하더군요.”

“북한의 소행이라는 가장 확실한 증거가 될 수도 있겠군요?”

“그렇습니다. 그런데 제가 궁금한 게 있어서 그러는데요.”

“네, 말씀하십시오.”

“휴스턴 영사관에 계실 때 업무용으로 쓰시던 승용차가 몇 대였습니까?”

"업무용 승용차요?"

"네."

"어디 보자…, 영사관 VIP 의전용 고급승용차 한 대, 그리고 영사관 직원들이 쓰는 업무용 차는 세 대가 있었는데요, 한 대는 국산차였고, 한 대는 일본제, 그리고 나머지 한 대가 미국제였습니다."

"그럼 그 미국제 차가 혹시 쉐비 카프리스입니까?"

"네, 그렇습니다. 미국 관공서에 업무보러 갈 때는 미국차를 타고 가야 일이 좀 잘 되는 것 같아서, 그렇게 쓰고 있거든요. 미국 관공서에서도 카프리스를 업무용으로 쓰는 경우가 많은데, 똑같이 그걸 타야 무난합니다. 사실… 요즘 미국에서 한국산 차가 잘 팔리는 탓에 공연히 자동차로 그 사람들 자극하지 않는 게 낫죠. 근데 그 카프리스는 얼마 전에 바꾼 새 찹니다. 그 전 차도 카프리스였는데, 내구연한 5년이 다 돼서 바꿨거든요."

"네…."

"갑자기 영사관 업무용 차는 왜 물으시는데요?"

"그게…."

"무슨 일이신데요. 말씀해 보세요."

"사실… 도저히 말도 안 되는 일이고, 또 제가 잘못 본 걸 수도 있긴 합니다만, 현장검증 때 영사관을 방문하면서 영사관의 카프리스를 탔었는데, 전승연 박사가 납치되던 날에 현장에서 봤던 바로 그 차라는 느낌이 자꾸 들어서 그렇습니다. 물론 저는 사건이 있던 날 그 차의 번호판도 못 봤고 사실 검정색 카프리스는 미국에 수없이 많겠지만, 왠지 바로 그 차 같은 느낌이 자꾸만 들어서요. 물론 도저히 말도 안 되고, 또 불쾌하실 수도 있다고 생각합니다."

"아뇨, 아닙니다. 그렇지는 않습니다."

"이해해 주셔서 감사합니다. 제 생각에는 혹시 범인들이 영사관 차로 범행을 저질렀을 수도 있지 않을까 하는 생각이 들기도 합니다. 그래서 2월 12일을 전후해서 그 차를 쓴 사람이 누구인지, 아니면 외부로 빌려준 일은 없는지 알아볼 수 있을까 해서요."

"교수님 말씀도 일리가 있습니다. 업무용 차는 영사관 총무팀에서 관리하는데, 그날 누가 썼는지를 알기는 어렵지 않을 겁니다. 여러 사람들이 차를 사용하면서, 그때그때 운행일지를 쓰고 있으니까요."

"그렇군요."

"저도 업무용 차를 이용하면, 제 이름과 날짜, 목적지, 운행거리 같은 걸 기록해 놓거든요. 아, 그리고 보니 최 교수님이 저희에게 납치사건 신고하신 때가 일요일 오후였고, 그날 제가 당직이어서 신고를 접수했었죠. 근데 그날 아침에 제가 출근했을 때 영사관 주차장에 세워져 있던 업무용 차는 옵티마와 캠리밖에 없었어요. 그래서 저는 카프리스는 누가 타고 출장을 갔나보다 했었습니다."

인규의 막연한 추리에 불완전하게나마 가능성을 더해주는 정보였다. 인규는 묘한 확신을 느꼈지만 침착하게 대꾸했다.

"그랬군요. 그럼 누가 무슨 일로 그 차를 썼는지 알 수 있을까요?"

"그거야 그날 차량 사용일지를 보면 누가 썼는지 바로 알 수 있지요. 영사관 총무팀에 알아보면 되겠군요."

"네…."

"그런데 가만있자, 뭐라고 물어야 자연스러울까요? 사실 영사관 내의 모든 서류들은 아무리 하찮은 거라도 모두 대외비(對外秘)거든요. 그런데 파리에 와 있는 제가 그걸 묻는다는 건…."

"아, 그럼 제가 휴스턴 영사관으로 물어보겠습니다. 어차피 강 서기관님 후임으로 납치사건 지원업무를 맡고 있는 마이클 장 서기관과 면식을 만들어 놨기 때문에, 도와주실 거 같습니다."

"아, 마이클 장 서기관요? 그 친구가 지금 최 교수님을 도와드리고 있습니까?"

"네."

"잘 도와드리고 있습니까?"

"네, 뭐 여러 가지로 신경 써 주시더군요."

"사실… 그 친구는 대외업무 담당은 아니고, 정보수집 담당 무관이었거든요. 그 친구는 한인 1.5세라 영어가 능통해서 그전에 국정원 미국지부 요원으로 일할 때도 1급 기밀을 많이 취급했었다고 하더라고요."

"그렇습니까?"

"네, 아마도 전승연 박사님 납치사건이 가장 중요한 현안이기 때문에 국정원 경력이 있는 그 친구가 맡게 된 것 같습니다."

"그럴 수도 있겠군요."

"그런데, 그 친구는 국정원 요원 경력 때문인지는 몰라도, 같이 일하시다 보면 교수님께서 불편하실지도 모릅니다. 막가파 기질이 좀 있어서요."

"막가파 기질요?"

"하하, 그냥 드린 말씀이고요, 그 친구가 혹시라도 교수님께 무례를 저지르거나 할 수도 있다는 뜻입니다."

"네, 그런데 그런 일은 없었습니다. 좋은 분 같아 보이던데요."

"그럼 다행이고요. 그런데 영사관 차량에 대한 문제는 박사님께서 물어보시는 것보다는, 제가 안부전화를 하면서 물어보는 게 좋을 것 같습니다. 급하지 않으시다면요."

"아닙니다. 일부러 그러실 필요는 없습니다. 제가 직접 장 서기관에게 문의해 보겠습니다."

"정말 괜찮으시겠습니까?"

"물론입니다."

인규는 도움과 정보에 충분히 감사를 표한 후, 전화를 끊었다.

42. 발사체 비행궤도

스피커에서 함장의 목소리가 들려왔다.

"목표해역에 도착했다. 추진기 정지. 잠망경 심도로 상승."

이어서 선체가 상승하기 시작했다. 승연의 옆자리에 앉아있던 이철수가 사령실로 갔다. 그리고 뒤에 앉아있던 26호가 다시 승연의 옆자리로 옮겨와 앉았다.

"수평유지 대기. 잠망경 상승."

함장의 지시가 들려왔다. 잠시 뒤 다시 스피커가 울렸다.

"잠망경 하강. 부상."

배수펌프 소리가 들리면서 잠수함이 상승하기 시작했다.

선체가 상승을 멈추자 다시 함장의 명령이 들려왔다.

"스노클 개방. 전원 명령대기."

"여기가 어디요?"

승연이 26호에게 물었다.

"우리의 실험 발사체가 떨어질 것으로 예측되는 해역인 것 같습니다."

26호가 대답했다.

"발사는 언제 하게 되오?"

"시간은 정해져 있지 않다고 알고 있습니다. 여기에서 대기하고 있다가 지상 발사장으로부터 발사직전에 통보받도록 되어있습니다."

26호가 작은 소리로 속삭이듯 이야기했다.

조용하던 선실에 함장의 목소리가 울렸다.

"2단계 준비. 전원 명령대기. IP실 모니터에 전원공급."

뒤이어 이철수의 목소리가 스피커로 울렸다.

"IP실 요원, 작전대기."

선실에 설치된 네 대의 모니터가 푸른빛을 띠며 밝아지기 시작했다. 그리고 26호, 27호, 28호가 긴장된 얼굴로 모니터를 응시했다.

'드디어 올 것이 왔군.'

승연은 눈을 감았다.

스피커에서 이철수의 목소리가 들려왔다.

"발사체는 본부에서 발사준비 완료 통보 직후부터 180초 카운트다운 후 발사된다."

이어서 네 대의 모니터 중 가운데에 가장 높이 달린 모니터에서 발사대에 장치되어 서 있는 발사체의 영상이 나타났다. 그것은 승연이 이들의 지하기지에서 보완해 준, 나로호와 같은 모양의 잿빛 로켓이었다.

나로호 같은 위성발사체는 대기권 밖을 향하게 되므로 수직각도로 발사하지만, 유도탄은 지상의 표적위치에 맞추어서 정해진 각도로 발사된다. 그래서인지 모니터에 나타나는 발사체는 75도 정도로 비스듬하게 기울어 있었다.

모니터 화면의 오른쪽 위에 카운트다운될 숫자 180이 옅은 노란색 글씨로 표시돼 있었다. 아직 숫자는 멈추어 있었다.

"IP실 이상 있으면 보고하라."

함장의 목소리가 들려왔다.

"IP실 이상 없습니다."

26호가 인터폰에 대고 이야기했다. 함장의 목소리가 이어졌다.

"기관실, 추진기 가동 준비하고 대기. 수평유지. 레이더실 주변 경계상태 유지."

중앙 모니터에서 느린 속도로 카운트다운이 시작되었다.

숫자가 카운트다운을 거듭하여 060이 되자, 색깔이 옅은 노란색에서 빨간색으로 바뀌었다. 마침내 숫자가 010에 이르고, 이윽고 한 자리 수로 바뀌었다.

승연을 비롯해 선실에 있는 네 사람 모두의 심장이 마치 카운트다운되는 속도로 뛰고 있는 것같이 느껴졌다.

발사 5초 전이 되자 발사본부에서 카운트다운을 따라 외쳤다.

"5, 4, 3, 2, 1, 0, 발사 …!"

발사체의 연료가 점화되면서, 발사대 주변으로 흰 연기가 구름처럼 뭉게뭉게 피어오르는 것이 보였다. 이어서 연기구름의 아랫부분에서 또 다른 흰 연기가 지평선을 따라 빠르게 퍼져나가고, 몸체가 서서히 상승하기 시작했다. 그 모습은 나로호 발사 때와 크게 다르지 않았다.

모니터는 발사체가 발사대를 떠나 올라가는 모습을 비추고 있다가

고도가 높아지자, 지도에 좌표를 표시하는 형식으로 바뀌어 나타났다.

"발사체가 성공적으로 이륙했습니다. 좌표추적을 시작합니다."

스피커를 통해 발사장 관제요원의 음성이 들려왔다.

푸른색으로 표시되는 모니터의 좌표지도에는 발사체가 날아갈 궤도가 화면의 대각선 방향으로 오른쪽 위에서 왼쪽 아래로 녹색의 점선으로 나타나고 있었다.

날아가는 발사체의 궤도는 그 녹색 점선 위에 노란색 실선으로 다시 그려지고 있어서, 마치 녹색 점선이 차례로 노란색의 실선으로 바뀌는 것처럼 보였다. 모니터의 오른쪽 아래에는 카운트다운이 끝난 숫자 000이 흰색으로 떠 있고, 그 위쪽에는 발사 이후의 발사체 비행시간의 숫자가 1/100초 단위로 빠르게 올라가고 있었다.

승연은 예정된 방향으로 날아가는 유도탄의 궤적이 나타나는 모니터를 숨죽인 채 바라보았다.

'혹시 이들이 내가 바꾼 노즐이 아닌 정상적인 다른 노즐로 바꿔서 발사한 건 아닐까?'

예정된 궤도를 따라 정상적으로 날아가고 있는 발사체의 비행궤도를 보면서 승연은 불안감이 들기 시작했다. 모니터를 바라보고 있는 그에게는 마치 시간이 멈춘 것처럼 느껴졌다.

"현재 속도라면, 18분 후 표적해역에 낙하합니다."

관제실의 보고에 이어 함장의 목소리가 들려왔다.

"스노클 닫고 추진기 가동. 안전심도로 잠수."

곧이어 잠수함이 움직이기 시작했다.

그런데 모니터의 유도탄 비행시간 표시 시계가 6분을 넘어서사 번화가 나타났다. 유도탄이 예정궤도에서 조금씩 벗어나기 시작한 것이다. 이어서 유도탄이 궤도를 이탈했음을 알리는 경고음이 울리면서 모니터 상의 유도탄 비행궤도 표시선이 빨간색으로 바뀌었다. 발사장의 관제 실과 잠수함의 함 내는 일시에 혼란에 빠졌다.

"유도탄이 예정된 궤도에서 벗어나고 있습니다."

관제실의 당황한 목소리가 들려왔다.

"유도탄 비행좌표 추적 계산 중."

26호의 앞쪽 스피커를 통해 지상 발사장 관제실에서 보고하는 소리 가 들려왔다. IP실에 있는 항법계기에는 비행좌표를 나타내는 숫자가 어지럽게 나타나기 시작했다.

승연은 숨을 죽이고 항법계기와 모니터를 번갈아 바라보았다. IP실 의 모니터에는 예정궤도에서 멀어지고 있는 유도탄의 비행궤도가 빨간 색 점선으로 나타나고 있었다. 이윽고 예상궤도 계산을 마친 지상 관제 실의 보고가 들려왔다.

"궤도를 벗어난 유도탄은 10분 후, 최초 목표지점보다 남동쪽으로 50km 이동된 지점에 떨어질 것으로 보입니다."

그러자 함장의 음성이 들려왔다.

"항해사, 낙하 예상지점의 해상좌표를 찾아라."

뒤이어 항해사가 좌표를 보고하는 소리가 스피커를 통해 메아리치듯 들렸다. 그러자 함장이 즉시 명령을 내렸다.

"170 방향 전속 항진."

인터폰을 통해 명령을 복창하는 소리가 들려오고, 잠수함이 속도를 내기 시작했다.

승연은 유도탄이 궤도를 벗어난 것을 확인하자 긴장이 풀리면서 전신에 기운이 빠졌다. 그러나 한편으로 자신의 눈앞에서 펼쳐지고 있는 긴박한 상황에 침을 꿀꺽 삼켰다.

그런데 계속 모니터를 보고 있던 승연은 이상한 느낌이 들었다. 그가 변경해 놓은 노즐은 일정한 방향으로만 변화가 일어나게 되어 있어서, 유도탄이 궤도를 벗어난다 해도 예측이 가능한 직선으로 날아가도록 되어 있었다. 그리고 지상 관제실에서 예측해서 계산했던 유도탄의 낙하지점 역시 그가 의도했던 이탈각도와 비슷한 것이었다.

그러나 지금 모니터에 나타나고 있는 유도탄의 비행궤도는 직선이 아니었다. 그것은 마치 커다란 나선을 그리듯 휘어지면서, 그가 의도한 것과 다른 움직임을 보이고 있었다.

'이게 어떻게 된 거지?'

유도탄의 비행궤도를 지켜보는 승연의 등에 식은땀이 흐르기 시작했다. 그의 경험에 비추어볼 때, 지금의 이탈 비행궤도는 노즐에 의해서보다는, 추진체의 다른 부분에 의해 일어나는 현상이었다.

'이 유도탄은 나로호와 같은 구조이니, 대부분의 부품들은 러시아제일 것이다. 그러나 만약 내가 설정을 바꾼 노즐이 아닌, 발사체의 다른 부분에 이상이 생긴 거라면 지금 당장 원인을 알아낼 수 없는 건 물론이고, 발사체가 엉뚱한 곳으로 떨어질지도 모른다.'

승연이 인터폰에 대고 이철수에게 말했다.

"이보시오, 오퍼레이터. 뭔가 잘못된 것 같소."

그러자 이철수 역시 당황한 목소리로 말했다.

"그렇소. 유도탄이 예상궤도에서 크게 벗어나고 있소. 박사, 무엇 때문인 것 같소?"

"이, 이건 노즐 … 의 문제가 아니라, 발사체 자체에서 문제가 생긴 것 같소."

승연의 말이 끝나기 무섭게 다시 이철수가 물었다.

"발사체 자체의 문제? 그럼 어떻게 해야 한단 말이오?"

"발사체의 구조적인 특성을 고려해서 비행궤도를 새로 예측해야 할 것 같소."

"그게 가능하기는 한 거요?"

"······."

즉시 대답하기 어려웠다. 분명히 발사체에 문제가 있는 것이지만, 그가 점검과정에서 노즐의 편향값을 +10으로 조정했으니 그것을 함께 고려해야 한다. 그렇지만 지금 그것을 이야기할 수는 없는 노릇이다.

이때 이철수의 음성이 스피커를 통해 다시 들려왔다.

"박사, 비행궤도보다는 낙하 예상지점을 찾는 게 나을 거 같소. 가능하시겠소?"

"낙하 예상지점?"

승연은 당황했다. 그가 비록 이철수의 유도탄 발사실험이 실패하기를 바랐지만, 만약 저 유도탄의 낙하지점에 이들이 먼저 가서 파편을 회수하지 못하면, 실험의 성공 여부를 떠나서 자칫하면 국제문제로까지 번질 수 있기 때문이다.

승연은 곧 정신을 가다듬고 생각했다.

'저 발사체는 기본적으로 나로호와 같으니… 러시아 발사체의 특성을 가지고 있을 것이다. 그렇다면….'

승연이 마이크에 대고 이철수에게 소리쳐 말했다.

"내 생각이 틀리지 않다면… 저 유도탄의 발사체는 2차 함수의 오차

특성을 갖고 있을 거요. 그걸 응용하면 낙하지점 예측이 가능하오."

"2차 함수? … 그렇다면 박사가 지상 관제실의 작업을 좀 도와주시오."

이철수가 말했다.

"알겠소."

침착함을 되찾은 목소리였다. 이미 지상 관제실에서는 휘어지는 유도탄의 비행궤도를 보며 좌표를 추적하고 있었다.

"이탈궤도가 직선이 아닙니다."

지상 관제실 요원의 음성이 들려왔다.

"그렇소."

승연이 대답했다.

"낙하지점 예측을 어떻게 해야 합니까?"

관제실 요원이 물었다.

"저 유도탄에 설치된 항법장치는 러시아에서 만들어진 것이오. 그렇기 때문에 기본적으로 오차는 2차 함수의 범위에 있을 거요. 지금 상황에서는 그렇게 예측하는 수밖에 없소."

승연이 관제실 요원에게 말했다.

"알겠습니다."

지상 관제실에서 낙하지점을 찾기 시작했다. 그러나 승연이 노즐에서 오차에 의해 편향이 생기도록 만들어놓았기 때문에, 계산된 좌표에 또다시 추가변수가 더해져야 한다. 그는 이 사실을 지상 관제실에 알려야 할지를 망설이지 않을 수 없었다.

'음 ….'

피가 마르는 느낌이었다. 그러나 지금은 정확한 낙하지점을 찾는 것이 급선무이다.

"그리고 말이오…,"

편향값을 알려주기로 결심한 승연이 지상 관제실을 향해 마이크에 대고 말했다.

"네, 말씀하십시오."

지상 관제실의 관제사 음성이 스피커로 들려왔다.

"정확한 최종좌표를 얻으려면 2차 함수 값에 +10을 더해야 할 거요."

"네? 그건 왜 그렇습니까?"

지상의 관제요원이 물었다. 승연은 잠시 난감했으나 최대한 아무렇지도 않게 답했다.

"…노즐의 편향값이오."

"노즐의 편향값, 알겠습니다."

관제실에서는 별다른 더 이상의 질문 없이 좌표 계산작업을 하는 것 같았다.

'휴우….'

승연은 내심 안도의 숨을 쉬었다.

'지금 내가 무얼 안심하고 있는 거지?'

순간 스스로가 부끄러웠다.

IP실의 중앙 모니터 오른쪽에 비행시간을 나타내는 숫자가 빠르게 올라가고 있었다. 이미 발사체의 비행시간은 15분을 넘고 있었다. 이제 3분 남짓 후면 낙하할 것이다. 승연은 눈을 감았다.

이때 예상 낙하지점을 계산하고 있던 지상 관제실 요원의 목소리가 들려왔다.

"예상 낙하지점은 … 오키나와 서북방 400km 해역일 것으로 보입니다."

"오키나와 서북방 해역?"

승연이 눈을 크게 뜨고 확인하듯 되물었다. 이때 인터폰에서도 이철수의 놀란 음성이 들렸다.

"틀림없나? 오키나와 서북방 400km 해역?"

"계산상으로 그렇습니다."

관제요원의 음성에 이어 함장의 음성이 스피커에서 들렸다.

"거기는 일본 영해… 부근이지 않소?"

"그렇소 …."

대답하는 이철수의 목소리는 완전히 경직되어 있었다. 그리고 잠시 동안 아무 소리도 들리지 않았다.

승연의 머릿속도 복잡하게 돌아가고 있었다.

'오키나와의 서북방 해역은 중국과 일본 영해의 경계로 지금 두 나라는 영토분쟁 중이다. 그래서 중국과 일본의 해상보안청 순시선이 수시로 지나다니는 곳이 아닌가? 그런데 이들이 어떻게 순시선의 눈을 피해서 거기 떨어진 발사체를 회수한단 말인가? 게다가 그 근방에서는 중국이나 일본 어선들도 조업을 하고 있을지 모르는데… 만약 이 발사체가 그 어선들에 떨어진다면, 이건 자칫하면 동아시아 전체의 문제로 확대될 수도 있지 않은가?'

승연은 난감해졌다. 이때 지상 관제실 요원의 고함치는 음성이 들려왔다.

"유도탄의 비행고도가 낮아지고 있습니다. 현재의 속도와 고도라면 약 1분 후면 오키나와 서북방 북위 28도, 동경 125도 부근 해상에 떨어질 것 같습니다."

사령실에 있던 이철수는 고개를 들어 모니터를 올려다보았다. 잠시 후 관제요원의 음성이 다시 들려왔다.

"현재 낙하예상 30초 전입니다."

잠시 뒤 빨간색 실선으로 표시되던 유도탄 비행궤도의 진행이 멈추면서 점으로 바뀌었다. 그리고 그 점은 다시 깜박이는 표시로 바뀌고, 점의 아래쪽에 유도탄이 임무를 종료했음을 알리는 「Mission Completed」라는 영문자가 나타났다.

이어서 관제실 요원의 보고가 들려왔다.

"낙하 예상지점에 낙하 완료되었습니다."

그러자 함장이 명령했다.

"항해사. 낙하지점까지의 잠항 예상 소요시간 보고하라."

곧이어 항해사가 보고했다.

"현재 위치에서 전속항진 시 목표지점까지 약 1시간 48분 소요될 것으로 예측됩니다."

이어서 함장의 명령이 내려졌다.

"전 승무원, 작전대기. 선수 150 방향으로 전속항진."

이어서 스피커를 통해 이철수의 음성이 들려왔다.

"박사께서 유도탄의 궤도이탈을 알려준 일은 정말 고맙소."

"……."

잠수함이 빠른 속도로 움직이기 시작했다.

43. 대외비

최인규는 현장검증 때 마이클 장 서기관에게 받은 명함에 있는 그의 직통번호로 전화를 걸었다. 몇 번의 신호에 이어 그의 경직된 음성이 들려왔다.

"*Michael Chang's speaking. May I help you?*"

"네. 한국의 최인규입니다."

"아, 최인규 교수님, 안녕하셨습니까?"

"네, 안녕하십니까?"

"무사히 귀국하셨습니까?"

"네, 지난번 현장검증 때는 여러모로 감사했습니다."

"아닙니다. 그런데… 무슨 일이십니까?"

"네, 다름이 아니라, 그때 현장검증을 마치고 휴스턴 영사관에 갔을 때, 영사관의 업무용 차가 카프리스인 걸 봤는데요."

"네, 그러신데요…."

기분 탓일까, 그의 목소리가 긴장하기 시작하는 듯했다.

"뭐 별다른 뜻이 있어서 그러는 건 아니고요, 혹시 2월 12일 전후로 한 날짜의 카프리스 승용차 운행기록을 좀 알 수 있을까 해서요."

"2월… 12일이요?"

"네."

"왜 그러시죠? 무슨 문제라도 있습니까?"

"아닙니다. 그런 건 아니고요, 그냥 확인을 할 게 있어서요."

서기관은 잠시 생각하는 듯하더니 천천히 대답했다.

"… 글쎄요, 업무용 차량운행은 영사관 공무수행의 일부인데요, 영사관과 직접 관련이 없는 분이 개인적인 궁금증 때문에 문의하시는 일에는 협조해 드릴 수가 없습니다. 비록 미국에 있다고 해도 영사관도 분명히 대한민국의 국가기관입니다."

"물론 그 점은 잘 알고 있습니다. 혹시 제 말이 언짢으셨다면 사과드리겠습니다. 다만, 그날 영사관의 카프리스 승용차를 누가 어디로 몰고 갔었는지, 아니면 외부로 대여한 일이 있었는지 알아야 할 중요한 이유가 있어서 부탁드리는 겁니다."

최인규의 말에 장 서기관이 날카롭게 대답했다.

"박사님, 영사관의 차는 영사관의 공무수행 목적 이외의 어떠한 용도로도 사용될 수 없고, 또 영사관 직원이 아닌 그 누구에게도 대여될 수 없습니다. 만약에 더 자세한 내용을 알고 싶으시면, 정식으로 수사기관을 통해 수사요청을 하십시오."

서기관의 태도는 강경했다.

"… 제가 공연한 이야길 해서 언짢게 해드린 것 같군요. 죄송합니다. 안녕히 계십시오."

인규는 곧바로 전화를 끊었다.

'이 친구, 상당히 과격하군. 이게 바로 강 서기관이 이야기한 막가파 기질인가? 차라리 강 서기관에게 자연스럽게 물어봐달라고 하는 게 나을 뻔했나? 하지만 이제 와서 다시 부탁을 할 수도 없는 노릇이다. 이미 이 친구를 자극해 놨기 때문에 정확한 정보를 얻긴 어려울 거다.'

인규는 마이클 장 서기관의 의외의 반응에 그의 출신배경에 대한 강 서기관의 말을 떠올렸으나, 오히려 의심이 부풀어 오르는 것도 사실이었다.

'그토록 민감한 반응을 보인 진짜 이유는 뭘까?'

4 4 . 선 제 사 격

"낙하 예상해역입니다."

IP실의 스피커를 통해 항해사의 보고가 들려왔다. 이어서 함장이 명령했다.

"추진기 정지. 잠망경 심도로 상승."

명령이 떨어지자 잠수함이 상승하기 시작했다.

"잠망경 상승."

이미 26호와 27호는 해상작업조로 차출되어 함교에 대기하고 있는 상태였기 때문에, IP선실에는 28호와 승연 두 사람만이 있었다.

함장의 목소리가 다시 들려왔다.

"음파 탐지기 가동."

28호가 앉은 자리 앞의 모니터에는 초음파 탐지기의 영상이 표시되고 있었다. 사격 과녁모양의 동그란 푸른색 표시창의 가운데에서 약간 위쪽에 붉은 색 점 몇 개가 나타났다.

"010 방향 전방 200m에 발사체 파편으로 보이는 부유물들이 탐지됩니다."

항해사의 목소리가 들려왔다.

"010 방향으로 서행."

함장의 명령에 잠수함이 천천히 움직이기 시작했다. 이때 탐지기 모니터 위쪽에 밝은 색의 점 하나가 나타났다. 이어서 항해사의 보고가 들려왔다.

"010 방향 전방 900m에 아군 엄호선박 정선 중."

이어서 함장의 지시가 들렸다.

"수상작업조는 인양작업 준비. 갑판 제 1 해치 개방."

계속해서 함장이 설명하듯 이야기했다.

"아군 엄호선박은 우리가 작업하는 동안 주변해역을 선회하며 엄호할 것이다."

이때 항해사의 목소리가 다시 들려왔다.

"140방향 900m에 제 2의 선박 한 척 10노트 속력으로 접근 중."

탐지기 표시창 아래쪽에 초록색의 점 하나가 보였다.

"선적 확인 후 보고."

함장의 명령이 들리고, 뒤이어 항해사의 긴장된 음성이 들렸다.

"호출부호 포착. 일본 해상보안청 순시선 확인."

그러자 빠른 말투로 함장이 명령했다.

"전 승조원 전투 위치. 해상작업조, 함교에서 철수. 잠망경 심도로 잠수."

이어서 선실의 실내조명이 빨간색으로 바뀌고 잠수함이 하강했다.

"전원 절대 정숙."

함장이 명령했다.

탐지기 모니터에는 초록색 점의 일본 순시선이 점차 중심부 쪽으로 움직이고 있는 것이 나타나고, 위쪽의 엄호선박은 화면 중심근처에 있는 미사일 파편을 나타내는 붉은 색 점 가까이까지 내려오다가 방향을 바꾸어 속도를 높여 표시창의 오른쪽으로 이동하기 시작했다.

그러자 일본 순시선이 위쪽의 엄호선박과 같은 방향으로 빠르게 움직이기 시작했다.

"해상보안청 순시선, 아군 엄호선박으로 접근 중."

항해사의 말에 이어 함장이 명령이 들려왔다.

"엄호선박이 보안청 순시선을 유인 중이다. 전원 정숙 유지. 명령 대기."

보안청 순시선이 잠수함으로부터 멀어지자, 함장이 다시 명령했다.

"잠망경 상승."

잠망경으로 주변을 살펴본 함장의 음성이 들려왔다.

"부유물이 시야에 들어왔다. 순시선과의 안전거리도 확보됐다. 잠망경 하강, 부상."

이어 배수펌프 소리와 함께, 선체가 상승하기 시작했다. 선체의 상승이 멈추자, 함장의 음성이 울렸다.

"해상작업조 회수작업 개시."

해치가 열리고 승조원들이 갑판 위로 올라와 작업을 시작했다. 그들의 뒤로 멀리 붉은 노을을 배경으로 어둑어둑해지는 수평선이 펼쳐지고, 그 위로 일본 순시선과 엄호선박이 거리를 둔 채 떠 있는 모습이 보였다.

잠수복을 입은 승조원들이 차례로 바다에 뛰어들어 발사체 파편들을 끌어 모으기 시작했다. 인양된 파편은 갑판 밑 화물실에 실리게 된다. 화물실 덮개가 열리고 물기가 흥건한 파편들이 하나 둘 회수되었다.

잠수함에서 떨어진 곳에 떠 있는 커다란 파편들은 갑판 위에 있는 전동식 윈치의 로프를 승조원들이 헤엄쳐 끌어다가 감아 걸고 잡아낭겨 건져 올렸다.

　함장과 이철수는 함교 위 갑판에서 파편 회수작업을 지켜보고 있었다. 함장이 이철수에게 물었다.

　"몇 개나 건져야 하오?"

　"모두 여섯 개요."

　이철수가 파편들을 보며 말했다.

　주변 해역에 떠 있던 파편들을 회수하는 작업을 마친 승조원들이 하나둘씩 갑판 위로 올라오기 시작했다.

　함장이 잠수함 주변의 바다를 둘러본 뒤 이철수에게 물었다.

　"모두 회수된 거요?"

　"현재까지 회수된 파편은 모두 다섯 개요. 한 개를 더 찾아야 하오."

　이철수의 대답에 함장이 다시 말했다.

　"알겠소. 안전을 위해 완료된 작업조는 복귀시키겠소."

　"……."

　함장은 회수작업을 마친 승조원들에게 복귀명령을 내렸다. 이어서 사령실을 향해 소리쳤다.

　"파편이 한 개 더 있으니, 모니터로 탐지하라."

　잠수복을 입은 승조원들이 갑판으로 올라오기 시작할 무렵 잠수함으로부터 30여 미터쯤 떨어진 곳에 오렌지색 연료탱크가 물위에 떠 있는 것이 이철수의 눈에 보였다.

　"아, 함장. 저기에 한 개가 더 있소. 저게 나머지 한 개로 보이오. 저 것까지 건져야 하오."

　이철수가 함장에게 말했다.

　"알겠소."

함장은 이제 막 갑판으로 올라오려는 26호에게 지시했다.

"저 오렌지색 파편도 인양해야 한다."

"알겠습니다."

26호가 대답하고 윈치 로프를 받아들고, 그 파편을 향해 헤엄쳐가기 시작했다.

태양이 수평선 아래로 완전히 내려가면서, 바다는 점점 어두워져가고 있었다. 갑판 위로 올라온 승조원들이 갑판 위의 해치를 통해 잠수함 안으로 들어가기 시작했다.

이때 멀리 수평선의 한쪽에 떠 있던 일본 해상보안청 순시선에서 마치 불꽃이 연속적으로 튀어나가듯 기관포 탄환이 나가는 것이 보였다. 이어서 다른 쪽에 있던 엄호선박에서 커다란 폭발 화염이 일어났다. 어두워져 가던 수평선이 일순간 눈부시게 밝아지고, 몇 초 뒤에 기관포 사격소리와 함께 천둥 같은 폭발음이 들려왔다.

"아니, 무슨 일이야?"

이철수와 함장이 놀라 소리쳤다.

"항해사. 상황 보고하라."

함장이 함교 아래쪽 사령실을 향해 소리쳤다. 이어서 당황한 항해사의 목소리가 들려왔다.

"일본 해상보안청 순시선이 엄호함에게 기관포로 선제사격을 가해서, 선수부가 격침되고 화재가 발생했다는 보고입니다."

"뭐? 일본 순시선이 선제사격을 했다고?"

함장의 목소리가 높아졌다.

"네, 그렇습니다."

항해사가 애써 침착하게 대답했다. 그러자 함장 곁에 서 있던 이철수가 초조한 듯 소리쳤다.

"그럼 교전수칙에 따라 응사를 해야지."

이때 항해사가 말했다.

"엄호함의 피해가 생각보다 큰 것 같습니다. 진화작업도 하기 전인데 이미 선수부가 침수되고 있다고 합니다."

"선수부 침수? 그럼 침몰하고 있단 말이야?"

함장이 소리쳐 물었다.

"그런 것 같습니다."

항해사의 대답에 함장이 순시선을 향해 분에 가득 차 소리쳤다.

"이 새끼들이…."

이때 항해사가 소리쳤다.

"함장님, 해상보안청 순시선이 이쪽으로 방향을 바꾸어 오고 있습니다. 우리를 발견한 것 같습니다."

"순시선의 속도는?"

함장이 물었다.

"약 15노트입니다. 순시선이 무전으로 소속확인을 요구하고 있습니다."

"응답하지 말고 최대한 시간을 끌어라."

함장이 소리쳐 말했다.

"이 속도라면 3분 후에 우리는 순시선의 시야에 들어갑니다. 지금 즉시 잠수해야 합니다."

항해사가 다급하게 말했다. 함장은 고개를 돌려 파편을 향해 헤엄쳐 가는 26호를 보았다. 그는 이미 잠수함에서 20여 미터쯤 떨어진 거리까지 가 있었다. 그러나 그가 파편에 닿으려면 아직도 10여 미터 정도를 더 가야 했다.

함장이 이철수를 돌아보며 말했다.

"오퍼레이터, 아무래도 저 파편은 포기해야 되겠소. 지금으로서는 어쩔 수가 없소. 자칫하면 우리 모두 발각될 수도 있소."

"알겠소, 알겠소."

이철수가 안타까운 한숨을 쉬며 말했다.

함장이 헤엄쳐가고 있는 승조원을 향해 소리쳤다.

"26호, 회수를 포기한다. 귀환하라."

그러자 26호가 멈추고 함장 쪽을 돌아보았다. 함장의 돌아오라는 명령에 26호가 소리쳐 답했다.

"회수할 수 있을 것 같습니다."

"시간이 없다. 지금 잠수해야 돼."

"파편에 로프를 걸고 윈치로 감아두면 나중에 화물칸에 넣을 수 있을 것 같습니다."

26호가 소리쳤다.

"그렇지, 그 방법도 좋을 것 같소."

26호의 말을 들은 이철수가 함장에게 말했다. 함장은 잠시 생각한 후 26호에게 소리쳤다.

"알았다. 로프만 걸어놓고 즉시 돌아와라."

26호가 다시 헤엄쳐 가 오렌지색 파편에 닿았다. 그는 파편에 로프를 감고 갈고리를 로프에 걸었다. 로프가 파편에 팽팽하게 조여 감기게 해야 했으므로, 윈치를 조금 감으라는 신호로 그가 손을 높이 들고 흔들었다. 갑판 위의 승조원이 윈치 스위치를 켰지만, 로프가 당겨지면서 파편에서 벗겨지고 말았다.

"저, 저런….."

이철수가 안타깝게 소리쳤다.

"침착해라!"

함장이 소리쳤다.

26호가 다시 로프를 파편에 걸기 위해 잡아당겼으나, 이미 윈치로 약간 당겨진 로프는 파편을 감기에는 조금 짧았다.

"어서 윈치를 풀어!"

함장이 소리쳤다. 윈치가 다시 풀리자, 26호가 파편에 로프를 감고 다시 손을 들었다. 이때 사령실에서 항해사가 소리쳤다.

"순시선이 1분 거리에 와 있습니다. 이제 어둡다고 해도 육안으로 우리를 발견할 수 있는 거리이기 때문에 지금 잠수해야 합니다."

"알았다. 다 됐다."

함장이 소리쳤다.

26호가 로프를 파편에 팽팽하게 걸어놓은 것을 확인하고 손을 흔들었다.

"됐다. 어서 돌아와라. 그리고 윈치를 감아라."

함장이 소리쳤다. 윈치가 작동되면서 파편이 서서히 끌려오기 시작하고, 26호도 헤엄쳐 돌아오고 있었다. 함장이 함교의 해치 뚜껑을 잡고 선 채 사령실에 대고 소리치듯 명령했다.

"전원 전투 위치. 잠수준비."

그러나 함장이 다시 고개를 들었을 때는 이미 순시선이 잠수함에서 멀지 않은 거리에까지 다가와 있었다. 함장은 헤엄치고 있는 26호에게 소리쳤다.

"26호. 빨리. 조금만 더 힘을 내라."

이때 순시선에서 잠수함을 향해 소총으로 경고사격을 했다.

투타타타타타 …

총알이 바닷물에 내리꽂히면서 만들어지는 물보라의 행렬이 잠수함 선체까지 일직선으로 달려오듯 이어졌고, 총알을 맞은 잠수함의 선체에서는 불꽃이 튀었다. 그와 동시에 헤엄쳐오고 있던 26호의 외마디 비명소리가 들려왔다.

"악!"

"… 26호, 맞았나?"

함장이 소리쳐 물었다.

"네… 함장님, 저는 … 안 되겠습니다. … 어서 잠수하시… ."

26호의 목소리가 물결소리에 묻혀 들어가고 있었다.

투타타타타타 …

순시선에서 다시 한 번 소총사격을 해왔다. 이번에는 총알이 함교에 맞으면서 불꽃이 튀었다.

"이크."

함장과 이철수는 함교 해치에서 몸을 숙였다. 함장이 이철수에게 말했다.

"이제 함교에서 OP께서 할 일은 끝났으니, 어서 안으로 들어가시오."

"아니오. 아직 26호가 돌아오지 않았소."

이철수가 소리쳤다.

"이번 작전에서 당신과 IP실 인원을 안전하게 지키고, 파편을 회수하는 것은 내 임무요. 그러니 내가 임무를 마칠 수 있게 해주시오. 그리고 26호는 내 부하이니, 내게 맡기시오."

함장은 이철수를 해치 안쪽으로 강제로 밀어넣었다.

이때 사령실에서 항해사가 해치 쪽을 향해 소리쳤다.

"함장님, 지금 잠수하지 않으면 모두 위험합니다."

"아직 26호가 귀환하지 못했다."

함장이 소리쳤다. 그리고 고개를 돌려 바다를 보았다. 아직 26호가 물위에 떠 있었다.

"힘을 내라. 26호."

그러나 물위에 떠 있는 26호는 움직임이 없었다.

투타타타타타 …

순시선에서 세 번째 소총사격을 해왔다.

"이 새끼들, 정말 집요하군."

소총사격을 피해 함장이 몸을 숙이면서 말했다.

탄환은 물 위에 떠 있는 26호에게도 쏟아졌다. 26호의 몸은 완전히 굳은 채로 떠 있었다. 그는 이미 숨을 거둔 것이 분명했다.

순시선에서 쏘아대는 소총소리가 계속 들려오고 있었지만, 함장은 함교에서 몸을 일으켜 물 위에서 전사한 승조원을 향해 거수경례를 한 채로 말했다.

"26호, 아니 김일도 하사, 너를 지켜주지 못해 미안하다. 너는 임무를 위해 장렬히 전사했다. 우리는 너의 충정을 잊지 않을 것이다."

함장이 경례를 마치고 돌아서는 순간 총알 한 발이 그의 왼쪽 어깨를 스치고 지나갔다.

"윽."

함장이 어깨를 움켜쥐고 앞으로 쓰러졌다.

"함장!"

해치 아래에서 함장을 지켜보고 있던 이철수가 소리쳤다.

함장이 쓰러지듯 해치 안쪽으로 들어오며 명령했다.

"전투 심도로 잠수. 전원 전투 위치…."

함교 해치 아래에 있던 이철수가 쓰러지는 함장의 몸을 끌어안듯 지탱하는 동안, 다른 수병이 해치를 닫아 잠갔다. 함장이 확인하듯 다시 소리쳐 명령했다.

"전투 심도로 잠수. 전원 전투 위치."

잠수함의 거대한 선체가 바다에 잠기기 시작했다.

"함장, 괜찮으시오?"

이철수가 응급처치를 끝낸 함장에게 물었다.

"나는 이상 없소."

함장이 침상에서 일어나 앉으며 말했다. 그러자 구급상자를 정리하던 위생병이 말했다.

"총알이 다행히 위쪽으로 스쳐 지나갔습니다. 약간만 더 아래로 날아왔어도, 함장님께서는 어깨를 잃으실 뻔했습니다."

그러자 이철수가 함장에게 말했다.

"천만다행이오. 하지만, 나 때문에 함장의 병사가 희생됐소. 뭐라고 위로의 말을 해야 할지 모르겠소."

"그런 말은 하지 마시오. 누구 때문이라는 말은 맞지 않소. 26호, 아니 김일도 수병은 우리의 임무가 마무리될 수 있도록 자신의 역할을 다한 거요. …"

함장의 말에 이철수가 대답했다.

"고맙소."

"……."

함장은 어두운 얼굴로 이철수를 잠시 마주보다가 그의 옆에 서 있는 항해사를 돌아보며 물었다.

"아군 엄호선박은?"

"침몰했습니다. 승조원들의 생사는 아직 확인되지 않고 있습니다."

항해사가 침통한 목소리로 말했다. 함장이 침상에서 일어서서 군복 상의를 입으면서 항해사에게 물었다.

"현재 우리 상황은?"

"파편 다섯 개는 모두 회수되었고, 나머지 한 개가 윈치에 의해 선체 외부에 매달려 있습니다. 현재 심도는 30미터입니다. 해상보안청 순시선은 아직 이 근방 해역을 선회 중입니다."

항해사의 보고에 함장이 명령했다.

"소음을 내지 않기 위해 전동기를 이용해서 항진한다. 이 해역을 벗어날 때까지 정숙 유지하라."

"알겠습니다."

축전지를 이용한 전기동력으로 소음 없이 잠수함이 추진되기 시작했다. 선실에서 소리로만 상황을 파악할 수밖에 없었던 승연은 이철수가 IP실로 돌아오자 물었다.

"선체에 총을 맞는 것 같던데, 어떻게 된 거요?"

296

이철수가 낮은 목소리로 말했다.

"누락된 파편 없이 회수작업이 마무리됐지만, 26호가 전사했소. 그리고 우릴 엄호해주던 아군 선박이 일본 해상보안청 순시선에게 격침당했소."

"26호가 전사하고 선박까지 격침당했단 말이오?"

26호의 전사소식에 승연의 이마에 주름이 잡혔다.

"그렇소. 게다가 아직 상황이 끝나지 않았소. 일본 순시선은 지금도 해상에 머물고 있고, 침몰한 엄호선박 승조원들의 생사도 파악되지 않고 있소."

이철수가 어두운 음성으로 말했다.

"……."

승연은 26호의 전사소식에 죄책감이 느껴졌다.

'젊은이의 고귀한 생명이 이렇게 희생되다니…. 만약 유도탄이 정상적으로 떨어졌다면, 26호는 죽지 않았을지도 모른다.'

승연은 자책감에 고개를 떨어뜨렸다.

"박사, 너무 괴로워하지 마시오. 발사체 실험은 성공할 확률이 적다고 알고 있소. …"

이철수가 승연에게 위로의 말을 했지만, 그는 자신의 노즐변경 때문에 26호가 희생됐다는 생각을 떨치기 어려웠다.

승연이 고개를 숙인 채 앉아 있자 이철수가 말했다.

"이런 희생을 통해서 우리 민족의 자주권이 얻어지는 거요. 오늘 전사한 26호를 포함해서, 지금까지 많은 사람들이 민족의 자주권을 위해, 그리고 우리의 목표를 위해 바람에 날리는 꽃잎과도 같이 떨어져 갔소. 우리는 이들의 희생을 헛되이 해서는 안 될 거요."

이철수의 말에 승연은 고개를 들 수 없었다.

"26호는 마지막 순간에 자원해서 갔던 거요. 만약 그가 도중에 돌아왔더라면, 그는 지금 우리와 함께 있었을지도 모르오. 그 대신 파편 한 개는 일본 순시선의 수중에 들어가 발사체가 노출될 위기에 처했을 것이지만 말이오. … 그는 자신의 목숨을 대가로 「푸른하늘」의 과업을 지켜준 거요. 우린 그걸 기억하면 되오. 누구든 언젠가는 죽게 돼 있소."

이철수는 말을 마치고 돌아섰다. 그는 더 이상 아무 말도 하지 않았고, 선실에 있는 누구도 입을 열지 않았다.

한동안 조용하던 IP실 스피커로 항해사의 긴장된 음성이 들려왔다.

"010 방향, 전방 900미터 지점에, 잠수함 한 척이 포착되었습니다."

이철수는 스피커 소리를 듣자마자 사령실로 갔다. IP실에는 승연과 28호 두 사람만이 긴장한 채 스피커로 들려오는 소리를 듣고 있었다.

"선적 확인."

함장의 명령이 스피커로 들려왔다. 잠시 후 항해사가 보고했다.

"미국 국적의 로스앤젤레스급* 잠수함으로 확인됩니다."

항해사의 보고에 함 내 분위기가 술렁이는 것이 스피커를 통해 느껴졌다.

"전원 침착. 전투배치 유지. 무음 추진모드 유지. 적 잠수함의 방향, 속도, 심도 확인."

함장이 명령했다.

이어서 항해사가 보고했다.

---

* 선체길이 350피트(약 106미터)의 미국 중형 핵잠수함의 통칭

"접근방향 010. 정면으로 접근 중. 속도 10노트. 심도는 10미터. 아직 우리를 발견하지 못한 것 같습니다."

"항해사, 현재지역 지형확인."

함장이 다시 명령했다.

"현재위치는 대륙붕 외곽지형으로 대략 100미터 정도의 협곡이 이어지고 있습니다. 현재 심도 30미터."

항해사의 보고에 함장이 지시했다.

"심도 80미터까지 잠수. 전원 정숙."

잠수함이 하강하기 시작했다. 승연이 이 잠수함에 탄 이후 가장 깊이 잠수하는 것이었다. 심도가 깊어질 때마다 항해사의 보고가 들려왔다.

"현재 심도 45미터."

......

"현재 심도 55미터."

......

"현재 심도 65미터."

......

심도 70미터를 지나치자 수압의 영향을 받기 시작하는지 잠수함 선체 곳곳에서 둔탁한 소리가 들려오기 시작했다.

......

"현재 심도 75미터."

심도가 깊어질수록 선체 여러 곳에서 마치 뒤틀리는 것 같은 소리들이 났다. 이어서 함장의 음성이 들려왔다.

"전원 침착하라. 우리 잠수함의 안전 삼항심도는 300미터이다."

이어서 항해사의 목소리가 다시 들려왔다.

"현재 심도 80미터. 하강을 중지합니다."

잠수함이 멈추자, 함장이 빠르게 명령했다.

"정숙 유지. 기관실과 어뢰실, 기타 구역 피해상황 확인 보고."

이어서 각 구역에서 이상 없음을 보고하는 소리가 들렸다.

함장의 음성이 다시 들려왔다.

"전원 절대 정숙. 경계상태 유지."

고요 속에서 항해사가 속삭이듯 보고했다.

"상대 잠수함이 700미터 거리로 접근 중. 속도는 10노트…, 속도를 낮추고 있습니다."

항해사의 보고 후 얼마간의 정적이 흘렀다. 다시 항해사의 목소리가 작게 들려왔다.

"상대 잠수함이 멈추어 섰습니다. 현재 거리는 600미터입니다."

"계속 주시."

함장의 조심스러운 명령이 들려왔다. 잠시 후 항해사가 보고했다.

"상대 잠수함이 심도를 낮추면서 전진 중. 현재 상대 잠수함의 심도… 20미터, 거리 500미터."

이어서 함장의 명령이 들렸다.

"추가 10미터 잠수."

잠수함이 다시 하강하기 시작했다. 이어서 항해사가 보고했다.

"현재 심도는 85미터. 상대 잠수함의 심도는 30미터, 거리는 400미터. 거리는 계속 근접 중입니다."

잠수함은 하강을 계속하고 있었으나, 상대 잠수함과의 거리는 점점 가까워지고 있었다. 잠수함이 하강을 멈추자, 두 잠수함의 심도 차이는 40미터였지만, 상대 잠수함이 계속 전진해 왔기 때문에 직선거리는 가까워지고 있었다.

"저들이 멈추었습니다."
항해사의 보고가 다시 들려왔다.
"멈추어 선 미국 잠수함은 수직으로 40미터 위에 있습니다."
"변화가 있는지 주시하라."
함장의 지시가 있고 한참의 시간이 지났으나, 상대 잠수함은 멈추어 서 있을 뿐, 움직임의 변화를 보이지 않고 있었다.

함장이 조용히 명령했다.
"최저속도로 전진, 전방 100미터 지점 골짜기로 하강."
"최저속도로 전진. 전방 100미터 지점 골짜기로 하강."
항해사의 복창이 들리고, 잠수함이 천천히 움직이기 시작했다. 바늘 떨어지는 소리도 들릴 것 같은 정적 뒤로 항해사의 보고가 이어졌다.
"골짜기 입구에 접근 중."
"밸러스트 탱크를 최대한 서서히 개방하고, 30미터 하강."
함장의 명령이 들려왔다.
"확인합니다. 밸러스트 탱크 최대한 서서히 개방. 30미터 하강."
항해사가 복창하고, 잠수함이 하강하기 시작했다. 선체가 압력을 받는 소리가 또다시 곳곳에서 들려오기 시작했다.
하강을 멈추자, 함장이 다시 명령했다.
"적 잠수함과의 거리 보고."

"현재 심도 120미터, 적 잠수함과의 수직 거리 90미터."

"상황을 살피도록 한다. 전원 정숙유지 대기."

함장의 음성이 들려왔다.

잠수함 내의 모든 사람들이 숨조차 크게 쉬지 못하고 긴장한 채로 있었다.

승연은 탐지기의 모니터를 보았다. LCD 모니터에는 녹색의 점으로 표시되는 해양보안청 순시선이 오른쪽 위에 나타나고 있었고, 그 아래쪽으로 옅은 푸른빛의 점으로 표시되는 미국 잠수함의 모습이 보였다. 두 개의 점들은 모두 한동안 움직이지 않고 있었다. 마치 서로를 탐색하고 있는 듯이 보였다.

승연이 탐지기 모니터를 보며 28호에게 작은 소리로 말했다.

"미국 잠수함은 아직 우리를 발견하지 못한 것 같소."

그러자 28호가 말했다.

"그보다 저들은 일본 순시선에게 발견되지 않으려고 조심하고 있는 것 같습니다."

"미국 잠수함이 숨어야 할 이유가 있소?"

전승연 박사가 28호를 향해 물었다.

"일본을 자극하지 않으려는 걸 겁니다."

28호가 대답했다.

"일본을 자극하지 않다니?"

"일본은 최근에 자위대 병력을 늘리고, 해군력 증강을 통해 중국과의 영토분쟁을 일으키면서 영향력 확장을 꾀하고 있습니다. 당연히 미국을 포함한 주변의 국가들이 그걸 탐탁지 않게 여기고 있습니다. 그런데 이곳 오키나와의 일본 영해 근처에서 미국 잠수함이 활동 중인 걸 발견한다면, 일본으로서는 아주 좋은 구실을 얻는 셈이겠지요. 아마 저 미국 잠수함은 이 근방에서 일본 선박에게 절대로 노출되지 말라는 지시를 받았을 겁니다."

28호가 말했다.

이때 탐지기 모니터에는 해상보안청 순시선이 방향을 바꾸어 돌아가는 것이 나타났다. 그러자 미국 잠수함도 천천히 방향을 바꾸어 움직이기 시작했다.

두 선박이 멀어지자 함장의 명령이 들려왔다.

"전투상황 해제. 아직 전투종료는 아니니, 경계상태 유지. 순항심도까지 천천히 상승."

선실 내에 켜져 있던 붉은 색의 조명이 꺼지고 상승하기 시작했다.

승연은 안도감이 들었다.

45. 결번

최인규는 한반도 배지를 만든 곳에 다시 전화를 해보기로 결심했다.

'그 배지가 정말로 그 회사에서 만든 전시용 소품 정도에 불과한 물건이 맞는지 확인해야겠다. 그리고 만약 국정원이 그 사실을 알고 있다면 그 다음에 할 일은 뭘까?'

배지 뒷면의 전화번호를 국정원에서도 확인했다면, 필시 무슨 조치를 취할 것이라는 생각에서였다. 그는 휴대폰에 저장해 두었던 창성상사의 전화번호를 찾아 통화버튼을 눌렀나. 그런데 신호가 두 번 울리자 자동응답 방송이 나왔다.

"이 번호는 결번이오니, 다시 확인하여 주시기 바랍니다. …"

그것은 전화국에서 자동으로 안내해 주는 것이었다.

"어라, 어떻게 된 일이지?"

그는 번호를 다시 찾아 통화버튼을 눌러 걸었으나, 이번에도 마찬가지였다.

"내가 번호를 잘못 저장해놓은 걸까?"

그는 배지의 사진을 꺼내 숫자를 다시 확인해 보았지만, 번호는 틀림없었다.

'이상하다. 분명히 며칠 전에 통화를 했었는데, 그 사이에 사용하지 않는 번호가 돼 버리다니….'

설마 또 사라져버린 건가? … 뭔가 섬뜩한 기분에 휩싸인 최인규는 생각 끝에 114를 눌렀다. 신호가 가고 안내원이 전화를 받았다.

"창성상사라는 곳의 전화번호를 알고 싶은데요."

그가 전화기에 대고 말하자, 안내원의 사무적인 음성이 들려왔다.

"창성상사 말씀이십니까?"

"네, 그렇습니다."

"고객님, 같은 상호가 여러 개 있습니다. 혹시 어느 지역에 있는 곳인지 아십니까?"

"아뇨, 위치는 모르는데요."

"그러시면 찾을 수 없습니다. 여러 개의 전화번호를 모두 알려드릴 수는 없습니다. 저희는 한 통화당 한 개의 전화번호를 안내해 드립니다."

안내원은 여전히 사무적인 투로 말했다.

"네, 그렇군요. …"

인규는 문득 그가 알고 있는 전화번호로 물으면 찾을 수 있을지도 모른다는 생각이 들었다.

"아, 여보세요? 혹시 이전에 쓰던 전화번호로 지금의 번호를 찾을 수 있을까요?"

"이전 번호 말씀이십니까? 가능은 합니다만, 너무 오래된 번호로는 찾을 수 없습니다."

"일주일 전 건데요."

"일주일 전의 거…라면 가능할 수도 있습니다. 번호를 말씀해 주시겠습니까?"

"아, 다행입니다. 번호는 …."

인규는 번호를 불러주었다.

"잠시만 기다리십시오."

"……."

그러나 뒤이어 들려온 안내원의 말은 인규를 더욱 당황스럽게 만들었다.

"고객님께서 말씀해 주신 번호는 지난주까지는 창성상사에서 사용하던 번호가 맞습니다만, 지금은 전화번호를 반납한 상태입니다. 이제 그 번호는 더 이상 사용되고 있지 않습니다."

"뭐라고요? 확실합니까?"

"그렇습니다. 기업 명의로 개설된 전화회선은 부도나 파산 등으로 반납되는 경우가 종종 있습니다."

"부도나 파산?"

"네, 하지만 다른 사정으로 반납했을 수도 있습니다. 이쨌든 찾으시는 번호는 더 이상 사용하지 않는 번호입니다."

"… 알겠습니다. 감사합니다."

그는 전화를 끊었다.

불길한 예감이 적중했다. 강동우 서기관과 항공사 승무원들, 성형외과, 그리고 이제는 창성상사라는 이 회사까지, 인규가 접촉한 직후 모두 간데없이 사라졌다.

그는 두려움을 느꼈다.

'이 모든 일들은 분명히 어떤 조직에 의해 치밀하게 이루어지고 있는 게 틀림없다. 그렇다면 그 조직의 정체는 뭐지?… 창성상사에 대해서는 누구에게도 이야기한 적이 없는데, 게다가 배지 이야기는 자세히 하지도 않았다. … 전부터 느꼈지만, 내 전화를 도청하고 있는 게 확실하다. 도대체 누굴까?… 인터폴에서? 인터폴에서 배지 뒤에 있는 번호에 대해 알아보는 것은 당연히 그럴 수도 있는 것이지만, 그들이 왜 전화번호를 폐쇄시킨단 말인가?'

인규는 자리에서 일어나 연구실을 서성이며 생각을 가다듬었다.

'그런데 만약 … 누군가 가짜배지를 달고 북한 행세를 했고, 뒤늦게 배지 뒷면의 전화번호를 발견하고 자신들을 추적해 오는 걸 막으려고 이 업체와 전화번호를 폐쇄했다면…? 그래, 그건 충분히 가능한 일이다. 그렇다면 배지의 전화번호를 알고 있거나 알 가능성이 있는 건 나와 인터폴, 그리고 국정원 수사반, 현재로서는 이렇게 셋밖에는 없는데, 혹시… 국정원 수사반이 전화번호를 폐쇄시킨 건가…? 그들이 왜?'

다음 순간 인규의 머리칼이 곤두섰다.

'이 납치사건은 북한의 소행이 아니다. 마치 북한이 한 것처럼 일을

306

꾸몄다면…, 그렇다면 선배를 학회에서 발표하라고 미국으로 부르는 것부터 시작해서 지금까지 일어난 일들이 모두 누군가 북한에게 뒤집어씌우기 위해 꾸민 일이란 말인데, 그자들이 선배 집에 처음으로 도청기를 설치한 자들일까? …도대체 누구지?'

IX 탈출 脫出

46. 교전

　잠수함은 느린 속도로 움직였다. 함 내의 빨간색 실내등은 꺼졌지만, 아직 해상보안청의 순시선이 활동하는 해역을 항해하고 있어서인지 여전히 경계상태에 있었다.

　정적 속에서 스피커를 통해 항해사의 목소리가 흘러나왔다.

　"이제 일본 영해를 벗어나 공해에 진입했습니다."

　뒤이어 함장의 음성이 들려왔다.

　"잠망경 심도로 상승. 잠망경 상승."

　다시 얼마간의 고요가 이어졌다. 이어서 함장의 음성이 다소 무겁게 들려왔다.

　"서행속도 유지한 채로 부상. 윈치에 매달려 있는 발사체 파편을 격납고에 넣는다. 갑판담당 승조원들 작업개시."

　승연은 시계를 보았다. 이미 자정이 넘은 시각이었다. 선실에 앉아 있는 그의 머리 위로 승조원들이 갑판 위에서 파편을 격납고에 넣는 작업을 하는 소리가 공명되어 들려오고 있었다.

"박사님, 피곤하실 텐데 주무십시오."

28호가 그에게 말했다.

"아니오. 난 괜찮소. 그런데 이제 어디로 가는 거요?"

"지금 갑판에서 나머지 파편의 정리작업이 끝나면, 처음 출발했던 기지로 돌아가는 걸로 알고 있습니다."

28호가 말했다.

"그럼 발사실험과 회수작전은 이제 다 끝난 거요?"

"계획상으론 그렇습니다. 이제 야음을 이용해 기지로 돌아갈 것입니다."

말을 마친 28호가 자리에서 일어나 선실 벽에 설치된 접이식 침대를 펼치며 말했다.

"지금 주무셔야 피곤하지 않으실 겁니다."

"알겠소."

승연은 침대에 누웠다. 누운 그의 머릿속으로 여러 가지 생각이 밀려왔다.

'오늘의 발사실험이 실패했다고 하더라도, 이자들은 이미 장거리 유도탄의 추진체를 완성했으니, 노즐만 다시 만든다면 2차 발사는 시간 문제다. 그리고 이 정도 일을 해내는 규모의 조직이라면, 오늘의 실패를 보완하는 데에도 그다지 긴 시간이 걸리지는 않을 것이다. 그렇다면… 이들이 다음 단계에 들어가기 전에, 어떻게 하든지 이들의 계획을 외부에 알려야 한다. 만약 … 여기서 내가 시간을 더 지체하면 정말로 손을 쓸 방법이 없어질지도 모른다. 어떻게 해야 이들의 손아귀에서 벗어날 수 있을까?'

그는 눈을 감은 채 생각했지만, 별다른 방법이 떠오르지는 않았다.

아니, 머리가 제대로 돌아가는 것 같지 않았다. 떠밀리듯 승선한 잠수함, 미사일 발사실험과 교전, 그리고 일행의 죽음…. 승연은 한꺼번에 너무 많은 일들을 겪어서 혼란스러워졌다. 어쩌면 이들 손아귀에서 벗어나기는커녕 이들에게 적당한 예우를 받으면서 강제로 끌려다니는 것에 익숙해져가고 있는지도 몰랐다.

이런 막연한 불안이 스쳐가는 동안 승연의 의식은 점점 옅어졌다. 발사실험 내내 선실에서 긴장 속에 시간을 보내서인지, 누운 자세에서 긴장이 풀리면서 피로가 밀려오고 있었다. 그러는 가운데 승연은 잠이 들었다.

승연이 다시 눈을 뜬 것은 그를 흔들어 깨우는 소리 때문이었다. 눈을 떠보니 28호가 그를 깨우고 있었다.

"박사님, 어서 일어나십시오."

"벌써 도착했소?"

"아닙니다. 현재 전투상황입니다."

"전투상황?"

"그렇습니다."

승연은 놀라서 침대에서 일어났다. 실내에는 전투상황을 알리는 빨간색 조명이 켜져 있었고, 소나* 탐지기의 탐지음이 공명되며 들려오고 있었다.

"무슨 일이오?"

승연이 28호에게 물었다.

---

* 소나(Sonar, Sound Navigation and Ranging): 수중음파탐지기의 약칭으로서, 잠수함이 수중에서 사물을 식별하는 장치

"적함과의 대치상황입니다. 소나탐지기 때문에 목소리를 낮추셔야 합니다. 27호는 전투지원 차 어뢰실에 갔습니다."

"어뢰실? 적함이라니, 적이 누구란 말이오?"

그가 놀라 28호에게 속삭이듯 질문했다. 그때 스피커에서 함장의 조심스러운 음성이 들려왔다.

"어뢰실, 발사관 개방. 발사준비."

승연이 28호에게 속삭이듯 다시 물었다.

"어뢰라니, 무슨 일이오?"

"잠항 도중 적의 소나 탐지기에 포착된 것으로 보입니다."

"적?"

"남한 … 해군의 구축함, 세종대왕 함입니다."

"뭐요? 남한 해군의 구축함? 그런데 … 어뢰를 쏜단 말이오?"

"……."

"잠수해서 피해 가면 안 된단 말이오?"

"그게 불가능한 것 같습니다."

"무슨 이유요?"

"동중국해에서 한반도로 이어지는 서해해역은 수심이 얕은 대륙붕 지형이어서, 이곳에선 잠수함이 선체를 은폐하기가 불가능한 걸로 알고 있습니다."

"그렇다고 어뢰공격을 한단 말이오?"

"우리가 공격을 받을 수도 있기 때문에 어쩔 수 없습니다."

"공격을 받는다고?"

"최근 서해에서는 연평해전이나 천안함 침몰, 백령도 포격을 비롯해 계속 전투상황이 벌어지고 있습니다. 그렇기 때문에 남한 해군은 서해

311

에서 높은 경계태세를 유지하고 있습니다."

"그렇다고 해도 우리가 남한 해군에게 먼저 어뢰를 쏜다는 건…."

"서해와 같이 수심이 얕은 곳에서 구축함으로부터 폭뢰 등으로 집중 공격을 받게 된다면, 우린 무사할 수가 없습니다. 따라서 선제공격을 해야 빠져나갈 수 있습니다.

"지금 오퍼레이터는 어디 계시오?"

"사령실에서 함장님과 함께 계실 것입니다."

"연결해 줄 수 있소?"

"기다리십시오."

28호는 인터폰으로 이철수를 호출했다.

"OP님, 박사님이 하실 말씀이 있으신 것 같습니다."

"연결해라."

이철수의 짤막한 지시가 들려왔다. 그러자 28호가 승연에게 자리를 비켜주며 말했다.

"말씀하십시오."

"이보시오, 지금 무슨 일이 있는 거요?"

"남한 해군이 우릴 발견했소."

"숨을 방법은 없는 거요?"

"서해는 수심이 얕아서, 잠수함에게는 허허벌판이나 마찬가지인 곳이오. 다른 방법이 없소."

"그렇다고 선제공격을 한단 말이오?"

"최대한 교전을 회피하면서 벗어나도록 할 것이오."

"제발 그래주시오. 절대로 교전이 일어나서는 안 되오."

전승연 박사의 말이 끝나자, 스피커에서 항해사의 보고가 들려왔다.

"미국 국적 잠수함 270 방향에서 접근 중. 거리는 1,000미터, 잠수심도는 20미터."

이어 함장의 목소리가 들렸다.

"확인하라. 틀림없나?"

"미국 국적을 확인합니다."

"속도는?"

"10노트입니다. 3분 후면 근접합니다."

"남한 구축함과의 거리는?"

"130 방향으로 1,200미터로 빠른 속도로 접근 중입니다. 양쪽으로 포위된 상황입니다."

잠시 말이 없던 함장의 목소리가 다시 들려왔다.

"방향 130. 심도 50미터. 전속 전진."

"방향 130을 확인합니다. 거긴 남한의 구축함 방향입니다. …"

항해사의 목소리가 들려왔다.

"미국 잠수함이 우릴 발견하더라도 남한의 구축함 방향으로 공격하지는 못할 것이다. 130방향으로 전진."

함장의 말에 항해사가 답했다.

"알겠습니다. 방향 130. 심도 50. 전속 전진."

잠수함이 움직이기 시작했다. 잠시 뒤 함장의 음성이 다시 들려왔다.

"구축함과의 거리 보고하라."

"구축함과의 거리 50미터."

"방향 유지한 채, 구축함과 동일 좌표로 이동."

"구축함과 동일 좌표로 이동."

함장의 명령을 복창하는 소리와 함께 잠수함이 움직이기 시작했다.

다시 함장의 명령이 들려왔다.

"구축함과의 수평거리, 현재 심도 보고."

"구축함과의 수평거리는… 제로. 현재 심도는 60미터."

항해사의 보고 뒤 몇 초가 흐른 후에 함장의 명령이 들려왔다.

"심도 20으로 상승."

잠수함이 올라가기 시작했다.

함장이 명령한 심도는 잠수함 함교 위의 구조물이 구축함 선체 밑바닥에 닿을 수도 있는 정도의 낮은 깊이이다.

이때 항해사의 목소리가 들려왔다.

"함장님, 미국 잠수함이 후진하고 있습니다."

"속도는?"

함장의 목소리가 들려왔다.

"10노트 정도의 빠른 속도입니다. 빠른 속도로 후진하는 걸로 봐서는 구축함이 우리에게 폭뢰 공격을 하려는 것 같습니다."

"일단 지켜보자."

이때 소나탐지기의 탐지음이 들려오기 시작했다. 남한의 구축함이 탐지기를 작동시킨 것이었다. 함장이 낮은 음성으로 명령했다.

"전원 정숙."

다시 함장의 조심스러운 음성이 이어졌다.

"미국 잠수함과의 거리 보고."

"현재 거리 700미터에서, 계속 멀어지고 있습니다. 지금… 선수를 돌리고 있습니다. 이 해역을 벗어나려는 것 같습니다."

항해사의 보고에 함장의 명령이 들려왔다.

"작전장교, 미국 잠수함 위치 확인. 어뢰실, 1번 2번 어뢰발사 준비."

스피커의 대화를 듣고 놀란 승연이 인터폰에 대고 말했다.

"아니, 지금 미국 잠수함에 어뢰를 쏘겠다는 거요? 그건 안 되오. 그 뒤의 사태를 누가 책임진단 말이오?"

그러자 함장의 신경질적인 속삭임이 스피커에서 울렸다.

"쏘고 안 쏘고는 내가 결정하는 것이니, 이 잠수함에 타고 있는 사람들은 누구든 내 말에 따르시오."

뒤이어 이철수가 조심스럽게 소리치는 듯한 음성이 스피커에서 들려왔다.

"박사, 함장의 말에 따르시오. 여기에서는 함장이 최고 지휘자요. 함장은 작전수행은 물론이고, 이 잠수함에 타고 있는 모든 인원의 생명을 책임지고 있소. 우린 단지 여기에 타고 있을 뿐, 함장의 명령에 따라야 하오."

"……."

승연은 이철수의 말에 뭐라고 대꾸할 수는 없었다.

이어서 미국 잠수함의 좌표를 보고하는 작전장교의 목소리가 들리고, 곧이어 함장의 명령이 내려졌다.

"목표물 위치 확인. 발사관 개방."

"목표물 위치 확인. 발사관 개방."

함장의 명령을 복창하는 목소리가 들려왔다.

"어뢰발사."

함장이 명령하자, 어뢰 두 발이 잠수함으로부터 발사되어 나갔다.

이때 사령실의 탐지기담당 수병의 음성이 들려왔다.

"구축함에서 폭뢰를 떨어뜨리고 있습니다."

"전 승무원 폭뢰공격에 대비하라."

함장의 말이 떨어지자마자 폭뢰의 폭발소리가 고막을 찢을 듯이 들려오고, 그 충격으로 잠수함 전체가 마치 강한 지진이 난 것처럼 심하게 흔들리기 시작했다.

"어뢰상태 보고."

함장이 소리쳤다.

"유도케이블을 끊고 능동탐지모드로 추진 중입니다."

폭뢰의 폭발음이 연속해서 들려오는 가운데 작전장교가 소리쳐 답하는 음성이 스피커에서 흘러나왔다.

이때 폭뢰들 중 하나가 잠수함 선체와 가까운 곳에서 폭발했는지, 마치 건물이 무너져내리는 것 같은 엄청난 충격이 일어났고, 선실의 LCD 모니터 몇 개가 깨졌다.

함장의 외침이 다시 들려왔다.

"어뢰상태 보고."

"목표물에 아직 닿지 않았습니다."

고막을 찢는 것 같은 폭파음이 쉴 새 없이 울려대고, 잠수함의 선체는 계속해서 흔들렸다. 이때 기관실에서 외치는 소리가 울렸다.

"함장님, 기관실이 침수되고 있습니다."

"침수되는 곳에 나무쐐기를 박아라. 어뢰는 어떻게 됐나?"

함장의 목소리는 오히려 침착해지는 듯했다.

"제 1발은 불발입니다. 미국 잠수함이 우리 어뢰를 탐지하고 심도를 바꿔 피한 것 같습니다."

"두 번째 어뢰상태 보고하라."

작전장교의 말을 들은 함장이 소리쳐 명령했다.

"제 2발 … 도 빗나간 듯합니다. 아무래도 저들이 교란전파를 쏘아서 어뢰의 탐지센서를 혼란시킨 것 같습니다."

"남은 어뢰는?"

"다섯 기 남아있습니다."

"2차 어뢰발사 준비."

함장이 다시 명령했다. 그러나 폭뢰의 폭발이 계속되고 있었기 때문에, 이미 함내는 아수라장이었다. 게다가 잠수함의 선체가 조금씩 기울어지기 시작했다. 뒤이어 항해사의 다급한 음성이 들려왔다.

"함장님, 우현 밸러스트실의 침수로 선체가 기울고 있습니다."

잠시 뒤 함장의 명령이 쏟아지듯 흘러나왔다.

"우현 밸러스트실에 복구팀 투입. 좌현 배수구 완전 개방, 최대각도로 잠수. 출력 최대로 가동."

이어서 잠수함이 내리꽂히듯 하강하기 시작했다. 그러나 폭뢰는 계속 터지고 있어서 선체는 끊임없이 요동치고 있었다.

승연이 있는 IP실 역시 폭뢰의 충격으로 모니터 화면이 깨지고, 벽면과 천장 이음새가 갈라지면서 물이 흘러 떨어지고 있었다. 거기에다가 잠수함의 급격한 잠수로 선체가 기울어짐에 따라, 흘러들어온 바닷물과 깨진 유리파편들이 뒤엉켜 바닥에 뒹굴고 있었다.

"어떻게 되는 거요?"

승연이 28호에게 물었다.

"일단 폭뢰의 공격으로부터 벗어나려는 것 같습니다."

28호가 위쪽에서 떨어지는 물줄기를 맞으며 대답했다. 이때 함장의 음성이 스피커에서 들려왔다.

"함장이다. 함내 피해상황 보고하라."

"기관실, 침수 복구 완료. 기관 이상 무."

"우현 밸러스트실 침수 복구 중. 현재 배수펌프 가동 중."

"어뢰실, 피해 없습니다."

"격납고 이상 무."

"통신실 일부 기기 파손 있으나, 이상 무. 부상자 1명 발생."

통신실 보고에 함장이 명령했다.

"통신실로 의무병 파견."

스피커 소리를 들으며 28호가 승연에게 물었다.

"박사님은 다치신 데 없습니까?"

"나는 괜찮소."

그의 말을 들은 28호가 인터폰에 대고 말했다.

"IP실은 일부 기기의 파손과 부분 침수가 있습니다만, 큰 피해 없고, 부상자 없습니다."

28호의 보고가 끝나자, 스피커에서 이철수의 목소리가 들렸다.

"박사, 괜찮으시오?"

"나는 이상 없소."

"상황이 나아지는 대로 기지로 돌아갈 거요. 조금만 참아주시오."

"알았소."

승연이 대답하고, 자신의 의자에 앉았다. 승연은 물기가 흥건한 바닥을 보며 등골이 서늘해졌다. 그러나 28호는 표정의 변화 없이 콘솔 주변의 깨진 모니터의 유리조각을 치우고 있었다.

'이들이 이렇게 침착한 것은 … 실전경험이 적지 않다는 뜻이겠지. 이런 위기상황에서 함장이나 이철수 역시 노련하게 움직이는 걸 보니, 이들이 정말로 오랫동안 조직을 이끌어왔다는 걸 알겠다.'

잠수함이 앞으로 심하게 기울어 있어서 바닥에 댄 발에 힘을 주고 기대듯이 앉아있는 와중에도 승연은 그들의 모습에 놀라고 있었다.

잠수함이 점차 낮은 심도로 내려가면서 폭뢰의 충격은 약해졌지만, 폭뢰 터지는 소리가 날 때마다 지진이 난 듯 흔들렸다.

쿵!

갑자기 선체 전체에 충격이 가해지면서 모든 무게중심이 앞쪽으로 쏠렸다. 내리꽂힐 듯이 하강을 계속하던 잠수함의 선체가 해저에 닿은 것이었다.

승연은 비스듬하게 앉아있던 의자에서 고꾸라졌다. 그리고 그는 자신의 앞쪽 제어 콘솔의 모서리에 어깨를 부딪쳤다.

"억!"

"박사님, 괜찮으십니까?"

28호가 소리쳐 물었다.

"괘 괜찮소. 그냥 부딪힌 것뿐이오."

이때 스피커에서 항해사의 목소리가 들려왔다.

"선수가 해저에 충돌했습니다."

이어서 선체 뒷부분도 내려앉으면서 선체의 기울기가 점점 완만해지

319

고 있었다.

함장의 음성이 들렸다.

"선미부 충격에 대비."

함장의 말대로 잠시 후 잠수함의 뒷부분이 바다의 바닥에 닿았다. 그러나 그 충격은 선수부가 닿을 때만큼 크지는 않았다. 앞쪽으로 급하게 기울어 있던 선체가 다시 평평해지고, 위쪽에서 들려오던 폭발소리와 충격파의 간격이 조금씩 길어지고 충격도 약해지고 있었다. 구축함이 멀어져가고 있는 것이다.

다시 함장의 음성이 들려왔다.

"피해나 변동사항 있으면 보고하라."

스피커에서는 기관실과 어뢰실에서 피해가 없음을 보고하는 소리가 들려오고 있었다. 잠수함 내에는 조금씩 평온이 돌아오기 시작했다. 긴장이 풀리면서 승연은 자신도 모르게 '휴우' 하는 안도의 한숨을 내쉬었다.

옆에서 그를 지켜보고 있던 28호가 말했다.

"이제 안심하셔도 좋을 것 같습니다."

"알겠소."

그러나 승연은 스스로에게 부끄러운 생각이 들었다.

'내가 지금 무얼 안심하고 있단 말인가? 이자들이 만든 미사일이 숨통을 조여올 판인데, 여기서 내 목숨 하나 무사한 걸 가지고 안심하며 앉아있다니….'

47. 한반도 II

　최인규의 스마트폰이 울려대기 시작했다. 발신자 번호는 표시되지 않은 채 벨만 울리고 있었다.

　"여보세요."

　"최인규 박사님, 강명헌입니다."

　"아, 강 경위님."

　"최 박사님…."

　"왜 그러시오?"

　"그 배지 말입니다."

　"배지?"

　"현장검증에서 인터폴이 증거물로 가져간 한반도 모양의 배지 말입니다."

　"그 배지가 왜요?"

　"일전에 저희가 먼저 박사님을 처음으로 찾아뵀었을 때는 왜 저희에게 말씀하지 않으셨습니까?"

　"그땐 사실 … 내가 그날 현장에서 그걸 주웠다는 사실을 까맣게 잊고 있었소."

　"그럼 다시 생각나신 게 언젭니까?"

　"강 경위가 현장검증을 하러 가자고 해서, 이런저런 준비를 하다 보니 생각이 났었소."

　"그럼 생각이 난 이후에 배지를 자세히 보셨습니까?"

　"아, 그…."

인규는 창성상사가 갑자기 사라져버린 것을 떠올렸다.

"그, 그렇지는 않소. 그냥 가지고 있었소. 그리고 그날 인터폴에게 넘겨줬잖소. 무슨 문제라도 있소?"

"아닙니다."

"지금은 사진으로 가지고 있지 않소?"

"저희도 가지고 있습니다. 그런데 … 혹시 그 배지에서 특별한 걸 발견하신 건 없었습니까?"

경위의 음성이 긴장한 듯했다.

"특별한 거?"

"그렇습니다. …"

인규는 그의 물음에 자신이 배지 뒷면의 번호를 보았다는 것을 말해서는 안 된다는 것을 직감으로 알았다.

"글쎄올시다, 특별한 거라…. 뭐 한반도 모양의 배지이긴 하지만, 특별한 건 없어 보였소."

"그러셨습니까?"

"그렇소."

"그런데… 박사님께서는 그 배지를 현장검증 준비를 하시면서 발견하셨다고 했는데, 그게 현장검증에 오시기 며칠 전이었습니까?"

"그게, 아마 이틀쯤 전이었던 것 같소. 내 기억으로는."

"그럼 박사님이 기억을 다시 떠올리시기 전까지 그 배지는 어디에 있었습니까?"

"사건 당일에 내가 입고 있었던 양복 주머니 속에 있었소. 사건이 나던 날 현장에서 내가 그걸 주워서 바로 양복 주머니에 넣고는, 그 이후로는 까맣게 잊고 있었소."

"잊고 계셨었다고요?"

"그렇소."

"알겠습니다."

"… 그런데 나는 수사진행에 대해서는 잘 모르지만, 그 배지를 인터폴에서 가져가면 혹시 국정원의 입장이 곤란해지는 건 아니었소?"

"그렇지는 않습니다. 오히려 인터폴에서는 이번 사건의 배후가 북한이라는 명백한 증거를 확보하는 셈이기 때문에, 수사방향은 더 명확해질 겁니다. 배지가 인터폴의 수중에 들어간 건 별다른 문제는 없습니다."

"그렇군요."

"사진 정도면 증거로서의 역할은 충분합니다."

"그렇다면 다행이오."

"박사님은 사건 당일 현장에서의 세부정황에 대해 현장검증에서 모두 말씀하셨지만, 혹시라도 새로운 게 생각나시거나 증거가 발견되면 언제라도 저희에게 알려주십시오."

"알겠소. 그렇지만 … 나는 강 형사에게 연락할 방법이 없는 것 같습니다."

"그냥 국정원 대공분실로 연락하시면 됩니다. 최인규 박사님 성함을 말씀하시면 다 알아서 연결해드릴 겁니다. 전승연 박사님의 납치사건은 지금 현재 국정원에서 가장 시급한 현안입니다. 모든 일의 우선순위는 전승연 박사님의 사건처리에 맞추어져 있기 때문에, 즉시 연결될 겁니다."

'가장 시급한 현안이라고?'

국정원에서 이렇게 말할 때마다, 인규는 느긋한 성미에도 불구하고 마음 한편이 불끈하고 치밀어 올랐다. 대체 국정원에서 실질적으로 하는 게 뭐란 말인가? 이미 국정원에 불신이 스민 지금, 그들이 기계적으로 반복하는 '가장 시급한 현안'이라는 말은 겉치레로밖에는 느껴지지 않았다.

"알겠소."

인규는 짐짓 아무렇지 않게 대답했다.

"부디 조심하시고, 혹시라도 박사님께 무슨 일이 생기면, 저희가 곧바로 알게 되겠지만, 그래도 주변에서 무언가 달라지면 즉시 연락 주십시오."

"그러지요."

"안녕히 계십시오."

인규는 전화를 끊었다.

최인규가 느끼기에 강명헌의 말투는 그에 대한 경계나 감시에 가까웠다.

'이들이 그 배지에 대해서 무척 신경을 쓰고 있는 것 같은데, 혹시 이들이 그 배지와 관련이 있는 걸까? … 내가 배지 뒷면의 그 번호를 봤는지 확인하려드는 것 같기도 하다. … 만약 이들이 배지를 달고 납치극을 벌인 자들과 한패라면 …그럼 국정원에서 전 선배를 납치했단 말인가?'

48. 명운

잠수함이 해저에 닿은 뒤 얼마의 시간이 흘렀다. 해군 구축함의 음파 탐지기 소리도 들리지 않았다.

사령실에서 함장이 조용히 명령했다.

"심도 30미터까지 상승."

잠수함이 천천히 움직이기 시작했다. 함장이 다시 명령했다.

"기관실, 추진기 점검."

"이상 없습니다."

기관실에서 보고하는 소리가 들려왔다. 이제 폭뢰의 폭발은 멎었으나, 해군 구축함의 모습은 그대로 탐지기 모니터에 나타나고 있었다. 함장의 명령이 이어졌다.

"기관정지 상태로, 선체 수평 유지."

기관은 멈추어 있었지만, 잠수함은 해류의 흐름을 따르는 것인지 느리게 움직이는 것 같았다. 이때 함장이 낮은 음성으로 다시 명령했다.

"전원 절대 정숙."

탐지기 모니터에 밝은 색의 점으로 표시되는 구축함의 위치는 잠수함과 조금씩 멀어지고 있었다.

함내에는 숨소리조차 들리지 않았다. 이때 항해사가 속삭이듯 함장을 불렀다.

"함장님."

함장은 항해사 쪽을 돌아보았다. 항해사는 남지기 모니터를 가리켰다. 함장이 탐지기 모니터를 보니, 거기에는 밝은 빛을 내는 다른 점 하나가 나타나 있었다.

"뭔가?"

함장이 작은 소리로 물었다.

"미국 잠수함입니다. 우리 쪽으로 다시 접근해 오고 있습니다."

"속도와 거리는?"

"약 10노트에 1,900미터입니다. 약 6분 후면 1,000미터까지 근접합니다."

"……."

함장은 식은땀을 흘렸다.

"함장님, 어떻게 할까요? 저들이 우리의 위치를 알고 있을 가능성이 높습니다."

작전장교가 말했다. 그러자 함장이 결심한 듯 말했다.

"어뢰공격 준비하라."

"함장…, 결국 미국 잠수함을 격침시킬 생각인 거요?"

이철수가 나직이 물었다.

"그렇지 않으면 우리가 당할 수도 있소."

"여기에서 좀더 시간을 가지고 기다려 볼 수는 없소?"

"시간을 끌수록 우리에게 기회는 적어지오."

"하지만, 미국 잠수함에 대한 선제공격은 확전의 위험이 있소."

이철수가 낮은 음성으로 말했다.

"그러나 지금은 선택의 여지가 없소."

"어뢰발사와 동시에 우리의 위치도 드러나게 될 것 아니오?"

이철수의 말에 함장의 미간에 옅은 주름이 생겼다.

함장이 아래쪽으로 시선을 두었다가 고개를 들며 명령했다.

"현재속도 방향유지. 어뢰발사 준비."

작전장교와 항해사가 동시에 복창했다.

이어서 항해사의 보고가 들려왔다.

"상대 잠수함과의 거리 1,600미터입니다."

이때 탐지기를 살펴보던 항해사가 소리쳤다.

"함장님, 저들이 우리 쪽으로 어뢰 두 발을 발사했습니다."

"두 발?"

"그렇습니다."

"대응요격 어뢰발사!"

함장이 소리쳤다.

"시간이 부족할 수 있습니다. 2분 30초 후면 상대 어뢰 사정권에 들어갑니다."

작전장교가 소리쳤다.

"2분 30초? 어뢰실, 그 전에 준비할 수 없나?"

함장이 소리치듯 물었다.

"1분 이내에 준비됩니다."

어뢰실에서 대답했다.

"목표물 확인. 어뢰발사."

함장이 명령했다.

"목표물 확인. 어뢰발사."

작전장교의 복창에 이어 길게 느껴지는 몇십 초의 시간이 흐른 뒤에, 어뢰 한 발이 발사되었다. 뒤이어 작전장교가 함장에게 말했다.

"함장님, 요격어뢰가 근접한 곳에서 요격되면 충격이 클 것입니다.

방향을 바꿔서 이 해역을 벗어나야 합니다."

작전장교의 보고에 함장이 명령했다.

"방향 030. 전속 전진."

"방향 030, 전속 전진."

항해사의 복창과 함께 잠수함이 움직이기 시작했다. 그러나 움직이기 시작한 지 불과 몇 초 뒤에 커다란 폭발음이 나면서 잠수함이 크게 흔들렸다. 그 충격은 지금까지와는 비교도 안 될 만큼 커서, 전체의 전원이 끊기면서 함내가 갑자기 캄캄해졌다.

"비상전원 가동. 피해상황 보고."

함장이 소리쳤다. 곧이어 비상 실내등이 켜졌지만 서로의 윤곽만을 알아볼 수 있을 정도의 밝기에 불과했다. 그런데 이때 선체가 뒤쪽으로 기울기 시작했다.

"상황 보고하라."

함장이 다시 소리쳤다. 잠시 후 기관사의 보고가 들려왔다.

"선미 스크루가 어뢰 파편에 손상된 것 같습니다. 기관실에도 침수가 확인되고 있습니다. 침수된 해수 때문에 터빈 압력저하로 추진기가 멈추었습니다."

"복구조 투입."

함장이 소리쳐 명령했으나, 돌아온 것은 기관사의 절규와 같은 음성이었다.

"함장님, 추진기 복구가 불가능할 것 같습니다."

"복구가 불가능하다고?"

함장의 말이 끝나기 무섭게 항해사가 외쳤다.

"심도가 떨어지고 있습니다."

이에 함장이 다시 명령했다.

"좌현과 우현 배수구 전면 개방. 부상하라."

이때 기관실에서 기관사의 보고가 다시 들려왔다.

"함장님, 기관실 침수로 더 이상은 버틸 수 없습니다. 기관실을 폐쇄해야 합니다."

"뭐? 그 정도인가?"

"네, 기관실이 물로 가득 차오르고 있습니다. 지금 즉시 기관실을 폐쇄해야 합니다."

'아….'

함장은 눈앞이 아득해지는 것을 느꼈다.

"5구역 전면 폐쇄. 기관실 승조원 전원 4구역으로 대피."

함장이 명령했다.

"5구역 전면 폐쇄. 기관실 승조원 전원 4구역으로 대피."

기관실에서 복창하는 소리가 들려왔다. 이때 항해사가 외쳤다.

"함장님, 부상이 안 됩니다."

"기관실 때문인가?"

"그런 것 같습니다. 좌현과 우현 밸러스트 탱크의 물을 모두 빼내도 선미부와 기관실 침수 때문에 선체가 기울고 있습니다."

"현재 심도는?"

함장이 다시 물었다.

"35미터입니다. 곧 해저에 닿습니다."

사령실의 스피커에서는 기관실 승조원들이 물을 빼내기 위해 고함치며 사력을 다하고 있는 소리가 어시럽게 들려오고 있었다. 선체가 기울어져 있어서 사령실에 있는 사람들은 모두 벽에 의지한 채로 서서 그 소리를 들었다.

불과 몇 초의 시간 만에, 잠수함이 바닥에 닿았는지 선체가 하강을 멈추었다. 그러나 선체는 오른쪽으로 기울어진 상태로 가라앉았고, 수압 때문에 선체 여러 부분에서 뒤틀리는 소리가 들려오기 시작했다.

함장이 낮은 음성으로 명령했다.

"5구역 침수상황 파악됐으면 보고하라."

잠시 후 항해사가 함장에게 보고했다.

"폐쇄된 5구역은 완전 침수된 상태이고, 4구역 뒤쪽의 IP실에 일부 누수가 확인되고 있습니다. 만약 폐쇄된 5구역이 수압을 이겨내지 못하면 위험한 상황이 올 수도 있습니다."

항해사의 보고에 함장이 물었다.

"축전지 용량은?"

"계속되는 잠항으로 앞으로 30분밖에 공기펌프를 가동시킬 수 없습니다."

"……."

함장은 자신의 곁에 서 있던 이철수에게 천천히 말했다.

"OP, 이제 사람의 힘으로는 어쩔 수 없는 운명의 힘이 우리에게 다가오고 있는 것 같소. 이제 더 이상 작전을 수행할 수 없을 것 같소. 미안하오."

"아니오. 내게 미안해 할 필요 없소. 당신과 당신의 대원들은 정말로 훌륭했소."

"……."

330

함장은 고개를 떨어뜨렸다. 장교들은 숨을 죽이고 함장의 곁에 서서 그의 다음 명령을 기다리고 있었다.

이윽고 함장이 천천히 말문을 열었다.

"이제 OP께서는 이 잠수함을 떠나셔야 할 때가 된 것 같소."

"잠수함을 떠나다니, 그게 무슨 말이오?"

이철수가 함장에게 소리쳐 물었다.

"이 잠수함은 추진기 고장으로 더 이상 움직일 수 없소. 게다가 현재의 축전지 용량으로는 공기펌프를 가동해서 실내공기를 공급하기도 어려운 데다가, 수면 위로 떠오르기는 더 어렵소. 이제 남은 일은 전승연 박사와 OP께서 여길 떠나시는 것밖에 없소. …"

함장이 굳은 얼굴로 말했다.

"무슨 소리요? 회수한 발사체를 놔두고 날더러 어딜 가란 말이오?"

이철수가 소리치자 함장이 낮은 음성으로 말했다.

"당신의 임무는 모두 완료되었소. 회수된 발사체는 이 잠수함의 내압 격납고에 안전하게 실려 있소. 이 잠수함은 지금 침몰된 상태이긴 하지만, 발사체는 잠수함 선체에서 안전하게 보호될 거요. 내 임무는 이 잠수함을 지키는 것이니, 여긴 걱정하지 말고 당신과 박사는 다음 임무를 위해 어서 탈출하시오. 나는 어떤 상황에서도 잠수함을 사수할 것이오."

함장의 말에 이철수가 절규하듯 말했다.

"나도 남겠소."

그러자 함장이 비장한 음성으로 말했다.

"나와 우리 대원들 모두는 이미 공식적으로 전사자들이오. 물론 OP 역시 그러하실 것이오. 그러나 이 배는 니외 우리들의 임무가 시작되는

곳이자 끝나는 곳이오. 여기에서 명운이 다할 때까지 임무를 수행하는
것 또한 내 의무요. 그러니 OP께서는 박사와 함께 어서 이 배를 떠나시
오. 이건 이 배의 함장으로서 내리는 나의 마지막 명령이오."

함장의 말에 이철수가 소리쳤다.

"함장!"

이때 인터폰에서 보고가 들려왔다.

"함장님, 5구역의 내압 벽이 어뢰공격으로 손상되어 4구역으로의 누
수가 늘어나고 있습니다. 4구역에는 내압 벽이 없기 때문에 IP실 전체
가 침수될 위험이 있습니다."

보고를 받은 함장이 이철수를 보며 단호하게 말했다.

"자, 어서 서두르시오."

이어서 작전장교에게 명령했다.

"OP와 IP실에 있는 전승연 박사의 탈출을 도와드려라."

"알겠습니다."

작전장교가 함장에게 거수경례를 하고 IP실 쪽으로 달려갔다.

IP실에 있던 승연은 작전장교가 문을 열고 들어오자 깜짝 놀랐다. 바
닷물이 종아리 높이의 문턱을 넘어서 폭포수 쏟아지듯 들어왔기 때문
이었다. 이미 IP실 밖에는 문턱 높이를 넘어서 물이 차 있었던 것이다.

"아니, 어떻게 된 거요?"

"탈출하시라는 함장님의 명령입니다."

"탈출이라니?"

승연이 장교를 바라보며 놀라 물었다.

"기관실 침수로 더 이상 작전이 불가능합니다. 게다가 여기는 내압
설계가 된 곳이 아니라서 더 위험합니다. 어서 탈출하셔야 합니다."

이어서 다른 승조원이 잠수복을 가지고 들어왔다. 처음 들어왔던 장교가 설명을 시작했다.

"현재 심도 40미터 정도의 깊지 않은 해저에 있으므로, 감압장치*의 보조 없이도 산소통과 잠수복만으로 탈출하실 수 있습니다."

"그럼 잠수복을 입고 여길 나가야 한단 말이오?"

승연이 물었다.

"그렇습니다. 서두르십시오. 시간이 별로 없습니다."

그는 승연이 잠수복 입는 것을 도우면서 장비에 대해 간단히 설명을 하기 시작했다. 장교가 설명을 하는 동안 승연은 다른 생각을 하고 있었다.

'지금이야말로 이자들의 음모를 무산시킬 수 있는 절호의 기회일지도 모른다. 그러나 여기 남아있어야 하는 이들의 운명은 너무 가혹하지 않은가….'

승연은 잠수복을 입으면서 마음 한쪽에서 느껴지는 가책에 장교의 얼굴을 마주볼 수가 없었다.

이때, 이철수가 IP실로 왔다. 그 역시 잠수복 차림이었다.

"박사, 어서 서두르시오. 나도 따라갈 것이오."

이철수가 말했다. 승연이 잠수복을 입은 것을 확인하고, 이철수는 그를 이끌고 IP실을 나섰다.

그들이 사령실에 도착하자 함장과 항해사를 비롯한 잠수함의 장교들 모두가 그들을 기다리고 있었다. 그러나 그들은 잠수복을 입지 않은 상

---

* 잠수병 예방을 위해 수압을 서서히 적응시키는 장비

태였다. 그 모습을 본 이철수가 함장에게 재차 말했다.

"함장…. 제발 다 같이 탈출합시다."

"나는 잠수함을 지킬 뿐이오."

함장은 편안한 목소리로 말을 이어 갔다.

"나는 내 일생을 바다에 걸기로 맹세한 사람이오. 그리고 난 이미 많은 부하들을 앞세워 보냈소. 그래서 나는 지금이야말로 나의 임무를 위해 진정으로 내 목숨을 바칠 수 있게 된 것이 매우 기쁘고 영광스럽소. … 다만 아쉬운 것은, 나의 마지막 임무의 마무리가 완벽하지 못하다는 것이오. … 하지만 지금 내가 할 수 있는 최선은 당신들이 민족의 자주권을 위해 더 많은 일을 할 수 있도록 안전하게 보내드리는 것이오. 비록 나는 여기에서 내 임무를 마무리하지만, 이철수 사령관과 전승연 박사께서는 우리의 과업을 완수해 주기를 바라오."

이어서 함장은 자세를 고쳐 섰다. 그러자 그의 뒤에 서 있던 장교들도 일제히 자세를 고쳐 섰다. 함장과 장교들은 이철수와 전승연을 향해 거수경례를 했다. 이철수 역시 그들을 향해 거수경례를 했다.

경례를 주고받는 그들의 눈가에는 물기가 서려 있었다. 경례를 마친 이철수가 함장의 두 손을 잡으며 말했다.

"함장, 당신의 충정을 절대로 잊지 않으리다."

"부디 민족의 영광스러운 미래를 앞당겨주시오."

함장이 이철수를 보며 말했다.

승연은 그들의 모습을 지켜보며 서 있었다.

'이들이야말로 임무를 위해 목숨을 바치는 참다운 군인의 모습이 아닌가?'

이때 사령실 뒤쪽에서 펑, 하는 소리와 함께 여자의 비명이 들렸다.

"24···, 임정희 소위!"

갑작스러운 비명에 이철수가 이름을 소리쳐 불렀다. 27호 일행이 비명소리가 난 쪽으로 달려갔다.

이어서 함장이 말했다.

"4구역의 주방 벽이 터진 모양이오. 주방 벽이 터졌다면 이제 정말 시간이 없소. 자, 어서 서두르시오."

그러자 이철수가 승연을 향해 말했다.

"박사, 먼저 가서 준비하시오. 나는 4구역 상황을 살펴보고 뒤따르겠소."

그러자 함장이 이철수에게 말했다.

"아니오. OP께서는 그럴 필요 없소. 우리 대원들이 갔으니, 어서 서두르시오."

"임정희 소위가 거기 있소. 내가 가보겠소."

이철수가 함장에게 말하고 사령실 뒤쪽을 향해 돌아섰다. 그 순간 이철수가 갑자기 멈추어 서서 고개를 돌려 승연을 향해 물었다.

"그런데 박사, 그것은 잘 가지고 계시오?"

'그것···?'

갑작스런 이철수의 질문이 무엇을 말하는 것인지 몰라 승연은 그의 얼굴을 바라보고 서 있었다. 그러자 이철수가 자신의 왼쪽 가슴을 툭툭 치며 말했다.

"안전장비 말이오."

그제야 승연은 이철수가 잠수함 밖으로 나가기 전에는 절대로 손대지 말라고 했던 물체가 생각났다. 그는 자신의 왼쪽 가슴에 손을 가져갔다. 잠수복을 입고 있었지만, 작은 물체가 제복 주머니 속에 들어있음을 느낄 수 있었다.

"여기에… 있소."

"그럼 됐소."

이철수가 빙긋이 웃으며 말하고, 돌아서서 사령실을 나갔다.

'도대체 이게 뭘까?'

승연은 이철수가 나간 사령실의 문 쪽을 보면서 생각했다.

"박사, 어서 서두르시오."

함장이 그를 재촉했다.

승연은 갑판 아래에 있는 작은 크기의 해치실로 안내되었다. 물속에서 잠수함 밖으로 나가려면 해치 아래쪽의 작은 방에 물을 채워서 잠수함의 내부와 외부의 수압 차이를 없앤 뒤에 해치를 열고 나가야 한다.

이때 항해사가 긴박한 음성으로 함장에게 보고했다.

"함장님, 또 다른 어뢰가 다가오는 것이 포착됩니다."

"누가 쏜 것인가?"

함장이 물었다.

"방향으로 보아 미국 잠수함에서 발사된 것 같습니다."

"속도는?"

"약 5노트로 다가오고 있습니다."

"시간이 얼마나 있나?"

"현재 속도라면 6분 후면 사정권에 들어갈 것 같습니다."

"6분? 6분이라고 했나?"

함장이 항해사에게 물었다.

"그렇습니다. 해저 지형 때문에 시간은 다소 지체될 수도 있습니다."

항해사의 대답에 함장이 4구역 쪽을 향해 소리쳤다.

"이보시오. OP! 시간이 없소. 어뢰가 날아오고 있소. 어서 여길 빠져나가야 하오!"

그러나 4구역 쪽에서는 아무런 응답이 없었다.

"OP!"

함장이 다시 소리쳐 불렀다. 그러자 4구역 쪽에서 이철수의 외침이 들려왔다.

"함장! 어서 박사부터 탈출시키시오. 지금은 갈 수가 없소."

"무슨 일이오?"

함장이 소리쳐 물었다.

"부상자가 생겼소."

이철수가 소리쳐 대답했다.

"뭐라고? 누가 말이오?"

함장이 물었다.

"우리 대원이오. 어서 박사를 먼저 보내시오. 함장."

그의 말에 함장이 다시 소리쳤다.

"빨리 오시오. OP. 어서!"

이때 항해사가 외쳤다.

"함장님, 지금 빨리 조치하셔야 합니다. 더 시간을 지체하시면, 박사님이 잠수함 밖으로 나가신다 해도 어뢰의 폭파 충격에서 안전한 거리까지 이동할 수 없게 됩니다."

이때 이철수의 외침이 다시 들렸다.

"함장! 박사를 먼저 보내드리시오. 어서!"

그의 말을 들은 함장이 승연을 돌아보며 소리쳤다.

"박사, 어서 가시오. 이제 정말로 시간이 없소. 해치실에 소형 추진기가 있을 것이오. 그것을 쓰면 빨리 수면 위로 올라갈 수 있을 거요. 어서 가시오."

함장이 재촉했다. 승연 역시 애가 탔다. 지금 그는 잠수함을 빠져나가 이 사실을 알려야 한다는 생각이 간절했지만, 그의 마음 한편에는 잠수함에 남아야 하는 사람들에 대한 죄책감이 밀려오고 있었다.

승연은 함장의 얼굴을 차마 볼 수가 없었다.

그가 해치실로 올라가자, 거기에는 마치 작은 잠수함처럼 생긴 노란색의 추진기가 한 대 세워져 있었다. 해치실에서 그를 기다리던 잠수복 차림의 수병이 그가 들어온 문을 닫고 잠금 핸들을 돌렸다. 그리고 곧이어 해치실에 물이 차오르기 시작했다. 물이 점점 높아지자 수병은 승연에게 산소 호흡기를 입에 물라고 알려주었다.

물이 가득 차자, 그의 곁에 있던 수병이 위쪽에 있는 출입 해치에 붙은 둥그런 핸들을 돌렸다. 핸들이 두 세 바퀴 돌아가자 해치가 조금 열렸다. 수병은 해치를 밀어 올려 열고는 추진기를 들어 올려서 승연에게 잡고 올라가라는 몸짓을 해보였다. 추진기는 자체 부력이 있는지 무게가 느껴지지는 않았다.

승연은 추진기 손잡이의 레버를 젖히듯 두 손으로 잡았다. 이어서 추진기의 스크류가 돌아가면서 그 추진력으로 그는 잠수함에서 쉽게 빠져 나왔다.

잠수함 밖으로 나와 돌아보니, 마치 난파선과도 같은 모습으로 해저에 비스듬히 누워있는 잠수함의 거대한 선체가 승연의 시야에 들어왔다. 그리고 지금 그가 빠져나온 잠수함의 해치가 눈앞에서 닫히고 있었다. 해치가 닫히는 그 광경이 이상하리만치 섬뜩하게 느껴졌다.

"……."

승연은 몸을 돌려 추진기를 잡고 물 위로 향하기 시작했다. 그런데 그가 수면을 향하자마자 귀가 멍해질 정도의 큰 충격음이 들려왔다. 그리고 몇 초 뒤에 커다란 폭발의 충격파가 추진기를 붙들고 있는 그의 몸 전체에 전해져왔다. 마치 몸 전체가 거세게 내동댕이쳐지는 것 같은 충격이 느껴졌다.

"윽….."

충격으로 정신이 아득해지면서 추진기의 레버를 잡고 있는 그의 손에서 힘이 빠졌다. 그러자 추진기가 마치 펄떡이는 물고기처럼 그의 손에서 빠져나갈 듯이 요동쳤다.

"악, 안 돼!"

그는 추진기를 손에서 놓치지 않으려고 손아귀에 힘을 모았다. 그러나 뒤에서 밀려오는 폭파의 충격파는 마치 후려치듯 그의 몸을 밀어냈다. 그 충격파의 에너지는 커다란 물기둥을 만들었고, 그의 몸은 물기둥과 함께 물 위로 솟구쳐 올라갔다. 머릿속이 하얗게 되는 것 같은 고통 때문에 산소 호흡기를 물고 있는 그의 입에서는 비명이 나왔다.

"으아아아악….."

49. 경계강화

심란한 마음으로 강의를 마치고 4학년 학생들의 보고서를 채점하고 있던 최인규는 컴퓨터 모니터 겸용 스마트 TV에서 나오는 뉴스특보 소리에 시선을 모니터로 옮겼다. 모니터에는 서해에 침투한 북한 잠수함이 해군과 미군의 합동작전 끝에 어뢰에 격침되어 침몰했다는 국방부 대변인의 발표가 중계되고 있었다.

"북한 잠수함이 침투했다고?"

대변인의 발표내용은 서해의 군사분계선을 넘어 수중으로 은밀하게 침투하려던 북한 잠수함이 한반도 근해에 파견된 미군 잠수함의 어뢰 공격으로 침몰해서 승조원 대부분이 사망했다는 것이었다. 그러나 생존한 일부의 승조원들이 잠수함을 탈출해서 해안으로 상륙할 가능성이 있다는 내용이 보도되고 있었다.

"저 잠수함이 남한으로 침투한 거라면, 필시 선배 납치사건과 관련이 있을 거다."

뉴스는 전 군에 비상경계령이 내려져 해안을 수색하고 있다는 내용으로 마무리되고 있었다.

"이상하다. 왜 하필 서해로, 그것도 잠수함에 태워서 …. 천안함이나 연평도 교전으로 서해의 경계가 크게 강화된 이 시기에 왜 그리로 잠수함을 내려 보냈을까? 게다가 미군이 어느 정도로 공격을 했길래 잠수함이 침몰하고 승조원들이 죽은 거지?"

인규는 TV뉴스를 보면서 혼잣말을 했다.

'선배가 납치된 지도 두 달이 넘었는데 상황 진전은 없고, 사건은 계

속 터지고 …. 도대체 수사를 하기는 하는 건가?'

이때 그의 스마트폰이 울려대기 시작했다.

"여보세요."

"교수님, 강명헌 경위입니다."

"아, 강 경위님. 마침 궁금하던 참이었습니다. 이게 어떻게 된 일이
지요?"

"네, 지금 보시는 대로입니다. 잠수함에서 일부 공작원이 탈출했는
데, 그들이 생존했을 가능성이 높다고 합니다. 그래서 서해안에 비상
경계령이 내려졌고, 군 수색대가 해안을 수색 중입니다."

"공작원? 그럼 간첩이라도 내려왔단 말이오?"

"그런 것 같습니다. 만약 잠수함을 탈출한 공작원들이 남한으로 침
투한다면 또 다른 도발을 저지를 가능성이 있기 때문에, 저희는 그에
대비하고 있습니다."

"……."

"그래서 저희는 최 교수님 주변의 경계를 강화하려고 합니다. 교수
님의 안전을 위한 것이니, 불쾌하게 생각지 마시고 협조해 주십시오."

"나보다는 전 박사의 사모님을 지켜드려야 하지 않겠소?"

"네, 전 박사님 사모님은 안전을 위해 저희가 이미 안가로 모셔가도
록 조치를 취했습니다."

"안가?"

"네, 안전한 곳입니다. 지금 저희의 다른 요원들이 모셔가고 있습니
다."

"그렇소? 그렇다면 다행이오."

"최 교수님께도 그런 조치를 취할 것을 검토했었습니다만, 교수님께

서 갑자기 학교를 비우시는 것이 적절치 않으실 걸로 판단되어, 교수님 주변의 경계를 강화하는 방법을 쓰기로 했습니다. 교수님께서는 평소와 다름없이 강의를 비롯한 일상생활을 하시면 됩니다. 이미 저희 요원들은 교수님 주변에서 잠복근무를 하고 있습니다."

"알겠소."

"그렇지만 가급적 일상적인 강의 이외의 다른 약속은 삼가십시오."

"그러지요."

"교수님 주변에서 아무리 작은 일이라도 수상한 점을 발견하시면, 저희가 즉시 조치를 취할 것이니, 주변에 저희가 있다는 점을 늘 염두에 두십시오."

"그러겠소…."

전화를 끊은 인규는 혼란스러웠다.

'이번 사태가 심각한 건 틀림없는 것 같다. 미혜 형수까지 안가로 대피시킨 걸 보면, 뭔가 중대한 징후가 있는 모양이다. 하지만 이자의 태도는 날 보호하려는 게 아니라, 마치 감시하겠다는 투가 아닌가? … 선배는 별일 없어야 할 텐데.'

50. 준비된 구조

승연은 얼굴에 와 닿는 바닷물이 차갑게 느껴져 눈을 떴다. 그의 눈에 푸른 하늘이 들어왔다. 그는 누운 자세로 있었다. 그런데 그가 상체를 일으키는 순간, 몸 전체가 물속으로 가라앉고 말았다.

"으읍, 푸, 풋 ….."

짠 바닷물이 그의 입안에 들어왔다. 그는 수면 위에 누운 듯이 떠 있었던 것이었다. 승연은 균형을 다시 잡았다.

그는 일어난 일들을 돌이켜보았다. 잠수함이 어뢰의 공격을 받았고, 그는 잠수함을 탈출했다. 그리고 어뢰의 폭발과 함께 정신을 잃었다.

'잠수함에 타고 있던 다른 사람들은 어떻게 됐을까? 탈출했을까?'

고개를 돌려 주변을 살펴보았다. 몇 미터 떨어진 곳에 그가 잠수함에서 탈출할 때 썼던 작은 추진기와 산소통이 떠 있었다. 그렇지만 다른 것은 보이지 않았다.

그는 헤엄쳐서 추진기 쪽으로 갔다. 물에 떠 있는 소형 추진기를 다시 잡은 그는 좌우를 살펴보았다. 그러나 어디를 보아도 망망대해 일 뿐 수평선에는 아무것도 보이지 않았다. 고개를 들어 태양을 보니, 한낮에 가까운 시간인지 태양은 하늘 가운데에 와 있었다.

'잠수함이 남한 해군의 어뢰를 맞았으니, 이곳은 분명 한국 영해일 거다. 그러면… 태양의 반대방향 북동쪽이 한국 땅일까?'

추진기를 켜려고 레버를 보니, 이미 젖혀진 채였다. 그는 추진기의 레버를 돌렸다가 다시 젖혀 보았으나 반응이 없었다. 레버를 여러 번 움직여보았지만, 추진기는 작동하지 않았다.

추진기의 아래쪽에는 노란 바탕에 검은 글씨가 쓰여 있는 스티커가 보였다.

> Вспомогательный двигатель
> Должен перезаряжаться за 2часа
> Время работы при помощи заряженной батареи : 30минут

사용설명인 듯했지만, 모두 러시아어 키릴문자로 쓰여 있어서 무슨 말인지 알 수 없었다.

'그렇지…. 러시아제 잠수함이었으니, 거기에 실린 물건들도 러시아제이겠지….'

키릴문자 사이 있는 2와 30의 숫자는 2시간 충전을 해서 30분 작동할 수 있다는 표시로 보였다. 그의 추측이 맞는다면, 배터리는 이미 방전된 것이다. 방전된 추진기는 아무 소용없는 고철이나 마찬가지다.

그는 추진기를 포기하고 태양을 등지고 헤엄치기 시작했다. 그러나 얼마 지나지 않아 기운이 빠졌다. 넓고 넓은 바다에서 방향도 장비도 없이 무엇을 어떻게 해야 할지, 막막하기만 했다.

"지나가는 배가 있으면 좋을 텐데…."

바다 한가운데서 무작정 배가 지나가기만을 기다릴 수도 없는 노릇이다. 게다가 허기가 느껴지기 시작했다.

"아, 어찌 해야 한단 말인가?"

기운 닿는 데까지 헤엄을 치는 것 이외에는 지금으로서는 할 수 있는 것이 없다. 그는 다시 헤엄치기 시작했다. 그러나 넓은 바다에서 한동안 아무리 헤엄을 쳐도 도무지 얼마나 왔는지 알 수 없었다. 그는 문득 자신이 태양을 마주보고 있음을 발견했다.

"어? 분명히 태양을 등지고 헤엄을 치기 시작했는데, 이게 어떻게 된 일이지?"

그는 다시 방향을 바꾸어 태양을 등지고 헤엄치기 시작했다. 한참 헤엄치고 다시 고개를 든 그는 다시 기운이 빠지고 말았다. 그가 여전히 태양을 마주보고 있었기 때문이었다.

"이게 어떻게 된 거지? 분명히 태양을 등지고 출발했는데 …."

물살 때문인가, 하고 승연은 낙담했다. 마음이 지치자 몸의 피로가 무섭게 밀어닥쳤고, 그렇게 떠 있는 동안 승연은 점차 희망을 잃어가고 있었다.

이때 그의 앞 이십여 미터 떨어진 수면 위에 무언가가 보였다.

"저게 뭐지?"

거의 말을 듣지 않는 팔다리를 천천히 움직여 겨우겨우 그쪽으로 헤엄쳐 가보니, 그것은 바로 그가 버렸던 러시아제 추진기였다. 그 주변에는 그가 썼던 산소탱크도 떠 있었다. 그는 추진기의 추진레버를 젖혀 보았다. 그러나 배터리가 모두 방전된 추진기는 전혀 작동하지 않았다. 결국 이 추진기는 동력이 없기 때문에 여기에까지 동력으로 이동해 온 것은 아니다.

그것들을 한참 바라보던 승연은 깨달았다. 비록 그가 한참동안 헤엄쳐 왔지만, 다시 출발한 곳으로 되돌아온 것이었다. 추진기는 제자리에 떠 있었을 뿐이고, 그는 같은 장소를 계속 맴돌고 있었던 것이다.

"아, 이런…."

절망이 밀려왔다. 꼼짝없이 여기에 이대로 떠 있어야 하는 것이다.

"선박이 지나가기를 기다릴 수밖에 없단 말인가…."

그의 눈에 다시 푸른 하늘이 들어왔다. 하늘에는 구름 한 점 없이 맑았다. 그가 스탁빌에서 납치된 2월 이후로 얼마나 시간이 흘렀는지 모르지만, 수온은 아직 차갑게 느껴졌다. 그는 몸이 떨리기 시작했다. 그런데 이상하게도 몸은 떨리는데 졸음이 오기 시작했다.

'안 돼. 지금 잠들면 안 된다.'

그는 졸음을 참으려 애를 썼으나, 피로감 때문인지 눈이 감기는 것을 억제할 수가 없었다.

'안 된다. 잠들어서 체온이 더 떨어지면 대사가 느려져 심장이 멎을
수도 있다.'

잠들면 안 된다는 생각을 하면서도 그의 정신은 흐려졌다.

51. 안전가옥

"교수님, 죄송합니다만, 저희에게 협조를 해주셔야겠습니다."

인규의 연구실로 찾아온 이준우 형사와 정준 형사가 천천히 말했다.

"협조라니?"

"중대상황이 발생했습니다."

이준우 형사가 대답했다.

"중대상황?"

"지금 여기서 말씀드리기 어렵습니다만, 우선 저희가 안가로 모시도
록 하겠습니다."

"안가 …?"

인규가 의아함과 불쾌감이 섞인 표정으로 두 형사를 바라보자, 이준
우 형사가 약간 당황한 듯 서둘러 설명을 덧붙였다.

"아시다시피 전승연 박사님 사모님께서도 이미 안가에 가 계십니다."

"물론 그렇다고 알고 있긴 하오만, 중대상황이라는 게 뭡니까? 침투
공작원이 잡히기라도 했소?"

그가 물었다.

"그렇지는 않습니다."

"아니, 그런 것도 아닌데 날 안가로 데려가겠다니, 이건 너무 과잉대응이 아닌지 모르겠소? 게다가 당신들은 내 주변에 잠복근무한다고 하지 않았소?"

"네, 하지만 오늘은 모셔오라는 지시를 받았습니다."

"누가 날 데려오라고 했단 말이오?"

"현재로서는 저희도 정확히 말씀드리기는 어렵습니다. 다만 저희는 교수님을 안전하게 모셔오라는 지시를 받았을 뿐입니다."

"보자보자 하니까 정말, 무슨 일처리를 계속 이딴 식으로 하시오!"

불쾌한 심기를 참지 못한 최인규는 두 형사들을 향해 낮게 소리쳤다.

"죄송합니다. 하지만 저희는 지시받은 대로 할 뿐이라…."

"… 알겠소. 사실 당신들이 무슨 죄가 있겠소. 지시를 내리는 당신들 윗사람들이 일을 이상하게 하는 거지. 내가 그 안가라는 곳에 가기 전에 따로 준비할 건 없소?"

"그렇지는 않으십니다. 그냥 저희가 모시고 가겠습니다."

"……."

인규는 겉옷을 걸치고 두 사람을 따라 연구실을 나섰다.

52. 스페츠나츠 (СПЕЦНАЗ)*

승연이 다시 눈을 뜬것은 누군가가 그의 몸을 주무르는 것이 느껴졌기 때문이었다. 그러나 이내 그는 추위를 느끼며 부들부들 떨기 시작했다. 곧 그의 시야에는 모포를 덮어주는 사람과, 수건으로 물기를 닦아내고 있는 사람, 그리고 그를 내려다보고 있는 몇 사람의 모습이 들어왔다.

그 사내들 중 하나가 깨어난 박사를 보고 말했다.

"앗따, 죽은 줄 알았당게."

"긍게, 내 말이 맞지잉. 죽은 사람은 아니었당게라."

곁에 있던 다른 사나이가 강한 사투리로 호들갑스럽게 말했다.

전승연 박사가 누운 채로 그들에게 조심스럽게 물었다.

"어떻게 된 겁니까?"

"우리가 배 타고 가던 중에 댁이 물에 떠 있는 게 아니당가. 그래서 일단 건져냈어. 저 친구는 죽었을지 모른다는 거여. 워쨌거나 죽었으믄 장사라도 치러줘야 허니께, 내가 건져보자고 혔지."

그들 중 선장으로 보이는 50대 사나이가 말했다.

"네, 그러셨군요…. 고맙습니다."

승연은 몸을 일으켜 감사의 인사를 하려고 했지만, 기운이 빠진 상태여서 몸을 움직일 수가 없었다. 그의 몸에는 여전히 물기가 흥건했고 배의 갑판 위에 눕혀져 있었다.

그는 누운 채 자신을 내려다보고 있던 사람들을 다시 한 번 살펴보았다. 그들은 어부들처럼 보였다. 20대로 보이는 청년 두 사람과 50대 후반으로 보이는 세 사람이 배에 탄 사람들의 전부였다.

"기냥 누워있으쇼. 근디 워떻게 된 거라우?"

처음으로 말을 건넸던 50대의 사나이가 다시 물었다. 그는 배의 선장인 듯 보였다.

• 스페츠나츠(СПЕЦНАЗ): 러시아군 특수부대

"아, 네…. 저는 잠수하 …."

승연은 자신이 잠수함에서 탈출한 것에 대해 이야기하려다가, 이내 입을 다물었다. 아직 이들이 누군지도 확실히 모르는 상태였기 때문이다.

"잠수하다가?"

선장으로 보이는 사나이가 넌지시 물었다.

"아, 네, 저는, 저…, 사정이 있어서… 이렇게 됐습니다."

승연이 얼버무리자 다른 50대 사나이가 말했다.

"바다에 빠져 둥둥 떠다니고 있었는데, 암것도 아니라고잉?"

그러자 20대로 보이는 사나이가 나직이 물었다.

"혹시… 군인 … 이쇼?"

"아뇨. 군인은 아닙니다."

"근디 그짝 복장이…."

20대 사나이는 턱으로 그의 잠수복을 가리켰다. 승연은 자신이 입고 있는 잠수복을 내려다보았다. 합성섬유로 만들어진 검은색 잠수복의 왼쪽 가슴 부분에 키릴문자와 부대마크인 듯이 보이는 박쥐모양의 도안이 함께 인쇄돼 있었다.

물론 어부들이 키릴문자를 읽을 수는 없었겠지만, 그 박쥐도안은 한눈에도 군부대의 것으로 보였다. 승연으로서도 이런 섯들을 설명하기

가 막연했다.

"그게 저…."

그가 잠시 망설이자, 어색한 분위기가 이어졌다. 이때 선장으로 보이는 50대 사나이가 큰 소리로 말했다.

"그라믄 … 우선 밥이라도 한 공기 잡사야 기운을 차리제, 쪼까 있어봐. 나가 금방 밥 혀서 줄 테니께."

"잉? 그라믄 그물 안 던질텨?"

다른 50대 사나이가 그를 향해 소리쳐 물었다.

"앗다, 오늘은 그만 하드라고. 시방 그물 던져 봐야 더 잡히것는가?"

"……."

"각자 정리들 하드라고."

그가 이렇게 말하자, 사나이들이 천천히 흩어지기 시작했다. 승연은 자신 때문에 이들이 작업을 중단한 것 같아 그 사나이에게 말했다.

"저는 괜찮습니다. 마저 마무리를 하시죠."

"괜찮탕께, 돌아가기 전에 한 번 더 던질까 말까 하던 중이었는디. 기냥 밥해서 먹고 가믄 되아. 상관 읍서."

"……."

선장으로 보이는 사나이가 말을 마치고 선실로 들어가자, 다른 쪽에 서 있던 20대 사나이 하나가 재빨리 선장을 뒤따라서 선실로 들어갔다.

잠시 뒤 선장이 선실 벽 옆면의 열린 유리창을 통해 소리쳤다.

"그물 다 걸었냐? 안 건진 거 읍지야?"

"다 걸었어. 그만 가드라고."

갑판에 있던 사람들이 소리쳤다. 이어서 엔진 돌아가는 소리가 나기 시작했다.

배가 움직이기 시작하자, 승연이 갑판에 있던 다른 50대 사나이들을 향해 물었다.

"이 배는 어디로 갑니까?"

그러자 한 사람이 대답했다.

"우린 압해도 포구로 가는 중이여."

"압해도…요?"

"목포 앞에 있는 섬이여. 앞에 있어서 압해도라고 한댜."

사나이가 누런 치아를 드러내 웃으면서 말했다. 그의 말은 들은 승연은 비로소 안심이 되었다. 이들은 한국에서 온 어부들이 틀림없다는 생각에서였다. 압해도라는 섬에는 가본 일은 없지만, 그 이름은 알고 있었다.

압해도는 나로우주센터가 있는 외나로도에서 그리 멀지 않은 곳에 있는 섬이다. 외나로도와 압해도 두 섬 모두가 전라남도의 서남쪽 끝에 있지만, 나로우주센터가 있는 외나로도는 남쪽에 있고, 압해도는 거기에서 좀더 서해안 쪽으로 있다.

"여기서 압해도까지는 얼마나 걸립니까?"

"한나절은 걸릴 거요잉. … 오늘은 선장이 멀리 가보자구 혀서 좀 멀리 나왔응게."

"네 …, 여긴 어디쯤입니까?"

"서해지 어디여."

"네에. 근데… 포구에 가면 전화…가 있겠지요?"

"앗따, 요즘 시상에 전화 없는 디가 어디 있간디? 있을 거여. 정 급하면 이걸 써두 되는디 말여."

50대 사나이가 자신의 휴대폰을 그에게 내밀며 말했다.

"아닙니다. 그 정도로 급하진 않습니다."

승연이 손을 내저었다. 우선 섬에 도착한 뒤에 경찰에 연락을 하는 게 설명하기 수월할 것이라는 생각에서였다.

"뭐 그라등가."

"……."

"그래두 오늘 선장이 사람 하나 살려부렀네."

50대 사나이가 혼잣말하듯 이야기했다.

"네?"

"선장 큰아들이 해경에 근무했었는디, 몇 년 전에 작전 나갔다가 전사했지. 근디 시신을 못 찾아서 기냥 옷가지로 장례를 치렀어. 거시기 그… 대전 유성에 있는 국립묘지? 거기에 묘가 있다고 하드라고."

"네 …."

승연은 사나이의 이야기를 들으면서, 「푸른하늘」의 대원들이 전사자라는 이철수의 말을 생각했다. 그 사내는 이야기를 계속했다.

"선장은 아마 죽은 아들을 생각혀서 그래 득달같이 그짝을 건져낸 거 같구먼."

"네, 그러셨군요. 감사합니다."

소형 어선의 속도는 그다지 빠르지 않았다. 배가 움직이는 동안 승연에게 말을 거는 사람은 아무도 없었다. 그는 배 위의 사람들이 자신을 경계하고 있다고 느꼈다.

배가 바다를 가로지르는 동안 젊은 사나이가 잡은 물고기 몇 마리를 다듬어서 찌개를 끓이고, 선실에 있던 전기밥솥에서 밥을 퍼 작은 공기 몇 개에 담았다. 그리고 아이스박스에서 반찬통을 꺼내 와서 갑판 바닥에 펼쳐놓았다.

준비가 어느 정도 되자 선장이 선실에서 나오며 승연에게 말했다.

"요기를 좀 하시구려. 입에 맞을지는 모르겠지만."

"감사합니다."

"······."

사람들이 갑판에 앉아 식사를 하기 시작했다. 숟가락을 움직여 찌개와 밥을 떠서 입으로 넣고 있을 뿐, 아무도 말이 없었다.

"찌개 칼칼하게 잘 끓였구먼."

선장이 한마디 툭 던졌다. 그리고 승연을 돌아보며 물었다.

"워뗘, 먹을 만한가?"

"네, 맛있습니다. 얼큰하니 좋은데요."

"다행이구먼. 일단은 많이 먹어 두드라고. …"

선장이 당부하듯 말했다.

"네, 감사합니다."

식사를 마친 어부들이 담배를 물고, 하나 둘씩 자리에서 일어서기 시작했다. 선장과 승연만이 남았다.

식사를 마친 선장은 숟가락을 내려놓고 승연이 식사하는 모습을 조심스럽게 지켜보고 있었다. 밥 한 공기를 깨끗하게 비운 승연이 옆에 놓여있는 빈 밥공기들과 수저들을 주섬주섬 정리하기 시작했다.

"잉? 시방 뭐하는 겨?"

숟가락을 모으고 있는 그를 보고 선장이 물었다.

"아, 네. 설거지는 제가 하겠습니다."

"아따, 그냥 두랑게. 그래도 그기는 손님인디… 걍 냅두쇼."

"아닙니다. 손님이라뇨. 절 구해주신 생명의 은인분들이신데요."

"아이고, 그랴도 그러는 게 아니랑게. 내비 둬. 야, 진철아, 이거 좀 쳐라."

선장이 갑판의 다른 쪽에 있던 한 사람을 향해 소리치자 뒤쪽에 있던 20대 사나이가 달려와 그릇들을 정리하기 시작했다.

배가 포구에 도착한 것은 석양이 질 무렵이었다. 승연은 선착장을 살펴보기 위해 뱃머리 쪽 갑판으로 다가섰다. 그런데 배가 포구에 가까워지면서, 선착장 앞쪽 빈 터에 한 무리의 군인들이 모여 있는 것이 보였다. 그들의 뒤로는 경찰 순찰차와 헌병대 지프, 병력 수송트럭 같은 차량들이 모여 있었다.

이상한 생각이 든 승연은 고개를 빼들고 그들을 자세히 살폈다. 그런데 군인들은 단지 무리지어 모여 있는 것이 아니라, 무장을 한 채 그가 타고 온 어선을 향해 소총을 겨누고 있었다.

"……?"

승연은 한동안 눈앞에 펼쳐진 광경을 이해하지 못했다.

배가 선착장으로 가까이 다가서자, 소총을 겨눈 군인의 무리 뒤쪽에서 젊은 장교가 배를 향해 확성기로 말했다.

"모두 손들어!"

승연은 그 소리에 놀라 뒤를 돌아보았다. 그러자 뒤에 서 있던 선장이 그의 시선을 피해 고개를 돌리면서 천천히 두 팔을 올리는 모습이 보였다. 그리고 선장의 뒤에 서 있던 다른 사나이들도 선장의 눈치를 보며 천천히 두 팔을 들었다.

그제야 그는 상황이 이해되기 시작했다.

'날 간첩이라고 신고한 모양이군. 배가 속도를 내지 않고 온 것도, 병력을 배치할 시간을 주기 위해서였겠구나….'

승연도 천천히 양손을 들었다.

'그래, 그건 한국 국민이라면… 당연한 거다.'

배에 타고 있는 사람들 모두가 손을 든 것을 확인한 젊은 장교는 소총을 든 병사 둘을 대동하고 뱃머리를 향해 다가왔다. 장교가 승연을 향해 명령하듯이 말했다.

"그 자리에 엎드렷!"

그의 말에 승연이 재빨리 팔을 내리고 몸을 앞으로 구부리자, 장교는 흠칫 놀라 소리쳤다.

"천천히, 아주 천천히. 허튼 수작하면 발포한다."

승연은 그의 민감한 반응에 당혹스러웠다. 그는 장교의 요구대로 느린 동작으로 갑판에 엎드렸다.

"두 손 머리 위로 올려."

젊은 장교가 굳은 음성으로 말했다. 승연이 장교의 요구대로 양쪽 손을 머리 위로 올리자, 장교는 군화로 그의 등을 밟고 올라섰다.

"컥….."

가슴이 눌리면서 숨이 막혔다. 장교는 몸을 구부려 무릎으로 승연의 등을 누르면서 손목에 수갑을 채웠다. 그리고 선장을 향해 말했다.

"선장과 선원들은 모두 신원확인 후 하선하시오."

이어서 젊은 장교가 승연을 일으켜 세우자, 다른 병사 세 명이 갑판으로 올라와 선장부터 시작해서 선원늘 한 사람 한 사람의 주민등록번호, 주소 등을 무전연락을 통해 확인하고 차례로 하선시켰다.

일어선 승연이 장교를 향해 말했다.

"이보시오, 난….."

그러자 젊은 장교가 말했다.

"침투자의 대공 용의점은 대공분실로 이송조치 후 조사받게 될 것이다."

'대공 … 분실?'

뒤이어 다른 군인 두 명이 다가와 수갑이 채워진 승연의 양팔을 잡고 포구에 와있던 검은 색 밴으로 데려갔다. 그 밴은 화물칸 쪽의 모든 유리창이 철판으로 막혀 있고 그 안쪽에는 강철 파이프가 두 개씩 덧대진 차량이었다.

밴의 미닫이문이 열리자, 실내에 설치된 긴 좌석이 보였다. 승연은 좌석 중앙에 앉혀지고, 그의 양쪽으로 군인이 각각 한 명씩 수갑이 채워진 승연과 팔짱을 끼고 앉았다. 이어서 밴의 미닫이문이 닫히고, 차량 앞뒤에 각각 한 대씩 순찰차가 대열을 이루어 포구를 출발했다.

X 환원 還元

5 3 . 원점

승연은 양쪽에서 자신의 팔짱을 끼고 앉은 두 사람 때문에 답답함을 느꼈다. 게다가 그가 타고 있는 밴 차량은 운전석과 화물칸을 구분해놓은 실내 벽에 붙어있는 유리창까지 모두 막혀 있어서, 차량 바깥의 풍경을 전혀 볼 수 없는 구조였기 때문에 답답함은 더했다.

어디로 끌려가는지, 얼마나 가야하는지도 모른 채 달리는 차량에 막연히 앉아있을 뿐이었다. 게다가 승연은 아직도 잠수복 차림이었다. 물기는 그럭저럭 말랐지만 소금기 때문에 끈적거렸다.

차량에서 들려오는 엔진 음이 약간 높은 소리로 일정하게 나고 있는데다가 커브를 급하게 돌지 않은 것으로 볼 때, 고속도로를 달리고 있을 것이라는 추측을 할 수 있을 뿐이었다.

"얼마나 가야 합니까?"

"……."

승연이 양옆의 군인들에게 물었으나, 누구도 아무 말도 하지 않은 채 전방을 응시할 뿐이었다. 불안감이 들기 시작했다.

'나를 북한에서 침투한 간첩으로 생각하고 있다면, 틀림없이 국정원이나 대공분실로 데려갈 것이다. 물론 거기에서는 내가 누군지는 알겠지만, 분명히 그간의 경위에 대해 묻겠지…. 그동안 「푸른하늘」에 대해서 알게 된 것들에 대해 어떻게 설명해야 할까? 정말로 이철수의 말대로 「푸른하늘」이 극비의 조직이라면, 내가 그들의 존재를 수사기관에게 알려서는 안 되는 게 아닐까? 만약 내가 「푸른하늘」에 대해서 함구한다면 그들은 시간을 벌 수 있고, 또 다른 기회를 찾을 수 있을지도 모른다. 그리고 분명 장거리 유도탄을 완성하겠지. 그렇지만… 그건 어쩌면 또 다른 불행의 씨앗이 될지도 모른다. 그들의 극단적 선택은 불행한 결과를 초래할 수도 있다. 자주권이라는 명분을 내세우는 자들이 실수를 저지르지 말란 법이 없다.'

승연은 자신의 옆에 앉은 군인을 돌아보았다. 둘 다 마치 인형처럼 꼼짝도 않고 앉아 있었다. 승연은 다시 고개를 돌려 앞을 향했다.

'그런데… 이철수는 어떻게 됐을까? 잠수함에서 탈출했을까? 살아있을까? 만약 내가 「푸른하늘」에 대해 이야기를 한다면…, 30년이 넘는 세월동안 아무도 모르게 존재해 왔던 조직이 알려지면, 그들은 위기를 맞을지도 모른다.'

승연은 점점 깊은 생각 속으로 빠져들었다.

'… 그들이 이철수의 말대로 정말 남한의 극비조직일까? 만약 북한 보수군부의 강경파 조직이라면? 설혹 남한의 극비조직이라 해도 그들의 존재가 세상에 알려지면 미국이나 일본은 절대로 이와 같은 조직을 구경만 하고 있지는 않을 것이다. 아니, 외교적으로 부담을 안지 않으려고 정부가 먼저 나서서 해체할지도 모른다. 그들이 북의 사주를 받았다고 몰아붙일지도 모를 일이다. 만약 그렇게 된다면… 이철수가 정말로 아무런 사심 없이 「푸른하늘」을 이끌어 온 거라면, 나는 그의 말대로 민족 앞에 반역을 저지르는 죄인이 되는 걸까? 게다가 그동안 내가 본 이철수는, 사리사욕을 위해 「푸른하늘」을 움직이는 인사는 아니었다. …'

승연은 아직 모르는 것이 많았지만, 이철수가 진심으로 민족의 앞날을 걱정하고 있다는 것만은 틀림없음을 알았다. 승연의 속에서 그런 그에게 짐이 되고 싶지 않은 마음이 커지고 있었다.

긴 시간을 달린 끝에 차량이 어딘가에 멈춰 섰다. 그러고 보니 고속도로를 벗어나 한참동안 구불구불한 길을 달려온 것도 같았다. 차가 멈추자 승연의 오른쪽에 앉아있던 군인이 그에게 안대를 씌웠다.

"……?"

이어서 차량의 미닫이문 열리는 소리가 나고, 그는 두 사람에게 이끌려 차에서 내려졌다. 그리고 몇 개의 계단과 복도를 지나, 엘리베이터에 태워지는 것 같았다. 몇 초 뒤 엘리베이터의 문이 다시 열리고 어딘가로 이끌려 와 의자에 앉혀졌다.

"……."

눈이 가려진 채 앉아 있는 그에게 군인 중 한 명이 차분한 음성으로 말했다.

"전승연 박사님 …."

'이자들이 내 이름을 알고 있다? … 분명히 날 간첩이라며 체포해 오지 않았던가?'

그는 놀라지 않을 수 없었다. 군인은 말을 계속했다.

"박사님, 며칠간 고생이 크셨을 길로 압니다. 우선 샤워를 하시고 옷도 갈아입으십시오. 곧 식사도 준비해 드리겠습니다.”

“뭐요?”

승연이 반문함과 동시에 그의 손목에 채워져 있던 수갑이 풀리고, 눈을 가리고 있던 안대도 풀렸다. 그러자 남색 제복 차림의 사내 두 명이 그의 시야에 들어왔다. 그들은 승연에게 거수경례를 하고 안대와 수갑을 챙겨서 방을 나갔다.

‘간첩 용의자를 체포해 데려왔다는 자들이 이미 내가 누구인지를 알고 있고, 수갑을 풀어주고 나가다니…, 이게 어찌된 일이지?’

방안에 홀로 남겨진 그는 혼란스러웠다.

‘대공분실에서는 이미 내가 누군지 알고 있는 건가?’

아무리 생각해도 알 수 없는 일이었다.

승연은 고개를 들어 자신이 앉아있는 방안을 둘러보았다. 그러나 다음 순간 그는 소스라치게 놀라고 말았다.

‘아니, 이럴 수가….’

지금 그가 앉아있는 곳은 바로 「푸른하늘」에 갇혀 있으면서 한동안 머물렀던 바로 그 방이었기 때문이다.

‘압해도에서 나를 체포했던 그 장교는 분명 침투간첩인 나를 대공분실로 호송해 나의 대공 용의점을 수사한다고 말했다. 그런데… 내가 지금 와 있는 이곳은…. 이게 어떻게 된 거지? 그렇다면, 「푸른하늘」과 대공분실이 같은 곳이란 말인가?…

아니다. 그럴 리가 없다. 이철수는 「푸른하늘」은 그 누구도 알지 못하는 극비의 조직이라고 했다. 심지어 대통령조차도 모르는…. 그런데 이게 대체 어떻게 된 일이지?’

이때 스피커에서 목소리가 흘러나왔다.

"박사, 무사히 도착하셨습니까?"

'이 목소리는 ….'

목소리의 주인공은 바로 이철수였다.

"이철수? 「푸른하늘」의 OP 이철수요?"

"그렇소 …."

"어떻게 된 거요? 당신도 잠수함에 있었지 않소? 그리고 잠수함은 어뢰공격을 받아 침몰하지 않았소? 그럼 당신도 탈출한 거요? 무사 … 한 거요?"

"물론, 나도 박사와 함께 잠수함에 같이 있었소. 그리고 박사가 탈출한 뒤에 나도 탈출했소. 물론 안타깝게도 함장을 비롯한 승조원들은 잠수함과 운명을 함께했지만 말이오. …"

스피커를 통해 들려오는 이철수의 음성에 승연은 알 수 없는 배신감이 들었다.

"도대체 어떻게 된 거요? … 당신의 정체가 뭐요?"

승연이 소리쳐 물었다.

"아, 박사 …. 또 화내실 거요? 이번에는 정말로 그러실 필요 없소. 내가 설명해 드리리다. 우선 좀 쉬시오. 그동안 정말로 고생 많았소. 일단 안심하시고, 샤워도 하시고, 옷도 갈아입으시오. 사실 지금 박사의 모습은 좀 그렇지 않소?"

스피커를 통해 나오는 이철수의 말을 들은 그는 자신을 내려다보았다. 이철수의 말대로 지금 그의 행색은 말이 아니었다. 테이블 위를 보니 갈아입을 속옷과 평상복들이 준비되어 있었다. 스피커에서 이철수의 목소리가 다시 흘러 나왔다.

"샤워하시고 나면, 식사도 준비해 드리리다."

이철수가 말을 마치자 스피커는 꺼졌다.

54. 아주르(Azure) III

샤워를 마치고 옷을 갈아입은 승연은 21호가 가져다준 설렁탕으로 요기를 했다. 식사를 마친 그가 소파에 앉아있을 때, 이철수가 방으로 들어왔다.

굳은 표정의 승연에게 이철수가 먼저 입을 뗐다.

"박사, 그동안 본의 아니게 미안했소. 이제 속 시원히 설명해 드리리다. 먼저 그동안 박사를 진심으로 걱정하고, 또 찾기 위해 백방으로 애쓴 최인규 교수와, 그리고 박사가 가장 사랑하시는 부인의 안부가 궁금하시겠지요."

"물론이오. 두 사람은 잘 있는 거요? 혹시 … 그들에게까지 무슨 짓을 한 거요? 만약 그랬다면, 난 당신을 절대 용서할 수 없다는 걸 알아두시오."

승연이 목소리를 높였다.

"염려 마시오. 난 그렇게 막돼먹은 사람 아니오. 지금껏 날 봐 왔으면서 아직도 날 못 믿는단 말이오?"

"……."

"물론 이해하오. 내가 박사의 입장이라도 그랬을 거요. 하지만 두 분은 안전하고 편안하게 잘 계시오."

이철수가 미소를 지었다.

"틀림없는 거요?"

그가 못미덥다는 투로 물었다.

"내 명예를 걸고 약속하리다."

이철수가 웃으며 말했다.

"사실… 발사실험이 성공했다면 어렵지 않게 설명해 드릴 수 있었지만, 그렇지 못해서 좀더 복잡해졌던 거요."

"……."

이철수가 발사실험 이야기를 하자, 그는 아무 말도 할 수 없었다.

"사실 우리의 발사실험은 반드시 성공하리란 보장이 없는 것이기 때문에, 만약의 경우를 대비해서 일의 진행 중에는 모든 걸 설명해 드리기 어려웠소. 그 점에 대해서는 박사께서 이해해 주실 줄로 믿소."

"……."

이철수는 설명을 계속했다.

"우리는 박사께서 알고 계시듯이 「푸른하늘」이라는 조직이고, 사실상 나로호 개발과 병행해서 독자적인 다단계 유도탄 '은하수'의 개발을 완성단계에까지 이끌고 왔소. 물론 아직 가야 할 길이 남아 있고, 또 미국을 비롯한 주변국가들은 우리의 '은하수' 개발을 모르고 있소…."

"……."

이철수의 말은 승연도 짐작했던 바였다. 그는 설명을 계속했다.

"사실… 우리가 만든 '은하수'는 전략무기요. 다시 말해 힘의 균형을 통한 발언권을 가지기 위한 무기요."

"……."

"이런 선략무기를 개발하고 보유하는 것은 여러 가지 의미로 중요하지만, 우린 그걸 알면서도 부끄럽게도 우리 의지대로 할 수 없었소. 지금까지도 그랬고, 미국으로부터 제재를 받는 정치적 이유 때문에 어쩌면 앞으로도 계속 그럴 거요. 그렇지만 우리 「푸른하늘」은 국방과학연구소와 항공우주연구원의 지원을 받으며 오늘까지 30년을 넘는 시간동안 극비리에 일해 왔던 거요."

"……."

"이곳은 40여 년 된 지하벙커요. 우리는 그동안 전략무기를 개발하는 동시에, 그걸 완벽하게 감추기 위해 이 지하벙커를 운영해왔소."

이철수가 말했다.

"그럼…, 이곳이 40년 전에 만들어졌단 말이오?"

승연이 물었다.

"그렇소."

그의 말을 들은 승연은 여기 있는 집기들이 마치 다른 시대의 물건들처럼 보였던 이유를 깨달을 수 있었다. 승연이 다시 물었다.

"그럼, 여긴 어디요? 한국 땅인 건 맞소?"

"미안하지만 구체적인 위치에 대해선 이야기할 수 없소. 이 원칙은 아마도 영원히 변하지 않을 거요."

"……."

이철수가 다시 말했다.

"그 대신에 내가 박사께 소개시켜 드릴 분이 계시오."

말을 마친 이철수가 21호를 돌아보았다. 문 옆에 서 있던 21호가 문을 열자, 한 사람이 방 안으로 들어왔다. 그는 다름 아닌 류석영 원장이었다.

"아, 아니, 원장님께서 여기에 어떻게…."

승연이 놀라며 자리에서 일어서자, 원장이 엷은 미소를 머금은 채 말했다.

"전 박사, 오랜만이오. 그동안 고생시켜서 정말 미안하오. … 하지만 박사 덕분에 그동안 우리가 해온 일이 잘 마무리될 거 같아서 고맙구려."

"네…?"

다시 보니 류석영 원장은 늘 매고 있던 푸른색 넥타이를 지금도 매고 있었다. 게다가 이철수 역시 푸른색 넥타이를 매고 있었다. 두 사람의 넥타이를 번갈아 보며 승연이 원장에게 물었다.

"혹시 원장님의 넥타이가 … 「푸른하늘」과 관련이 있습니까?"

그러자 류석영 원장이 부드러운 표정으로 그에게 다시 물었다.

"어떻소? 전 박사, 그런 것 같아 보이오?"

"그, 글쎄요, 저는 원장님께서 늘 푸른색 넥타이만 매셔서…."

승연이 자신 없는 투로 말하자, 원장이 웃으며 대답했다.

"사실 난 「푸른하늘」을 위해 일한다는 게 자랑스러웠지. … 아마 「푸른하늘」의 모든 구성원들이 다 그럴 거요. 그래서 난 늘 푸른색 넥타이만 맸던 거요. 물론 연구소 직원들이 날 '아주르'라는 별명으로 부른다는 걸 알았을 때, 처음엔 좀 당황했었소."

"당황하시다니요?"

"혹시나 「푸른하늘」의 존재가 알려진 게 아닌 가해서 말이오. 「푸른하늘」의 조직원들은 종종 '아주르'라는 암호를 쓰기도 하기 때문에 말이오. 하지만 나중에 알고 보니, 그 별명이 파란색을 상징색으로 하는 이탈리아 축구팀의 별명이었던 「아주르 군단」에서 나온 말이고, 단순히 내 넥타이 색깔 때문에 생겼다는 길 알고는 안심했었소."

원장의 설명에 승연이 원장의 넥타이를 보며 중얼거리듯 말했다.

"그러고 보면… 제 꿈도 아주 틀린 건 아니었군요."

그의 말에 원장이 물었다.

"박사의 꿈이라니?"

"제가 처음 이철수 사령관 … 과 마주하고 얼마 되지 않아 꿈을 꾸었는데, 거기에서 이철수 사령관이 원장님과 똑같은 푸른 넥타이를 매고 있었습니다."

"아, 박사가 내 꿈을 꿨었단 말이오?"

이철수가 기쁜 얼굴로 물었다. 그러자 원장이 웃으며 말했다.

"허허, 박사의 예지력이 보통이 아닌 거 같소. 나중에 연구소에서 은퇴하면 멍석 깔고 가게를 하나 차려도 좋을 듯하구려."

"네? 하하하 …."

모여 있는 사람들에게서 웃음이 터져 나왔다. 이어서 이철수가 설명했다.

"사실 박사는 오늘에야 비로소 우리 「푸른하늘」에 대해 완전히 알게 됐지만, 이미 우리 일을 해주셨으니, '아주르'라고 불릴 자격이 있는 거요."

이철수의 말에 승연이 그를 보며 말했다.

"그런데 말이오, 이철수 사령관."

승연이 이철수에게 사령관이라고 부르자, 그가 겸연쩍은 듯 호칭을 사양했다.

"허허, 사령관이라니? 당치 않소. 난 … 30년 전에 동해안에 침투한 무장공비 소탕작전 중에 전사한 육군 대위 이철수일 뿐이오."

'30년 전에 전사한 육군 장교?'

승연은 벙커에서 들었던 21호의 이야기가 떠올랐다.

그러자 류 원장이 큰 소리로 말했다.

"보이지 않는 군대 「푸른하늘」의 오퍼레이터이니, 사령관이 틀림없지 않소?"

"… 듣고 보니 그런 셈이긴 하군요."

이철수가 웃으며 승연을 바라보았다.

"그런데 말이오,"

승연이 이철수를 향해 정색을 하고 하려던 말을 이었다.

"왜 그러시오, 박사?"

"사실… 난 바로 몇 시간 전까지도 이철수 사령관 당신의 정체, 아니, 당신과 「푸른하늘」의 정체에 대한 확신이 없었소. 그리고 처음 여기에 와서 유도탄 개발에 대한 이야길 들었을 때도 당신을 북한 공작원으로 생각하고, 어떻게 해서든 당신의 계획을 실패하도록 해야겠다고 생각했었소. 솔직히 이야기하자면 말이오."

이야기를 하면서 승연은 고개를 떨어뜨렸다. 그의 모습을 보며 이철수가 말했다.

"무슨 말인지 알겠소. 박사, 그랬기 때문에 난 박사를 더 신뢰할 수 있었소."

"그게… 무슨 말이오?"

전승연 박사가 고개를 들며 물었다.

"사실 나는 류석영 원장님을 통해 박사와 나로호의 개발과정을 들었고, 지켜보았었소. 물론 내가 지켜보고 있었다는 사실이 불쾌하셨다면, 지금이라도 사과하겠소. 하지만 「푸른하늘」의 오퍼레이터로서 그건 불가피했소."

"괜찮소. 그것에 대해선 이해하오."

"고맙소. 아무튼 난 그 과정에서 박사에 대해 깊이 알게 되었고 또 믿었기 때문에, 우리 일에 참여시키겠다고 결심했던 것이오. 그렇지만 한편으로 박사가 우리의 정체에 대한 확신이 없는 상태에서 우리의 유도탄으로 초래될지 모르는 불행에 대해 갈등을 겪는 모습을 보며, 우릴 돕지 않을 거란 예상도 했었소. 그건 박사의 심성으로 볼 때 당연한 것이었소. 그래서 난 우리 「푸른하늘」의 첫 번째 유도탄의 발사실험이 실패할지도 모른다는 각오도 하고 있었소."

이철수의 말에 승연이 고개를 숙이며 말했다.

"나 역시 지금에 와서 사실을 말하자면 …, 발사실험이 실패하도록 노즐의 특성을 바꾸어놓았었소. 그 일로 당신의 대원도 희생되었지 않소? 그 점에 대해선 진심으로 사죄하오. 그 많은 수의 젊은이가 희생된 것은 어떤 말로도 용서받을 수 없겠지만 ….."

그러자 이철수가 손을 내저으며 말했다.

"아니오. 박사께서 그렇게 생각하실 필요는 없소. 박사는 결국 우리가 정확한 낙하지점을 찾을 수 있게 도와주었소. 그때 만약 박사가 안 계셨더라면, 우리가 정확한 낙하지점을 찾기는 어려웠을 거요. 게다가 우리 중에는 러시아제 발사체에 대한 지식을 가진 사람이 아무도 없었소."

"……."

"그리고… 내가 발사실험에 들어가기 전에 감리팀으로부터 보고받은 바로는, 박사의 노즐 재조립으로 유도탄의 노즐 편향값이 10으로 줄어들었다고 하더이다. 우리 기술팀은 박사의 재조립 전까지는 편향값이 크게 설정돼 있는 걸 당연하게 생각했고, 또 그걸 바꾸는 방법도 몰랐다고 하오. 만약 박사가 그걸 재조립해놓지 않았었다면, 우리 기술팀은 큰 편향값을 가진 노즐로 실험을 했을 것이고, 어쩌면 파편은 더 먼 곳으로 떨어졌을 수도 있었소. 결국 박사는 우릴 도와주신 거요. ”

“그게 사실이라면, 불행 중 다행이오. ”

승연이 안도하며 나직이 말했다.

“박사가 계시다는 것이 내겐 정말로 큰 힘이오. ”

이철수가 미소 지으며 말했다. 뒤이어 이철수는 자신의 슈트 안주머니에서 검은색의 납작한 물체를 꺼내 보여주며 물었다.

“박사, 혹시 이걸 기억하시오?”

“……?”

승연은 이철수의 손에 들린 물체를 바라보았다. 그것은 잠수함에서 탈출 직전에 이철수가 중요하다고 설명해주었던 것이었다.

“아, 물론이오. 기억하오. ”

승연은 자신의 윗주머니 쪽을 더듬어 보았으나, 아무것도 없었다.

“아, 이런. 옷을 갈아입을 때 챙기지 않았던 것 같소…. ”

승연이 당황해서 말했다.

“괜찮소. 이제는 더 이상 필요치 않소. ”

“필요치 않다니?”

“이것은 전파 발신장치요. 박사가 잠수함에서 탈출하는 순간부터 자동으로 작동해서 박사의 위치를 찾을 수 있도록 해주는 장치였소. ”

“… 하지만, 나는 지나가던 어선에 의해 …. ”

“물론 박사는 그렇게 구조됐소. 하지만 그 어선이 바다에서 표류하던 박사를 아무런 단서 없이 발견하기는 쉽지 않았을 거요. ”

“그럼, 그 신장이 … 그 장치 때문에 날 찾았다는 거요?”

"……."

이때 승연은 어선의 선장 아들이 해경으로 근무하다가 실종됐다는 다른 어부의 말이 생각났다.

"그렇다면… 해경으로 근무하다가 실종됐다는 그 선장의 아들도 혹시…「푸른하늘」의 대원이오?"

전승연 박사의 물음에 이철수가 말했다.

"그렇소. 여기 있는 25호가 그 선장의 아들이오."

그의 말에 25호가 앞으로 나서며 가볍게 목례를 했다.

"안녕하십니까? 장진택 대위입니다."

"그렇군요. 가만, 내가 그 배에 타고 있던 선장 둘째 아들의 이름을 들었었는데."

승연이 25호를 보며 둘째 아들의 이름을 기억해내려고 했다.

"그렇습니다. 거기 타고 있던 진철이가 제 동생입니다."

"아버님께서는 큰아드님을 잃고 마음이 많이 아프셨겠소…."

전승연 박사가 25호를 보며 측은한 얼굴로 말하자 25호가 약간 망설이며 대답했다.

"사실… 아버지는 제가 살아있다는 걸 알고 계실 뿐 아니라, 아버지도「푸른하늘」의 일원이시기도 합니다. 여기 계시는 류석영 원장님처럼 사회에서 일하시면서 같이 활동하고 계십니다."

"아, 그렇군요."

"하지만 제 동생이나, 동네의 다른 어르신들은 전혀 모르고 계십니다."

25호의 설명을 이철수가 이어갔다.

"우리의 존재는 처음 만들어진 이후 40여 년 동안 유지되어 오면서,

역대 국정원장들 대부분은 우리의 존재를 알고 있었소. 그러기에 우리가 활동할 수 있었고, 막대한 발사체 개발예산 확보와 개발임무를 수행할 수 있었던 것이오. 그런데 바로 얼마 전에 예상치 못한 사건으로 국정원장이 갑작스럽게 바뀌었소. 물론…, 국정원장이 바뀌면 모든 업무의 인수인계가 이루어지지만, 우리 「푸른하늘」에 대한 인수인계는 떠나가는 국정원장이 후임자의 성향을 판단해서, 경우에 따라서는 곧바로 알려주지 않고 가는 경우도 있소. 그것은 때에 따라서는 우리를 인정하지 않을 가능성이 있는 성향의 인사가 국정원장이 되는 경우도 있기 때문이오."

"그럼… 현재의 국정원장은 「푸른하늘」의 존재를 아직 모르고 있단 말이오?"

전승연 박사가 조심스럽게 물었다.

"아니오. 지금은 신임 국정원장도 「푸른하늘」의 존재를 알고 있고, 전폭적으로 우릴 돕고 있소."

"음…."

승연은 설명에 귀를 기울이며 고개를 작게 끄덕였다. 이철수는 말을 이었다.

"물론 국정원은 대통령 직속기관이고, 대통령에게 직접 보고하는 임무도 가지고 있지만, 우리 「푸른하늘」은 국정원 내에서도 무명의 조직이고 보이지 않는 실체라고 할 수 있소. 이건 한편으로 국정원의 원훈에서 말하는 '자유와 진리를 향한 무명의 헌신'과 상통하는 것이기도 하오."

이철수의 설명에 승연은 혼잣말처럼 되뇌었다.

"국정원 속의 비밀조직…."

"물론 박사의 납치작전 초기에는 갑작스럽게 바뀐 후임 국정원장의 성향을 판단하는 데에 시간이 필요했던 시점이었기 때문에, 독자적으로 움직이면서 박사의 댁 전화기에 별도의 감청장치를 설치했었소."

"우리 집에 감청장치를…?"

승연이 이철수를 보며 묻자, 그가 멋쩍은 미소를 지으며 말했다.

"박사께서 나중에 댁으로 돌아가실 때, 내가 감청장치가 없는 깨끗한 전화기 한 대를 선물하는 걸로 날 용서해 주시겠소?"

"허허허, 괜찮소. 내가 새 전화기를 하나 장만하겠소."

승연이 웃으며 말했다.

"그런데 박사, 아직 마무리 안 된 일이 하나 있소."

이철수가 얼굴에서 웃음을 거두며 말했다.

"그게 뭐요?"

"아직까지 박사는 공식적으로는 미국에서 납치된 걸로 돼 있소. 그리고 박사의 납치사건은 여전히 인터폴과 한국의 국정원 대공분실에서 수사 중이오."

"아 ⋯."

전승연 박사가 고개를 끄덕였다.

"그리고 미국은 아직까지 우리의 '은하수' 개발을 감지하지는 못한 것으로 파악되고 있소. 따라서 우리 작전이 완전히 종료되려면, 박사가 미국에서 납치범들로부터 구출되는 형식으로 상황이 만들어져야 사건이 마무리될 거요."

"그렇군요. 그런데 어떻게 내가 다시 미국으로 갈 수 있단 말이오? 내 이름으로는 ⋯."

그의 물음에 이철수가 대답했다.

"다른 이름을 써서 미국에서 열리는 학회에 참석하기 위해 독일을 경유해서 입국하게 될 거요."

"학회? 아니 그럼 또 … 학회에 가서 발표를 해야 한단 말이오?"

승연이 미간에 주름을 지으며 물었다.

"물론, 이번에는 발표 같은 건 안 해도 되오. 그냥 학회에 참석하는 성형외과 전문의 김남수라는 이름으로 미국에 입국하면 되오."

"성형외과 전문의 김남수?"

"그렇소. 나중에 알게 되시겠지만, 박사를 환자로 위장시켜서 한국으로 모셔오는 일을 처리해준 성형외과 원장이오. 그 역시 「푸른하늘」의 일원이지요."

"……."

"우리는 전사자 신분의 군인들이 대부분이지만, 류석영 원장님이나 25호의 아버님, 또 김남수 원장처럼, 다른 일이 계기가 돼서 참여하신 분들도 있소. 물론 조국의 미래를 위해 절대의 비밀을 간직한 채로 말이오. 말하자면 숨겨둔 병사들인 셈이오."

이철수의 설명에 승연이 말했다.

"숨겨둔 병사들…. 그렇구료. 그 옛날 중국 제(齊) 나라의 재상 관중(管仲) 은 백성들 각자를 모두 병사로 만들어서 대비하는, 말하자면 '백성들 사이에 병사를 숨겨두는 병법'을 썼다고 하오. 원장님도 「푸른하늘」의 대원들 중에서도 숨겨둔 병사라 할 수 있는 거군요."

"그렇소. 그런 셈이오."

이철수가 류석영 원장을 보며 대답했다.

"그리고 …"

이철수가 승연에게 나시 고개를 돌리며 말헀다.

"박사는 독일의 뮌헨을 경유해서 미국으로 들어가게 될 거요."

"뮌헨? 거긴 왜 가는 거요?"

승연이 물었다.

"여행경로와 신분을 감추기 위해, 그리고 거기에서 해야 할 일이 하나 더 있기 때문이오."

"거기에서 해야 할 일?"

"가보시면 알게 될 것이오. 물론 나도 박사와 동행할 것이오."

"알겠소 … ."

승연의 대답에 이철수가 말했다.

"그리고 이후에 … 모든 일이 마무리되고 박사께서 일상으로 돌아가시더라도, 이제부턴 박사께서도 우리의 '숨겨둔 병사'이기 때문에, 우리의 존재에 대해서는 가족은 물론이고 누구에게든지, 일생 동안 우리 「푸른하늘」과 「숨겨둔 병사들」에 대한 비밀을 절대적으로 지켜주어야 하오. 이 일은 국가와 민족 모두의 미래가 달려 있는 일이오."

"물론이오. 이제부턴 나도 민족의 미래를 위해서 일하는 「푸른하늘」의 일원이자 숨겨진 병사이지 않소? 어떠한 경우에도 조국의 미래를 위해 목숨을 걸고 비밀을 지키겠소."

승연의 말에 이철수가 다시 말했다.

"고맙소. 우리의 자주권은 많은 젊은이들의 희생과, 박사와 같이 용기 있는 지식인들의 충정으로 만들어지는 거요."

"알겠소. 나 역시 내 일생을 걸고 혼신의 힘을 다하겠소."

승연의 대답에서 확신을 본 이철수가 고개를 끄덕이고는 류석영 원장을 보며 말했다.

"그럼 이제 … 항공우주연구원에 푸른 넥타이를 매는 사람이 하나 더 생기는 거 아닌지 모르겠소. '아주르'가 둘이 되는 거요?"

이 말을 들은 승연이 웃으며 응수했다.

"아, 그렇게 되나요? 그럼 난 푸른 넥타이는 매지 말아야겠군요. 「푸른하늘」의 비밀을 지키기 위해서도 그렇고…, 분명히 연구원 사람들이 원장님을 따라서 매는 거냐고 놀려댈 테니 말이오."

"허허허 … ."

승연의 말에 원장이 유쾌하게 웃었다. 승연도 빙긋 웃었다. 그의 여유 있는 모습에 원장이 마음이 놓였는지, 천천히 말했다.

"지금 이곳에 최인규 교수가 와 있네. 본래 난 전 박사의 부인도 함께 모셔오려고 했지만, 이철수 사령관이 만류해서 사모님은 모처에 안전하게 계시도록 했네."

"아, 그렇습니까?"

승연이 원장과 이철수를 보며 묻는 사이에, 문이 열리고 한 사람이 들어왔다. 최인규였다.

"인규 … ."

승연이 그의 이름을 부르자 최인규가 약간 어색하게 웃으며 말했다.

"선배가 납치될 때 절 부르는 소릴 들어보고 이게 몇 달 만입니까? 무사히 돌아와서 다행입니다. 그동안 선배 걱정 많이…, 아니 저도 고생 많이 했어요."

"그래. 미안하네 … ."

"사실 형수님이 마음고생 많이 하셨죠."

"그래, 참. 집사람은 괜찮은 건가?"

승연이 묻자 인규가 고개를 끄덕이며 대답했다.

"네, 여기까지는 못 오셨지만, 안전하게 길 계시죠."

"그래. 그럼 다행이야."

"그런데…, 자네도「푸른하늘」에 대해서 들은 건가?"

승연이 조심스러운 얼굴로 인규에게 물었다.

"네, 사실 선배를 찾으려고 여러 가지를 알아보면서 정말로 수수께 끼같이 안 풀렸던 곳이었는데, 이제는 그 정체를 완전히 알게 됐지요."

"그럼…, 자넨 앞으로 어쩔 셈인가?"

"네? 어쩌다뇨?"

"「푸른하늘」은 대통령도 모르는 극비의 조직인데…."

승연이 말을 흐리자 곁에 서 있던 이철수가 한마디 거들었다.

"험험…, 우리의 비밀을 안 이상, 여기서 그냥 나갈 수는 없소."

이철수의 말을 들은 승연도 인규에게 말했다.

"어쩔 수 없이 자네도「푸른하늘」의 일원이 돼야겠구먼."

승연의 말에 최인규가 난감한 얼굴로 아무 말 없이 한참을 생각하더 니 겨우 입을 열었다.

"… 아무리 그래도 저는 항상 파란 넥타이만을 맬 수는 없습니다. 넥 타이란 건 남자에겐 정말로 중요한 패션 아이템인데, 그걸 포기하기에 는…."

인규가 뒤로 묶은 자신의 머리를 어루만지며 얼버무렸다. 그 모습을 본 이철수가 거들었다.

"숨겨둔 병사들 중에 멋쟁이가 하나쯤 있어도 나쁠 건 없을 거 같소."

그러자 최인규가 웃으며 말했다.

"패션은 다른 숨겨둔 병사들과 다를지 몰라도, 「푸른하늘」의 비밀 을 지키는 건 아마도 가장 확실할 겁니다."

"허허, 그것 참 반가운 소식이구료…."

이철수도 마주 웃었다.

55. 3인의 예약자

5월 14일 월요일
독일 뮌헨 피나코텍 모던 뮤지엄
현지시간 오전 10:00

사무실의 전화벨이 울리자 수석 큐레이터 안나가 수화기를 들었다.

"여보세요, 안나 륄(Ana Rhül)입니다."

"관장입니다. 혹시 오늘 오전에 안나에게 가이드투어 예약잡힌 게 있습니까?"

"아뇨, 제게 잡힌 예약은 없어요."

"다행이군요."

"왜 그러시는데요?"

"오전에 가이드투어 예약손님 한 팀이 오는데, 미국에서 오는 사람이라, 영어로 설명을 해야 된답니다. 그래서 안나가 좀 해줬으면 하는데…, 어때요?"

"네, 전 상관없어요."

"그럼 부탁해요."

"알겠습니다."

"고마워요. 그런데 예약을 하는 미국 회사에서 이상하게도 한국어 안내책자가 있느냐고 물었다는 군요. 혹시 우리 한국이 안내책자가 있나요?"

관장이 물었다.

"아뇨, 중국어와 일본어는 있는데, 한국어는 아직 없어요. 앞으로 한국어도 만들어야겠군요."

"그래야겠네요."

"무슨 일을 하는 미국 회산데, 한국어 안내책자를 찾는 거죠?"

"글쎄요, 그냥 항공업체라고만 하던데요. 어딘지는 안 밝히고…."

"그럼… 필시 한국에 비행기 팔려는 미국 비행기 회사겠군요."

"음, 아무튼 부탁해요. 직원이 예약자 명단을 가져다 줄 거예요. 11시에 온다고 했대요."

"알겠습니다."

안나는 수화기를 내려놓았다. 그러자 이미 그녀의 곁에서 기다리던 예약팀 직원이 예약자 이름이 적힌 명단을 건넸다.

"고마워요."

안나는 예약명단을 보았다. 예약명단에는 세 사람의 이름이 적혀 있었다.

Kevin Morrison

Nam Su Kim

Jae Duk Chun

56. 히 든 솔 저

승연은 이철수와 함께 뮌헨 외곽에 있는 호텔을 나서서 택시를 타고 미술관을 향해 출발했다. 그들은 미술관에서 한 사람을 더 만나서 함께 미술관 가이드투어를 하기로 돼 있었다.

"이철수 사령관, 오늘 우리가 만날 사람은 누구요?"

미술관을 향해 달리는 노란색 BMW 7 시리즈 세단 택시 안에서 승연이 묻는 말에 이철수가 소리 없이 미소지으며 대답했다.

"박사…, 난 당분간 이철수가 아니라, 전재덕이오."

"아, 참. 그러고 보니 나도 김남수라고 해야 하는군요."

"지금은 괜찮소. 어차피 이 택시기사는 한국말을 못 알아들을 터이니. … 하지만 나중에 미국에서 입국심사 받을 때는 조심하셔야 되오."

이철수가 택시 운전기사의 뒷모습을 바라보며 낮은 소리로 말했다. 한동안 이철수는 말없이 차창 밖을 내다보고 있었다.

차창 밖으로 지나가는 풍경을 바라보던 이철수가 말했다.

"이제 다 온 것 같소."

택시가 멈추어 서고, 두 사람은 차에서 내려 잔디 사이로 만들어진 콘크리트 보도를 따라 미술관 건물 쪽으로 다가갔다.

"오늘 우리가 만날 사람도 역시 「푸른하늘」의 숨겨둔 병사요."

발걸음을 옮기던 이철수가 조용히 말했다.

"……."

그것은 승연도 예상했던 것이기는 했다.

"그런데 왜 이곳 뮌헨에서 만나는 거요?"

승연이 물었다.

"미국에서 오는 숨겨둔 병사가 여길 오늘의 장소로 택했소."

이철수의 대답에 승연이 다시 물었다.

"오늘 우리가 만나기로 한 숨겨둔 병사가 미국에서 온단 말이오?"

"그렇소."

"그럼… 미국에도 「푸른하늘」의 조직이 있단 말이오?"

"물론이오. 숨겨진 병사들은 도처에 있소. 우리가 이 일을 해나갈 수 있는 것은 사실상 전 세계에 흩어져 있는, 진정으로 국가와 민족을 사랑하는 숨겨진 병사들의 힘에 의해서라고 할 수 있소."

"……."

승연은 고개를 작게 끄덕이고는 이철수에게 다시 물었다.

"그럼… 오늘 만날 숨겨진 병사는 미국에서 무슨 일을 하고 있소?"

"항공우주국 NASA에서 일하고 있소."

"……."

승연은 아무 말도 하지 않았으나 그의 뇌리에는 작은 실마리가 잡혀 가고 있었다.

"하지만 그는 미국 국적자요."

"……."

이철수의 말에 승연은 한 인물을 떠올렸다. 그는 이철수에게 조심스럽게 물었다.

"혹시 그 이름이…"

"케빈 모리슨."

이철수가 나직이 대답했다. 승연은 머리칼이 서는 듯했다. 그도 어럼풋이 예상은 하고 있었지만, 자신의 예측이 들어맞았다는 사실이 놀라웠기 때문이다.

"NASA의 한국담당 과장…?"

승연이 혼잣말하듯 묻자 이철수는 말없이 천천히 고개를 끄덕였다.

"아마 박사께서도 이미 그 이름은 들어보셨을 거요. 그가 항우연으로 세미나 참석요구 공문을 보냈을 것이기 때문에 … ."

"그렇소. 그런데 난 … 솔직히 그자가 「푸른하늘」의 숨겨진 병사라는 게 믿어지지 않소. 그자는 우리나라가 나로호를 개발하는 걸 못마땅하게 생각하고 있고, 또 그걸 막는 데 혈안이 돼 있는 미국의 앞잡이 노릇을 하고 있는 자인 줄만 알았는데…. "

승연의 말에 이철수가 소리 없이 웃었다.

"박사께서 그렇게 생각하는 것도 무리는 아니오. 나도 류석영 원장을 통해서 박사가 그렇게 생각하고 있다는 건 들어서 알고 있소. "

"……. "

"하지만 염려 마시오. 모리슨 씨는 그런 사람은 아니오. "

"그렇다면 다행이구려. "

"겉으로 보이는 모습과 그 내면은 일치하지 않는 경우가 더 많은 것 같더이다, 내 경험에 의하면…. "

"……. "

미술관 건물은 유리와 콘크리트로 만들어져 있었고, 외부에는 둥근 콘크리트 기둥 여러 개가 건물의 평평한 옥상을 받친 모양이었다.

두 사람은 스테인리스 창틀로 둘러쳐진 긴 직사각형 모양의 유리문을 열고 1층 로비로 들어섰다.

"모리슨 씨를 어디서 만나기로 했습니까?"

승연이 이철수에게 물었다.

"바로 여기 1층 로비에서 만나기로 했소."

이철수는 이렇게 말하고 주변을 살피더니, 로비의 한쪽에 서 있는 검은 색 코트를 입은 사나이를 향해 다가갔다. 이철수는 그와 몇 마디 대화를 하더니 악수를 나눈 뒤에, 승연이 서 있는 쪽으로 함께 걸어오기 시작했다.

승연의 눈에는 코트 입은 사나이의 푸른 넥타이가 눈에 들어왔다.

'역시 푸른 넥타이를 ….'

승연은 긴 코트의 사나이가 가까이 다가오자, 그를 향해 몇 걸음 다가섰다. 아직 그 사나이에 대한 경계심이 풀리지 않아서인지, 그가 손을 내밀어 악수를 청하자 승연은 시선을 주지는 않은 채 악수하면서 조금 어색하게 인사를 건넸다.

"안녕하시오. 전승연이오."

긴 코트의 사나이도 영어 억양이 섞인 한국어로 말했다.

"안녕하십니까? 케빈 모리슨입니다."

승연은 그와 악수를 하면서도 여전히 그에게 시선을 주지 않았다. 그런데 그 사나이는 악수를 한 뒤에도 승연의 손을 놓지 않고 그대로 잡고 있었다.

승연은 사내의 의외의 행동에 놀라 고개를 들고 그의 얼굴을 보았다.

그러자 그가 영어발음이 전혀 섞이지 않은 깨끗한 한국어로 다시 인사했다.

"승연아 반갑다. 나 박기범이다."

"……?"

승연은 어리둥절해졌다. 그러자 그가 다시 말했다.

"나, 박기범. 항공공학과 79학번 박기범 …."

"뭐?… 박기범?…"

그 순간 승연은 그가 NASA 담당자들에 대한 자료를 접했을 때 케빈 모리슨의 얼굴을 보고 그가 한국인일지 모른다는 생각이 들었던 이유를 깨달을 수 있었다.

"정말이야? 박기범? 너… 어떻게 된 거야?… 도대체 이게 얼마 만인 거야?"

놀란 승연은 질문을 계속 쏟아냈다.

"너… 왜 군대 간 뒤로 연락이 끊겼던 거야? 아니, 군대 가기 직전부터 연락을 끊었었지. 미혜… 가 태어나서 처음으로 너한테 바람맞았다고 했는데… 내가 너 만나면 이 말 하려고 했다. 근데 이미 30년이 넘은 일이구나."

승연은 감정을 주체할 수 없는 듯했고 그런 그를 기범도 미안한 얼굴로 마주보았다.

"아, 미혜, 그래. 미혜한테는 미안하지. 미혜는… 잘 있지?"

"으, 응 …."

승연이 머뭇거리며 대답하자 기범이 말했다.

"괜찮아. 다 알고 있어. 네가 미혜랑 결혼한 거."

"근데 넌… 왜 미혜를 바람맞힌 거였어? 그동안 어떻게 지냈던 거야? 그리고 대체 무슨 일이 있었기에, NASA에서 미국놈들 앞잡이 노릇을 하게 된 거야? 그런데도 「푸른하늘」이라는 거야?"

"뭐? 미국놈들 앞잡이? 하하하 …."

"미국 편에 서서 우릴 감시하니까, 미국의 앞잡이지. 그게 아니면 뭐겠어?"

승연이 핀잔하듯 말했지만 그의 얼굴에는 장난기가 있었다.

이철수는 그들로부터 몇 걸음 떨어진 곳에서, 50대 신사 두 사람이 마치 소년들처럼 대화하고 있는 모습을 흐뭇한 표정으로 바라보고 있었다.

세 사람은 미술관의 가이드투어를 시작했다. 그들의 앞에 나타난 큐레이터는 전형적인 코커시언(Caucasian)* 여성이었다. 그녀는 빨간색의 정장을 입고 있었고, 한쪽 손에는 미술관 내에서 사용되는 소형 무전기를 들고 있었다.

"안녕하십니까? 저는 오늘 여러분을 안내해드릴 이곳 '피나코텍 데어 모데르네(Pinakothek der Moderne)'의 수석 큐레이터 안나 룰 입니다."

그녀는 자신이 미술사를 전공했다고 소개하고, 세 사람을 전시물의 순서에 따라 이끌며 설명하기 시작했다.

"우선 여러분이 저희 뮌헨 피나코텍 현대미술관에 오신 것을 환영합니다. 이곳 뮌헨은 독일 바이에른 주(Bayern 洲)의 수도이고, 근대 역사에서는 독일 나치당의 근거지가 됐던 곳이며 …."

그녀는 2차 대전의 시작부터 전쟁을 전후한 독일의 미술운동과, 2차 대전 이후의 산업과 디자인에 대해 설명하기 시작했다. 미술관의 전시품들은 회화작품보다는 독일의 근대 산업디자인과 관련된 제품과 조형물들로 구성되어 있었다. 안나의 설명은 계속되었고, 세 사람은 천천히 걸어서 그녀의 뒤를 따랐다.

---

* 푸른 눈에 금발머리를 가진 서양의 백인 코카서스 인종.

기범이 진열장에 전시된 여러 가지 모양의 나무의자와, 20세기 초에 대량생산되었던 알루미늄 전기주전자를 보면서 이야기를 시작했다.

"우리가 마지막으로 만난 게 벌써 32년 전의 일이구나."

"그러게. 그런데 넌 입대한 뒤로 어떻게 됐던 거냐?"

승연이 물었다.

"응, 내가 카투사로 입대해서 훈련받고 배치받은 데가, 금촌 근처의 「캠프 에드워드」였지. 거기에서 우드슨이라는 중대장 밑에서 통역병으로 근무했었어. 그러다가 어느 날, 그 당시에 한미연합사령관이었던 스퀴어스 모리슨 중장이 부대를 방문했었어. 그날 날씨가 무척 추웠는데, 사령관이 사무실에 있다가 밖으로 나가면서 입구 바닥의 빙판에서 미끄러지는 바람에 다리에 골절상을 입었어."

승연은 전시된 가구들에 눈길을 던진 채 잠자코 기범의 이야기에 집중하고 있었다.

"사령관 옆에서 통역을 하려고 대기하고 있던 난 쓰러진 그를 업고 응급실로 달려갔지. 사실… 영어를 좀더 유창하게 하고 싶어서 그를 적극적으로 도와줬는데, 사령관이 고맙다면서 이런저런 이야길 하다가 내 전공이 항공공학이란 걸 알고는, 그 분야에서 명성이 있는 미국 퍼듀대학에 입학추천서를 써준 거야. 그래서 전역한 뒤에 거기 다시 입학했어."

"그랬구나."

"미국에서 돈 벌면서 공부하느라 졸업하는 데 시간은 좀 걸리긴 했지. 그리고 졸업한 뒤에 NASA에 들어가서 지금까지…."

그의 이야기를 들은 승연이 다시 물었다.

"그랬구나. … 그런데 왜 네 이름이 케빈 모리슨이 된 거야?"

"아, 그건 얘기가 좀 길긴 한데…, 학자금 융자를 받으려니까, 미국 국적자만 가능하더라고. 그래서…."

"그래서?"

기범이 천천히 말했다.

"부모님께는 정말로 죄송하지."

그가 자세한 이야기를 하지 않아서, 승연은 추측할 수밖에 없었다.

'기범을 돌봐준 모리슨 씨의 가정에 입양된 걸까?'

"나중에 내가 미국에서 자리를 잡은 후에, 부모님들 모두 미국으로 초청해서 이민오셨어. 그리고 사실… 널 미시시피에서 한국으로 보낼 때, 우리 아버지 이름으로 환자수속을 해서 간 거였어."

"뭐? 그랬던 거였어?"

"아무튼 미안하다. 내가 결과적으로… 너와 미혜를 많이 힘들게 했지."

기범이 고개를 떨어뜨리며 말했다. 그 모습을 보며 승연이 말했다.

"아니, 이해한다. … 이번 일은 너도 나름대로 어려운 결정이었을 테고, 정말로 큰 모험을 했다는 생각이 든다."

"이해해주니 고맙다."

"그런데, 넌「푸른하늘」에는 어떻게 해서…?"

승연이 기범의 얼굴을 보고 물었다.

"아,「푸른하늘」…. 그래. 류석영 박사를 통해서였지. … 그분은 원래 미국 항공업체에서 차세대 전투기를 개발하는 엔지니어링 파트의 디렉터였지. 그때 류 박사가 NASA에 자주 오가면서 자연스럽게 가까워지게 됐어. 그러던 어느 날 갑자기 류석영 박사가 회사를 떠나 한국의 항공우주연구원 원장으로 가게 됐다며, 내게「푸른하늘」에 대한 이

386

야길 하더군. 그리곤 내게 숨겨진 병사가 돼서 멀리서나마 조국에 보탬이 되는 게 어떠냐고 물었지….”

“음….”

승연은 기범을 통해 류석영 원장에 대한 새로운 사실을 알게 되었다. 그는 항우연 원장으로 부임하기 전부터 이미 「푸른하늘」의 일을 하고 있었음이 틀림없다. 기범은 이야기를 계속했다.

“난 사실 오늘 승연이 너를 만난다는 건 사령관으로부터 들어서 알고 있었어. 하지만 이철수 사령관을 직접 만나는 건 나도 오늘이 처음이야. …「푸른하늘」의 구성원들은 누가 어디에서 무슨 일을 하는지는 서로 전혀 모른다더군. 하지만 이렇게 나와 류 원장님처럼 조직의 밖에서 일하는 「히든솔저(hidden soldier)」들은 우연한 기회에 서로를 알게 되기도 하지.”

“그렇군. 「히든솔저」….”

“오늘 너를 만나는 장소로 뮌헨을 제안한 건 나야.”

“그래, 그 얘긴 들었어.”

“뮌헨은 역사적으로 보면, 히틀러가 나치당을 일으키는 근거지가 됐던 곳이지. 그가 집회를 했던 지하 맥주저장소는 2차 대전 중에 연합군에게 폭격을 당하기도 했지만, 지금도 남아 있어. 역사적으로 본다면 히틀러는 많은 사람들을 불행하게 만들었고, 뮌헨이라는 곳은 그의 독자적인 행동을 실행해 옮기는 출발점이 된 곳이거든. 사실 우리가 민족을 위해 일하고 있지만, 히틀러 같은 극단적인 민족주의로 빠지는 걸 경계하는 것 역시 중요하다고 생각해. 그래서 세계역사에서 뮌헨이 민족주의에 대한 반면교사(反面教師)로서 갖고 있는 의미를 살리고 싶었어. … 또 네가 위장된 신분으로 미국에 들어가려면 여정을 복잡하게 해야 하기 때문에, 내가 이철수 사령관에게 제안했지."

"그랬군."

"그리고 이유가 하나 더 있어."

기범이 승연을 향해 허물없는 웃음을 지으며 말했다.

"뭔데?"

"뮌헨은 바이에른 주의 주도(州都)이면서 특유의 푸른 하늘로 유명하지."

"푸른 하늘 …?"

승연이 기범의 얼굴을 바라보다 곧 같이 미소를 지었다.

"그래. 그리고 그걸 상징으로 하면서 이곳에 근거지를 둔 '바이에른 자동차회사(Bayern Motor Werke, BMW)'도 있어."

기범이 박물관 전시품 중의 하나인 클래식 초소형 승용차 이세타(Isetta)를 가리키며 말했다.

세 사람은 어느새 가이드투어가 끝나는 지점인, 유리로 된 회랑에 와 있었다. 그때까지 설명을 했던 큐레이터가 설명을 마무리했다.

"오늘 이렇게 저희 뮌헨 피나코텍 현대미술관을 찾아주신 것에 다시 한 번 감사의 말씀을 드립니다. 저의 안내는 여기까지입니다. 혹시 추가의 설명이 필요하시거나 질문이 있으십니까?"

질문하는 사람이 없자, 그녀는 세 사람에게 작별인사를 했다.

"자, 그럼 오늘 만나 뵌 세 분의 신사분께서 앞으로 바이에른에도 푸른 하늘이 있음을 기억해 주시기를 부탁드립니다."

큐레이터는 회랑의 유리를 통해 하늘을 올려다보며 이렇게 말하고 돌아서서 자신의 사무실 쪽으로 총총히 사라졌다. 그녀의 뒷모습을 보며 승연이 이철수를 향해 물었다.

"바이에른에도 푸른 하늘이 있다는 걸 기억해 달라고 했습니까?"

그러자 이철수는 아무 말 않고 승연을 바라보며 빙긋이 웃었다.

"그러고 보니 이곳의 하늘은 「푸른하늘」이 추구하는 이상을 그 모습 그대로 가지고 있네."

기범이 말했다.

5 7 . 푸 른 하 늘 III

5월 17일 목요일
독일 뮌헨 국제공항
현지시간 오전 10:00

"자, 이제 헤어질 시간이오."

이철수가 일행을 향해 말했다. 그는 이야기를 계속했다.

"전 박사님은 저와 함께 1시간 30분 후에 유나이티드 노선을 이용해서 애틀랜타를 거쳐 골든트라이앵글까지 가시게 됩니다."

"그곳에 도착해서는 어떻게 됩니까?"

전승연 박사의 물음에 이철수가 설명했다.

"골든트라이앵글에 도착해서는 현지사정에 밝은 「푸른하늘」의 인원이 합류해서 우릴 도울 예정입니다."

"알겠소."

"그리고⋯ 모리슨 과장님은 두 시간 뒤에 휴스턴 직행 유나이티드 노선으로 가시게 될 것입니다."

"······."

승연이 이철수를 보며 말했다.

"이철수 사령관, 난 이번에 사령관과 함께하면서 많은 걸 느꼈소. 누구나 조국을 아끼고 사랑하겠지만, 그 방법은 각자가 다를 수도 있다는 걸 알았소. 결국 … 역사는 우리 모두가 함께 만들어간다는 걸, 새삼 확인하게 됐소."

"박사께서 그렇게 생각하시게 됐다니, 기쁩니다."

"그리고 진정으로 국가와 민족을 위한 일이 무엇인가에 대해서도 많은 생각을 하게 됐소."

승연의 말에 이철수가 다소 비장한 표정으로 말했다.

"그러시다면 난 기쁘오. 그런데 아마… 우리들은 오늘 이후 두 번 다시 못 만날 거요. 물론 이미 저는 공식적으로는 이 세상에 존재하지 않습니다만 …."

"사령관, 그런 말씀 마시오."

승연이 이철수에게 말했다. 그리고 기범을 돌아보았다. 기범은 먼 곳에 시선을 둔 채로 서 있었다. 승연이 그를 향해 말했다.

"그 옛날에 네가 했던 말이 생각난다. 우리의 인생은 서로 달라질 수도 있다고, 항상 같이 갈 수는 없다고 했었지."

"그랬었나? 내가 꽤나 선견지명이 있는 말을 했군."

"네 말은 정말로 맞는 말이었다. 누구나 자기 길을 가는 거지. 그런데 이제 와서 보니 … 비록 길이 달라도 생각은 같을 수 있는 것 같다."

온후한 얼굴로 승연을 잠자코 바라보던 기범이 천천히 입을 열었다.

"춘래불사춘(春來不似春) …, 그때나 지금이나, 봄이 왔지만, 봄 같지 않구나. 30년이나 지났지만, 여전히 봄이 봄처럼 느껴지지 않는 이유가 뭘까?"

"우리가 노력하면, 봄이 올지도 모르지."

승연이 웃어 보이며 말했다.

이때 탑승 안내방송이 흘러나왔다.

「세 시 삼십 분발 애틀랜타 행 여객기에 탑승하실 승객들께서는 G24 탑승구로 가시기 바랍니다. 다시 한 번 안내⋯.」

"자, 이제 우리는 각자의 길을 가야 할 시간이 된 것 같소."

이철수가 말하자, 기범이 승연을 보며 말했다.

"승연아, 너와 난 어디를 가든 「푸른하늘」이고 「히든솔저」다."

그의 말에 승연이 밝은 얼굴로 대답했다.

"물론이지, 항상 푸른 넥타이를 매면서 자랑스러워할 거다."

그러자 기범이 이철수에게 한마디 했다.

"조만간 NASA에서도 푸른 넥타이를 볼 수 있다는 소문이 들릴 겁니다."

"아, 그렇게 됩니까? 허허⋯."

기범의 말에 모두 웃었다. 세 사람은 서로의 눈빛을 확인하고 돌아서서 탑승구를 향해 걸어가기 시작했다.

58. 진혼곡(requiem)

5월 19일 목요일
미시시피 골든트라이앵글 국내선 전용 공항
현지시간 오전 8:00

"박사, 드디어 우리 여정의 끝에 이르렀소."

이철수가 비행기 트랩을 내려 공항 로비 쪽으로 걸어 나오며, 굳은 얼굴로 승연에게 말했다. 그는 이야기를 계속했다.

"이제 로비를 나가시면, 박사는 우리와는 전혀 다른 길을 가시게 될 거요. 부디… 박사께서 「푸른하늘」의 「히든솔저」임을 잊지 마시오."

"내가 어떻게 잊겠소."

"고맙소. … 이제 여길 나가면 또 다른 「푸른하늘」의 대원이 박사가 납치된 상태에서 탈출할 수 있도록 도와드릴 거요."

"그럼 사령관께서는?"

"내 걱정은 마시오. 그런데 박사…, 이제 여길 나간 뒤부터 어쩌면 상황은 우리의 예측과는 다르게 전개될 수도 있소. 그러나 절대로, 어떠한 경우에도 절대로 당황하지 마시오. 그리고 또 하나 반드시 명심하셔야 할 것은, 박사는 지금 이 순간에도 공식적으로 우리에게 납치된 상태라는 걸 잊지 마시오."

"알겠소."

이철수의 굳은 얼굴을 보며 승연이 대답했다.

그의 얼굴에는 그림자가 드리워 있었다. 승연이 이철수에게 물었다.

"사령관, 혹시… 무슨 문제라도 있으시오?"

"아니오, 그런 건 없소…."

이철수가 고개를 가로저었다.

"그리고… 내가 박사에게 부탁드릴 게 하나 있소."

무언가를 망설이는 듯이 보이던 이철수가 자신의 안주머니에서 작은 수첩을 꺼내 승연의 손에 쥐어주었다.

"……?"

그 수첩은 많이 낡아서 비닐 랩이 겹겹이 감겨있었다.

"박사께서는 이걸 잘 가지고 계시다가, 사건이 마무리되고 한국으로 무사히 돌아가신 뒤에… 반드시 한국으로 가신 뒤에…, 그 속에 든 편지를 읽어 보시오."

"한국으로 간 뒤에 말이오?"

"그렇소. 반드시 한국으로 돌아간 뒤에 보셔야 하오. 그리고 거기 적힌 대로 해주셔야 하오. 그래야 우리의 임무, 아니, 나의 임무가 완전하게 마무리되오. 물론 그건 어려운 일은 아니오. 그렇지만 절대로 그 전에 먼저 보시면 안 되오. 절대로…. 반드시 그렇게 하시겠다고 나와 약속해 주시오."

이철수가 간절한 얼굴로 말했다.

"… 그러리다."

승연은 대답하고 수첩을 안주머니에 넣었다.

'이상하다. … 내게 왜 이렇게 다짐을 받지, 아직도 내가 못 미더운 걸까?'

승연은 잠시 스치는 의문을 묻어두고 이철수에게 말했다.

"이철수 사령관. 잠수함에서도 그랬지만, 사령관께서는 앞으로도 작전 중에 늘 위험에 맞닥뜨리게 될 것이니, 부디 언제나 몸조심하시기를 바라겠소. 그리고… 시간이 지나 먼 훗날, 역사가 당신을 진정한 영웅으로 기억하길 바랍니다. … 이건 나의 진심이오."

"박사 … 고맙소."

"……."

이철수가 승연 곁에서 물러서며 낮은 음성으로 말했다.

"지금 이 순간부터 박사와 나는 납치범과 인질로 돌아가는 겁니다."

"……."

승연의 미간에 주름이 잡혔다.

이철수가 그에게 물었다.

"박사, 우리가 처음 만났던 때 … 를 기억하시오?"

질문을 하는 이철수의 얼굴에는 긴장의 빛이 역력했다.

"물론이오. 기억합니다."

승연은 지하벙커에서 처음으로 이철수를 마주했던 때를 떠올렸다. 이철수가 승연의 얼굴을 보며 나직이 말했다.

"이제 다시 그때로 돌아가는 거요."

"……."

굳어진 이철수의 표정은 승연에게 까닭 모를 두려움을 일으켰다.

골든트라이앵글 공항은 미국의 국내선 전용 공항이기 때문에, 규모가 크지 않아 활주로의 탑승구에서 공항 로비의 출구까지는 멀지 않았다. 그렇지만 목요일 아침의 출근시간이어서 도착승객은 많았다.

승연이 앞장서고 이철수가 그 뒤를 따르며, 두 사람은 다른 도착승객들과 섞여서 느린 걸음으로 로비의 도착 출구를 통해 공항 대합실 쪽으로 나왔다. 그러자 대합실 쪽에서 기다리고 있던 짧은 머리의 사나이 하나가 그들을 향해 다가왔다.

그 사나이를 본 승연은 놀랐다. 그는 미시시피주립대 발표장에서 한동안 자신을 따라다녔던 사나이였기 때문이다.

'그럼 그들도 모두 …「푸른하늘」이었단 말인가?'

그는 이철수에게 다가가 작은 가방을 건네고는, 돌아서서 승연의 뒤쪽으로 다가왔다. 그리고 승연의 왼팔을 세게 잡았다.

"……?"

다음 순간 승연은 자신의 등 뒤에 무엇인가가 닿는 것을 느꼈다. 뒤이어 그가 승연의 귓가에 대고 나직이 말했다.

"넌 이제부터 인질이다. 제자리에 서!"

느닷없는 사나이의 협박에 승연은 자신의 등에 닿아있는 것이 권총임을 직감했다.

순간 승연은 이철수 쪽을 돌아보았다. 이철수는 조금 전에 사나이로부터 건네받은 작은 가방에서 권총을 꺼내들고는 굳은 표정으로 승연을 바라보고 있었다. 그런데 권총을 빼든 이철수의 눈빛은 더 이상 함께 죽음의 고비를 넘겼던 「푸른하늘」사령관의 모습이 아니었다.

찰나의 순간에 승연의 머릿속으로 그동안 이철수와 함께 겪었던 일들이 빠르게 재생되는 화면처럼 스쳐 지나갔다. 뒤이어 그의 마음에 불안감이 엄습했다.

'아무리 납치범을 가장한다고 해도 이런 상황을 연출하는 건, 사령관과 다른 대원들 모두가 너무 위험한 상황에 놓이게 되는 것 아닌가?'

이때 공항 로비에서 누군가가 소리쳤다.

"*Terrorists*(테러범들이다)!"

그 고함소리에 공항 로비는 일시에 아수라장이 되었다. 그와 동시에 로비에 집결해 있던 경찰들이 이철수와 승연 일행을 향해 일제히 권총을 겨누었다. 이미 공항에는 경찰병력이 출동해 있었던 것이다.

경찰 무리 중 한 사람이 이철수 일행에게 소리쳤다.

"*Drop them all*(모두 총 버려)!"

그런데 이때 승연의 등 뒤에서 그를 협박하던 사나이가 천장을 향해 권총을 치켜들고는 한 발을 발사했다.

탕!

로비 천장의 트러스 구조물에 총알이 맞으면서 불꽃이 튀었다. 그와 동시에 총을 쏜 사나이는 승연을 힘껏 밀어 로비 바닥으로 쓰러뜨렸다.

내동댕이쳐지듯 갑작스럽게 밀려 쓰러지는 순간에 승연은 이상한 생각이 들었다.

'아니, 왜 인질을 방패막이로 쓰지 않고 밀어서 쓰러뜨리는 거지?'

승연이 바닥에 쓰러지자, 로비에 있던 경찰들은 그 순간을 놓치지 않았다. 사나이를 향해 겨누고 있던 경찰들의 수십 개의 총구에서는 일제히 불이 뿜어져 나왔다.

타타타타타탕 …

"으윽 … ."

경찰들로부터 일시에 총알 세례를 맞아 피투성이가 된 사나이가 승연의 앞으로 털썩 쓰러졌다.

"29호!!!"

396

이철수가 비명치듯 부르는 소리가 들렸다.

그 소리를 들은 승연은 자신의 뒤쪽에 서 있던 이철수를 돌아보았다. 이때 두 사람의 시선이 마주쳤다.

굳어있던 이철수의 표정에서 옅은 미소가 보였다. 그것은 미소라기 보다는 그저 미세한 얼굴의 움직임이었지만, 승연은 분명 알아보았다. 이철수는 마치 그에게 이제 안심해도 좋다는 말을 하고 있는 듯했다.

승연이 다시 경찰들 쪽으로 고개를 돌리자, 그들이 모두 이철수를 향해 권총을 겨누고 있는 모습이 눈에 들어왔다.

'안 돼….'

승연이 경찰들을 향해 소리치려는 순간, 납치범과 인질의 관계를 절대로 잊지 말라던 이철수의 당부가 떠올랐다. 승연이 어떻게 해야 할지를 생각하면서 망설인 짧은 순간,

탕!

한 발의 권총소리가 들려왔다. 그러나 총소리가 난 것은, 경찰 측이 아니라 승연의 뒤쪽에서였다. 승연은 순간 피가 거꾸로 솟는 듯한 느낌을 받으며, 천천히 총소리가 난 쪽으로 고개를 돌렸다.

이철수가 자신의 머리에 권총을 댄 채 피를 흘리고 있는 모습이 눈에 들어왔다.

"아악 … 안 돼!!"

절규와도 같은 비명이 승연의 입에서 흘러나왔다.

마치 시간이 쪼개져 흐르듯 느린 움직임으로 이철수가 자신의 오른 손에 쥐고 있던 권총을 떨어뜨리면서 바닥으로 쓰러지는 모습이 승연의 시야에 들어왔다. 그러나 그 모습은 이내 승연의 눈물로 흐려지고 있었나.

'안 되오 사령관…, 당신은 이렇게 끝나선 안 된단 말이오….'

어디선가 모차르트의 진혼곡(*Requiem*)이 들려왔다. 아니, 그것은 실제로 들려오는 소리가 아니었다. 승연에게만 들리는 환청이 분명했다.

에필로그

6월 6일 수요일
오전 10:00
국립대전현충원

방문객이 주말로 분산되어서인지, 현충일이 평일인 해에는 주말과 겹친 때보다 묘역이 덜 붐비고 있었다. 승연은 장교 묘역에서 「육군 소령 이철수」라고 쓰인 묘비를 찾아 그 앞에 멈추어 섰다.

승연은 말을 걸듯 소리 내 이야기했다.

"이철수 사령관, 안녕하시오. 나 왔소…."

그는 현충원 입구 매점에서 사온 소주를 종이 잔에 따라, 묘비 주변에 뿌렸다. 그리고 묘비 곁에 앉아 자신도 소주 한 잔을 천천히 마셨다.

승연은 안주머니에서 이철수로부터 건네받았던 수첩을 꺼냈다. 그는 한국으로 돌아온 뒤에, 수첩을 펼쳐보았었다. 그 수첩 속에는 이철수가 승연에게 쓴 편지가 들어있었다.

전승연 박사, 이철수입니다.

박사께서 이 편지를 읽고 있을 때쯤이면, 나는 아마 이 세상 사람이 아닐 것입니다.

물론 박사께서도 납치사건을 마무리짓고 한국에 가 계실 것입니다. 나는 우리나라에 박사 같은 분이 계시다는 사실이 자랑스럽고, 또 한편으로 조국의 앞날이 밝을 거라는 생각에 마음 편히 떠날 수 있습니다.

나는 말씀드렸던 대로 작전 중 전사한 사람으로 돼 있고, 또 실제로도 그렇습니다.

나는 지금까지 「푸른하늘」을 위해 일해 왔지만, 내 아내와 아들은 가장을 잃은 슬픔을 안고 세파와 맞서 힘겨운 삶을 살아가고 있을 것이니, 내 가족에게 나는 죄인입니다.

나는 이제야말로 정말로 이 세상을 하직하면서, 그들에게 조금이나마 사죄하는 마음에서 그동안 간직해왔던 것을 그들에게 전해주고 싶어서 박사께 부탁의 말씀을 드립니다.

내가 박사께 맡긴 수첩은 그동안 「푸른하늘」의 대원으로 근무하면서 내 나름대로 절약하고 아끼며 모은 것을 아내 이름으로 예치해둔 은행의 계좌에 대한 내용입니다. 부디 박사께서 이것을 내 가족에게 전해주셨으면 합니다.

물론 이것은 필부의 사사로운 욕심에 지나지 않을지도 모릅니다. 하지만 이것은 아내와 아들을 위해 내가 남편으로서, 그리고 아버지로서 해줄 수 있는 마지막 도리라고 생각합니다.

아내와 아들은 현충일에는 반드시 내 묘비를 방문한다고 전해들은 바 있습니다. 그들에게는 내가 이번에 죽었다는 것은 절대로 알리지 마시고, 이 수첩 속에 든 것을 전해주시기 바랍니다.

국민의 힘이 모여 나라가 발전하고, 또 국가는 국민의 행복한 삶과 미래를 지켜주는 보호자라고 생각합니다. 내가 언젠가 박사께 말씀드렸듯이 국가는 몇몇 정치인들의 권력으로 움직이는 것 아니라, 국민 한 사람 한 사람이 자기의 역할을 충실히 할 때 굳건히 서게 되는 것이라고 생각합니다.

「푸른하늘」은 앞으로도 어떠한 형태로든 계속 일을 해나갈 것입니다. 제 후임으로 5대 OP를 누가 맡을지는 모르겠지만, 부디 박사께서 그들을 도와주는 「히든솔저」로 남아주시기를 간청드립니다. 마지막 가는 길에 박사께 큰 짐만 남겨드리고 가는 것 같아 송구합니다만, 박사의 충정과 진심을 믿습니다.

세월이 지나 나중에 우리가 하늘에서 다시 만나게 될 때, 조국의 밝은 미래를 보며 함께 웃게 될 것이라고 믿습니다.

고맙습니다.

육군 소령 이철수 드림

승연은 편지를 다시 주머니에 넣고 묘비 곁에서 일어났다. 그리고 몇 미터 떨어진 언덕에서 선글라스를 쓰고 주변을 거닐면서, 묘역을 방문하는 사람들의 모습을 지켜보고 있었다.

검은 정장 차림의 중년 여성이 20대 청년 한 명과 함께 이철수 소령의 묘비 앞으로 왔다. 그들은 준비해온 도구로 묘비를 닦고, 묘비 주변의 잡초를 뽑았다. 그리고 피크닉용 깔개를 묘비 앞에 펴고 가져온 음식을 차렸다.

승연은 그들의 모습을 지켜보고 있었다.

시간이 정오에 가까워지자, 두 모자는 깔개를 걷고 묘비 주변을 정리하기 시작했다.

승연이 중년 여성에게 다가서며 물었다.

"혹시… 고 이철수 소령님의 미망인이십니까?"

승연의 물음에, 중년 여성이 경계하는 눈빛을 보이며 대답했다.

"네, 그렇습니다만 …."

"저는 … 고 이철수 소령님과 함께 작전에 참여했던 사람입니다. …어디서부터 말씀드려야 할지 모르겠습니다만, 고 이철수 소령님께서 가족분들께 전해달라고 제게 맡기셨던 것을 오늘에야 이렇게 전해드리게 됐습니다."

"그게 … 무슨 말씀이시죠?"

중년 여성이 경계의 빛을 늦추지 않은 채 물었다.

"사연이 깁니다만, 제가 얼마 전에 한국으로 오게 되어서 고인께서 부탁하셨던 것을 오늘 전해드리게 됐다는 겁니다."

승연은 이철수에게서 받은 검은색 포켓수첩을 그녀에게 건넸다.

수첩을 받아든 중년 여성은 한참동안 그것을 들여다보았다. 그리고는 다시 고개를 들고는 선글라스를 쓴 승연에게 물었다.

"그이…에게서… 직접 이것을 받으셨단 말인가요?"

"네, 그렇습니다. 고인께서 부인께 꼭 직접 전해드리라고 유언하셨었습니다만, 여러 가지 사정으로 지금에야 전해드리게 됐습니다. 일찍 오지 못한 저를 부디 용서해 주십시오."

"그러셨군요. … 고맙습니다."

인사를 하면서 고개를 숙인 미망인은 소리 없이 흐느꼈다. 승연은 두 사람에게 정중히 인사하고 묘역을 떠났다.

6월의 현충원 묘역 위에는 구름 한 점 없는 푸른 하늘이 드넓게 펼쳐져 있었다.